当我足够好，才会遇见你

朱沐 著

天津出版传媒集团

天津人民出版社

图书在版编目（CIP）数据

当我足够好，才会遇见你 / 朱沐著 . -- 天津 ：天
津人民出版社，2021.3
　　ISBN 978-7-201-16551-6

　　Ⅰ . ①当… Ⅱ . ①朱… Ⅲ . ①长篇小说－中国－当代
Ⅳ . ① I247.5

中国版本图书馆 CIP 数据核字（2020）第 202504 号

当我足够好，才会遇见你
DANG WO ZUGOU HAO，CAI HUI YUJIAN NI
朱沐　著

出　　　版　天津人民出版社
出 版 人　刘　庆
地　　　址　天津市和平区西康路 35 号康岳大厦
邮政编码　300051
邮购电话　（022）23332469
电子邮箱　reader@tjrmcbs.com

选题策划：之冠文化　宏泰恒信
特约监制：王冷阳　连　慧
责任编辑：王昊静
创意编辑：苏拉玫朵
特约编辑：李　艳
封面设计：KURO 黑
版式设计：马　佳
封面插画：天空安静
版式制作：书情文化

印　　　刷　河北照利印刷有限公司
经　　　销　新华书店
开　　　本　880 毫米 ×1230 毫米　　1/32
印　　　张　10.5
字　　　数　295 千字
版次印次　2021 年 3 月第 1 版　　2021 年 3 月第 1 次印刷
定　　　价　48.00 元

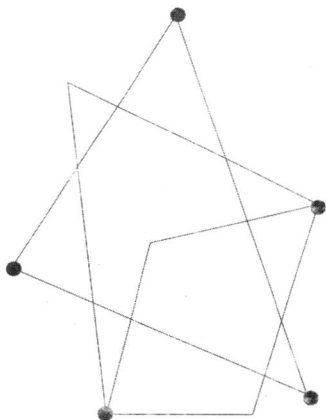

你所梦想拥有的，你要相信，你值得拥有。

当
我
足
够
好
，
才
会
遇
见
你

再版序

　　此时已临近 2020 年 1 月的春节。我的本命年就要过去了。

　　十年前（2010 年），在北京上班的路上，我写完了《当我足够好，才会遇见你》。那时日夜在豆瓣连载，前后 21 天，团结了众多女孩子，赚了眼泪，也赚了幸福，热闹得像在网上过年。随后 2011 年我去了香港工作。那个本来热闹但随意的故事，也在编辑的努力下于 2014 年出版成厚厚的一本纸质书。未承想，这本书当年成了亚马逊小说类排名第一的热销书。直到现在，仍有读者发来信息说看到某著名 APP 有声书榜单第一就是这本书，或者谈起十年来这本书对她的影响和她自己的改变，热切如昨。

　　我自忖是一个业余作者，亦是一个生活得简单质朴的普通人，得到这样的关心和支持，诚惶诚恐，进而想做些什么有益的事情来表达感恩之心。从 2011 年至今，我用业余时间相继完成了《当我足够爱，才敢失去你》和《当我足够美，才能留住你》，也是秉持着这样的心，把我的所见、所闻、所感，通过小说这样的方式，述说给有缘人听。如若真的有缘，便能从这些故事里得到自己人生的养分。除此之外，在 2018 年创业失败后，意识到自己的无知，痛定思痛，发愿终身学习并终身践行真知，又开始了"朱沐读书会"——通过讲书的方式，每年分享 52 本好书，和同频的小伙伴一起学习、思考、成长、践行，以期自我迭代后帮助整个家庭甚至更多人。

　　我相信，人生中的任何事，无论当时看上去是好事还是坏事，都是为了成就更好的我们。十年，因为这本书，我收获了众多好友，更改了人生轨迹，确定了未来的方向：看书、讲书、写书。回想起 2010 年正处在想逃离房地产行业的焦虑又茫然的我，我感到万分幸运。我赶上了 2005—2008 年 A 股牛市，又因为在房地产公司工作，分享了整个房地产行业的红利，随后在香港做金融赶上了港股持续 3 年的上升浪，这些从底层做起直至成为浪潮中受益人的经历，给了我充足的经历和广阔的视野。我一直对我工作时任职的两家公司及其领导和同事非常感激，他们给了我转型的资本和勇气。时至今日，他们中的有些还是我亲密的朋友和合作伙伴。更幸运的是，我在 2018 年创业时遭受了挫折和苦痛，把过去十几年的努力化为灰烬，一切从头再来。之所以说幸运，一是因为在遇到挫折时，我没有选择自杀和颓废，而是振作起来继续一路向前，在合伙人的帮助下，有了我万分喜爱的读书会，并有充足的时间去写书；二是因为身体的调养和转变。刚开始心脏病复发，无法正常工作，闭关后奇迹般恢复正常——身体从透支到每个月进急诊室，恢复到现在的的六脉调和气定神闲；三是因为家人、爱人、朋友、合伙人都毫无变化，无论贫富都不离不弃地始终支持着我，我便知道这些人是我可以托付一生的人；四是反省了自己能力的匮乏，明白了一个人能力的边界，继而总结出未来要专注去做的事，不再四处出击，耗费精力。

这些经历也让我更了解了别人的苦痛，不再困在自己的小世界里不接地气。2018 年和 2019 年的经济寒冬，从各个层面影响到了每一个人。这个世界是相互关联的，倾巢之下焉有完卵。如果从这个"寒冬"里锻炼出我们的心量和"体格"，那么，我们未来的幸福指日可待。如果每个人都如此，我们的国家也会更加强盛。反之，如果我们只是抱怨，并借由别人的错来转移自己的注意力，期望可以让自己舒服一点，终究只会更加失望和落魄。我曾经和友人聊天，我说："一个人如果一切都很顺利，他／她的内心则很难深邃和丰富起来。"简单是美的，但简单的美却太脆弱。我们活着，就是要经受考验的。

十年再版，回想起十年的起落，便更加明白，时间如白驹过隙，但爱和成长，永不落幕。《当我足够好，才会遇见你》里那个不服输的苏之微还在，那个真爱她的王旭还在，那个从底层爬起来站上金字塔顶端的故事还在！

你相不相信，会有更好的你在未来等你？

朱沐

2020 年 1 月 15 日

目　录

001 · **写在前面的话**

003 · 缘起不灭

金字塔底：爱在底层的日子

007 · 欲望的起源

011 · 陌生的重逢

013 · 卑微的仰望

019 · 灰姑娘的水晶鞋

023 · 最遥远的距离

025 · 不可置信的开始

028 · 如果没有遇见你

032 · 永远无法走进的世界

035 · 长安街的灯与夜

040 · 爱已席卷而来

046 · 没有爱情，还有工作

048 · 不说爱你

051 · 爱在云端

055 · 爱不到将来

059 · 没有你的世界

061 · 永志不忘

064 · 灰姑娘的世界

070 · 尊严与诚实

076 · 再见，北京

金字塔中：
爱一个人，成为更好的自己

081 · 三亚的夏天

085 · 一夜失控

087 · 淡蓝色法拉利

092 · 理智与坚定

094 · 残酷的真相

101 · 爱已凋零

108 · 重回三亚

113 · 海滩的重逢

120 · 年薪 720 万

123 · 塞翁失马

130 · 爱若成伤

134 · 寂寞与纠缠

142 · 谜一样的男子

147 · 看不懂的棋局

**金字塔高层：
谢谢你为我打开一扇门**

153 · 没来由的 5000 万

162 · 无赖的爱情

165 · 曾经的美梦

171 · 冰凉的北京

176 · 相拥相爱

179 · 珍重以待

186 · 爱情睡醒了

190 · 完整地拥有

193 · 彻底放手

198 · 跟对上司走对路

203 · 咫尺天涯

212 · 享受痛苦

219 · 心酸的重逢

223 · 没有永远的敌人

229 · 他已属于别人

金字塔顶端：我要找回你

239 · 无法选择的命运

243 · 高手过招

246 · 共同进退

250 · 第一桶金

257 · 爱与金钱

264 · 绝不放弃

268 · 孤注一掷

275 · 你在哪里?

279 · 回不来了

285 · 只要你能回来

295 · 最平淡的幸福

297 · 三年后的结局

303 · 结语：朱沐
　　　　给大家的信

307 · 朱沐的金玉良言

308 · 关于学业

308 · 关于事业

309 · 关于金钱

310 · 关于理财和股票投资

313 · 朱沐的女王语录

315 · 谢谢朱沐的故事，谢谢那些一起追文的日子

319 · 番外篇

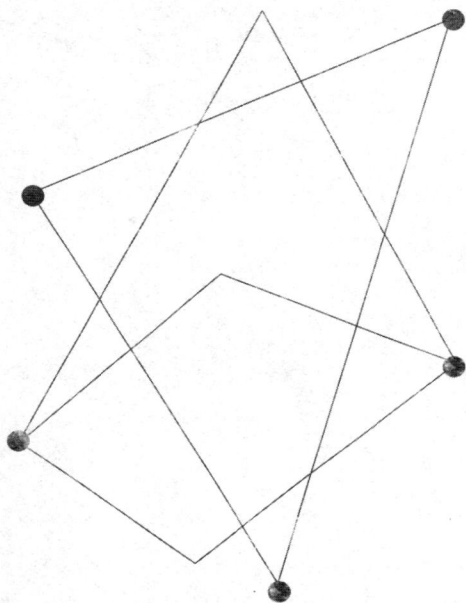

写在前面的话

把结局补给你们，了你们一个心愿。

希望有一天，你们也能了我一个心愿：你们都找到了真正的幸福，生命每一个刹那都幸福。

世事再无常，也要纵容自己的梦想。

缘起不灭

2010 年 9 月 18 日，星期六（后来才知道这一天的皇历是"诸事不宜"），这一天，我百无聊赖地待在北京的家中看豆瓣的八卦看到手痒，随手写了这样一个故事。

三年后，2013 年 11 月 5 日，星期二，我坐在香港中环的办公室里补给大家这个迟到了三年的故事结局。当年那个随手写就的故事，给了我很多太美好的温馨记忆。而我的人生，也经历了翻天覆地的变化。

乔布斯曾经说过一段话，我一直非常非常喜欢，他是这么说的："…you can't connect the dots looking forward; you can only connect them looking backwards. So you have to trust that the dots will somehow connect in your future. You have to trust in something——your gut, destiny, life, karma, whatever. This approach has never let me down, and it has made all the difference in my life."（你不可能充满预见地将生命的点滴串联起来；只有在你回头看的时候，你才会发现这些点点滴滴之间的联系。所以，你要坚信，你现在所经历的将在你未来的生命中串联起来。你不得不相信某些东西，你的直觉、命运、生活、因缘际会……正是这种信仰让我不会失去希望，它让我的人生变得与众不同。）

我是一个在城乡接合处出生、成长的普通孩子，祖辈都是农民。我不高不漂亮不聪明，但也不算特别差。我经常想，我这种出身和资质的孩子，在中国大概数不胜数。在我 18 岁踏入北京的时候，我搞不清楚那个满大街的牌子叫作"班尼路"还是"班路尼"，更未曾想过我会遇到什么样的人，找到什么样的工作，过着什么样的生活。那种彻底的茫然，连生活的开头都未曾猜想成功，更别提之后的起起落落。

曾经自卑、曾经懦弱、曾经困苦，也曾经贪婪、曾经自负、曾经狂躁到不可一世；喜欢钱、喜欢地位，但又不愿意放下梦想和尊严，经常在心灵的底线上过得战战兢兢如履薄冰。也许，在人生的每一个关键点都倾尽心力去体悟的时候，我们永远都无法预测我们的结局，因为生活远比故事本身要精彩。

这三年里，很多看过我的故事的人都多多少少有了些改变，有人从一个小城市考到欧洲，遇到自己心爱的人；也有人从一个懵懂的大学毕业生变成一个干练的职场精英；还有很多很多人和我一样一起成长奋斗，找到最终的信仰。你们是我把这个最初的简陋故事整理成书的直接动力。我单纯地希望更多的人由此看到更加灿烂幸福的未来，并和我们一起携手奔向那个未来。

世事再无常，也要纵容自己的梦想。

当年我写完这个故事的时候，曾经说过，我不会离开你们。我做到了，三年来，我们一直在一起。但是，还是要有个结局吧，至少是这个故事的结局。作为一个纯业余只靠闲散时间拿手机码故事的人，你们也不要太强求我了。把结局补给你们，了你们一个心愿。

希望有一天，你们也能了我一个心愿：你们都找到了真正的幸福，生命每一个刹那都幸福。

当我足够好，才会遇见你
WHAT AN AMAZING THING TO MEET YOU

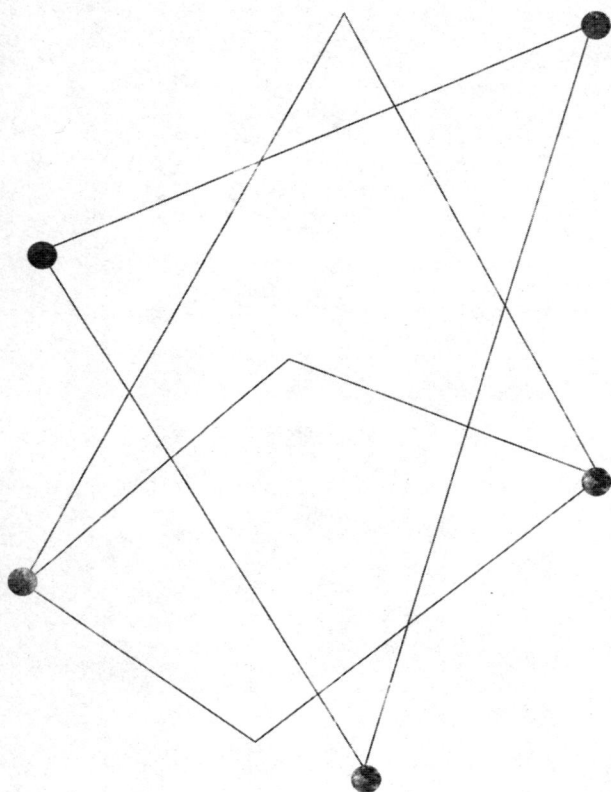

金字塔底：
爱在底层的日子

这并不是一场势均力敌的博弈，甚至连对等都谈不上。当你已将所有的喜乐全盘落子于对方的手心，对方却还对你无知无觉。她只是决意要下好这一盘棋，走完自己能走的每一步。哪怕结局是满盘皆输，也要孤注一掷。

欲望的起源

现在想来，见到尹从森的那一夜，如梦如幻，又如电光幻影。苏之微回忆着，仿佛步入了一片迷雾森林，触目可及都是高大挺拔的树木，而自己，再渺小不过。就此心甘情愿地仰望与沉沦，茫茫不见天日。

那一年苏之微还没毕业，是耀华公司最底层的小实习生，跟着前辈喜滋滋地参加公司年会，素面朝天，穿着再普通不过的球鞋仔裤傻呵呵地坐在那里，见着什么都觉得新奇。年会在北京酒店的宴会厅举办，全公司的男男女女，加起来有近千人，都穿着自己最好的衣服，加上刻意的修饰，面貌一新地出来见人。苏之微举目无亲地环顾了一圈，很快注意到其中有一桌人，尤其金光灿灿地好看——女的美，男的帅，穿着打扮通通正式得不像话，那是只有在红毯上才能看到的阵仗。后来苏之微才知道，那些服装都是高级定制款。而著名的红底鞋 Christian Louboutin[1] 她也是后来才知道的，当时只觉得那鞋怎么那么好看，连鞋底都有说不出的精致，令人目眩神迷。

欲望的开始一定都是以美丽为诱饵的。

这群赏心悦目的人儿正众星捧月地围着一个人说话。那个人很高，周身环绕着一层淡淡的光彩，这是苏之微第一次真真切切地见识到顶级的服饰剪

1　Christian Louboutin，即克里斯提·鲁布托，法国著名高跟鞋品牌，红底鞋是其招牌标识。

裁和质地可以这样衬托出一个人的气质与气场。她悲哀地想，人与人的差别真大啊。这群人是如此不一样，其实当时苏之微并没有想明白他们是怎样的不一样，但是她已经下定决心，她要这样的不一样。人生也好，男人也罢，她都要这样的不一样。苏之微有点儿眩晕地遐想着，只要……只要自己进了耀华，就可以和这样的人共事，就可以……

视线从服饰转移到面容——依然无懈可击，肤色是好看的金棕色，轮廓鲜明，有点儿混血的意思。当他笑意四溅的时候，苏之微突然觉得自己的心脏要从喉咙里跳了出来。她转过身去，端起杯子，故作镇静地喝了一口水，心脏依然跳得很快，脸颊微微发热，耳朵高高竖着。她听到他们喊他——Elson。

突然，有位公司的资深美女走上台去，拿着麦克风大声地说："大家都知道，仁合管理为我们耀华实业的核心项目引进了多家国际品牌，协助我们造就了一个又一个地标项目，是我们最重要的战略合作伙伴。在此，请允许我隆重介绍仁合管理公司董事局主席尹先生！"偌大的宴会厅掌声雷动，然后颇有默契地安静下来。

苏之微还没反应过来哪个是尹先生，已经看到 Elson 身姿挺拔地走上台去，语调欢快地说："尹先生不在，我是他的代理人，他要我转告大家，太开心来到这里所以不敢上台……"好听的英文配上浑厚的声线，台下的苏之微听得心驰神往。台下所有的人都笑了起来，大厅里洋溢着过节的气氛，而拿着麦克风的资深美女在一旁笑得腰都融化了，一句话都接不下去。苏之微一边替她着急，一边绝望地发现自己的双膝也软得不行，几乎连站都站不起来了。

那是苏之微第一次见到尹从森。那一年苏之微 22 岁，尹从森 32 岁。

无论从哪个方面看，尹从森都是遥不可及的一个人。但是这个叫作尹从森的美梦从此深深烙印在苏之微的脑海里。哪怕毫无胜算可言，她也愿意为之全力以赴。从沸点到燃点，弹指一瞬间。原来从热情沸腾到甘愿为之灰飞烟灭，也不过就是那个人举手投足之间的事。

年会过后是一段兵荒马乱的日子，苏之微忙着交实习报告，写毕业论文，四处投简历，各种面试，打包，搬家。偶尔想起那一夜那个男人身上的光芒，苏之微总有些恍惚，感觉有些不真实。她其实并不知道该如何走近云霄上的梦。机会来得并非全是侥幸，实习的时候她和同事混得极好，背后的辛酸不必多言，结果就是拿到毕业证之后正赶上耀华有个底层的缺，便有人推荐了苏之微。

顺风顺水的背后是一个人在北京起步打拼的艰苦，试用期微薄的薪水，只能与另外两个女孩合租。房子很旧，也没有多余的钱置装。上班下班，吃饭睡觉，样样都要亲力亲为。苏之微想，原来生活是这样的真刀真枪。

公司很大，占了繁华地段的整整一栋楼。极偶然地，Elson会突然出现，带着他的光芒和他的团队。此时苏之微已经知道他是何方神圣，也知道他的中文名字——尹从森。更多的了解之后是更加遥不可及，无论是地理还是心理，无论是经济基础还是社会地位。

透过办公室的窗户，看着阳光下被簇拥着仿佛钻石一般熠熠生辉的Elson，苏之微的心里又甜蜜又凄凉——甜蜜的是她真的在这里工作，有机会在现实里见到他；凄凉的是她始终没有机会认识他，只能远远地看着他。她是那么年轻，并不清楚真实的现实沟壑，只是盲目地乐观着，认为尹从森会是一个略微有些远的现实。

而现实是苏之微继续忙忙碌碌，继续被人呼来喝去，一年很快过去，转眼又是年会。

还是北京饭店的宴会厅，还是那样的衣香鬓影、觥筹交错。

年会上，作为第一年进公司的新人菜鸟，苏之微当然要到处敬酒——直接领导，分管领导，部门同事，资深同事，合作伙伴……其实敬完一圈，该不认识你的还是不认识你。

苏之微刻意把尹从森那桌留到了最后。敬酒之前她在盥洗室里对着镜子小心翼翼地整理了自己的衣服、脸和牙齿，之后她提一口气，如同踩着云朵般走了过去。

她怕自己紧张结巴，自我介绍在心中默念了好几遍，精简到不能再短："您好，我是今年刚到公司公共关系部的苏之微，Stella，请多关照。"

年会已到下半场，尹从森的眼神明显有点儿蒙眬："公共关系部？哦，你好你好。大家都知道了，苏……Stella 这样的美女大家以后不要抢着照顾啊。"

桌上一堆人乱笑了起来。明知是作不得数的酒后玩笑话，苏之微的耳根还是红到透明，她微微地举了杯，抿了口红酒，又踩着云朵般地离开了。之前提着的一口气至此悉数涣散，心脏下坠到不知道什么地方，牵引着五脏六腑、三魂七魄都无法归位。尹从森的眼神告诉苏之微，他不在乎这个叫苏之微还是叫 Stella 的，他也压根儿没记住。无论是 Stella、Joyce 还是 Tiffany，对他来讲都一样。

年会之后，梦醒了，生活还在继续。新的一年，无惊无喜，苏之微在公司里，像个傻瓜一样被人踢来踢去，急事、杂事、吃力不讨好的事，通通被扔了过来。女人在公司里做低端职位是很难被尊重的。苏之微再有机会看到尹从森的时候，心中难免五味杂陈——有些东西你看着好，可就是不会让你得到，甚至连一丁点儿希望都没有。

可毕竟是在这样的平台上，至少可以慢慢地积攒人脉、开阔眼界。看多了周遭人等的吃穿用度，渐渐可以分辨好坏和品位的高下，买各种杂志，一遍一遍地看、学习、揣摩。那时候网购和代购刚兴起，除了偶尔上网淘淘，动物园批发市场是苏之微最常去的地方。淘衣服，无非就是眼光和搭配。当然要交学费，真金白银的学费花出去，出师的日子也就不远了。

2006 年，进入公司第三年的夏天，苏之微做到了主管位置。所谓主管，无非是听上去好听些，其实也就是个干活儿的职位，只不过有了点儿权限独立处理事务。苏之微开始负责协助整个公司的公关事务，好处是可以经常去旁听有董事长参加的会。所谓近朱者赤近墨者黑，工作上也一样，经常靠近高瞻远瞩的人，眼光和胸怀也会变得不同。很多年后，苏之微依然对董事长非常敬重。

动物园淘来的一堆均价不超过 50 元的衣服在时尚杂志的教导下，苏之微也穿得有模有样。她还省了一些钱下来炒股，炒得小赚，换了房子租，还是老公寓，好在一个人住，落得清静。而且终于有 24 小时电梯了，不用在混完夜店后的下半夜自己爬黑洞洞的 17 层楼。

陌生的重逢

其实这一天和之前的一千多天，并没有什么不同。苏之微的时间被无数会议和电话占得满满当当，几个项目正在紧锣密鼓地跟进，还有若干个新项目的启动情况要和董事长报备。

董事长在顶楼工作。每次开会，苏之微都要抱上厚厚的一摞文件，提着笔记本电脑挤进电梯。这天一大早，苏之微老套地换上小黑裙，踩着10厘米的高跟鞋，鼓起以一敌百的勇气挤上电梯。

一上电梯就发现气压不对，黑压压一片，定睛一看，天，这个电梯里站着的是尹从森和他的团队！只有苏之微一个女生。

苏之微与尹从森直直地撞了个照面。

她故作坦率地直接目视了尹从森，知道他不认识她，于是淡淡地打招呼："早。"尹从森微微颔首。不过是一个字的对话，电梯里的气压突然发生了奇妙的变化，苏之微被裹挟在重力改变的磁场中央，尹从森的目光重重地落在她身上。所谓的芒刺在背，不过如此。有一刻，她几乎感觉到自己的身体不堪其重，高跟鞋摇摇欲坠。

魔术时刻。

电梯门合拢，到处都是尹从森身上淡淡的香水味，像一张大网将苏之微裹得严严实实。不过十几秒的工夫，在扭曲的磁场里，苏之微觉得自己几乎要昏迷了——快三年了，从来没有和尹从森这么近距离的接触，从来没有过，近到连尹从森的呼吸都能感觉到。当你离美梦那么近的时候，原来并不能分辨梦境与现实的区别。在太多的梦里见过的那个人，真的是咫尺之距的这个人吗？会不会像无数次梦里那样，刚一触碰就变成碎片，一睁眼梦就会醒来？

电梯停在顶层，苏之微不敢回头，门一开就直直地走出去，一路小跑奔向会议室，心里一遍一遍地对自己说，要冷静，要冷静。这不是梦，是现实。现实里的第一次照面，一定一定不能乱了分寸，落了下风。

布置会议室的时候，不出意外，这一票黑压压的定制西装男都走了进来。当然，他们也是来和董事长开会的。苏之微一一打过招呼，分发资料，安排助理端茶递水。

整个会议期间，苏之微大气都不敢喘，使劲儿绷直了身子，使劲儿显得专注和职业，而尹从森却有些心猿意马，他的眼神不时地游离在苏之微的脸上，分明在努力地回想——这个小姐是谁？似曾相识，但确确实实不认识。看样子，应该是董事长刚招的秘书。

尹从森感觉困惑，又有点儿好奇，望向苏之微的眼神里便多了一份探究之意——他又怎么会知道，这一刻苏之微等待了多久，期盼了多久，又压抑了多久。

这一年，苏之微 24 岁，尹从森 34 岁，离他们的初次相遇过去了两年。故事终于开局，依然遥不可及，依然毫无胜算，可是能够坐在长桌两端，苏之微已经觉得无比幸运。落下风那简直是一定的，苏之微一早就知道，这并不是一场势均力敌的博弈，甚至连对等都谈不上。当你已将所有的喜乐全盘落子于对方的手心，对方却还对你无知无觉。她只是决意要下好这一盘棋，走完自己能走的每一步。哪怕结局是满盘皆输，也要孤注一掷。

会议结束后，苏之微在电梯口送尹从森的团队。眼见电梯门徐徐关闭，尹从森向她致以礼节性的微笑。苏之微努力地抽动嘴角，露出一个不那么僵硬的笑容，可脑子里早已一团乱麻。

电梯门终于合上了，苏之微倚在墙上，浑然不觉自己的后背已经湿透，只觉得全身仿佛虚脱了一般。她明白，这个尹从森，Elson，终于在两年后记住了她。

仅仅是记住而已。

卑微的仰望

公司太大有时候真不是好事。两个人在一栋楼里上上下下，各忙各的，一个月也遇不见一回。

美丽优雅的香奈儿女士曾经说过："亲爱的，如果你不打扮好自己，请不要出门，哪怕只是五分钟。因为也许就在这一天，你会遇到生命里最重要的男人。"对于苏之微来说，最重要的事就是可以遇到尹从森。

为了这微乎其微的相遇可能，她每天出门前都要对着镜子掂量一番。可惜的是，机遇总爱出现在你完全没有准备的拐角处。

苏之微本来是个懒散的人，加之未脱学生气，入了这无比势利的行业，开会时不得不穿得人模人样，脚上一双"恨天高"更是必杀技。人前还能提着一口真气，昂首挺胸做优雅职业的白领状，一回办公室就恨不得换上拖鞋扮邋遢。

这一天开完会，准备下楼吃午饭的时候，苏之微大大咧咧地穿着一双手工钉珠的拖鞋冲出办公室，一抬头就看见尹从森。如晴天霹雳，她赶紧回头去办公室换上高跟鞋。一边换一边想到香奈儿女士的另一句名言："女人如果穿一双漂亮的鞋子，就绝不会丑陋。"苏之微想死的心都有了。

再出来的时候，尹从森正在电梯口和人说话，苏之微袅袅婷婷走过他身边的时候，他乐呵呵地看了看她，眼神有意无意地掠过她的鞋子。整个中午，苏之微都沉浸在悔恨的情绪中，一顿饭吃得索然无味。

之后又是好长一段见不到尹从森的日子。越平淡的日子，越要沉下心修炼。经过漫长的等待，才会珍惜来之不易的机遇。再灰头土脸的日子里也要坚信浮云之上有阳光，它会一直在。苏之微在心里默默地对自己这样说。

记不清过了多久，终于有一天，有个案子要苏之微单独处理，而这个企划案跟尹从森有关。为了做到尽善尽美，一星期前苏之微就做好了详细方案，反复核对各项细节，前期与媒体电邮沟通，后期挨个儿打电话。总算与记者们、编辑们都约好第二天在尹从森的办公室见面。

忙碌了整个星期的苏之微拖着疲惫的步子回到家，想到明天就要和尹从森面对面，心潮澎湃，倦意全无，立刻打开衣橱搭配衣服。倒腾来倒腾去，反复比较搭配，几乎折腾了整宿。

第二天早晨，又是一双 10 厘米的"恨天高"，很职业的黑色紧身套装。年轻就是好，略施粉黛就可以出门。

穿了高跟鞋，走起路来为保持平衡，人也就不得不摇曳多姿起来。苏之微挺着胸扭着腰走去开会。

办公室里约好的媒体都到齐了，尹从森还没来。苏之微抬腕看了下手表，离约定的时间还有 10 分钟，少不得和媒体打了一圈招呼。

刚坐下，一个漂亮的小秘书把苏之微喊了出去，对她说："苏小姐，先跟你介绍一下我们董事长吧，这是你们第一次见面，希望贵公司能快速审核通过这次的案子。"苏之微心想，还真算第一次正式见面，心不在焉地听完早已烂熟于心的介绍，努力不去看小秘书说起尹从森时一脸仰慕崇拜的神情。她自嘲地想，苏之微啊苏之微，原来你和这姑娘也没啥差别。

5 分钟后，尹从森带着他的人马浩浩荡荡地来了。小秘书赶紧迎过去，甜甜地说："尹董，这是耀华实业公共关系部的苏之微苏小姐，她负责这次案子的审核。"

尹从森毫不掩饰地直直地看着苏之微，看得苏之微心里直发毛。少顷，他笑了出来，一口白牙亮得耀眼："原来是你？"

苏之微心里早已慌得一塌糊涂，深吸一口气，到底还是镇定下来，露出礼貌的微笑，淡淡地反问："原来是我？我们认识吗？"说着扬起梳得一丝不乱的发髻，假装高傲，继续高傲，必须高傲。

尹从森一怔，随即笑着回复："认识。刚才在广场上就看到一个穿着黑色 Dolce&Gabbana[1] 的女孩子，现在又见到了，原来就是你。"

1　Dolce & Gabbana，即杜嘉班纳，著名意大利时装品牌。

苏之微释然一笑。即使穿着假的 Dolce&Gabbana，即使高傲的表象后满是卑微的仰望，Elson，我终于正式认识了你。

握手，交换名片，一通不着边际的寒暄。定制西装男们和小秘书簇拥着苏之微和尹从森一起进了办公室。

"要喝咖啡吗？"尹从森问道。

苏之微心想，这么多人，你问谁呢！一抬头，看到尹从森正望着自己。刚平复下来的心脏怦怦狂跳，继续吸气，吸气。"好的，谢谢。"她朝尹从森嫣然一笑。

尹从森真的走到一边去开始鼓捣办公室里的咖啡壶，把所有人扔在旁边傻眼。小秘书立刻站起来，忙不迭地说："尹董，我来我来。"

随着咖啡的香味飘散开，大家终于喝上了咖啡。

采访开始，尹从森信口应付了几个明显没做功课的记者的提问。

"时尚不是奢侈，而是一种生活状态。"

"时尚不代表名牌，而代表对优秀的品质和设计理念的尊重。"

"我们将会引入几个设计师品牌，比如……"

苏之微正屏息凝气听着尹从森说话，听到这里卡住了，她抬起头，看着那张完美的脸，发现尹从森也正在看她。不是因为我才卡住的吧！小心脏一阵乱跳又一阵麻痹。千分之一秒的反应之后，苏之微不假思索地张嘴就接：

"比如 Balenciaga[1]、Alexander Wang[2]……"做好功课真的很重要！

尹从森挑了挑眉毛，投过赞赏的一瞥。他笑了笑，转头继续向媒体忽悠。开会的过程非常顺利，尹从森中文、英文、粤语信手拈来，妙语连珠，逗得在场所有的女人喜上眉梢，完全被他的魅力倾倒。

小秘书无处不在，倒咖啡，递笔，递纸，递眼色。尹从森掌控局面之后再没有打过顿，一直滔滔不绝，谈笑风生。苏之微梦游一样低头摆弄着电脑，一抬头看见尹从森就手心冒汗。

终于开完会。小秘送其他人出去，苏之微还有个笔记本要收电源线，会

1　Balenciaga，即巴黎世家，法国著名时装品牌。
2　Alexander Wang，即亚历山大·王，著名华裔设计师及其创办的同名品牌。

议室里只剩下她和尹从森，两个人的香水味微妙地交织在一起，空气里的暧昧悄悄蔓延开来。苏之微磨磨蹭蹭地拔插头、收电源……她不知道自己在等什么，但直觉告诉她，会有事情发生。

一秒钟，十秒钟，一分钟，一分半……笔记本装到电脑包里了……再没有理由逗留下去，苏之微无奈地扬起头准备和尹从森开口告别。几乎是同时，尹从森突然开口："Stella，辛苦你，谢谢你今天的救场。中午有时间吗，不如我们一起吃个饭。"

有那么一刻大脑完全空白，苏之微木木地看着尹从森完美无瑕的笑脸，突然意识到尹从森在等她的回复，嗓子突然有些干。她咽了下口水，努力淡淡地说："好啊，如果你有时间。"

与尹从森并肩走出写字楼，北京的天从来没有那么蓝过，阳光也是从未有过的灿烂。高远处一架飞机飞过，在蔚蓝的天际画出一道白色的弧线，仿佛流星的轨迹，让人感觉可以许下心愿。

苏之微仿佛被云朵托了起来，飘飘忽忽地跟着尹从森。她看着尹从森的侧脸，在阳光下，有金色的光芒与完美的弧线。他的睫毛很长，眨动眼睛时犹如天使的羽翼。苏之微就这样揣着满满的爱慕走在这个男人身边。如果你等了一个人两年，你就会知道，这一刻苏之微的心里是多么幸福。

苏之微紧紧地抿着唇，她害怕自己一不小心就泄露了心事——Elson，你知道我爱你已经很久了吗？

这一对穿着黑色正装的人，在广场上还是很引人注意的。为了跟上尹从森，苏之微不自觉地加快步伐。

至少，在这一刻，我们之间是没有距离的。

默默地走了几分钟，尹从森才侧过头对苏之微说："哇哦……跟你走在一起很有压力哦，很难想象你是耀华的，耀华的人除了 CEO，都不懂时尚的。"

听上去像是一句恭维，苏之微脱口而出："我也不懂，我到耀华两年多了，我认识你。"

尹从森转过身来，眼神微漾："是吗？"

苏之微一滞，抿住了嘴。

广场西侧是一家五星级酒店的法餐厅，有着一流的大厨、高级的餐具和高挑的服务生，无数次被评为城中最佳法餐厅，在各类时尚杂志上时常可见连篇累牍的报道。苏之微第一次到这里，她尽力掩饰局促，餐厅里的空调开得太足，她紧张得手脚冰凉。

尹从森轻车熟路地打招呼，翻菜单，头也不抬地问："喜欢吃什么？"

苏之微瞥了一眼法文的菜单，感觉有点儿喘不上气，立刻说："我喜欢吃的很多，但是讨厌点菜，麻烦你一起点了。"

尹从森抬头看看她，一耸肩："很可爱的小习惯。OK，我乐意为女士服务。"

苏之微舒了一口气，一边默念着上帝保佑，一边不着痕迹地用眼角观察了一下餐厅的环境。有很多绿色的叫不上名的植物，整间餐厅洋溢着一种浪漫的复古情调，同时又有一种体贴入微的精致感。

到底还是小女生，熟悉环境之后，面对尹从森，苏之微情不自禁地打开话匣子，说起自己以前见到尹从森的情形。其实她已经在很努力地克制自己了，然而当你面对一个爱慕了两年的人，真实地坐在那里，微笑地看着你，你要如何才能保持镇定。苏之微的亢奋还是很明显的。

尹从森一边听着，一边点完了菜，笑眯眯地看着她："想不到你话还蛮多的。"

苏之微又是一滞，赶紧住口，拿起杯子喝了一口水。

尹从森望向窗外，那里正好看得到广场上的喷泉，水珠经过阳光的折射，有着七彩的光芒。他缓缓地开口："上次在你们董事长那里开会，你走进电梯里跟我打招呼，我手下不停地对我挤眼睛，他们问我什么时候认识你的，可是我真的不记得了。那天我才第一次注意到你。在会议室里又看到你，我还蛮惊讶，以为你是董事长秘书。"

苏之微心中一动，笑意几乎要喷薄而出，却故作矜持地说："哦，是那次啊，我知道你不记得我，可我觉得不打招呼不太礼貌。"

尹从森朝前趋近了些："我不知道我怎么会不记得你，非常抱歉。"

苏之微这才注意到，他的眼睛是浅褐色的，眼神清澈而真诚。她赶紧大度地说："没事，我平时不太在公司的。"紧接着却腹诽道："才怪！我一天到晚都在公司！是你小子有眼无珠从来都把人当透明！"

尹从森继续说："今天早晨在外面的时候看到你，还在想你来干吗，没想到是来参加我的会。"

苏之微心中打翻了糖罐，又甜又暖，抬起头，看到同样也微露甜蜜神情的尹从森。一种叫作默契的东西居然出现在了流动的空气里。苏之微在桌下狠掐了一下自己的腿，方才确认，这一次真的不是梦！

菜式当然很好，尹从森还请服务生开了一瓶红酒，苏之微吃着吃着又走神了——吃完这顿饭，然后呢，是不是又要回到一两个月见一次面的状况里去。他去的地方，自己一年的薪水还不够去一次。现实何止惨痛，简直是赤裸裸的残酷。苏之微想到这些，又愁眉不展了。

尹从森觉察到她的低落，问道："怎么了，吃这么少。"

苏之微强打精神："没有啊，我一直就吃这么多。"（昨天中午吃两碗米饭的不是我不是我……）

尹从森笑一笑："我喜欢看到女孩子的好胃口。当然了，在我们这一行干久了，谁还能有好胃口，都巴不得能塞进 0 号去。"

0 号！苏之微心中一抖，一直穿 M 号也就是美码 4 号衣服的自己，是不是从明天开始要节食了。她忧心忡忡地思忖着。

尹从森没有觉察到她的神色异样，轻咳了一声："好吧，我有一个请求，可能有点儿冒昧，可是你也还年轻，去参加一下，也许会不错……"

苏之微闻言立刻抬头看着他，眼神中充满了自己都不知道的渴望。"什么事？"

"这个星期六晚上有个答谢酒会，一般的鸡尾酒会而已，有时间一起去吗？有很多好玩的人……我知道时间有点儿紧张，如果没时间下次也可以。"

苏之微雀跃起来，心中大喊我去我去我去，面子上却死撑着说："星期六我真的有安排了，我看看可不可以推掉……星期五晚上给你回复好吗？"

尹从森高兴地说："好的，没问题！如果你确定参加，我到你家楼下接你。"

苏之微在心中对自己比了一个"V"字，依旧在面上淡淡地说："好的，谢谢你的午餐。"

无论走在哪里，尹从森都注定是焦点中的焦点，就连在餐厅吃一顿饭，都有半数人的眼光为他所吸引。苏之微叹息地想，也许人生的意义就在于挑战高难度。

埋完单，正准备离开，尹从森遇到了熟人。

一个长发飘飘的女人，跟两个老外在一起，跟尹从森熟络地打了招呼。

好妩媚的女人！重要的是——苏之微目光如炬地发现，她穿的是正品！羡慕！嫉妒！！恨！！！

两个人很热切地聊着，那女人在尹从森耳边不知说了句什么，两人大笑起来，她的手就势搭上尹从森的肩，靠得好近。苏之微在一边被当作透明人，心里的瓶瓶罐罐打翻了一地，表面上还得做出微笑的样子。

终于聊完，尹从森转过身，从苏之微的眼神里读出隐藏的那点儿恶毒，别有深意地笑了笑，不经意地说："Vanessa，百货公司买手，美国人，单身妈妈，好朋友。"

苏之微忍了又忍，到底没忍住，没头没脑地说："她很性感。"

尹从森大笑起来，扯扯她的头发："你还小，不知道什么叫性感。"

苏之微又羞又怒地转身就走："好吧，再见。"

尹从森在她背后喊："Stella，星期五等你消息。"

灰姑娘的水晶鞋

苏之微回到家，又是一阵翻箱倒柜，对照米兰春夏发布会的照片找衣服。她甚至没心思去仔细回味和揣摩吃饭时尹从森的言谈举止，只知道自己离那个梦一步步接近。机会来得似乎轻而易举，可是，谁知道还有没有下一次，苏之微的心情几乎是悲壮的。

星期五的早晨被闹钟叫醒，苏之微一跃而起，扑向手机，开机，短信息如约而至："怎样，明天的安排？Elson。"

如释重负地看着那条短信息，又摩挲了手机良久，到底还是忍住没有回复。苏之微明白，太容易到手的东西（包括女人）都不会被珍惜。

一个上午的坐立难安，心不在焉，苏之微总是下意识地望向手机，那条短信息静静地躺在那里，不言不语，牵动神经。终于到下午了，苏之微斟酌又斟酌，回了四个字："应该可以。"

苏之微选了一条宝蓝色的裙子，乍一看很像是 Cholé[1] 的新品，同时宝蓝色衬得她皮肤很白。

星期六晚 8 点半，尹从森的车准时停在楼下，车里还有他的朋友 Paul。苏之微的裙子在膝上 10 厘米，优雅中带着诱惑，在恨天高的帮助下，营造了月光下的一双美腿。

夜色朦胧如梦，尹从森从容地站在车旁，看着苏之微步步走近，展颜一笑。苏之微脚步一顿，心脏又要停止跳动了。幸好 Paul 也打开车门，热情地用港式普通话大声说："噢……难怪 Elson 要来接呢！你好，我是 Paul，上次开会我也在，不过我想你没有注意我了……"

Paul 是典型的香港人，个头不高，身材保持得很好，看得出平时注重锻炼，笔挺的白衬衣配牛仔裤，Zegna[2] 的鞋子和皮带。手上的表随着他夸张的手势一闪而过，苏之微没有看清牌子，看模样有点儿像是 IWC[3]。

尹从森保持着他一贯优雅的微笑："好了，你话很多啊 Paul，当心吓到女士。Stella 请上车。"

打开车门，苏之微用练习了很久的姿势坐进车里，小心翼翼地把腿挪进

1　Cholé，即蔻依，法国著名时尚品牌。
2　Zegna，即杰尼亚，世界著名的意大利男装品牌。
3　IWC，即 IWC 万国表，瑞士钟表品牌。

车里，并记住了尹从森的眼神在腿上的短暂停留。心中小小的得意，对自己比了一个 V。

接下来的一切让苏之微眼花缭乱，她不记得自己是怎么走进场地里的。明星、明星、明星……处处是闪闪发亮的熟悉面孔，苏之微拼命控制自己不要像个土鳖一样到处看来看去。

尹从森和 Paul 很体贴，尽量待在苏之微身边。偶尔尹从森和别人打招呼寒暄，Paul 就会抓紧时间开玩笑，和苏之微说几句尹从森的小话。尹从森一回眸，Paul 就举着酒杯和他打哈哈。

苏之微拿着一个倒霉的包，后来想想这个包实在丑得可以，不知道为什么要带，拿也不是，放也不是，总之整个人就是一眼望去水土不服的类型。

多年后回想起这一幕，苏之微都会真心诚意地面红耳赤，恨不能穿越回去给自己一个耳光——你紧张个什么劲儿！这种场子有什么了不起的！

午夜之后，派对换场，一行人准备转战去夜店。Paul 要回家陪太太。尹从森很小心地问："Stella 晚点儿回家不要紧吧？"苏之微回答："不要紧，但是不能太晚。"

夜店的豪华包房，依然是一堆明星，家喻户晓的，小有名气的，混得脸熟的，各种。夜有点儿深了，苏之微也有点儿麻木了，心想管你谁谁谁呢，我反正不是来看明星的。

尹从森一进来就陷入酒局，生张熟李通通凑上来，不管三七二十一，先干为敬。拒绝了一整轮儿乱七八糟的敬酒以后，苏之微百无聊赖，和仍周旋其中的尹从森打了招呼："Elson，我跳舞去了。"

苏之微从小学舞蹈，大学时跟死党混夜店还临时起意参加过夜店的舞蹈选秀，得了亚军，免费混了十个月的夜店。舞场她不陌生，但是这样的包房让她感觉陌生。她看了看喝得七荤八素的包房诸君，推开门去了公众舞池。

苏之微的心里不是不失落的，苦苦压抑的情感和没有希望的将来，即使真的和尹从森在一起了，又怎样呢？自己无非是他众多女人中的一个。这个圈子的名利来去得太快，诱惑也未免太多了些。

迷离的灯光和迷离的面孔，没有一个人和一件事看上去是真实的，苏之微借着零星的醉意，在舞池中扭动着身躯，心想，就当作是一场梦吧。

有人靠近了过来，尹从森？苏之微有点儿发怔地看着他："你怎么出来了？"

尹从森穿着一件修身的 T 恤，肌肉的轮廓隐约可见。肌肉并不夸张，但厚实性感，标准的倒三角。苏之微一时有点儿痴了。

尹从森轻轻用手指点了一下苏之微的鼻子："来保护你。"在苏之微的身畔，他很快和上音乐，也跳起舞来，跳得很优雅，看上去很舒服。

大脑缺氧，不知道哪里听来的一句流言不合时宜地冒了出来，苏之微张嘴就问："你真的出过唱片？"说完就后悔了。音乐声太大，尹从森没听清楚，昏暗的灯光下只见苏之微一张无辜的小脸，心中微动，顺势把身体靠近来，轻轻搂住了她的腰。

一阵天旋地转，苏之微的大脑一片空白，身体炽热起来，不管不顾地配合着尹从森跳舞。就像被一把火点燃了，苏之微的劲头上来了，眼神妩媚，肢体柔软，转身，背对着尹从森，下蹲，波浪一样站起来。这个动作叫 wave，听上去很基础，但能做好的人并不多，苏之微做得很到位。

仿佛一波海浪劈头盖脸地涌上来，尹从森突然感觉有点儿窒息。而他的香水勾魂夺魄般往苏之微的七窍钻，身体攻城略地，越靠越近，苏之微全身的骨头都酥了。他们脸贴着脸，尹从森的呼吸沉重而急促，带着滚烫得几乎可以融化灵魂的温度。

突然，尹从森在苏之微耳边说："我们该走了。"

一盆冷水兜头浇下，她霎时醒了。如果错过了这个男人，我会后悔的。苏之微在心里清清楚楚地对自己说。

尹从森拉着她的手穿过人群回到包房，呼吸平顺，体温正常，仿佛什么都没有发生。

送苏之微回家的一路上，尹从森都没有说话。苏之微下车后，他礼貌地道了一句晚安。汽车扬尘而去，消失在街角的那一刻，苏之微望见了天边微露的晨曦，半抹残月，不见星光。

苏之微叹了一口气，脱下穿了一晚的"水晶鞋"。

　　碎片一样的睡眠，交替闪回着尹从森的神情、话语、身体接触……再也无法睡踏实，苏之微迷迷糊糊地起床，发泄一般地拖地、吸尘、收拾房间，刻意把音乐开得很响。

　　依然无法将尹从森从脑海中抹去分毫，他的声音、味道和身体已然深入骨髓，仿佛一个魔咒，让苏之微无法逃脱。不能抑制的发了疯一般的思念，不能打电话！不能发短信息！她一遍一遍地克制住自己的冲动。

　　下午 3 点钟，手机响起。苏之微扑过去拿起手机，是尹从森发来的信息："起床了吗？Elson。"看见短信的那一刻，苏之微只觉心中酸楚难言，差点儿掉下泪来。爱上一个地位不对等的人，确是甘苦自知。

　　这一场爱情，如果已经决定要这么开始，只愿它单纯无知，奋不顾身。

最遥远的距离

　　尹从森给了苏之微自己的 MSN 账号，于是不用纠结见与不见。每天早晨，尹从森的头像，一个阳光下的身影，都会准时出现在苏之微的电脑上。

　　也是加了 MSN 才知道，尹从森的生活很规律——早晨 9 点上班，中午健身，下午 1 点钟午餐，回来工作到 7 点，之后是晚餐。标准的阳光宅男，公事应酬之外，可以不出席的场子就尽量不出席。比想象中简单，苏之微暗忖。

　　一个星期无波无澜地过去，苏之微依旧每天从她的小公寓步行上班，步行下班。有时会无法抑制地想，他在哪里，在干什么，是不是在一些我想象不到也从未去过的地方，和一些我无法企及的人打着交道，言笑晏晏。Vanessa 和那个小秘书的身影总是会不由自主地浮现在空气里，嫉妒像毒药一样，让苏之微痛苦。

　　有了 MSN 又能怎么样呢？除了日常作息，自己连他住在哪里、有怎样的朋友、吃饭消遣会去哪里都不知道。越是走近，越是可以看清彼此之间的现实沟壑。可怜苏之微甚至连着力点在哪里都不知道。

星期五的早晨，苏之微穿上惯常的丑陋的平底面包鞋步行上班。难得清朗的早晨，这个繁华都市还没彻底苏醒，街上的车不多，空气清新，阳光和煦。

走着走着，苏之微觉得有什么东西一直在身后。转头一看，尹从森的车子默默地跟在后面，而尹从森正在车里乐不可支地看着她。几乎是下意识的，苏之微疯了一样逃窜出去。尹从森没想到她会来这招，越发觉得有趣，一脚油门追上来。

大约是感觉到了自己的愚蠢，苏之微停下脚步，板着脸走过去。尹从森摇下车窗，一脸玩味地看着她："怎么，穿平底鞋就以为自己跑得比汽车快了？"苏之微的脸板不住了，想笑，又觉得很糗。"你干吗啊！大清早的跑出来吓人！"

尹从森置若罔闻，皱着眉头研究她的鞋子："你怎么会有这么丑的鞋子呢？改天我带你到我们存储室里挑一双吧。"

苏之微索性撒起泼来："你管我！你到底来干吗？"

"来保护你。"

苏之微一愣，又想起那天晚上，尹从森说过同样的话。心里像是有只小虫在爬，痒痒的、酥酥的。她一句话也说不出来了。

尹从森看着傻傻发呆的苏之微，扑哧笑出声来："好啦，小家伙，不要胡思乱想，该上班了，上车！"

苏之微这才反应过来被人调戏了，更加羞怒交加："不上车！我就要用我的丑鞋子走过去！"

尹从森突然打开车门，走下来。

苏之微呼吸一滞，看着一地阳光被这高高大大的身影挡住，生怕自己站立不稳，立刻缴械投降："好好好，怕了你了，我上车。"

尹从森笑笑，并不多话，上车，一踩油门。

到了公司大厦门口，尹从森不经意地说："晚上等我吃晚餐。"还没等苏之微答复，又一脚油门，绝尘而去。

那一霎，苏之微心里转过各种情绪——喜悦，酸楚，释然，期待……她挺一挺胸，转身上楼，恨恨地想：当老娘什么人！老娘还不稀罕跟你吃饭呢！

结果这一天过得生不如死，一分钟看表十次。

终于到了晚上。5 点下班，没有消息，又耐着性子等到 7 点。苏之微只觉得秒针走得比蜗牛还慢，等到饿得奄奄一息，MSN 的对话框终于跳出来："五分钟后下楼。"

仿佛被打了鸡血一般，苏之微立刻跳起来，手忙脚乱地换上高跟鞋。先照照小镜子，看妆有没有花，再去盥洗室照全身，整理头发、衣服、牙齿……做女人真的好辛苦。膝盖有些发软，她颤巍巍地扭下楼去。

尹从森在车里，见面第一句话："想我了吧？"

苏之微一侧头，避开他闪闪发亮的眼神，笑着说："应该是说饿了吧？"

"为什么你们总是那么早吃饭呢？"眼神一转，"哟，换鞋子了！"他故作夸张地说。

苏之微恶狠狠地说："你再提鞋子的事情，我就跳车！"

尹从森一边大笑一边把车开出来："你知道车门是自动上锁的吧？亲爱的，我其实已经把你绑架了，由不得你喽。"

一路说笑，浑然不觉堵车，到了一个看上去毫不起眼的住宅区。苏之微默默地想："难道第一顿正经的晚餐就要在这个地方吃？太不在乎我了吧！"

车停下。草丛里不知从哪里冒出一个服务生，彬彬有礼得吓人，还满嘴英文："先生，需要我为您指路吗？"

当我足够好，才会遇见你

尹从森摇摇头："谢谢。"然后带着苏之微穿过草丛，指着墙上的一道门，跟她说："你先过去，我跟服务生说句话。"

苏之微朝墙走过去，拉了拉门，没有拉动。有点儿窘，怎么办？总不能穿着"恨天高"踢门吧！只好转过头看看服务生在不在。一转身，又看到尹从森在那儿弯着腰狂乐，笑得喘不过气来。

方才反应过来被人涮了，苏之微双目喷火："你……你……你玩我！"

尹从森笑得眼泪都出来了："好啦好啦，回来这边啦。"苏之微穿着"恨天高"咯噔咯噔地走回来，一拳打过去。躲闪拉扯之间，尹从森跑到刚才的墙那里。

一堵厚厚的墙突然就打开了。靠！科幻电影啊难道！苏之微蒙了。

尹从森在墙中间喊："过来啦，不骗你了这次。"

跟着走过去，发现这家餐厅故弄玄虚到出神入化的境界，全黑的内部装修，不经意间有很多美丽精致的细节。苏之微又管不住自己的眼睛了，餐厅中部高挑华贵，酒台上至少有几百瓶倾斜放置的红酒。

灯光昏暗，空气里流淌着几不可闻的音乐声，十几张桌子错落有致地摆放着，里面安静地坐着各色人等，看不清面容，感觉非富即贵。

确实是个第一次晚餐约会的好地方。

在角落的一张桌子旁坐了下来，尹从森一边介绍餐厅的背景和特色，一边翻看菜单。他抬起头问："Stella，你不喜欢点餐，对吗？"苏之微想起第一次午餐时说过的小谎，点点头。

尹从森的眼神里有些许的宠溺之情："你是个被惯坏的小女孩，不过这是个很可爱的小习惯，会让人喜欢照顾你。"

看着昏黄的灯光洒在尹从森的脸上，长长的睫毛倒映出像小栅栏一样的影子，苏之微心神不定地想，这到底是个怎样的男人，在这样的圈子，没有理由不花心吧。这样的约会对他而言，也许是兴之所至，信手拈来。

晚餐吃了很久。尹从森很健谈，谈起他小时候在英国的情形，谈起他在香港和台湾的生活，还聊了会儿他刚到大陆的一些趣事。

本来气氛好好的，一切都很完美，结果苏之微又出洋相了。

苏之微是好孩子，主动要求不喝酒，于是呢，尹从森特意给她叫了壶可爱的茶。

这个餐厅是个日式西化的餐厅，于是呢，它也有生鱼片。大家都知道，生鱼片要蘸酱油的，于是呢，桌上又有了壶可爱的酱油。这壶可爱的酱油长得跟那壶可爱的茶一模一样。于是呢，苏之微一边听着尹从森说话，一边魂不守舍地就把酱油倒到茶杯里，还优雅地喝了一口……只见尹从森说着说着，突然看见苏之微一脸痛苦，开始还强忍着，后来终于站了起来，跌跌撞撞地跑去洗手间吐了。

尹从森强忍着笑，埋单的时候跟服务生建议说："你们这个茶和酱油不要用一样的壶。"苏之微非常想找一块豆腐撞死。

出来上车后，尹从森还不放过她，漫不经心地说："没关系，酱油喝了对身体好。"

苏之微心里那个悲愤啊："你还说！你再说……"

"再说你就跳车是吧。你知道……"

苏之微打断他："车是自动上锁的是吧？你其实已经把我绑架了是吧？"

尹从森转过脸来，很沉静地说："我真的很想绑架你。如果你今晚还想回家，就不许这么可爱。"

夜很深了，沿途的一盏盏路灯滑过他的脸庞，映射出一种让人迷醉的神情。一路上两人都安安静静的，只有音乐飘荡在车里。

到了楼下，苏之微屏住呼吸，不知道自己在期待什么，这个夜晚会和之前的有所不同吗？这个夜晚会是一个真正的开始吗？

尹从森静静地，仿佛在想些什么，没有打开车锁，也没有熄掉油门。苏之微听到自己的心脏在这个安静的夜里兀自跳动。

尹从森仿佛醒悟过来一样，轻轻地说："晚安。"然后打开车锁。

苏之微失落地走出车门，看着那辆车绝尘而去。

如果没有遇见你

转眼又是星期六了，苏之微想给自己买个包包，至少让自己心里舒服一点儿。奢侈品的作用是在你自信心极度虚弱的时候，给你支持。

逛了一圈商场，并没有费太多踌躇，苏之微痛快地把自己一个半月的薪水花了，买了个 DKNY[1] 的限量版。这是她的第一个名牌包包，即使它不是一线，即使它并不算真的昂贵，都无所谓。内心深处，苏之微明白，自己已经改变了。也许，从第一次见到尹从森的那一晚，她就已经改变了。

更物质？更虚荣？不。苏之微清清楚楚地告诉自己，是理想，是理想中的生活。如果没有理想，生活便不值一提。能够让自己充满感激与期待地过完每一天的力量，不是任何人，而是理想。

如果没有尹从森，如果没有这个包包，也许生命就会不同。谁知道呢。生命不过是一幕没有剧本、不能剪辑的舞台剧，如果在某个起承转合的桥段里，偶然拾起了不同的道具，就要用不同的方法演下去。

某年某月的某一天，苏之微心甘情愿地接受了引诱，物质也好，爱情也罢，她愿意为之付出青春与努力。挎着新的包包，苏之微心里满怀对尹从森的思念——我们在同一座城市，可是我却不能在思念你的时候，飞奔向你的身边。

下午，尹从森终于打电话来："干吗呢小丫头？晚上有时间吗？我有个晚餐会，之后一起喝点儿东西？"

放下电话，苏之微立刻开始找衣服，配鞋子，洗澡，全身脱毛，化妆，做头发……做女人便是如此，处处都得打起十万分的精神，付出无数的努力，才能在出场时稍稍地不落败于人后，不失礼于人前。而若稍有懈怠，便

1　DKNY，纽约著名时尚品牌。

时时有可能被打落十八层地狱，永不翻身。这是一个不公平的社会，对女人尤甚。

晚上九点，尹从森的短信来了："楼下。Elson。"

从不主动发短信，从不主动打电话，从不在见面以后流露出半点儿等待的辛苦，这是苏之微对自己的要求。她调整情绪，对镜中的自己展露出一个鼓励的微笑。之后一边下楼一边默念："不要一样的晚安，不要一样的晚安……"

上车，尹从森的第一句话："想我了？"

苏之微一撇嘴："你好自恋啊！"

"好啦，不承认也无所谓，听歌啦。"

"你这么喜欢听歌，你真的出过唱片？"苏之微真是个直肠子的孩子，到底还是问了出来。

尹从森笑着说："出过。后来有四个人来求我，说如果我唱下去，他们就会失业，一个姓刘，一个姓张，一个姓郭，一个姓……"

苏之微接过去："一个姓黎……自恋狂！我要吐了！"

两人相视大笑。

车开到了君悦，一层的酒吧，一个黝黑皮肤、不拿自己当中国人的中国女人正在弹古筝，音乐流泻出来，是感觉上很高级的中国情调。

尹从森点了一瓶香槟，Moet & Chandon[1]。苏之微心想，香槟难道不是在派对上用来晃出很多泡泡烘托出廉价的欢乐气氛的廉价东西吗？

服务员拿来的时候那架势那眼神，明摆着在说：它很昂贵，以及，小姐，你很幸运。

尹从森对服务员说："我这里有一枚硬币，请把它放到酒瓶塞里。"

不久，服务员回来，硬币卡在瓶塞中间。尹从森拿过来放在手中，亲吻了一下，然后递给苏之微："这个送给你，我们一起喝的第一瓶香槟，带着我的祝福，会给你带来好运气。"

不待苏之微回答，他自言自语地说："这几天晚上，有时候会想起你。"

1　Moet & Chandon，即酩悦香槟，法国著名的香槟酒。

顺手拿起了一支笔，在纸巾上写写画画。一边画，一边接着说："想起你，就会画画你的样子，可是画不像，你的眼睛我画不出来……像星星那样明亮，可是比星星难画好多……"

说完，他抬起头，很深很深地看着苏之微的眼睛，轻轻地说："Stella。"

这么久的时间，等来了比期待的还要温暖的瞬间。苏之微的眼角有隐约的泪光闪动。在一种甜蜜而微妙的眩晕感中，苏之微与尹从森碰了碰杯，香槟的口感绵延持久，馥郁芳香……一瓶香槟不知不觉就喝了进去。

出门的时候，眩晕感加重了，尹从森绅士地说："Stella 女士，为了让你走稳，请你挽紧我。"

苏之微紧紧地靠在尹从森的臂弯，在微醺中感受着，他的臂膀很结实，皮肤很好，带着健康的光泽。

夏天多好，苏之微陶醉地想着。借着酒意，她毫不羞愧地将半个身体、自己一半的重量都依附在尹从森的身上。香水味又来了，无孔不入地勾引着苏之微的魂魄，心底的火山蠢蠢欲动。凉凉的晚风拂过，苏之微的酒也醒了一半。总算没有太失态。

尹从森为苏之微打开车门，等到她完全坐好，系上安全带，才关上车门，回到驾驶位。

车上响着张学友的《失眠夜》：

> 还记得初次相约
> 肩并着肩一起谈天
> 和你共度最美的感觉
> 盼望时间能慢些
> 让我拥有每一个夜
> 不管是月圆月缺
> 只要是有你就有一切
> 浪漫的夜

尹从森也唱了起来，一时之间分不清是谁在唱。他的声音浑厚磁性，与张学友太像太像。此刻苏之微终于相信，尹从森真的出过唱片。

又到楼下，苏之微眼睛里闪着光，在心中默念："不要一样的晚安，不要一样的晚安……"

尹从森把车熄了火，打开大大的天窗。北京的夏夜，刚下过小小的雨，有一两颗小星星暗淡地亮着。路两旁的梧桐树，被风吹过，会有不易察觉的微香。

尹从森望着天空说："你的房间会是什么颜色？带着你的香味，一定很舒服很懒散吧。"

苏之微想起自己廉价的小公寓，心底泛起莫名的难过。古人总说门当户对，其实是出于一番好意、一种爱护，不希望大家都像自己这样辛苦。

不能让他上楼。苏之微迅速地打定了主意。如果这段感情早晚都要散场，不如散得美好些。

她随口说："我住伯父家，他是父亲的哥哥，待我如己出。"

尹从森笑笑说："别担心，我不会强迫你带我上楼。"

苏之微斜眼看着他，说："难讲哦，人品又不怎么好，总是耍人家。"

尹从森靠过来："你再说一遍试试看？"

每一次靠近的时候，尹从森身上若有若无的香水味，总是让苏之微难以招架。

苏之微屏住呼吸，靠得太近，她怕尹从森感觉到自己的局促和不安，她更怕尹从森触碰到她一触即溃的内心防线。那些自尊、骄傲、卑微、脆弱、渴望……在这个男人的气息的笼罩下，一点点融化，一点点化为尘土。她听见自己心里的碎裂声，模糊地想——原来爱是这样，让人变成碎片，不复完整。

星光下，尹从森仔仔细细地看着她的脸，低语道："不要紧张……我不会吃了你……"

苏之微被压迫得喘不过气来，刚要开口呼吸，一场热烈的吻疯狂而至。

在他大大的身体下，苏之微觉得自己又单薄又渺小，仿佛已经碎成了几千片几万片，在热吻与拥抱里，加速地分崩离析，每一个细微的碎片里都铭刻着对这个男人的爱与眷恋。

尹从森紧紧地抱着她，像是很怕把她丢掉。欢欣与痛楚，盛放与枯萎，苏之微觉得自己的骨头都要碎了。

骨中之骨，尘中之尘。

除了回应他的亲吻和抱得更紧一些，苏之微什么都不愿意想，也什么都无法想。这个男人的狂热、这个男人的身体、这个男人的气息、这个男人的灵魂……这一刻，仿佛都在喘息中给了自己。

苏之微如同娇柔的玫瑰，承载雨露时不由自主地颤抖，每一次颤抖，都换来更猛烈深切的吻——不管不顾的，辗转缠绵的。

一分钟，一小时，一个世纪……不知道过了多久。

凌晨 3 点，苏之微回到家。尹从森的体香还在她的衣服上皮肤上停留。

她不想换衣服，就这样抱着自己呆呆地坐着。

Elson，我有多爱你，你知道吗？每一个瞬间都很美好，每一个神情都值得记忆，我要把你留在我的生命里，即使有一天，你终将离开。

永远无法走进的世界

随后的一个月，每个星期见一次面。

尹从森总是很忙，而且几乎越来越忙，MSN 上也不经常说话。

那一个夏天夜晚的热情仿佛蒸发在了空气里，一点没有剩下，连存在过的证据都找不到。

苏之微不知道该如何推进两人的关系，等待，只有等待，只能等待。她并不是被动的人，在这一段关系里，却被牢牢地锁死在被动的位置上，感觉很痛苦，却又无可奈何。

早晨，苏之微又穿着面包鞋走去公司，边走边接电话。

"早安，宝贝。"尹从森的声音像朝阳一样，照亮了整条街道。苏之微下意识地往四下看了一眼——不会又在附近出现吧？还好，没见到熟悉的车子开过。

她喜滋滋地回话："早安。今天天气好好。"

"嗯。你又穿面包鞋上班了？"

苏之微一紧张："啊？你在哪里？"

"放心啦，刚出家门而已。"

苏之微淡定了，心想，那就好，那就好，丑也不要被看到。

绿灯了，眼前过去一辆车，尹从森摇下车窗，手指着她的面包鞋，脸上是忍得很辛苦的笑容。

疯疯疯疯疯……苏之微大窘，恨不能找个缝儿钻进去。手机里继续传来声音："小朋友过马路不要左顾右盼哦，注意安全！再见啦！"

下午尹从森从 MSN 上跳出来："对不起宝贝，最近实在太忙了，不如我补偿你一下，今天晚上做饭给你吃？"

一瞬间，苏之微各种喜极而泣、感激涕零：上帝啊，玉皇大帝啊，太上老君啊，各地方的大神仙们，你们真是显灵了。我苏之微何德何能啊，我要去 Elson 他们家吃饭了！

又是拼命看表，终于熬到 7 点。约好在楼下见。

下楼时遇到八卦的同事们，拉着苏之微一起走去坐公车。

推搡来推搡去没能避过去，苏之微一咬牙一横心，终于在众目睽睽之下坐进了尹从森的车。

刚落座，尹从森张口又是："想我了？"

苏之微正在烦恼那群同事异样的眼神，哪有心思理他。

"生气了？"

"没有，事多，有点儿累。"

尹从森听上去像是在解释："我有时候工作的时间不太固定，你应该知道的。"

苏之微心中一软："嗯，我知道，所以，没关系。能看到你，我就觉得很幸福。"

我只愿在你眼中的自己是阳光而快乐的。所有的甘苦，你看到甜美就好，至于辛苦的那部分，由我一个人来承担。

尹从森淡淡地说："那就好。"

也许是对话有些压抑沉闷，一路上两人各自怀着心思，没怎么说话。

苏之微遐想着——Elson 的家，像他这样的单身男士的家，会是什么样的呢？没有阅历也没有眼光的她，连想象都想象不出来。

尹从森住在长安街。车停到地下的时候，有个小男生走过来，把车开走了。看到苏之微有些困惑的神情，尹从森说："没事，阿昆，洗车去了。"

进了电梯，密闭的空间里两人靠得很近，无法抵御的气味飘来，苏之微靠着尹从森，踮起脚。不顾摄像头，尹从森深深地吻了下去，那样有热度、有重量的吻，刚才车里的压抑气氛一扫而光。

到家了。打开房门，深色的木地板一直延伸到落地窗，窗外是长安街绵延的灯光，如同黑色的幕布上点缀着无数繁星，如此璀璨而安静。完全不同于苏之微认识的任何一个人的家，甚至不同于从她的角度所认识的北京。

她睁大眼睛看着这一切，心脏直直地往下坠落，更加清楚地知道那晚不带尹从森去家里是对的——他这样的人，根本从来都不知道困苦是什么。

"你确定你要做饭吗？"苏之微很是怀疑地问。

"当然！很简单的。其实我不经常出去吃东西，如果一个人就自己随便煮一点儿。"说话间，尹从森已经换好衣服，走进厨房，打开冰箱，熟练地洗菜切菜。

很难想象这样一个男人，竟然会做饭，而且会把她带到家里吃饭。想着想着苏之微就开心了，刚才的阴霾一扫而光，蹦蹦跳跳地在客厅里玩起抱枕来。"要做饭就快点儿啊，我饿了！"她跳上沙发，朝尹从森大喊。

尹从森看着她，眼里又出现那种宠爱的神情："乖啦，不要乱蹦，像楼上的那两只德国小魔兽，一下课就咚咚咚个不停，你听，又来了……"

楼上果然传来像是拍皮球的声音。苏之微侧耳听了会儿，惊讶地说："他们不是在家里打篮球吧！"

尹从森无奈地一摊手："是啊，没错！我怀疑他们在家搞了一个儿童篮球场！"

打开窗，听见楼上飘来小孩子嬉闹的声音。突然间，苏之微有些发怔，她小声地问："Elson，你为什么一直没有结婚？"

尹从森看了看她，回答道："因为怕麻烦。大多数女人都很麻烦，不停地打电话，发信息，提要求，哭闹。不过你不一样，在吻你之前，我其实考虑了很久。"

那一刻，苏之微的心微微发痛——Elson，你知不知道，为了不烦你，不让你觉得麻烦，我有多难为自己，我有多压抑自己……我终究只是一个普通的女人，是一个无可救药毫无指望地爱着你的女人。她终究什么都没有说，在尹从森的年纪，很多事情已经定型了，做他的女人只能适应，不能改变。

苏之微走进厨房，从背后抱住了尹从森，尹从森笑笑，说："好啦，到底饿还是不饿？"

苏之微帮忙摆好餐盘，尹从森放了小野丽莎的 CD，音乐如流水一样在空气里流淌着。

苏之微并不记得自己吃了些什么，只记得尹从森的笑脸，无关紧要的聊天……

窗外是并不真实的璀璨灯光，楼上偶尔传来的喧闹声提醒着她，什么是真实的生活，如此真实却仿佛是自己永远无法走进的世界。

吃完饭，已经很晚了，尹从森送她回家。

什么都没有，连吻都没有。

长安街的灯与夜

又一个月过去，生活平淡无奇，迷乱的夏天带着它的热度，渐渐离开，北京的秋天来了。

苏之微每天都会给尹从森写一封邮件，尹从森并不是每封都回。这是她用来表达思念的方式，也是她阻止自己给尹从森打电话发短信的方式。但是还是有一天，没有忍住。

星期五的晚上，苏之微的电话打过去，尹从森接了，声音冷淡："这么晚有事吗？"

隐约听到小野丽莎细细碎碎的音乐声，还有女孩子笑闹的声音。眼泪哗哗地流下来，无声无息却控制不住："没事，晚安。"她挂了电话。

她对自己说："你一直都明白的，你只是不想错过一个优秀的男人。不是只有你一个人伤心，他的其他女人也都伤过心。不要纠结，就算再也见不到他，至少经历过。"

就这样不停安慰自己的时候，手机响了，是尹从森的声音："不要多想，在家里招待品牌的人。明天晚上一起晚餐。"

擦干眼泪，苏之微决定不再纠结，相信或者不相信都没有意义，能在一起多久就多久吧。生活已经够不幸了，不要让自己成为自己的阻碍。

这一晚，苏之微躺在床上，看着夜风吹起窗帘，想起尹从森家里的落地窗和夜景。交替出现的场景里，有尹从森的每一幕都像是梦境，伸手出去，黑暗里空无一物。

一夜无法入眠。星期六的下午苏之微才起来，看到手机里有尹从森的11个未接来电。回拨过去，声音还是懒洋洋的："找我？"

尹从森一副如释重负的样子："大小姐，才起来啊！还以为你搞人间蒸发。"

"人间蒸发什么，不是晚上才吃饭吗。"苏之微还是懒懒的，提不起精神。

"我改主意了，我在你家楼下。"

突然袭击！

苏之微霎时清醒了，冲澡刷牙抹脸，随便套了件休闲的衣服，冲下楼。

坐上车，尹从森看着她："想我了？"

苏之微一怔，随即说："有完没完啊，换句新鲜的。"

"一直问到你回答我为止。"说着俯身过来，轻轻地吻了苏之微，"昨天晚上没睡好？这么点儿小事就不睡了？你还真任性。"

苏之微死撑着嘴硬："谁说的！我看电影才熬夜的！"

尹从森故作不耐地说："随便随便 ……北京的秋天不错，找地方看书吧。"

苏之微做了个鬼脸，也说："随便随便……"

车一路狂奔到霄云路。废墟里的餐厅，下午的太阳晒在草坪上，高高的吊顶和白色的玫瑰花。

尹从森无所谓地把车钥匙扔在桌上，然后说："你自己饿了随便点东西吃，我去找几本书看。"

打开菜单，她直接想跑掉——好贵好贵好贵！一顿饭吃下来，半个月薪水肯定没了！不敢再看第二眼，跟服务生说："不太饿，待会儿再说。"追过去做尹从森的小尾巴，随便找了本书一起回来坐着翻。

半个小时后，饿得想吃书。

还好，不多久尹从森也饿了。

"服务生，两个午餐套餐，一份鳕鱼，一份牛肉五成熟。甜点一个冰激凌，一个布丁。"点餐的时候尹从森眼睛都没抬。

竟然还有套餐！那个服务生怎么不告诉我！改天给你在网上打个零分评价！苏之微恶毒地想。

安静地看书，美好的二人时光。餐厅里是法国香颂的音乐，苏之微一边心不在焉地翻着书，一边偷偷地用眼角看着 Elson，心里充满感激——不管这个男人将来会怎样伤害我，此时此刻，他毕竟给了我所没有过的生活和经历。

惬意的下午很快过去，天色渐晚，草坪上、餐厅里都点起蜡烛，星星点点的很是浪漫。吃晚饭的客人陆续来了，餐厅稍稍热闹了一些。

尹从森把书合上，揉了揉苏之微的头发，说："小家伙，你今天很安静嘛。"苏之微眼睛不抬地说："我一直都很安静好吧。"

尹从森像是回想着什么："本来以为你是，第一次在电梯里见你，还以为你是从日本回来的女孩。但是吃午饭的时候，发现你还蛮八卦的，话不少。只是最近，话又少了。"他略有深意地望着她。

没想到尹从森会这么敏感，苏之微嘻嘻哈哈地说："因为变得女人了呗，女人就要温柔一些，废话少一些。"

"你不是我的女人。"

苏之微一惊，茫然地看着尹从森。

尹从森的眼里闪过一道暧昧的笑意，补充道："至少现在还不是。"

晚饭后照例送苏之微回家。还是老样子，没变化。苏之微无精打采地孤单地上电梯。什么？电梯坏了！爬上24层？穿高跟鞋？心里骂了无数遍物业、破公寓，她绝望地脱了高跟鞋，气急败坏地坐在地上。

尹从森打了电话来："宝贝，准备睡了？还蛮想你的。"

苏之微没好气地说："睡什么睡啊，睡地上吧！电梯坏了！家门钥匙也没带！"

尹从森问道："那你伯父他们呢？"

苏之微随口扯谎："全家旅游去了，我上班去不了。"

尹从森迅速说："我回来接你。"10分钟后，车停在楼下。

苏之微挂着脸："接我去哪里？"

"我家。"一脚油门，车疾驰而去。

车的速度很快，只见街道两旁的树木唰唰往后跑，苏之微心想，这一去生死未卜了，不管是福是祸，来都来了……

一推门，满眼的长安街灯火。恍若隔世。

尹从森迅速地回卧室换上居家服，隔着墙壁对她说："小家伙，你睡客房啊！"

苏之微心里一松又一怒，心想我没听错吧？让我睡客房！猜不透这个男人的葫芦里到底在卖什么药。她什么也没说，只哦了一声。

尹从森拿来新的牙刷、毛巾、浴巾。苏之微心里情不自禁地犯起了嘀咕——家里经常来人的吧，配这么齐全。

像是看透了她的心思，尹从森递过来的时候，不经意地说："客房经常有朋友来住，东西很全，你不要客气，需要什么尽管跟我说。"

苏之微有点儿脸红，笑了笑接了过来。

第一次来到客房，很大，很干净，还有独立的卫生间。站在客房门口，偷偷地向远处望去，那个走廊尽头的房间，应该就是主卧吧。

门缝儿里传来尹从森的声音："喂！小家伙，偷看什么呢！晚上不要打扰我哦！"

"谁要打扰你！你不要来打扰我啦！"苏之微迅速地缩回客房，恨恨地关上门。

可是，洗漱完之后，问题出现了。面对着这么一个明显有洁癖的主人，苏之微既不敢穿着外衣睡，又不敢裸睡，左思右想是缺了件睡衣。

纠结了半天，终于鼓起勇气，走到走廊的尽头。敲门，没反应，再敲，里面遥遥传来一声："来了！"

只见一个湿头发的尹从森，头发微卷，赤裸着上身，穿着宽松的长裤，身上有刚沐浴的清香，性感到无法想象。苏之微不敢细看，一时竟失语了。

尹从森问："干吗啊？"

苏之微咽下口水，耍横地说："你应该在卧室也安一个门铃！我敲好半天！"

"都说了你不要打扰我。想我了？"尹从森诱惑地靠近她，"洗漱过了？还蛮香的嘛！"

苏之微往旁边一闪："才不是！我要一套你的睡衣，我不能不脱外衣就睡。"

尹从森大笑起来："你可以不穿睡衣睡的。"

苏之微大叫："不管啦，有没有？赶紧给我！"

尹从森转身回房间里找睡衣。

站在门口的苏之微，表情有点儿呆滞，那么近那么近的距离，可是她不敢伸手推门。

只听到里面尹从森喊道："过来啦，看看你要穿什么样子的。"

苏之微哆嗦着手，终于把这半掩着的门推开了。

第一次走进他的世界。

脑子里不合时宜地跳出一句话：朱门酒肉臭，路有冻死骨。

只能说，比她所有想象过的画面都要夸张——地上摆放着六双拖鞋，一个比她的破公寓还大的步入式衣帽间，里面挂着至少几十套不同的定制西装，整整一墙的衬衣，还有一墙的 T 恤和牛仔裤，领带挂得像七彩窗帘一样，顶天立地的不同深度的抽屉。还有一个超级奢侈的浴室。

苏之微终于崩溃了，喊出来："Elson，你是个购物狂吗？"

尹从森无所谓地说："就知道你是这个反应，我也没有办法啊！我跟 Gucci[1] 谈，总不能穿着 Armani[2]，跟 Armani 谈总不能穿着 Louis Vuitton[3]。有一次，我穿着 Gucci 2005 年的一双鞋子去开会，直接被 Robert 看穿。"

Robert 是 Gucci 的 CEO，苏之微曾经听他说过。

苏之微胆战心惊地走过去，面对着十几套睡衣还是无从选择，闭上眼随便抓起一件就要闪。

尹从森一把拦住她。苏之微又惊恐又喜道："你要干吗？"

尹从森好笑地看着她的表情："你想多了吧。这是条长裤，你穿不了的。"

这才比量了一下手里的裤子，发现这裤子足以把她整个人都装进去。苏之微无奈地扔下，选条短裤，头也不回地急急离开。

尹从森在她身后喊："晚安！"

爱已席卷而来

回到客房躺下去，满脑袋都是尹从森的样子，湿湿的头发，光滑的皮

1　Gucci，即古驰，意大利著名时装品牌。

2　Armani，即阿玛尼，意大利著名时装品牌。

3　LouisVuitton，即路易威登，法国著名时装品牌。

肤，健壮的胸膛和臂膀……偌大的屋子里静悄悄的，听不到一点儿他的声音。明明近在咫尺，却仿佛依然隔着天涯。

恍惚中，苏之微微睡了过去。她梦见自己徒劳地追赶着那个阳光下的身影，从日出到日落，那么辛苦，那么执着，一点点都不敢松懈。当看不到一丝阳光的时候，黑暗中的她失声痛哭："Elson，你走得太快了，请你走慢一点儿，请你等一等我。"

醒来的时候，眼前还是一片黑暗，不知道自己睡了多久。苏之微轻手轻脚地起来想喝口水，打开门才发现天已经大亮了。

到客厅倒水，迷糊中忘记台阶，她咚地摔了一跤。听到一个遥远的声音传来："给我倒杯水！"苏之微疼得龇牙咧嘴，正揉着膝盖，闻声恨恨地想：我又不是你家用人！人家摔了都不知道问候下！自己恼怒地爬起来，喝了杯水，又拿了一个干净的杯子倒上水。

小心地走上台阶，走到走廊深处，推开门，陷入一片黑暗。苏之微眼睛一盲，什么都看不见，索性站在门口，没好气地说："给你水！"

尹从森的声音听上去闷闷的，不知道是不是还埋在被子里："我没穿衣服，你送过来。"

苏之微不由得心跳加速，她抚住胸，尽量屏住呼吸，脑子急速地转着——是过去呢，还是过去呢……

尹从森扑哧一笑："开玩笑的啦，我懒得动。"

苏之微恨不得把杯子扔过去，在心里默默骂了他一百遍，好容易等眼睛适应黑暗了，扭扭捏捏地走过去，把杯子放在床头柜上。好高的床，手肘差点儿碰到尹从森的脸，感觉到他热热的呼吸，苏之微的心脏又不听使唤地狂跳起来。正准备转身离开，不提防被尹从森一把拉倒在床上。

苏之微下意识地挣扎，心里很怒，是真的怒，只觉自己被人玩弄于股掌之间——晚上装君子把我赶到客房去睡，现在又把我放倒算什么？士可杀不可辱。

尹从森的力气很大，苏之微较劲地挣扎，被压倒，再挣扎，再被压倒……没力气了，她躺在床上气喘吁吁地想，还真是一场肉搏啊。

还没想明白到底是怎么回事，尹从森的吻铺天盖地笼上来。

"我还没刷牙呢！"苏之微急急地、意识模糊地吼道。

尹从森笑嘻嘻地停下来："怕我讨厌你？这么没自信？"

不等她回答，又热烈地吻上去。他的手抚住苏之微的脸颊，手指埋进她的头发，那样不依不饶地深深吻进她的唇她的齿她的灵魂。苏之微感觉自己透不过气来了，仿佛溺水的人努力地要抓住什么，她的手掐进了尹从森的背，那样结实饱满的肌肉，她感觉到尹从森颤抖了一下。亲吻渐渐变得柔和绵长，他细细地辗转轻喙她的耳垂和颈部。

到处充满了尹从森的味道，不是香水味，而是真正的男人的味道。尹从森的身体，热得发烫，那么近地紧贴着她。心底的火苗噌地蹿上来，要把苏之微点着了。她热切地回应着这个男人的亲吻……

这个时候尹从森停了，停在那里，笑笑地看着还沉醉在热情里的苏之微。没有任何瑕疵的完美面容此时看上去像是恶魔。

苏之微脱口而出："你玩我！"

尹从森像个淘气的大孩子，笑得躺倒在床上，捂住肚子，"哎哟哎哟"个不停。

苏之微起身要走，再次被他拉倒："宝贝，乖，哈哈……宝贝，哈哈……躺一下，聊会儿天。"苏之微心里恶狠狠地想，你是有生理缺陷吧，你怎么不笑死算了。谁跟你聊天！聊个屁！

尹从森竟然真的开始絮絮叨叨地讲笑话，讲不知道从什么地方听来的各种段子，一个接着一个，苏之微都要听睡着了。反正玩不过这个男人，也不知他到底在玩哪一出，走又走不了，她索性躺着闭目休息。

这个时候才发现，刚刚那场恶战之后，裤子出了点儿状况，现在很是不舒服。越想越不舒服，她睁开眼说："等一下，等一下再讲，我……我有点儿不舒服。"

尹从森紧张地问道："怎么了？"

苏之微吞吞吐吐地说："我想换条裤子。"

尹从森看上去特别特别高兴，乐呵呵地把自己的睡裤脱下来，说："穿这个。"

苏之微傻眼了。第一个念头：他裸了？第二个念头：脏不脏啊？

看着苏之微的神情，尹从森笑着说："你想太多了吧，我还有贴身穿的……"

苏之微迟疑了一会儿，好不容易下定了决心，在被窝里脱下第一条裤子，正准备拿第二条换，没想到尹从森把第二条远远地扔到了床下。

苏之微简直要被这个男人逼疯了。

尹从森严肃地说："你这个女孩子真不简单，自己脱裤子哎！不羞吗？"

在一个穿着衣服的男人面前，苏之微就这么华丽丽地自己裸了。她目瞪口呆地看着一脸坏笑的尹从森——怎么办？总不能光着身子跳下去吧。她恨恨地转过身背对着尹从森。

尹从森笑得那个开心啊，都笑了一早晨了，嘴里还在念叨："现在的女孩子啊，真是了不得了不得。"边说边靠过来。

苏之微咬牙切齿地说："滚开！"

尹从森还在笑，还靠过来，越靠越近，胳膊、腿、胸膛、腰部……他也裸了！天旋地转，苏之微心里哭喊着，苍天啊，大地啊，又被他骗了一次。一箭双雕啊！他只穿了那么一条睡裤而已！

苏之微疲惫地躺在高高大大的床上傻傻地回想着。Elson真是个迷人的男人，从精神到身体。尹从森湿淋淋地从浴室围着浴巾走出来，边擦头发边坏笑着："女孩子不能又坏又懒啊！先是勾引人家，然后还不起床……"

一个枕头扔了过去，苏之微咬咬牙费力地爬起来，尹从森又轻轻推了她一把，不听使唤的身子此刻就像纸做的，立刻就倒。尹从森凑过来，温柔地说："宝贝，再睡会儿吧，舍不得你起床。"说着轻轻吻过来，湿湿的鬓角贴住了苏之微的脸，说不出的诱惑。

苏之微大嚷："停！我要起床！不然要死在这里了！魔鬼！你是魔鬼！"连滚带爬地去了洗手间，看着无数的开关，她又傻眼了。

只见尹从森慢悠悠地走过来，拿着遥控器按来按去。

　　大大的浴池——是浴池不是浴缸——上面下起雨来，灯光变暗，音乐响起。苏之微知道此时自己的表情一定傻透了，她却还有心思琢磨，不知道这里有多少个女孩子泡过。

　　尹从森像是她肚子里的蛔虫，依然慢悠悠说："好好享受吧，你还是第一个用这个浴室的女孩子。真是要命，要跟你这么一个邋遢的姑娘一起用，或者你用完了我就把它拆掉比较好。"

　　可恶！知道他又在逗自己，苏之微还是按捺不住性子，转身打他。尹从森淡定地指了指她身上，苏之微方惊觉自己一丝不挂，赶紧拿起浴巾跳到水里。

　　至少 40 瓶香水，整整齐齐地像小兵一样站在洗漱台上。一整个军团那么多的各式护肤品，阵容浩大，仿佛随时准备接受主人的检阅。如果不是其中大多是黑色酷感的外包装，苏之微会以为这是个女孩子的化妆台。

　　苏之微好奇地拿起一瓶看看又拿起另一瓶，边研究边喊："我用你的擦脸油了啊！"

　　尹从森溜溜达达地走过来，气定神闲地说："擦脸油是什么啊！宝贝，它们有自己的名字的，爽肤水或者乳液或者面霜……"

　　苏之微面色一沉，恼羞成怒地说："你分这么清楚干吗?！你是男人吗?！"

　　尹从森笑了，手摸过来："我是不是男人你知道的……"

　　"啊！啊！啊！啊！滚出去！"

　　"我家哎！"

　　"不管！"苏之微又急又怒，干脆整个人没入浴池，心想，淹死我得了。

　　一片静谧中，只看见自己吐出的气泡咕嘟嘟地浮出去，隐约感觉尹从森走出去还带上了浴室的门。她自我惩罚地继续闭着气，心中一片澄明又一阵悲哀。可以爱这个男人吗？还是说，其实爱早已席卷而来，将自己劈头盖脸地淹没，无法呼吸，无法思考……

　　总算收拾好自己，尹从森带苏之微去吃 brunch[1]。秋天的中午，太阳刚

1　brunch，即早午餐。

刚好，使馆区安静得只剩下风吹树叶的声音。

尹从森穿得很休闲，意大利手工皮鞋，没穿袜子，牛仔裤配灰白的纯棉T恤，围了一条黑色的围巾，还有墨镜。苏之微还是昨天的衣服，高跟鞋，感觉自己像个刚下班的应召女郎，在阳光下更显得皱巴巴、脏兮兮。

这个地方尹从森明显很熟悉，一进去所有人都跟他打招呼，很多人乐呵呵地看着苏之微。

她觉得自己脸上明白无误地写着四个字：夜不归宿。

太太太无地自容了……

有人过来拍拍尹从森的肩膀，说一通粤语。哈哈大笑。

有人过来敲敲桌子，说一通法语。哈哈大笑。

终于有人过来打招呼，说一通英文。

这次轮到苏之微想哈哈大笑，这哥们儿说："Elson，这么久都干吗去了，这个女孩子把你绑架了？"

尹从森笑嘻嘻地说："呵呵，我绑架她还差不多。介绍一下，我女朋友Stella，我朋友Albert。"

苏之微赶紧迅猛地优雅地伸出手："很高兴认识你。"

Albert笑得很是灿烂："Elson这个家伙应该早点儿带你来，欢迎你以后常来我们餐厅，享受你们的brunch吧，回见。"

苏之微心里重复着重复着："女朋友，女朋友，嘻嘻，女朋友，女朋友，嘻嘻……"大大的笑容绽放在她的脸上，喜形于色，喜不自胜，喜上眉梢……

尹从森盯着她的脸，像对待小孩子一样哄她："不要尽顾着高兴了好吧，该吃东西了！"

苏之微伸出手，轻轻地抚摸他的脸庞。

Elson，我爱你，可是我不能说，我把这句话留在心底，等你爱上我。

尹从森轻轻吻了苏之微的指尖，又绅士地把餐分好。两个人甜蜜地享用着一顿阳光下的早午餐，尹从森开始讲他打工的故事。

隔了很久很久，又隔了无数的人与事，时移事往，苏之微还记得那天下午的阳光，飘散在空气中的食物的香气和对面那个男人身上的温柔气息。如果所有爱情都能定格在最初最美的一瞬。如果。

没有爱情，还有工作

之后的两个星期，尹从森又是忙得一塌糊涂。见不到他的时候，苏之微心里很乱，不知道他到底在忙些什么，和什么样的人打交道，也不愿违背自己的原则去追问。她想找点儿事情给自己做，安稳住内心。

她每天发了狂一样地工作，闲暇的时间沉下心看书，财经类励志类……继续学炒股，边炒边学，每个月都在自己薪水里省下不多的钱买了股票。还和在杂志社工作的同学联系上，帮杂志写文章，发表作品，挣不多的稿费，却很有满足感。钱竟然一点点攒起来了。

按部就班的日子过得平淡无奇，尹从森偶尔在早晨跑到苏之微家楼下恶作剧，在公司遇见也会相视一笑。直到有一天，苏之微看到尹从森在广场的长椅上给一个哭泣的女人递纸巾，隔着好远都能看到尹从森脸上满满的怜爱之情。

苏之微想转身走掉，躲在无人的地方大哭一场。到底还是不甘心，或者她还存在着些微侥幸的心理，走近了她看到，这个女孩百分之一百是混血，至少 170 厘米的身高，穿了一双 Salvatore Ferragamo[1] 的平底鞋，香奈儿的手袋。连衣裙大概是 Prada[2] 或者 Gucci。随便吧！总之很美很高级！就是货真价实的公主一枚。苏之微从来没有这么自惭形秽过。尤其是，尹从森对那位公主着急爱惜的眼神，深深刺痛了她。

鬼使神差地，苏之微走到了他们面前。尹从森抬头看了她一眼，没有招

1　Salvatore Ferragamo，即菲拉格慕，意大利著名时装及皮具品牌。

2　Prada，即普拉达，意大利著名时装品牌。

呼，没有解释，面无表情，低着头继续关注着他半搂着的公主。

苏之微一直都明白，如果一个男人骗了你，至少说明他还肯花心思骗你，你还是重要的。如果他觉得你不重要，那一定连骗都懒得骗了。

尹从森是连骗也懒得骗我了吗？苏之微的眼泪在阳光下不自觉地簌簌落下，灼伤了自己。即使这一场爱情战役，胜负早已注定，她也依然想要在爱的幻觉里再待久一点儿，只要再久一点点就好。

情场一败涂地，看不到任何曙光，苏之微觉得生活了无乐趣，还好股票一路飘红，物质的慰藉有时候也很温暖，而更重要的是，她在其中收获到成就感，同时与自己的付出成正比。苏之微当时并不知道，这个阶段正是中国史上最大牛市的酝酿期。

其实苏之微只是单纯地想要让自己变得更好，变得更配得上尹从森，她想知道像尹从森这样的人，究竟是过着怎样的生活。那扇门一旦打开，便再也无法阻止她对彼处风景的向往与追逐。

她开始想买房子。所有女生都会梦寐以求的一个家与一份归属感。这个念头一旦出现就很难打消，在北京这样一座人山人海却又一片荒凉的都市沙漠里，没有什么比一个完全属于自己的家更能吸引苏之微。

对未来生活的期望，一个真实的触手可及的未来，淡化了尹从森给她带来的伤痛。苏之微看看自己账户里的股票，市值已经八万了。

正好有一个二环旁边的楼盘刚刚开盘，价格适中，销售说会有漂亮的小区和不错的物业，其中最小的户型是 60 平方米。苏之微算了一下，一万一平方米，首付要 12 万。她把股票卖了一半，又和父母借了 4 万。可是还是不够。

苏之微的上司是梅总，看到她愁眉苦脸的样子，提议道："Stella，我觉得你股票炒得不错，如果你能帮我炒股票，我就借你 4 万，不用利息。"如果人生中有贵人的话，梅总——当时的公共关系部经理——就是苏之微生命里第一个贵人。其实苏之微这个下属的努力，她一直都看在眼里，她的雪中送炭固然对苏之微来说意义重大，但从结果来看，也是帮了她自己。说到底，每个人都是自己的贵人，而帮别人其实也就是帮自己。

苏之微跑到洗手间大哭一场，发誓以后跟定了这个上司，做牛做马万死不辞。

属于她的新篇章开始了。她不仅代理了上司的股票账户，而且代理了上司 EMBA 班的同学，一个山西煤老板的账户，提成是盈利的 10%。

其实不是苏之微炒股炒得好，也不是她炒股多么有天分，但她确实比别人更努力地去学习与揣摩，花费了更多的精力与时间。她也许没法抓住尹从森，但她确确实实地抓住了这一次机遇。中国的历史给了她一次大的机遇，她没有错过。

2007 年初买的中国船舶 28 元，在 2007 年底涨到了 290 元，整整翻了 10 倍。苏之微不敢相信自己从此不用再为钱发愁。股票真的创造了奇迹，多少人一夜之间暴富，多少人为之癫狂，苏之微的际遇也只不过是沧海一粟。

不说爱你

两个星期的杳无音信之后，尹从森重新出现了："晚上来我家吃晚餐？"一句话的解释都没有。苏之微心灰意冷至极。抉择就摆在眼前：去还是不去？不去就意味着永远离开，去就意味着彻底放掉尊严。她愣愣地望着短信许久，短短一分钟，心里流转过千百种情绪——仅仅是一个短信，就如同一颗小小的火种重新复苏了她心里爱的熊熊大火。她不敢相信这样的自己，前一秒还可以冷漠决绝，后一秒已经柔软松动。这样的一份感情应该如何扑灭、如何断绝？

只是一个起念，心脏便感觉到了缺氧窒息的疼痛——原来放弃是那么疼痛那么艰难的一件事。苏之微是一个要强的女生，她强迫自己深呼吸再深呼吸，不再理会早已淌满一脸的泪水，用冰凉颤抖的手指，一字一句地回复：

"不去你家，我请你吃饭。"

是的，她只是要一个答复。即使分手，即使你对我的一切都不过是玩玩而已，我依然要固执地优雅地有尊严地离开。我要让你记住我。

苏之微在网上查了又查，终于找到一家不错的餐厅。还要买房子，不能花太多钱，但又要拿得出手。她选择了后海，一家安静暧昧的越南餐馆。

没让尹从森去接，苏之微自己先到了，在不安中等待着。今天她穿了及地的长裙，头发绾在脑后。餐桌上的烛火微弱地摇晃，一如她此刻的心情。

即便到了这一刻，她也不能说是完全下定了决心。也许所有的决绝在见到尹从森的那一刻会全盘坍塌，溃不成军。苏之微知道自己只是在故作镇定。

7点半，尹从森准时到了。抬起头，看到他的一刹那，苏之微就知道自己之前所有的心理建设与暗示都是白费工夫，眼泪完全不听使唤地汹涌而出。

服务员刚拿了菜单上来，看到此情此景，知趣地退下。

尹从森轻轻地说："好了，宝贝，不哭。"

苏之微迅速地冷静下来，一边说："点餐吧。"一边避开尹从森关注的视线，伸手去包里拿纸巾。

尹从森倾身上前，按住她的手："先听我说完。"

绽开一个浅浅的坚强笑容，苏之微说："想说就说，不想说就不要说。你怕女生麻烦，我也怕感情变得麻烦。"

尹从森怔怔地看着自己对面这个冷静理智的女孩子，就像从来不曾认识。

"我还是不了解你。"他凝视着她，眼神里有牵念也有探究。

苏之微深深吸气，终于可以直视他的目光："我也不了解你。我从来不问你的过去，是因为我不在意你的过去，我只在意你。你从来不曾提起，是因为你不在意我。"泪水又管不住地直直地往下落。

只听见尹从森在耳边说："Stella，我爱你。"

苏之微抬起头，心脏越跳越快——Elson，我等你这句话很久很久了，久到你不知道有多久，我也几乎要忘记有多久了。可是，你这样说出来，我为什么却不敢相信了呢……

她一字一句地说："你说的话，我都信。不管真的假的，只要你肯说，我都信。"满腹的委屈克制不住，眼泪决堤一样奔涌而出。

尹从森非常认真地说："我是有很多过去，但不代表什么。我很爱你，是真的。Stella，我不想解释。"他坐过去，把苏之微搂在怀中。

这一刻，苏之微什么都不能想，她这才明白，自己有多么渴望这个男人的怀抱，哪怕自己在其中一再地受伤。这一场爱情究竟是战役还是游戏，又究竟会多么让自己遍体鳞伤？

好好的妆都被哭花了，苏之微的睫毛膏晕染在尹从森的衬衣上，看上去像朵凋谢的花朵。她对自己说，要坚强起来，如果决定要爱下去，就要对自己残忍。

苏之微边擦眼泪边说："我把你的衬衫弄脏了。"

"你终于不哭了，你的眼泪怎么跟你的话一样多。"尹从森拿出手帕递给她。

苏之微一把抢过来，才不管上面是不是装腔作势地绣着 Elson 的名字。

"喂，要洗干净还给我的啊！"尹从森笑着拍拍她的头。

"你讨厌！"苏之微仰起脸，到底还是忍不住笑了出来。一边在心里暗骂自己，苏之微你就这点儿出息了！

尹从森在她泪水和笑容交织的脸上吻了吻："好了，点东西吃吧，我才不要背上负心男饿死女友的骂名。"

吃饭的间隙，苏之微去洗手间的时候，把单埋了。

出了门以后，尹从森说："为什么偷偷去埋单？想用这种方式跟我划清界限？"

苏之微郑重地说："只是想在你我的关系上，尽自己能尽的努力。上帝只救自救者。"

"你我的关系？！是什么关系？！你还没说你爱我。"尹从森想起来什么似的，拉住她的手看着她。孩子一般的神情隐藏在长长的睫毛后，眼神如同一泓最最纯净的湖水。

苏之微的心就在这样一泓湖水中无限柔软和沉静下去，她轻轻地说："我是没说我爱你，但这不代表什么。真的。Elson，我不想解释。"

尹从森笑了出来："学我学得很像啊，你这个小家伙，早晚有一天，我会让你说爱我！"

Elson，我不说，正是因为我太爱你。你能明白吗？苏之微望着他挺拔的身影渐渐没入夜色，在心里默默地对自己说。

爱在云端

接下来的一段日子仿佛在云端一般幸福美好。记忆里北京的每一天都是蓝湛湛的艳阳天，而那个人的笑脸比世界上所有的晴天加起来还要灿烂。

尹从森为苏之微办了同一家会馆的健身卡，两个人可以一起健身。每天都能见到，苏之微觉得幸福得不像话。如果她知道，那样的甜蜜与美好会随着时间的流逝成为记忆，她还会不会如此执着、如此投入？又或者，苏之微其实早已下定决心——不管结局是什么，都要竭尽所能地去爱、去付出、去享受。

每天写给尹从森一封邮件已经成为苏之微的习惯，在文字里捕捉爱一个人的情绪，那样静静地体味着爱与付出，真切地感受到自己的爱有所寄托、有所附丽。有些语句在现实中难以表达，在文字中却可以自由自在、无所不至。

打电话你又没接。

在健身？折磨自己的又一项事情。

parrot & ABK[1]（ABK 是第一次吃饭时遇见的那个美国女人，是个

1　ABK，即 American born Korean 的缩写，韩裔美国人。

韩裔美国人），sleepless & speechless……

认识你以后，生活几乎变成了一个造词运动。

想起你就很温馨。

笑笑的，闹闹的，高高的，香香的你，各种各样的你……

早晨起来听 Nat King Cole 的 Unforgettable[1]。

阳光起来的时候，我想起星期六的彩虹，想起你在这两天里从东到西城里城外地穿梭。

（你打回电话过来。*^-^*)

人生是很奇怪哦。

我妈说：女人最幸福的事，是在合适的时间遇见合适的人。

一直都没有明白过。大概跟你 MSN 上 "do the right thing & do the thing right"（做正确的事和正确地做事）的签名有着相似的意义。

我这一小把年纪，不太容易搞明白。

幸福，在我活过的这 24 年里至少换了 38 种定义，从吃冰激凌到威逼利诱地抢到打折的包包不一而同。而思念是什么，快乐是什么，依赖是什么……能定义这些的时候，发现自己在一场看似风花雪月的游戏中，企图伤害自己。昨天半夜爬起来吃木瓜，妹妹抬起眼皮说："你有没有想过木瓜的感受?!"

立刻无语。

无语的时候，思绪就杂乱得荒凉无边。

为什么呢，连晚安都说不出。

世界混乱，在你所言的灰色地带，我们都或多或少地有着失语症。

不写了，饭都扔了，认识你注定我的下场是被饿死。

认了。

健身去，等你。

---

1 Nat King Cole，即纳京高，美国爵士乐男中音歌手。Unforgettable 中文翻译为《难以忘怀》。

在一点一滴的倾诉里打开自己，苏之微从未想到自己和尹从森可以如此深入地交流，原来，尹从森的中文比她想象的还要更好一些。他有时间的时候，也会回信过来。

It's a little bit funny，this feeling inside！

What is this feeling all about，am I crazy or what！

Self control yet out of control！ Selfish and Shell fish 一样让人过敏！

大块头与小丫头，鲸鱼大战小虾米！天啊！我一定是疯了！

Unforgettable，that's what you are...

That's why darling，it's incredible to feel someone so unforgettable...

有因就有果，但这玩意儿从来不预告，说来就来，有点儿烦！

无法忘记，不许忘记，以后都会记得那种感觉。

真的没想过你只有 24 岁，不像，小女人！

爱你，可能真的太爱你！烦！

干吗！我是来征战中国时尚业的，没事还跟你这丫头胡扯！

回去工作……

最开心的事情就是每天和尹从森一起健身。

苏之微穿着棉质的天蓝色小短裤，奶黄色的小背心，在跑步机上一边慢慢地磨蹭，一边时不时偷眼看隔壁。因为隔壁跑步机上，尹从森穿着紧身的 T 恤和运动短裤，正在挥汗如雨。

他跑多久，苏之微就磨蹭多久。

下了跑步机以后，毛巾都是湿答答的，苏之微不管不顾地扑上去抱着。

尹从森还有点儿气喘："都是汗……"

苏之微一脸迷醉："都是你的味道！"

"小花痴啊你！很多人哎！明天上报纸头版头条。"

"好啊，我红了！"

"……"

Dear Elson：

今天跟你一起健身，不知道会是怎样……

万一黏着你变成了习惯，在健身房里也黏着你到处跑怎么办……

蛮好玩的，像你的一条小尾巴。

胖胖圆圆的我要被你发现了！

健身房里穿那么少，我的小脂肪们都无从遁形了！泪奔……

你做器械会不会嗯嗯啊啊地叫呀，会不会太 sexy 呀……口水……

早上起床看到你的短信，甜甜的。

知道你想我啦。

昨天梦见自己懒懒地坐在你家的地板上玩游戏。

奇怪，认识你以后每天都会梦到你。

听到你的声音就很开心。

Paul 在你身边会不会一副崩溃的表情。

嫉妒他好久了，认识你二十年，还天天跟你一起上班、下班、鬼混。

我却要躲在这边修炼一下半个月不见你的功力。

这世界也太不公平了嘛！

下次见他一定要狠狠地踩他一脚才解气！

我很幸福啊，跟你在一起多好。

晚上见！

My dear my dear darling girl：

无论是肥是圆一概照单全收，常言道：比一只手大的都是浪费！通常鬼叫是因为你，身体发力的地方不一样时所发出的声音是不一样的……请注意！

别想太多，小心走火入魔……盆气就不好了！

前晚没想你，昨晚也没有，当想念变成思绪的一部分时，就没感觉了，就习惯了！

今早发短信给你，没人回！逊……逊……逊……

人只要有梦想就好，千万不要有期望，因为会失望啊……无语问苍天啊！

今天下午正在等你来旁听采访案，还没出现！连访问我的人也迟到，啥玩意儿啊！

啊，来了！今天好漂亮，不敢直看你的眼，肯定会分心。怕咬到舌头！

真的很美，美得想入非非，美得语无伦次，美得乱七八糟！！！

以后在我被访时，请不要用这种眼神看我，会出事的！！！

Anyway, my heart beat heavily when you stare at me. I try to hide away from your eyes, but failed. I'm surrendered!

爱不到将来

可惜好日子没有持续多久，尹从森又开始昏天黑地地忙。健身也没有时间，即使有时间，也疲惫得不想多说话。

2006年底，苏之微完成了人生第一桩大事，把房子买了。紧接着的元旦，尹从森要去台湾。一想到后面的一个月都见不到，苏之微感觉自己要疯了。只想在他临走前，多待几天多待几个小时，哪怕多打几个电话，都是好的。聊胜于无。

也许是太忙的缘故，尹从森的声音在电话里越来越冷淡。苏之微权衡着挣扎着，却还是忍住不打电话。她不懂，为什么爱要那么辛苦，难道真的是没有期望才不会失望？可是爱一个人，怎么可能不对他寄予希望呢？

唯一的好消息是，这一年她被评为公司最有贡献员工，次年的薪水翻倍。也只有苏之微自己心里清楚，她为了这一天付出了多少。这就是工作的好处，你的付出总归会得到回报。而感情，不管做了多少想了多少，却依然一丝把握也没有。

上司很信任苏之微，让她全权负责一个案子，出差深圳。走之前又通了电话，尹从森依然没有见面的意思。一气之下苏之微提早一天飞深圳，拼命转移注意力，不让自己去想念、猜测那个男人。

一路舟车劳顿，到了酒店后毫无睡意，她梳妆打扮之后去泡吧。纸醉金迷，灯光酒色，尹从森的面容挥之不去，像一块大石沉沉地压在她的胸口。

回酒店后，借着醺然的醉意，苏之微给尹从森写邮件。

> 这个月不准备跟你见面了。
>
> 打完电话心里难过了好久。
>
> 你忙起来以后，感情就是负担。
>
> 我不想成为你的负担。
>
> 我喜欢你干干净净，无时无刻不在坚持与自己无硝烟的战斗，十几年来减肥健身，近乎苛刻地挑战自己的毅力。
>
> 我喜欢你生活健康规律，每日简单的餐谱。
>
> 我喜欢你不凡的品位和优雅的动作神情，你的每一个袖扣，每一件衣服，每次搭配的样子都铭记在心。
>
> 我喜欢你对待工作的热情，不管是真的抑或是被逼的，你真的做到了很多人做不到的事情。
>
> 因为这些，我喜欢你。
>
> 吸引我的那些，更加繁多，眼神和其他说过的没说过的很多很多。
>
> 但是，在你面前我是没自信的，你让我讨厌自己。
>
> 认识你以后，我改变了很多生活习惯。
>
> 你让我觉得人生是应该持续地着力地改变自己的过程。
>
> 我最想要的结果是，你离开后，即使没有你，我也会成熟起来，不

会因为你的离开而觉得世界毁灭。

星洲很好，看着两人浴缸，我在想你。

期待与你的旅行，不管成行或不能成行，感谢你给了我可以期待的未来。

昨天晚上在 V 吧里差点儿睡过去，我想我不能接受穿着短裤和拖鞋，穿件洗得皱皱巴巴的 T 恤，还期待在酒吧里能吸引到女生的男人。

在认识你以后，我对男人的评判标准，有了质的提高。

最讨厌你的，万年桃花。

我已经抑郁了。

因为整天整夜，没有看到一个能与你有一点儿可比性的男人。

这让我觉得一旦你离开我，我就只能空白感情到老。

这让我绝望。

就这样吧。

注意身体。

我要去睡一觉，不然就世界末日了。

很久没有泡酒吧的苏之微已经完全不能熬夜，星洲大大的床和柔软的枕头极大地安抚了她的心情。又怎样呢！她倔强地和自己说，经历过就好！我已经成功了！他已经爱上我了！大不了一拍两散！我现在能养活自己，能过有尊严的日子！找个好男人过日子！半挂着泪珠把邮件发完，苏之微昏睡过去。

咳嗽，又一阵咳嗽，头昏昏沉沉的，好痛！

眼前递过一杯水来。

苏之微迷迷糊糊地问："几点了？"

"晚上 9 点。"

"哦，还早。"苏之微放下杯子，准备继续睡，突然反应过来。

Elson？！这不是深圳吗？！她一个翻身坐了起来，不可置信地瞪着床边的尹从森。

尹从森一脸无奈："好啦，你都不见我了，我还能怎么办。"

苏之微鼓着腮帮："星洲是怎么保护客人的啊！"

尹从森耸耸肩："我这么帅，只要说是你男友，再报出你的身份证号码就可以有另一把钥匙。"他看着余怒未消的苏之微，苦恼地问道，"宝贝你怎么想的？为什么不见我？我不见你真的是因为我忙啊。"

苏之微扭过头去不看他："可你电话里也冷冷淡淡的。"

尹从森耐着性子解释："旁边都有人啊，百分之九十的时间在开会。"

"晚上 11 点也开会？"

"当然，你去问问 Prada，他们家掌门人来了，那个女人多难缠。"

尹从森轻轻抓住苏之微的手，放在唇边。

苏之微一甩手："她怎么你了？！"

尹从森笑笑："也没什么，就是带她去家里……"

话还没说完，苏之微的眼泪就唰唰地流了下来。尹从森急急道："不过就是带她和她的随从们去家里喝喝酒，开个晚一点儿的会。她是不肯单独出门的。"一边伸手去拭苏之微脸上的泪水。

一边拭，苏之微的泪水还在往下掉。"可是你就要去台湾了，我又要那么久不见你。"

尹从森的神色有点儿凝重："可能真的会很久见不了，但不是因为新年和台湾。我们公司要搬了，北京的项目差不多做完了，大概 2 月收尾，2 月底就要搬去上海了。"

原来终于会有这一天，你最珍惜的东西要离你而去，而你毫无办法。多遗憾，我们还有很多事情没有做——我还没见过你穿风衣，还没与你手拉手去旅行，还没给你庆祝过生日，还没邀请你来我家，甚至，还没学会番茄炒蛋。不过还好，还有两个月呢。就算到那时，仍有很多遗憾，我们也可以说：即使爱得不够完美，但爱的人已尽了全力。

我是那么害怕你从现在开始就用冷淡的态度对待我。就像把心里坍塌的希望，再用冰堵上，一点点从心里泛起的冷意，微笑和眼泪都被冰冻住，举步维艰。

　　跟你在一起真的很温暖。这个冬天应该是我人生中最幸福的一个冬天吧，就像刚刚过去的那个我不愿意放手的夏天和转瞬即逝的秋天。这段路，有你陪我一程，将成为我生命里最珍贵的记忆。

　　Elson，这些，我都不能告诉你。我所能做的，只是在这两个月里，用我的生命去珍惜你。请你，也同样珍惜我，在离开之后，请记住，在这里，曾经有一个你爱过的女人……

　　思绪飘散重叠，终又转回面前——这一张完美无瑕让人愿意用生命去记忆的面容。苏之微抚上尹从森的英挺双眉，对他说："Elson，我爱你。从你不知道的开始，到你不知道的将来，每一天，每一夜，我都爱你。"

　　这一晚，在深圳的星洲，尹从森紧紧地抱住了苏之微。

没有你的世界

　　北京的冬天，就这么肃杀地来了。

　　自从苏之微说过了我爱你，尹从森在世界的任何一个角落，每天早晨9点钟，都会发一条：早安，宝贝。爱你。苏之微用尽所有的力量，希望在尹从森离开北京之前，能够维护好属于她的最美丽的爱情。

　　新年过后，股市像打了鸡血一样不可收拾。两个月的时间，中国船舶从28元涨到了65元。苏之微收到了炒股的不菲佣金，不但还清了上司的借款，还给了妈妈五万。

　　妈妈担心地打电话过来："咱们女孩子家可不能做让人指手画脚的事情啊。"

　　苏之微说道："妈，你放心，我一定要靠自己养活自己、孝顺你们。"

　　新年过后，就是苏之微到耀华后的第三个年会。她穿一身金色的小礼服，乌黑的长鬈发，Christian Louboutin 的高跟鞋。因为得到贡献奖，坐到中央第二排餐桌的位置。

尹从森作为特邀嘉宾，依旧和一群定制西服男坐在中央第一排。苏之微抬头就能看到他，不再是如往年般遥远的距离。尹从森发短信给她："宝贝，第一次有这样的感觉，只有你是彩色的，周围一片黑白。爱你。"

北京饭店宴会厅，也有了与往年不同的温情。这个冬天，如同承诺过的那样温暖与美好。

年会开始，第一个环节是颁奖。

公司 CEO 讲话："今年，公司有一位专注而职业的女性，因为超乎寻常的敬业精神和工作热情，使公司在品牌维护的关键时刻免于危难。请大家与我一起，把最尊重的掌声献给她——苏之微，Stella！"

掌声雷动。这一刻，苏之微是所有人的焦点，是世界的中心。

苏之微在众人瞩目之下走上台。尹从森在台下高高地举起了大拇指。

这就是工作——如果你爱的人在你身边，他会更尊重你；如果你爱的人不在你身边，你会更加尊重自己。苏之微站在台上，默默地对自己说。

活跃的大婶们又开始唱唱跳跳，依然是觥筹交错的欢腾场面。

尹从森端着酒缓缓走来。所有人的目光都跟了过来。

苏之微又是紧张又是喜悦，在心中默念道："不要啊！不是吧！会被八卦死的！"

尹从森果然直直地走向她，举杯对她说："Stella，谢谢你为贵公司所做的一切，你的工作也为我们公司赢得了声誉。谨代表我本人和本公司，谢谢你。"礼数周全而客套的话语，满含深意的目光，酒杯碰过来的时候，手指轻轻划过苏之微的手背。

仿佛触电一般，苏之微脸红了："谢谢尹总。"

尹从森微微一笑，若无其事地走开。苏之微立刻被同事围攻："有没有搞错！他第一杯酒敬你啊！听说他来接过你？说说嘛！"

苏之微搪塞道："不要闹啦！那次是晚餐会！"

"我们也开过晚餐会，怎么从来不接我们呢！"同事甲酸溜溜地说。

同事乙上来解围："好啦，不要难为 Stella 啦！人家 Elson 是有女朋友的，混血哦！而且每个月那个美女都会来看他，他放假都会去加州找她呢！他秘书一直想攀高枝，都没得逞呢！"

一阵眩晕，苏之微抬起头，满天的灯光亮得刺眼，明晃晃的，每一盏仿佛都在嘲笑她的愚蠢。

爱情让人盲目，原来是真的。

回想起尹从森怀抱中的"170 厘米的香奈儿混血美女"，想起他当时的热切眼神，想起他对自己的视而不见和"不想解释"。

所有的色彩瞬间冷却黯淡。世界是黑色的。

苏之微觉得好冷，什么都听不见看不见了。她拼尽全力挤出一点儿笑容，对同事说："对不起，我出去一下。"便疾步走出宴会厅。

永志不忘

冬天了，呵气成冰。眼泪被寒冷凝结在心里，连血液都冻住。苏之微只觉浑身僵硬，有一种无法言说的心痛与心慌。只听身后有人说："Stella，你怎么在这里？"

苏之微转过头，竟然是公司 CEO 张总！她努力地从嘴角挤出一抹笑容：

"张总，大厅里太闷了，我出来透透气。"

张总好整以暇地掏出烟盒，闲闲问道："抽烟吗？"

苏之微摆手道："啊？哦，不抽不抽。"张总自顾自点了烟："我们这个行业的女孩子很少不抽烟吧，都很时尚。"

苏之微脱口而出："时尚不是伤害自己的借口……"突然意识到自己的失言，"对不起，张总，我不是那个意思，我的意思是……"情急之下，她没想到什么好说法，竟顿住了。

　　张总微微一笑："没关系，说得对，有想法。"

　　他转头认真地看了苏之微一眼："有心事吗？"

　　苏之微迟疑了一下，点头又摇头："嗯，还好，小事。谢谢张总关心。"

　　"冻成高烧就不是小事了。回去。"

　　面对 CEO 突如其来的关怀，苏之微的反应有点儿迟钝，半晌才说："哦，那您也早点儿回去。"

　　张总点点头，眼睛望向长安街呼啸而过的车流。

　　苏之微走到门口回过头，突然觉得 CEO 的背影有说不出的孤单。

　　走进宴会厅，尹从森正站在离门不远处，苏之微走过他的身旁，挂着脸，什么都不想说。

　　尹从森看着她："怎么了你？"

　　苏之微没有停下脚步。

　　尹从森拉住了她："Stella！"

　　苏之微无奈又疲惫地说："放开我，我累了。Elson，我真的累了。"

　　"到底怎么了？！刚才还好好的。张总跟你说什么了？"尹从森突然起了疑心。

　　苏之微觉得很好笑："你不要以小人之心度君子之腹，他什么都没说……还是你在怕他会说什么？"

　　那一瞬苏之微觉得尹从森的眼神有一点儿闪烁，但他迅速回复："当然不怕啊！"

　　"是吗？加州的混血也不怕吗？是的，你不怕，因为你从来都不怕失去我，你也从来都懒得跟我解释。当你说爱我的时候，Elson，你做了哪些爱我的事情？"竹筒倒豆子一般说完之后，苏之微感觉内心疼痛却又有一种说不出的畅快。

　　"我从来不解释是因为不想浪费任何和你在一起的时间。对我而言，最宝贵的就是时间。我认识你的这半年，把所有的空闲时间都给了你。今天，我想郑重地请你，搬来我家，我们一起住，好吗？不要怀疑我。"尹从森恳切地望着苏之微，那是苏之微从未看过的真挚与期待的眼神。

走回大厅的张总从他们身边经过，颇有深意地看了看苏之微。

尹从森打了招呼："Hi，张。"张总点点头，拍了拍他的肩膀，离开了。

两人陷入沉默，苏之微叹了口气："Elson，对不起，我不能，至少暂时不能。对不起，我也不该怀疑你。让我冷静一下。"说完跟紧了张总，走进宴会厅。

大婶们还在台上激动地跳舞和演唱。张总、尹从森先后落座之后，一位靓丽浓妆的大婶又拿起麦克风："下面有请我们的战略合作伙伴仁合管理公司董事长尹从森尹先生给我们大家唱首歌，大家欢迎啊！"

尹从森低着头走上台，拿起麦克风。灯光暗去，全场一片沉默。苏之微也不由得屏住呼吸。

尹从森的声音在昏暗中尤显深沉："感谢大家。在座的各位是我们公司五年来的鼎力支持者。没有各位，也就没有我们仁合在中国的发展。2007年，仁合管理公司的总部即将迁往上海。在这里，我想对很多人说，这里的一切，都在我们的记忆里，而上海，其实很近，也欢迎各位的光临。我唱一首 Nat King Cole 的 Unforgetable。希望各位也记得我，记得仁合。"

Unforgettable that's what you are（难以忘怀，正是你）

Unforgettable though near or far（难以忘怀，不论你是远是近）

Like a song of love that clings to me（就如一首爱的歌，拥抱我的心）

How the thought of you does things to me（你的想法影响我那么多）

Never before has someone been more（从未有人可以比拟）

Unforgettable in every way（难以忘怀，你的一切）

And forever more that's how you'll stay（对你与日俱增的思想，将令你永驻我心间）

That's why darling it's incredible（所以，亲爱的，我们将如奇迹般永远在一起）

That someone so unforgettable（因为我知道，令我无法忘怀的你）

Thinks that I am unforgettable too（也会把我永远思念）

尹从森的声音浑厚深情，在微暗的灯光里飘荡过整个空旷的宴会厅。悠长的歌声将苏之微拉回到了无数共同拥有的瞬间——

记得广场上他完美的面庞的侧影。

记得那个夏夜，梧桐树下，第一个吻。

记得那个晚上，他湿着头发靠在房间门旁，慵懒的笑容。

记得他的每一封回信的每一个字——unforgettable，他曾在信里写。

……

如今，这个男人，就在你的面前，注视着你，忧伤地唱着，等待着一场毫无悬念的分别。

苏之微，你为什么连头都抬不起来！你的勇气呢？你的坚定呢？

她努力抬起头，迎上台上尹从森的目光。

是的，周围一片黑白，只有你，Elson，只有你是彩色的。

我爱你。

灰姑娘的世界

年会后一个月的时间，尹从森每天都来接苏之微上班，在众目睽睽之下一同午餐，下了班一起健身，之后再送苏之微回家。

苏之微始终没有答应搬去尹从森家。她太明白家庭背景的不同不仅仅表现在经济基础和社会地位上，更体现在无处不在的生活习惯上。当你搬入一个男人家的时候，就意味着你在他面前再没有隐藏的余地。

俗话说，距离产生美。这也是让我们不要太辛苦吧。

周末的下午，尹从森开着车在隆冬的暖阳下飞奔。苏之微打开天窗，伸出双手，看阳光透过指尖洒在车上、衣服上的缕缕金色，那样美好却无法抓住，一如与尹从森在一起的每一时每一刻。

尹从森偶尔用右手触摸苏之微的脸颊，那么怜惜，还有小心翼翼。

中央别墅区，风景秀丽的湖畔，如同童话里的世界，一点儿都不像北京。苏之微心里恍惚地想着，这一场爱情从未脚踏实地地落入土壤，连背景都是这样的不食人间烟火。

尹从森站定了，面向苏之微，开口说道："Stella，到上海去，好吗？"

很多年后，苏之微还能想起尹从森当时的神情，他口中霜雾一样的气息，那么热切、紧张和纯情。一切的一切都美好如梦。

半年前在北京，除了一份可有可无的工作，苏之微可以说是一无所有。可现在，她有了房子，有了值得为之努力的工作和上司。房子，竟能这么大程度地给她带来安全感。

苏之微苦笑道："Elson，我会去上海看你。"

尹从森低着头，艰难地开口："如果，我是说如果，我留下来，你会嫁给我吗？"他的脸上流露出从未有过的局促不安，长长的睫毛覆住眼睛，像一个索要奖赏的小孩子。

Elson，如果我有着和你一样的背景，或者如果再给我三年，给我一个能够不再仰视你的机会，不管你在哪里，不管生老病死，不管荣辱顺逆，我会嫁给你，一生一世，几生几世。

可是现在，你能接受连普通话都不会说的我的父母吗？你知道中国还有一些落后得不知道 LV 的小城市吗？即使你能接受，你的父母能吗？

灰姑娘从来不是出身贫寒，她的姐姐们才是，所以她最终能变成公主。

对不起，我爱你，但我也要保护自己，和我最后的尊严。

苏之微紧紧地靠着尹从森的肩膀，不敢看他，生怕再看一眼她就会不管不顾地脱口而出："我愿意嫁给你，我愿意！"她是那样拼尽全身的力气去对抗自己想不顾一切的意愿。

尹从森不解地看着她，略带愠怒地说："Stella，我不明白，我真的不明白，很多女人会为嫁给我疯狂，你到底在想什么？你对我的爱，是不包括婚姻的吗？"

苏之微凄然一笑："很多女人？是啊，其实你并不真正需要婚姻。"

尹从森托住她的脸，正色道："你不了解我。"

苏之微不敢抬头看他："是的，我们认识时间太短了，我们并不互相了解，所以我不能回答你的问题。"

"要怎样才叫了解？！"尹从森有些急迫地说。

"我不知道。"

像是反应过来什么似的，尹从森突然把苏之微抱了起来，大声说："Stella，我要去你家！我还没去过你家！"

苏之微怔住了："啊？！"

"是，去见你伯父。"

苏之微推托道："我也没见过你家人啊！"

"他们在美国，偶尔回香港，下次带你去。先见你家人。"

苏之微摇摇头，说道："我不能。"

尹从森有点儿急了："为什么不能？不是要相互了解吗？"

苏之微想找一个合适的借口，慌乱之中，有点儿语无伦次。

尹从森望着她，有点儿怀疑地问："你有什么瞒着我？你有男朋友？"

苏之微没好气地说："你胡说什么！"

"我不配你吗？担心你伯父不同意？"

灵光一闪，苏之微急急点头："对，担心我伯父不同意。"

尹从森不满地说："我不相信！我的条件在哪个国家都不算差吧！"

苏之微大力点头："就因为你在哪个国家都不差，所以他不同意，他是官员，他要我嫁给中国人。"

尹从森真的急了："怎么会这样？！他无权干涉你的幸福！"

"我知道，我本来不想告诉你，但是你逼问我，我没办法。"

"你父母呢？你父母怎么认为？"尹从森依旧不死心地问。

"他们怎么认为不重要，没有人会反驳伯父的看法，中国家庭家规森严，你不会明白。"

尹从森摇着她："Come on！已经 2007 年了！不是 1807 年也不是 1907年！我要去见你父母。"

苏之微索性耍赖："我不会带你去的，你放弃吧。"

尹从森炯炯有神地望住她："你拦不住我。你只有两个选择：一是你带我去，一是我带你去。你知道我做得到。"

一个谎言之后，就需要编织出无数个谎言来抵挡。人就是这么一步一步把自己推向悬崖。

苏之微深知尹从森的固执和认真，看来只能想别的办法了。她说："知道了，我带你去。我们家离北京很远，我们顺便计划一个旅行吧。"

认识尹从森的事情，苏之微一点儿都没告诉父母——这样的感情注定没有结果，不能让他们为此担忧。可是，怎么带他去呢？如果尹从森见到了一个普通得不能再普通的家庭，会怎么想呢？

苏之微看了看身边的尹从森，心中为不可控也不可知的未来惆怅。

尹从森见苏之微答应了，高兴地伸了个懒腰，欢呼雀跃道："我要去看看 Stella 长大的地方！"

看着这个高兴的大男孩，苏之微心中苦乐交织。

只有一个星期的时间准备这趟返乡之旅。苏之微在网上订机票，看酒店。

这一次要坐飞机回家了，第一次坐飞机回家。尹从森要坐头等舱，看着头等舱的价格，苏之微担忧地想着落地后的情形。

搜索了一通家乡的酒店，网上显示，这座小城没有五星级酒店。苏之微突然发现，在北京的日子里，她已经把故乡淡忘了，故乡只是一个记忆里熟悉的名词，连气味与声音的记忆都变得模糊不清。从前不熟悉不了解的部分，现在依然不熟悉不了解。

但是它在血液里。

玩命查找了好久，终于找到了一个不错的精品酒店。2007 年正是精品酒店遍地开花的时候。各地的设计精英和酒店经营精英，把精品酒店选在了一些美丽的古色古香的宅子里。看着典雅的清代床榻图片，苏之微稍稍安了点儿心。

可是，父母那儿怎么说呢？

苏之微的母亲是家庭妇女，父亲是个老师。母亲以南方女人惯有的细腻和俭省把苏之微养大。

看来这次是躲不过了。

她决定提前跟尹从森说明父母的真实情况，也提前跟父母沟通"伯父"的问题。

苏之微的家在一个南方的小城，水道从城中蜿蜒流过。早晨，小巷子弥漫着晨雾，有吱吱呀呀打开木窗木门的声音，有老人家哼唱昆曲的声音，有小孩子笑笑闹闹上学的声音。

考上大学以后，为了挣钱，假期的时候苏之微经常打工，很少回家。刚工作的那段时间，手头拮据，连过年都不回家，能省一点儿是一点儿。打电话的时候，父母关切的声音总是一刀刀割在她心上。

古人说，父母在，不远行。苏之微时常觉得自己是个不孝的女儿。

星期三的晚上，尹从森在家里给苏之微下厨。苏之微心不在焉地听着楼上德国小魔兽的叮叮咚咚，想着要怎么开口跟尹从森说家里的情况和自己那朴实到简陋的小城童年。

香味一点点飘散出来，一副居家好男人打扮的尹从森在厨房里喊道："可以吃了！给你少一点儿。小虾米吃得少，大块头吃得多。"

苏之微赶紧摆好碗筷："好香，你做饭真的是一件不可思议的事情。我从来都没下过厨。"

尹从森不以为然地笑笑："哇哦！懒女生！"

苏之微捏着筷子说："嗯，妈妈不让。妈妈是家庭主妇，从来不让我做家务，只要我好好学习。"

"我还以为只有美国才有那么多家庭主妇。现在中国大部分女人都工作，也不知道为什么。"

"因为生活压力。"苏之微望着尹从森的双眼，那里面的一泓湖水是从来不知人间疾苦的。

果然尹从森不解地问:"为什么有生活压力?中国的薪酬情况很差吗?我的员工薪水都蛮高的。"

苏之微的嘴角流露出一丝苦笑,点头道:"是,在北京、上海、深圳这样的城市,中高端雇员薪酬跟美国比也不算低。但是,中国的保障体系比美国差很多——孩子要自己抚养,上大学的费用很高;医疗保险低得可怜,如果得了大病,很多家庭就会陷入极端贫困;房价越来越高,很多人在北京打工却买不起房子。我也是刚买了属于自己的小房子。现在中国的物价涨得比美国都高。"

尹从森凝视着苏之微:"Stella,我从来没听你说过这些。"

这一场风花雪月里,除了浪漫之外,还有那么多我无法向你明言的部分。苏之微一边苦涩地想,一边说:"是啊,相比中国的大部分人,你像是活在另一个世界里。我没办法跟你解释户口、学区房和很多名词。"

尹从森笑着用筷子敲敲她的脑袋:"小丫头,你突然很深沉。"

"Elson,这次去旅行,你会看到真实的中国,真实的贫困。我出生在一个最普通不过的家庭。爸爸是个教师,每个月领少得可怜的薪水,不够我们一顿晚餐。小时候的衣服,都是妈妈买毛线买布,自己缝纫剪裁的。"

尹从森收敛了笑容,认真地对苏之微说:"对不起。"

"我习惯了。很多时候,我都不想让你知道。"苏之微低着头说。

尹从森轻轻握住她的手:"你想太多了,我是能够接受的。我在英国也打过工,我告诉过你。"

苏之微摇头道:"不一样。一段时间体验式的辛苦,与长时间的生活困顿和绝望是不同的。"

"来,小丫头,让我抱着你。"尹从森怜惜地看着她。

"我没事,我只是要让你心里有所准备。当然,如果你到了以后想要转身逃掉,我也能够理解。"

尹从森挑起眉毛,说:"我才不会咧!我去过很多地方,非洲、南美洲,更穷苦的地方都去过。你自己能这么努力,让我觉得没有爱错人。"

苏之微倚在尹从森的怀里，听着他的心跳声，感受着他的呼吸他的气息——他爱着她的时刻。心里默默地说："Elson，我相信你说的是真心话，也很感动。但生活的残酷不容许我这样的人轻易赌上自己的幸福。我不像你，我输不起。所以，我在看到混血女孩的时候那么痛苦，因为 ABK 或者她，她们天生就有优势得到你。她们的优势可能我努力一辈子也没有。我是弱势群体。"

尹从森轻轻抚摸她的头发，说："我现在明白你为什么会得到那个贡献奖。原来我的小丫头那么努力，她不是花瓶。哈哈！"

苏之微假装生气地说："是，我不够漂亮，还不配当花瓶，不要夸奖我了。"

尹从森捏了她的脸颊一把："现在，我们说点儿轻松的好吗？我保证我不会从你家里逃掉。我要住你的房间！"

"啊？"苏之微脱口而出，"不要啊！我已经订好酒店了！"

"鬼才要住酒店！"

苏之微急急道："很多钱的！已经用你的信用卡预付了，要扣款的……唔……"

尹从森早已吻住她："那不如你现在补偿我一下……"

尊严与诚实

晚上回到家，苏之微打通了妈妈的电话："妈，我这个周末要回家了。"

妈妈有点儿奇怪地问："怎么了？出什么事了？"

苏之微有点儿扭捏地说："我想带一个朋友回家。"

电话那头的妈妈高兴起来："男朋友？好的呀！爸爸妈妈给你们准备好吃的！他多大啊？哪里人啊？高不高啊？不要找我们这边的了，矮矮的没得帅气的！"

苏之微打断妈妈，冷静地说："妈，他可能跟您想的很不一样。"她把尹从森的情况和"伯父"的故事一五一十地讲了。

妈妈在那头没有说话，沉默，还是沉默。

许久，妈妈开了口："微微，我们家是没有钱，但是我们也没有苦过你。你谈朋友我们都高兴，但你说的尹先生不是我们这样的人家能配得上的。妈妈说过，女孩子不能做让人家在背后指手画脚的事情。把5万块还给人家，跟人家道个歉，以后不要再来往了。"

苏之微一下子哭出来："妈！你不要这样！我们是真的谈朋友！钱是我自己赚的！"

妈妈的声音也有点儿哽咽："你从小都很乖，读书好，也聪明，从来不撒谎。这几年在北京，爸爸妈妈都知道你很辛苦。不要骗妈妈，妈妈不怪你，知道错了就好，把钱还给人家，认个错。不要让人家觉得中国人都贪点儿小钱不要脸。"

苏之微着急地说："妈！要怎么说你才相信？我让他跟你说，我让他当面跟你说，好不好？"

妈妈的声音变得严厉起来："你是聪明了！知道让妈妈骗他，再让他骗妈妈？！我们家怎么会出你这么个东西……"

挂电话的那一刻，苏之微的心里好绝望好绝望。

对一个小城镇的人来说，对一个从来没有走出市区范围大小的家庭主妇来说，尹从森真的是一个不该发生在身边的故事。

苏之微知道，即使战胜了自己，劝说了尹从森，却无法让自己的妈妈相信并且接受。

其实，从某个层面上来说，妈妈是对的。和尹从森在一起的时间里，她也时时反问自己，难道真的没有在物质上依赖他吗？如果真的够坚强，为什么不敢把"伯父"的事情向他解释清楚呢？在爱情里，到底是尊严重要，还是诚实重要？她甚至无法分辨自己在撒谎的时候，是出于尊严还是出于可笑的虚荣。

　　这段感情里有这么多的问题，苏之微又怎么敢说自己是对感情负责的呢？又有什么脸面让善良正直的父母与自己同流合污呢？

　　苏之微就这样走上了自己一手搭就的悬崖。她快要崩溃了。她不能再承受任何一根稻草。脑海中出现尹从森深情款款的模样，她一刻也不能停地只想奔向这个男人的怀抱——这个爱她的男人的怀抱。

　　打车到了尹从森家楼下，服务台的服务生拦住她："小姐去哪里？"每次都是直接从车库到达尹从森家，从来没有经过这个服务台，难免会不认识。苏之微的眼泪还没擦干，想了一下，简单地说："新搬来的，2908房，登记名是 Elson，美国籍，门卡还没办下来。"留下自己的联系方式，终于获准上了楼。

　　按门铃，没有人，再按，还是没人。一小时前还打电话说在家的，怎么没人开门？已经快 11 点了。苏之微不疑有他，拨通了尹从森的电话。背景有点儿吵，他的声音听上去很轻松："宝贝，想我了？"

　　苏之微忍住抽泣，低低地说："和妈妈闹了些不愉快，想见你。"

　　"乖，明天见面再说，我已经睡了。"

　　苏之微一边打电话，一边按门铃，门铃在门里面聒噪地响："睡这么早？不像你啊。"

　　电话的那头像是察觉到了什么，顿了一下问："你在哪里？"

　　苏之微已经知道尹从森在说谎，她无力地靠着墙壁，说："你家门口。如果你在家，请开门。"

　　话筒里一阵沉默。

　　苏之微依然不死心地追问："你在哪里？"

　　"对不起，你回家吧。早点儿休息。"尹从森竟然挂了电话。

　　最后一根稻草，就这么无情地在苏之微最信任尹从森的时候，毫无防备地倾覆下来。

　　Elson，你在哪里？为什么？为什么这么对我？

　　这样的一个晚上，在一个与自己相依为命的城市，孤苦无依。苏之微感到真真切切的心痛，心像是被一只手揪住，狠狠地绞痛，血液凝固了，堵塞在身体里，头晕目眩。

苏之微用残存的意识想，我没有心了。以前用心感受的所有快乐或者悲伤，都飘在空气里，渐去渐远。她扶着墙，用尽全力撑着自己不倒下去，看着眼泪一滴滴从高处坠落，已经不能呼吸。

现在还能做些什么？还要在这里守候你吗？Elson，我曾经真的相信了你。何必呢！何必这样呢！告诉我你是个坏男人！让我留点儿余地给自己不好吗！何必让我相信你！我竟这么爱你！比自己和你能够想象到的还要爱你！你会害死我的！

再也无法控制内心的痛楚，苏之微哭出声来——让那些倒霉的自制力去死吧！她一边想着，一边痛哭失声。哭得迷迷糊糊中，对面2906的门打开了。这个地方，每一层只有两户，门牌号只有08和06。苏之微凭仅存的一点儿意识知道自己打扰了别人。

她不敢抬头，一边使劲捂住嘴，想把泪水逼回去，一边哽咽着说："So……Sorry……"

"你还好吧？"一个熟悉的声音在耳边响起。

苏之微抬起眼睛，从长发间的空隙看过去，瞬间惊惧地捂住了嘴——天！杀了我吧！是张总！赶紧转身面对墙，手忙脚乱地找纸巾擦眼泪，头发都一塌糊涂地粘在脸上，苏之微默默祈祷，希望张总没有认出自己。

"Stella，你没事吧？"张总径直走了过来。

苏之微一颗心直直地往下坠，知道再也躲不过去，只好转过身来。

"张……张总，对不起，打扰到您，我不知道……"她一时语塞。

"没事，我也吓到你了吧，呵呵。进来喝杯茶吧。Elson这个家伙！"

苏之微彻底蒙了。叫你哭！这下好了！不进去好像不给张总面子，进去又感觉哪里不对劲，怪怪的。眼见张总已经转身进屋，苏之微咬牙跺脚——管他呢，进去！娘的！以后还要靠张总混饭吃！这个世界，老板最大！她再次擦擦脸，跟着张总走了进去。

张总家的风格和尹从森家很不一样。地上是土耳其的手工地毯，客厅挑高足有五米，应该是两层楼打通的。客厅中央悬挂着长长的水晶灯。走廊两边是整齐的展柜，摆放着世界各地的艺术品。

苏之微小心翼翼地问："我换哪双鞋？"

张总随和地说："随便，不换也可以，不过你穿高跟鞋比较累，赤脚吧，地毯很干净。我家里没什么讲究，你随意就好。"

脱了高跟鞋，苏之微赤着脚，走到沙发旁，坐下，拘谨地握着手，低下头不敢乱看。

张总倒了一小杯茶，紫砂的小茶盅，递给苏之微："没想到我住这里？"

苏之微尴尬地笑笑，表情比哭还难看："没想到。"

张总很理解的样子："Elson 看来是什么都没说。这栋楼是我们几个朋友买下的，Paul 住在 19 层，你应该认识他。"

苏之微点点头，在心中大骂，该死的 Paul，也从来没听他说过！

张总舒适地坐在沙发上，平和地说："喝杯茶等等吧，Elson 一会儿就回来了。"

不知为什么，苏之微感觉浑身不自在，她低着头说："我不等他了。喝完茶我就走，谢谢您。"

张总像是知道她心里在想什么，闲闲地说："今天我们在外面有活动，我先回来了，Elson 可能要晚些。"

苏之微心下疑惑，下意识地应了一声："哦。"

张总望着她说："Elson 是个不愿意让别人担心的人。他倒是不会乱来的。"

苏之微不禁想起过往一幕幕尹从森不想解释的画面。Elson，解释对你而言，真的那么难吗？还是对你而言，我始终是不值得去费口舌解释挽留的对象？

张总继续说道："我在停车场看见几次你的背影，还在想 Elson 这小子什么时候开始交女朋友的。后来在年会上给你颁奖，你领完奖走下台，站在门口发呆，我觉得背影好熟悉，想不起来在哪儿见过。直到看见 Elson 跟你在一起说话，才想起来。呵呵，这小子。"

听张总这么说，苏之微有些迟疑地说："您看见的不一定是我，Elson

应该一直都有女朋友吧。"

张总微笑地说："呵呵，你们的事情我不知道。只是，他有个妹妹你知道吗？"

眼前闪过 170cm 混血女的身影，苏之微在心中暗呼：不会吧……

她也不敢直问，在公司上下级开会开得太多，一直以来张总都是高高在上的权威形象，总觉得交流起来有距离。

她清清喉咙，小心地问："那您是怎么认识 Elson 的？还以为你们只是生意伙伴。"

张总陷入回忆："我们是大学同学。我当时刚到美国，举目无亲，英文口语也很差，Elson 就一直帮我……"

苏之微有点儿吃惊地说："他从没说过。"

"嗯，他不太提美国的事情。"

苏之微下意识地问："为什么？"

张总有些不自然："没什么，不提就不要提了。喝茶吧。"

看张总遮遮掩掩欲盖弥彰的样子，苏之微心里有疑惑，但更多的是尴尬。她第一次发现，自己真的不了解尹从森。然而那个随着过往渐渐浮出水面的他就是真实的他吗？

苏之微深深地觉得此地不宜久留，于是礼貌地说："张总，明天还要上班，我先走了。"

张总点点头："嗯，工作还是要好好做。你等一下，我打个电话。Elson，在哪儿？嗯，Stella 在我这里。那我让她过去。"

挂上电话，他对苏之微说："去吧，他马上上楼了。不要哭了。明天应该还要开董事会吧？记得早晨把资料准备好。"

苏之微拼命点头："好的好的，谢谢张总。"

终于出了门。回想起刚才不过短短半小时，却如坐针毡，苏之微深深地舒了口气。

但是，美国究竟是怎么回事？

再见，北京

尹从森走出电梯，他看上去有点儿疲惫，有点儿憔悴，却依然是那个苏之微无法抵挡的 Elson。苏之微辛酸地想，就算再多谎言再多辜负，只要他的一句话，她依然愿意为他肝脑涂地。

他走到苏之微的面前，扶住她的双肩轻轻说："Stella，对不起。"

苏之微身子一僵，生硬地说："我走了。"

尹从森眼中有挽留之意："太晚了，住这里吧。我好累，不想开车送你回了。"

苏之微还在逞强："我怕打扰你……"

尹从森已经打开门，拉着她进去。

"好了，不要胡思乱想。张跟你说什么了？"

苏之微盯住他："你为什么总怕他跟我说什么？"

尹从森无奈地说："我没有怕，只是问一下。"

苏之微心念一转："他说了那个 170 的混血美女。"

尹从森"哦"了一声，"他还是说了。没什么了，她在慢慢好起来。"

苏之微咬唇道："他什么都没说。我骗了你。"

尹从森依然淡淡地"哦"了一声。

苏之微继续说："我还骗了你很多别的。"

尹从森坐了下来，扶额低声说："什么事，如果不重要，改天再说吧，我真的好累。"

苏之微激动地说："重要。这决定着我们能不能在一起——如果，你没有骗我，如果，你真的爱我；即使，你骗了我，即使，你没有爱我，我也要告诉你真实的我。"

尹从森握住她的手："Stella，你在这里，我们现在在一起，这就是真真实实的。"

苏之微摇头："不是！真实的我是每个月两千块薪水，刚刚涨到四千块。真实的我是花一个半月的薪水买一个 DKNY 的包包，这样和你在一起才觉得心里有底。真实的我是去一个你不知道的地方淘五十元一件的衣服。真实的我是住在一个每月一千一的破公寓里不敢让你知道，所以骗你和伯父同住！我不是好女孩！我骗了你！我妈骂得很对，我就是虚荣，无可救药的虚荣！"

尹从森的神情看上去很平静："就这些吗？我都知道。"

"啊？"轮到苏之微惊讶了。

"你说的这些我都知道，换衣服睡吧。我好累。"

"就这样？"苏之微不可置信地看着他。

尹从森双手一摊："不然呢？我没力气骚扰你，你今天乖乖睡觉，也不要来骚扰我。"

"哎！你的……"苏之微刚想说，那你的事呢，都是怎么回事。

尹从森已打着呵欠走向卧室："不要问我我的事情，有什么明天再说。"

苏之微一个晚上都没睡沉，梦多得吓人——混血妞、张总、Elson、妈妈的脸轮番地在眼前闪过……

天才蒙蒙亮的时候，她心力交瘁地醒来，比没睡还累。

起床去洗脸。客房的洗手间什么都有，就是没有擦脸油。苏之微悄悄地溜到尹从森的房间。尹从森还沉沉地睡着，睡容一如既往地纯净而无辜，长长的睫毛随着均匀的呼吸而起伏着，让人发自内心地怜爱。不知道一晚上干吗了，累成这个样子。苏之微入迷地看着，随即想起他昨晚的谎言，心里又是一阵抽痛。

算了，还是偷擦脸油去吧。主卧的浴室里，赫然放着一本美国版的 Grazia[1]。明明尹从森最近都没有去过美国。苏之微呆呆地看着那本八卦加时尚的杂志，心里空落落的。

1　Grazia，意大利时装周刊。

有一个女人曾在这里肆无忌惮地享用她男人的浴池甚至她的男人。苏之微悄悄地走出主卧，走出房门，走进电梯。

再见了，Elson。

或者不要再见了。

我已经留给了你一个真实的我，我也了解了真实的你。我真的累了。我没有力气再爱你。去你的上海！回你的美国！求你，不要再来打搅我安静的生活！这段感情，我那么勇敢地单纯地爱过。

够了！

电梯里，苏之微默默地做了决定，与这一段感情说再见。电梯门打开的时候，她甚至都没有察觉到自己已是满脸泪水。

早上9点的董事会，苏之微已经回家换了衣服，精神抖擞地为大家分发资料。既然做了决定就要一往无前，绝不允许自己输给自己。

公司决定开辟二线城市，需要出差调研，向董事会提交可行性报告。

"各位董事，为节约调研时间，我们会立刻出发。形成报告后再次报送董事会审议。"

张总定定地看着苏之微在桌前发言，她掩饰得很好的平静神情里是从未有过的倔强。

苏之微在机场买了新的 SIM 卡，像是要把所有的共同的过去，甜蜜的，痛苦的，通通格式化。

再见，北京。

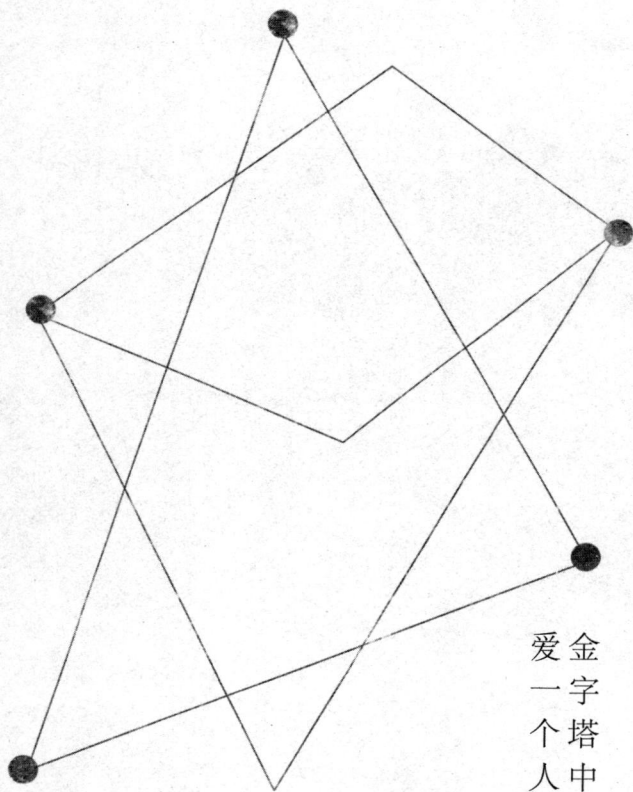

金字塔中：

爱一个人，

成为更好的自己

当我们第一次相遇的时候，我不曾想到，我们之间竟然是这样的结局。就算我猜到了离别的结局，却也没能猜到原因。

　　从一开始就知道你会离开，此时此刻，让我尽情地拥有你。

三亚的夏天

　　第一次踏上三亚的沙滩。白色的月光下，白色的沙，一整个白色的梦幻世界。踩着软软的沙滩，听着海浪的声音，苏之微的思绪飘了好远。回忆起第一次见到尹从森的那晚，仿佛置身云雾中那样的晕眩感和无力感。爱上他之后每一天的努力，每一夜的思念……

　　欲断难断时最是痛苦，苏之微还是痛下决心换掉手机号码，除了团队里的同事，目前就连父母也找不到她。在这个被称为"天涯海角"的南方小岛上，与世隔绝，也仿佛隔绝了一切与爱情相关的烦恼。

　　此时此刻，面对着平静而暗涌的大海，有月色，有星光，苏之微却开始想念。每当想起尹从森的面庞，她都会在沙滩上画下一个 E。就这样，边想边走边画，不知不觉中已经走出好远。

　　夜色深了，海边的风有些冷。苏之微穿着薄薄的裙子，不胜凉意。还是回酒店吧，她这么想着，踩着沙滩上一路的"E"，慢慢往回走。

　　靠近酒店的沙滩时，远远就听到歌声传来——

　　　　这座城是片繁华沙漠

　　　　只适合盛开耀眼霓虹

　　　　悲伤的人们满街游走

打听幸福的下落

爱情都只是传说

难开花难结果

你眼神里的信息我懂

像随时准备燎原的火

那危险的美我曾见过

也因此留下了伤口

爱情依然是传说

就别再触碰

我荒凉心中还在痛的角落

别爱我

如果只是寂寞

如果不会很久

如果没有停泊的把握

别爱我

不要给我借口

不要让我软弱

别再把我推向海市蜃楼

一首此时听来很是应景的老歌——《别爱我》。

"别爱我，如果只是寂寞，如果不会很久，如果没有停泊的把握。"

Elson，别爱我，别告诉我，你爱我。

不知不觉中，走到酒店的私属沙滩，苏之微想，应该是某个公司的海滩party[1]。

苏之微看到了唱歌的男人。他背对着她，穿着一件亚麻的宽松上衣，在微凉的海风里自己弹着钢琴，边弹边唱。明明是热闹的场子、浪漫的场景，却让人感到一种漫天漫地的孤独。

1　party，即聚会。

那一霎苏之微想起尹从森的歌声，也曾是那么深情，让人心醉。现在却让自己那么孤单。

> 别爱我
> 不要给我借口
> 不要让我软弱
> 别再把我推向海市蜃楼

歌曲的结尾处，长长的颤音，仿佛那么多的伤痛欲诉还休。苏之微和大家一起鼓起了掌。歌者站起身，一一向大家点头致意，目光投向苏之微的时候，他的眼神里掠过一丝微怔与疑惑。

北方的冬天却是三亚的夏天。这个公司的人穿着品位相当不俗，苏之微眼尖地看到了巴黎时装周春夏季最新的度假服饰。海风与音乐麻痹了她的神经，当下她并未多虑，只是单纯地想，在一个陌生的地方，遇到一群养眼的人，真是一件心旷神怡的好事。

party 的气氛很好，男男女女都很能闹，钢琴弹唱之后的节目是三个很帅的小伙子穿着同样的黑色 T 恤在夸张的音乐声中走上台。

在台上一转身，台下立时一片哄笑。原来每个人的 T 恤后面都印着大大的不同的字，连起来刚好是：我是鸭。免费的。1367156×××。

他们跳着很漂亮的爵士舞，热烈而奔放，一时间苏之微的脑海里跳出"性感"两个字。舞曲声未散，三个"免费鸭"跳下本来就不高的临时舞台，混到台下的人群中。音乐也转成了热烈的 salsa[1] 舞曲，人群沸腾起来。

苏之微看着沸腾的人群，音乐就像某种催化剂，一点儿一点儿，点燃她的热情，消融了与陌生人之间的距离。不知道是谁拉了她一把，苏之微也挤在人群里和大家一起跳起来。

其实苏之微也算是北京最早跳 salsa 的那拨人，老师是个美国人，纽约派。纽约派的 salsa 不同于古巴派的热情奔放，而优雅性感更甚。

1　salsa，即萨尔萨舞，拉丁风格的舞蹈。

在音乐声中，什么都不存在了，没有尹从森，也没有混血妞……不知道什么时候，苏之微成了人群的中心。salsa 是讲究互动与默契的舞蹈，几个跳得好的男人轮流和她对跳。苏之微的长发在每个旋转的瞬间飞扬开，裙子也渐渐被汗水浸透。

混合着汗水的各种香味在微咸的空气里飘散开，salsa 是能跳出火的舞蹈。这一夜，苏之微如同穿上了传说中的红舞鞋，无止境地在风中起舞，一直跳到汗水湿透衣衫，跳到呼吸急促，跳到头晕目眩，跳到觉得自己再不停下来就会倒在沙滩上变成沙砾。

终于，苏之微喘息着笑着向仍然不断前来邀舞的帅哥们摆手表示谢绝，真的要回去休息了。钻出人群，正准备向酒店走去，一个身材窈窕的姑娘走过来和她打招呼："你好像不是我们公司的吧？"

海风吹拂着苏之微泛红的面颊，她笑着回答："嗯，我只是路过，看到你们觉得气氛很棒，很开心。"

窈窕女很诚挚地说："你跳得很棒！一起喝点儿东西吧，跳这么久你应该也累了。"

苏之微毫无戒心地说："好呀。"

旁边就是吧台一样的座位，苏之微想酒店的服务真是贴心。刚坐下，服务生已经端来一排酒，小小的杯子，透明中略泛金色，一共 12 杯。

窈窕女举起杯子："干杯！"一口一杯。

看对方这么豪爽，苏之微也干脆地举起杯子，一口一杯。

又有人走来，举杯！再来！干杯！又一口一杯。

转眼之间，三杯下肚，酒像火一样在胃里烧了起来，本来就不太喝酒的苏之微觉得有点儿发晕。后来才知道，这酒就是传说中的龙舌兰。

苏之微摇摇晃晃地起身。"对不起，失陪一下。"才站起来就觉得天旋地转，眼前一黑。

在海风中与一群芬芳养眼的人翩翩起舞，仅有的模糊记忆，除此之外苏之微什么都记不清了。

一夜失控

醒来的时候头痛欲裂，苏之微口渴得厉害。睁开眼，发现自己在酒店房间里，第一次喝醉到挂的苏之微记忆出现了空白，她撑着头想，怎么回来的？

爬起来想倒杯水喝，不经意间转头……天！身旁有人！男人！苏之微不用看都知道自己一丝不挂。本来就痛到无法思考的大脑里乱哄哄一片，完全理不清究竟发生了什么。

除了懊恼还是懊恼，酒是不能随便喝的。"上帝啊，我真的什么都不知道什么都不知道，原谅我吧。"苏之微用力地按着太阳穴，低吟道。同时目光小心地避开身边人，满屋子寻找自己的衣服，准备穿上衣服就落跑。就当作什么都没发生过好了。

刚小心地掀开被子，身边传来声音："小姐，你的裙子在衣柜里。"突如其来，吓得苏之微惊叫一声，刚迈出去的腿生生顿住了，下意识地用被子遮住身体。

那个声音还在继续："我现在是闭着眼睛，但我建议你还是去洗手间穿比较好。"

是真是假都顾不上了。苏之微一横心，两步就冲到衣柜边拿了衣服，一步跨进洗手间，立刻反锁了门。惊魂未定的她，一秒都不敢耽搁地穿上衣服。穿好了稍觉安心，苏之微背靠着洗手间的门，听着自己的心跳如鼓。

外面房间传来窸窸窣窣起床的声音。苏之微定定神，心里把可能会出现的尴尬情况预演了一遍。开洗手间门出来的时候，怕他还没穿好衣服，刻意地敲了敲门。

"你穿好衣服就出来吧。"那头传来男人的声音。

苏之微出来的时候，窗帘已经拉开了，天还没亮，半明半暗的天空上一轮孤月，很是寂寥。与那个男人一照面，就觉得好面熟，一时想不起来在哪里见过。

他穿着皱皱巴巴的宽松亚麻上衣，亚麻长裤。

"哦！你是那个'别爱我'！"苏之微一个激灵，方才反应过来。

男人笑了笑："我叫 David。"

"哦，嗯……"苏之微只觉得耳朵发热，随口虚应几声就准备闪人。

"'嗯'小姐，你看到我的衣服应该知道我是穿着衣服睡的吧。"

苏之微闻言往他的衣服望去，在心中长长地呼出一口气，彻底放下心来，暗叫好险。

男子依然那样笑笑地望着她，"不过，我还是很抱歉。昨天她们确实过分了。"

苏之微摇摇宿醉的脑袋，问道："到底怎么了，我居然什么都不记得了。好像只喝了小小的几杯酒。"

男子脸上的笑意更深了："那小小的几杯酒是 Tequila，龙舌兰。"

苏之微恍然："那就是龙舌兰！难怪我还没有反应过来就倒了。她干吗要害我？！"

男子挠挠头："也不是的，这个怪我。你跳舞的时候，我跟她们说那个女孩子很性感。她们就帮倒忙了。"

"……"苏之微张口结舌地望向他，一时不知道说什么才好。

男子脸上绽开了足以与三亚的阳光媲美的笑容："还请你不要在意，其实都没什么恶意，她们也没想到你那么容易醉。其实也想过把你送回去，可是不知道你住哪里。我出去给你买醒酒药，她们就把你放在我房间了。"不待苏之微回应，他继续说道，"你可以检查我的手机，没有照片也没有录像。你也可以在房间里随便翻查。至于她们，都是些没有心计的孩子，不会做坏事。"

苏之微瞪住他："本来还不怕的，被你一说，原来有这么多坏事可以做，反倒有些怕了。"

男子哈哈笑起来："这是我的身份证件，你可以让服务员去商务中心复印了自己留存。这是我的名片。"

苏之微接过他的名片。中文名字是王旭，头衔是凯越模特经纪公司董事长。她暗忖，难怪公司里那么多时尚的俊男靓女，原来都是专业干这行的。扫了一眼身份证，顺手还给他。

"我相信你，那我先走了。"

王旭不加掩饰地望着她："'嗯'小姐，我还不知道你的名字。"

苏之微的心脏一提，随即冷静而礼貌地说："不知道最好，都不要记得昨天的事比较好。再见。"

还是不要再见比较好。

跟跟跄跄地走回自己房间，苏之微一头栽进大床——Tequila 真是厉害，差点儿害死人。这一群人也真是不够聪明，那么晚，一个女孩子在酒店的私家沙滩上，还能住在哪儿？当然是酒店客人了。好在没被揭穿，不然真不知道这张脸往哪儿搁。想起自己刚换的手机号码，突然有了一种躲入黑暗、隐匿人生的快感。这一夜快快过去吧，明天又可以是一个全新的苏之微。

这么自我安慰着，苏之微准备简单洗漱完就上床补眠。一早还要和同事吃早餐。洗手间里，她不知不觉地哼唱："别爱我，如果只是寂寞，如果不会很久，如果没有停泊的把握……"不得不承认，这首歌真的很好听，那位 David 先生诠释得也很动人。

淡蓝色法拉利

早餐时分。同事 Cindy 懒洋洋地挪到苏之微旁边，呵欠连天，一副没睡醒的样子。

苏之微一边在心中暗骂："有没有搞错啊，宿醉的人明明是我好不好？"一边对 Cindy 说："还不醒？今天要去很多酒店勘察的！"

Cindy 没精打采地说:"好累啊!你不知道吧,城里有个酒吧街呢!很热闹,这里的人都很放得开。"

苏之微狠掐她一把:"要死吧你!万一你被人灌倒了,迷奸了,拍录像了,拍照片了,看你还放不放得开!赶紧吃饭!"

昨晚那个窈窕女毫无征兆地闯过来,对苏之微绽开大大的笑脸:"嘿,早啊,昨晚睡得好吗?"

Cindy 好奇地看着这一幕。苏之微头皮一紧,到底还是没躲过。

窈窕女笑嘻嘻地说:"原来你也住这里啊,早知道就不用那么麻烦了。今天有什么打算呢?"

苏之微一时语塞:"啊,嗯……"她定定神,说,"今天还要工作,这是我同事。我们赶时间,晚上回来再说了。"

"哦!你同事啊!哦!那你忙。晚上见啊!老地方,不见不散啊!"窈窕女笑着离去,空气里还留着她身上的香气。

好一会儿,Cindy 方开口说:"好漂亮的妞!怎么认识的?圈里的?她穿的是 Dior[1]?"

苏之微低头边吃边闷闷地说:"不,是 2007 巴黎时装周早春的 John Galliano[2]。"

Cindy 一脸钦佩之情:"你好厉害啊!一年前你还分辨不出来 Prada 和 Givenchy[3] 呢!"

苏之微乐了:"一年前?呵呵,半年以前我才有了第一个真的名牌包包,还不是一线名牌。"

大约是苏之微的笑容有些诡异,Cindy 奇怪地问:"你受什么刺激了?"

"人总要成长吧。"苏之微答非所问。

有时候成长是主动的,有时候成长是被动的。Elson,因为你,我不得不成长。钻心的痛苦又来了。苏之微拼命地摆摆头,不要想不要想不要想!

1　Dior,即迪奥,法国著名时装品牌。

2　John Galliano,即约翰·加利亚诺,著名设计师及其同名时装品牌。

3　Givenchy,即纪梵希,法国著名时装品牌。

她抬头瞪了 Cindy 一眼："不要废话了，快吃，我们该出发了。"

Cindy 一边拨弄早餐一边嘀咕："催命鬼，跟你一起做事真是倒霉。"

苏之微置若罔闻，只管说自己的："我们要在一星期内做完海南的调研，然后去贵州……"

Cindy 一听，筷子差点儿掉下来："妈呀，还让不让人活啊，我要回北京！"

吃完早餐，出了酒店，之前预定的包车已经到了。刚要上车，一辆法拉利停到了酒店门口。

浅蓝色的法拉利。开车的人一身白色 Jil Sander[1]。

Cindy 的眼睛都直了。苏之微也傻了，竟然是 David！也太招摇了吧！

那一刻，苏之微承认，虚荣心又蠢蠢欲动了。再坚定的女人，看见这场面，也要软弱三分。她赶紧想了想自己把他的名片放哪儿了，就算做个朋友，也是挺有面子的事吧。女人真是肤浅的动物啊。苏之微不无自嘲地想。

还是先顾好工作再管其他吧。她拉着 Cindy 上了车。

"别爱我，如果只是寂寞……"一路上，苏之微不由自主地在心里哼着这首歌。真是撞邪了，晚上要听听别的音乐了，不能没完没了地哼同一段。苏之微心想。

David 在海风中弹着钢琴的背影和深情的歌声，还真是很打动人。可惜的是这世上动人的男人多了去了，靠谱的却太少了，不能不说是悲剧。

又想起尹从森洗手间的 Grazia，心里像被捅了一刀，刚才那一点点因为虚荣带来的快乐瞬间成为泡影。求求你，不要再想了。苏之微又开始默念。

傍晚时分，苏之微累得几乎是爬回房间的。Cindy 下车就去做 SPA 了，苏之微只想倒头好好睡一觉。

打开房门。天！好大一束玫瑰！

走错门了？她退到门口，关了门，仔细看了看房间号，重新插进去房卡。咦！房门顺利打开了。

没走错啊。苏之微疑惑地想，哪儿来的玫瑰？不管了，就当是天上掉下

---

1 Jil Sander，即吉尔·桑达，极简主义时装品牌。

来的吧——还从来没被送过玫瑰花呢。苏之微高兴地看着这一大捧玫瑰花，到底有多少朵啊，数啊数……竟然有 199 朵！难怪这么巨大！

在花丛中乐了好一会儿，才看到桌上有张卡片："一起晚餐？David。"

早餐签单需要房间号，包车需要房间号，在酒店里做什么都需要房间号。看来这房间号也是被窃窕女给拿到了。

去不去呢？苏之微发愣。好大一束玫瑰花。

她忍不住骂自己："我肤浅，我肤浅，我喜欢花，我喜欢法拉利。"

可是，有错吗？美好的事物人人都喜欢。只是有的人有了这些就以为有了一切。而有的人已经有了一切，自然无所谓有没有这些。还有的人什么都没有，喜欢喜欢，也不是大毛病吧。

苏之微自我安慰了一会儿，又自我纠结了半天，还是决定赴宴。

晚上七点。房间电话响起来，是酒店的西餐厅打来的。

苏之微穿上高跟鞋。

如果，只能买一件东西打扮自己，那就买一双好鞋。苏之微没有晚装包，没有春夏的大牌新衣，只穿了一条简单的小黑裙。

到餐厅时，David 已经到了。他又换了一身衣服，泛着浅浅珍珠光泽的西装，蓝宝石的袖扣若隐若现，整齐的修理过的胡子茬儿，淡雅的古龙水味道。苏之微不由得仔细地看了看这个与自己"上过床"的男人，以她这一年修炼过的眼光来看，居然挑不出什么破绽。

"苏小姐。"David 斟酌了一下，礼貌地开口。

"叫我 Stella。"

"Stella，这顿饭是为昨天晚上道歉。"David 的声音听上去很诚恳。

苏之微淡淡一笑："没必要这么正式吧。"

"我只是想让你看到我的诚意。"David 补充道，身子往前倾了一点儿。

"我们轻松一点儿好不好。我只是来吃东西，不要道歉来道歉去。说实话，昨晚的事儿我已经不太记得了。"苏之微故作随意地说。

David 的神情有些松弛："当然好。你有男朋友吗？"

苏之微眉毛一挑，这也太直接了吧。让你轻松点儿不是让你不礼貌。

David 笑得很是无辜："呵呵，很想知道，所以就问了，现在不问以后也会问，所以不如就先问了。"

一时间，苏之微不知道怎么回答这个问题。尹从森算是男朋友吧，和他之间算分手吗？想到分手两个字，心就被揪了起来。她暗暗叹了口气，无论和尹从森怎样，这个开法拉利的 David，怎么看都不是做男朋友的合适人选。何必对他实话实说。

她正色道："我有男朋友了。"

David 的眼睛里写满了不信："所以刚才回答我会犹豫？所以会昨天晚上一个人出去散心？"

"嗯……是啊，出来出差很久了，很想他，觉得孤单。"

David 依然不依不饶："所以听到《别爱我》会想哭？"

苏之微心中一惊，急忙说："没有想哭……"

"所以会疯狂地和很多男人跳舞？"

苏之微怒了："有完没完？！我走了！"

David 恢复平静，淡淡道："别生气，只是很少有人能骗我。"

苏之微气鼓鼓地说："好，我不骗你。你赢了。可以不这么咄咄逼人了吗？"

接下来的晚餐无波无澜。苏之微对 David，没有喜欢，也没有讨厌。因为不在意，所以表现得很放松，也很自然。喜与怒都那么明明白白地写在脸上。

沙滩上的狂欢派对还在夜夜进行。苏之微依旧混进去跳舞，只是滴酒不沾。David 偶尔被美女们簇拥着跳跳舞，眼神始终没有离开过苏之微。

白天工作，晚上跳舞。一日日下来，倒也平安无事。

又过了几天，苏之微同组的同事接到公司电话，要他们回北京汇报调研进展。真要离开这个能看到海的酒店，回到廉价的出租公寓里了，苏之微心里还真有些不舍。一种说不出的失落情绪在她心里蔓延着。

"为什么不能电话会议？"苏之微问。

Cindy 翻了个白眼："鬼知道。飞一趟三个半小时，我的脸啊，天哪，我得去买面膜候着。"

"是我们的差旅费超标了吗？"

"哪有？！我们又没有住行政房。"

苏之微还是有点儿想不通："每天的调研报告都发送公司相关人员了吗？"

"都发了啊。说实话，我觉得我们做得不错啊！"

苏之微叹口气："好了，别自夸了。公司让回就回吧。"

理智与坚定

下午的航班抵达北京。一到公司，相关部门负责人、战略主管、CEO都到齐了。

苏之微把三亚的情况一一阐述。听完报告，CEO 也就是张总开口："Stella，报告我们都看过了。你不在的时候我们也讨论过。这里面有两个事情需要加快推进。第一，马上与咨询公司合作启动海南省城市排查，看看除了三亚以外还有什么城市值得进入。其二，对三亚的项目做深度的可行性研究报告。从海南省委来的消息，国际旅游岛的规划已经在酝酿，必须尽快推进。"张总顿了一下，继续道，"另外，Stella，其他地区的考察目前暂缓，先把这个方案做完。"

回到自己的座位，苏之微有点儿郁闷。暂缓其他地区的考察是几个意思！目前不能出差了吗？不过是海南的一个案子，至于搞这么大动静？早知道不写这么详细的报告了，自己给自己找麻烦。

回到熟悉的城市，不可避免的回忆与思念像潮水般将苏之微淹没。待在办公室加班，她试图将自己投入文案里，反反复复地修改，总比溺死在回忆里好。

11 点，12 点，凌晨 1 点……再不睡觉就要死了，再不关电脑就要瞎了。

终于，苏之微揉揉眼睛，收拾东西，下楼。

白天热闹的大厦门口，在半夜里空旷寂寥——尹从森的车孤零零地停在那里。苏之微的心，不可抑制地痛起来，痛得连呼吸都不能，仿佛随时都会死去。

突然，车门开了，尹从森快速地走出来，在微弱的灯光下也看得到他眼睛通红。什么都没说，他一把把苏之微塞到车里，开车就走。

苏之微不知道怎么办，尹从森一句话都不说。车子在沉默中快速行驶着。

还是苏之微忍不住先开了口："我要下车！"

尹从森不说话。车速80。

"我要下车！"车速110。

"放我下去！"车速130。

苏之微不敢说话了。

简直是被拖到了尹从森的家门口，胳膊上留下了深浅不一的指印。想起张总就住在对面，出了电梯后，苏之微也不敢大声吵闹。

乖乖地进门。

门刚关上，尹从森猛地抱起苏之微，疯狂地吻下去。一路上反复告诉自己不能动摇的坚定的心，瞬间瓦解。

他的香水味，他的身体，他的力量，他的嘴唇……苏之微的一切理智都被此时此刻尹从森真实的热度化为灰烬，只剩一个念头牢牢占据：Elson，我想你。

这么多天的思念一触即着，苏之微只觉得自己的身体"轰"的一声烧了起来，不顾一切地与尹从森纠缠在一起。

尹从森把苏之微抱到了沙发上，窗外依旧是璀璨如昼的不停息的长安街的灯火。他低低地喘息着："说！说以后再也不离开我！"

"我……我……再……不要，再也不要离开你……"被他的气息撩拨得不能自已的苏之微断断续续地说。

尹从森像一头嘶吼的野兽，凶猛地把所有的等待报复给了苏之微。

筋疲力尽。

窗帘外薄雾一样的灯光，若有若无地笼罩在两具光洁的身体上。尹从森紧紧地抱着苏之微，像是只要一撒手，她就会消失。

"放手，让我翻个身。"苏之微感觉自己半边身子都麻木了。

尹从森在她耳边说："不放手。你竟然敢换手机号码！教训你！"

"我也不想……"

"你还委屈?!我早晨一起床就发现你不在了,打电话关机,去公司找,没人。在楼下等你下班到半夜,没人。早上6点到你家门口等你上班,没人。你为什么走?因为那天晚上没见你?!你就是欠教训!"说着,尹从森咬了苏之微一口。

看着他留下的浅浅牙印,苏之微突然不开心起来:"Elson,给我讲讲美国,不管是什么样的故事,我都愿意接受。但是,如果不讲,我会承受不住的。"

死一般的寂静。

终于,尹从森叹口气,说:"起来,先洗洗澡,换上睡衣。这里冷,去卧室讲吧。"

离真相越来越近了。苏之微的手心濡湿,心里发抖——会是一个怎样的故事呢?自己究竟能不能承受?如果,他真的有别的女朋友,Stella,你怎么面对自己的自尊?

残酷的真相

尹从森读大学的地方在美国的西海岸。学校很好,当年的张总也千辛万苦地从国内考过去。刚去的时候语言关还没过,各种不适应,是一段非常艰难的低沉岁月。

还好后来张总认识了生性开朗的中美混血儿 Elson,慢慢成为死党。同时结为死党的,还有 Terry,一个美国和泰国的混血儿,非常英俊。

三个人在社团活动和学习上都非常出色,兴趣爱好也接近,很是玩得来。放假的时候,三人便结伴旅游,苦哈哈的背包自助游,可是很快乐。两个长长的假期下来,去过的地方很多,默契与友谊也与日俱增。

陷入回忆的尹从森嘴角也不禁浮现出一丝微笑："那是人生中最逍遥最快乐的岁月，以为只要和朋友在一起，赤手空拳就可以走遍天下，吃遍天下，甚至打遍天下……"

那是第三年的夏天，三个人在东南亚旅游，厌倦了大同小异的海滩景致，准备找个野海去游泳。尹从森无意中发现了一个很美的海岸，回来很兴奋地告诉张和 Terry。次日下午，三个人就结伴去了。

那一片海岸优美而安静，毫无人迹，三人也没多想，临下水之前，张看到海边的悬崖中部是空的，就像有个大大的断层，又有点儿像是怪兽的大嘴。张的心里咯噔了一下。

他犹豫地说："Elson，我感觉这个地方有点儿怪怪的。"

尹从森不以为然地说："风化吧，很正常的地貌。"

Terry 催促道："得了，下去下去。"

三个人在海里你追我赶地比赛游泳。两人一组，另一个人做裁判，分胜负。再换一个人做裁判，再接着比；再分胜负……

一个多小时后，Terry 已经很累了，说："累了，回去吧，岸上有东西吃。"

三个人一同往岸边游，感觉游了很久，还是没有靠近岸边。继续游，又游了半个多小时，离岸边的距离几乎纹丝未动，甚至还似乎远了些。

三人已经感觉到有些不对劲了。

张最先明白过来，他大叫道："海水在退潮！引力在把我们拉向海中央！速度很快！我们必须游得更快！"

大家这才反应过来，使出浑身的力气，疯狂地游向岸边。

这时已经是黄昏了，月亮在云层后若隐若现，海浪大起来，每一个波浪打在脸上和身上都有重量。三人已明白了眼前的严酷局面，节省体力，默不作声地全速游着。

没过多久，尹从森和张发现 Terry 落后了。他的体能本来就不如尹和张，加上之前他们比赛嬉闹足足游了两个小时到海中央，体力消耗太大了。

Terry 对他们喊道："我不行了，你们走吧。"

尹从森大喊："不要！Terry，加油！必须游回去！快！不要停！"

张一边奋力游一边回头对他们说："快点儿！悬崖上的断层是被海水引力彻底掏空的！快点儿游！"

谁都知道不能停下，不能减速，可是 Terry 的体力真的接近极限了。

尹从森和张，谁都没有力气去拉 Terry 一把。谁能坚持游到最后谁才能活着出去——也有可能，谁都出不去。此时大家的体力都已经消耗得差不多了，加上海水的引力，需要四个小时甚至更久才能游回岸边……

这样的回忆让尹从森痛苦不堪，他的眼睛闭了起来——不管时间过了多久，那一晚的情景始终深深地铭刻在脑海中，成为纠缠一生的梦魇。

"这是我人生中最绝望的一夜，一个月圆之夜。月亮又圆又大，高高地悬在天边。除此之外，什么都没有，除了海浪声什么声音都没有。你能想象吗 Stella，每一分每一秒我都感觉到生命在流逝，累到极致的时候想着就这么睡着了在海里死去也很好，至少不用再拼命了。就是在赌吧，是不是可以在耗尽最后一点儿精力之前到达岸边。

"那样的情况下，你最好的朋友，手足一般的好兄弟被甩在后面，你连转身的力气都没有。你知道你只能自保……边游边流泪，一整个海洋的苦涩和咸味，我的几滴眼泪又算什么……

"黑色的大海和黑色的天幕，铺天盖地的游不出的绝望，月亮的清辉又遥远又凄凉，像是一张陌生无情的面孔，没有丝毫的怜悯……张比我游得快一些，我紧紧跟着他，我知道自己绝不能落下。后来我时常想，如果只有我一个人，或者只有我和 Terry，我一定也游不出去的。"

是那样的拼尽了最后一点点力气游回岸边，触碰到陆地的那一刻，尹从森几乎休克过去。与张互相鼓励着连滚带爬地爬上岸，连喊叫的力气都没有。而 Terry 还在海里，生死未卜，哪怕只有一丁点儿生还的希望，也不能放弃。

一句话都没有，他们分头去找救援。走不动路，只能继续爬。张拼命地爬了一个多小时，昏倒在沙滩上。尹从森在岸上爬了一个半小时，指甲磨掉了，膝盖和手肘磨破了，完全不知道疼。

尹从森终于找到一个小房子，喊到人，开着船到海里找 Terry，找不到。回来找更多的救援，在沙滩上救回张。两天两夜的寻找，大海捞针一般的寻找，Terry 没有丝毫踪影。无情的海水吞噬了一切，掩埋了一切。

直到最后一刻，尹从森和张才不得不接受残酷的现实。直到协助警方联络到 Terry 的家人，尹从森和张才发现，Terry 早就没有了父母。事实是，Terry 一直在课余默默地打工，是为了他的妹妹。

那一刻尹从森和张才发现，他们从来不曾了解真正的 Terry，也从来没有想过在一起的整天乐呵呵的兄弟竟然肩负了比他们沉重得多的负担。

一想起那一夜 Terry 在海里时绝望的眼神，尹从森和张就内疚得不能自已。后来无数次的醉酒中，尹从森都希望死掉的那个人是自己。

张与尹从森两人担负起了照顾 Terry 妹妹的职责，就是那个 170 厘米的混血女孩，Ada。

"Stella，这段回忆对我来说，太痛苦。我不想说，所以没有告诉你。但是，我爱你，我不能失去你。"尹从森侧身抱住了苏之微。

第一次，苏之微感觉到他的身躯在颤抖，双手竟然是冰凉的。

苏之微怔怔地望着天花板，答非所问地说："原来张总也在照顾她呀。"

尹从森摇头道："不，现在只是我。我想 Ada 是恨我的，她知道是我带他们去那里的。或者，她真的爱我。我不知道，也不想知道。在我们找到她告诉她之后，她就一直跟着我。无论我在哪个地方，无论我住哪里，她都会找来，像一个悲伤的幽灵。

"她要和我在一起。我不能，我不爱她。可是我不能看到她哭，我会想起 Terry，是我害死了他。Stella，你知道我遇见你后才开始真的快乐。可是，我没有办法，真的没有办法……"

尹从森揪着自己的头发，声音开始哽咽。

苏之微心疼地看着这个男人，明白那种眼睁睁看着生命逝去的痛楚。她轻轻地抚摸着他的头发，轻声问："那张总呢？他帮你做过些什么？"

尹从森说："他一直在帮我，不管是工作上还是生活上。他觉得如果我结婚了 Ada 可能就会好很多。可是我不敢，我不敢冒这个险。你没有见过

Ada 失去理智的样子，我怕 Ada 会和她哥哥一样。我不能再害死一个人了。可是，我又那么爱你，这是我第一次真的想结婚，即使我知道 Ada 会更加恨我。"

一切的一切终于清清楚楚了。

所以之前他不结婚，所以他觉得女人烦，所以他抱着 Ada 的时候面色沉重，对自己恍若不见。

Ada 真的像是一个幽灵，可以自由地出入这个房子和这个男人的灵魂最深处。

苏之微真的怕了，胆怯了。

爱情，需要两个人都那么那么努力；婚姻，需要很多人都非常非常努力。

两个人在一起的一辈子，容不下一个幽灵。反过来说，如果，两个人的婚姻会伤害到另一个人的生命，那么不如就算了吧。

苏之微的胆怯与害怕，不是因为其他，而是因为这是一个她再怎样努力都不能解决的问题。

原来面对命运，所有的努力与付出都不值一提。

明白了尹从森的脆弱，反而让她手足无措。

苏之微苦涩地问："Ada 经常来，对不对？"

尹从森低声说："是。她喜欢在我的房间里待着。我总是费尽力气才能把她劝回去。有时候她只是在我的床上躺着。你第一次来的时候，我怕床上有她的头发或者味道，怕你疑心，所以让你睡客房。"

苏之微若有所思地点点头："你不在家的那天晚上，她也来了？"

"是，跟你打完晚安的电话，她就来了，说什么都不肯走。后来实在没法子，我把张叫过来，才把她赶走。"

原来如此。苏之微叹了口气说："所以张总才会说刚和你参加完'活动'，可是为什么他先回来？"

像个做错了事的孩子，尹从森低着头一五一十地说："送到家后，Ada 不让我走，一直哭闹。我们两个大男人拿她完全没有办法。好不容易等她睡着我才回来。"说完长长地叹了一口气，深深地皱着眉。

揽住尹从森的头，苏之微心疼地抚住他的眉头，说："Elson，你好辛苦。"

这一刻，她在心里暗暗下了决心，要用自己的力量帮助尹从森，哪怕只能帮到一点点也好。

第二天，苏之微来到张总的办公室。

她开门见山地说："张总，请您帮助我，也帮助 Elson。"

张总凝视着苏之微，片刻之后说："他都说了是吧。可以。Elson 太小心了。你去找找 Ada 也好。但是，要注意分寸，有任何问题随时给我电话。"

那一刻，苏之微觉得张总和尹从森的不同在于，张总总是能敏锐地洞察所有的问题，运筹帷幄，沉静稳重。

Ada 竟然就住在北京，住在尹从森家东边的一栋高级公寓里。苏之微拿着张总给的地址和电话，想了一整天要对 Ada 说的话。

晚上加完班，已经 9 点了，苏之微没有打电话给 Ada，而是直接杀了过去。这种公寓的月租应该在四位数以上。她想了想自己的小破公寓，心里很有些愤愤不平——我才是正牌女友哎！竟然住那种地方！还不如这个小无赖吗？

必须解决掉她！苏之微暗暗给自己打气加油。跟在别人的身后过了公寓大堂。看着电梯镜子中的自己，苏之微觉得自己像个杀手，要杀掉对自己爱情一切有危害的东西，见人杀人，见鬼杀鬼。那一刻，苏之微充满了无往不胜的勇气与决心。

站在门口，苏之微定定神，在心里重温了一遍要说的话，狠狠地按下门铃。

门开了，是 Ada。Ada 仿佛一点儿都不意外会见到苏之微，她仰着精致的下巴，蔑视地看着苏之微，嘴巴里吐出的是中文："知道你会来。进来。"

反倒是苏之微愣住了——Ada 竟然知道她？尹从森没有跟她说过啊！张总也不可能说。一时间她的阵脚有些乱了，迷迷糊糊地跟着 Ada 进了家门。

Ada 的公寓布置得非常暧昧，淡紫色的色调，有很多垂幔，像一个妖娆的梦境。一想到尹从森在这里哄着 Ada 入睡，苏之微的心里就像被毒蛇噬咬。

一转身 Ada 落座于沙发上，那样高傲而不屑的目光，公主一般开了口："你不是第一个来找过我的女人。"

苏之微的大脑一片空白，完全忘记自己要说什么。她木木地站在那里，看着 Ada 的嘴巴一张一合。

"你们都以为自己跟 Elson 在一起的短短时间，他就会爱上你们？笨蛋！你看看我的家，看看我！我哪一点不如你？你们谁能够像我一样对他忠贞和不顾一切？你们谁有我了解他？"

苏之微这才反应过来，涩涩地说："你才不了解他！他是因为内疚才跟你在一起，如果不是你哥哥的意外，他不会允许你的纠缠！"

Ada 冷哼了一声："在我哥哥出意外之前，我们就在一起。"

又一个意外！苏之微没有想过这一点，大脑一下子陷入混乱，那些尹从森口中的往事模糊不清起来……不是 Terry 死了才知道 Ada 的吗？

关键之处男人的避重就轻，让苏之微此时此刻在 Ada 面前完全丧失了主动权。

Ada 乘胜追击："怎么，他没告诉你？是啊，他会告诉你吗？你知道什么是'三人行'吗？你知道情色 party 吗？你爱的那个男人抱着两个女人的情形你见过吗？"

一个又一个巨浪向苏之微打来。这不是真的不是真的，这些都不是真的。难道，这些都是真的吗？苏之微绝望地望着 Ada 艳丽的双唇一开一阖，望着一屋子充满挑逗意味的紫色垂幔，觉得自己快要疯了。

完全听不见 Ada 在讲什么，只觉得自己的一颗心正往下坠落，无休无止地坠落；仿佛一个醒不过来的噩梦。苏之微突然就喘不过气来了。

耳边继续飘来 Ada 的声音："我告诉你，我不会放手。我哥哥的性命和我自己都给了 Elson，他要照顾我一辈子。我没有工作，我不能养活自己，我喜欢名牌，喜欢现在的生活，除了 Elson 我都想不出来谁能这么好好地养我一辈子。"

她走过来摸着苏之微冰凉的脸："如果你喜欢跟我分享他，我也没有问题。"

苏之微看着 Ada 的面孔，突然真切地觉得她是个魔鬼，只要自己和尹从森在一起一天，她的影子就不会消失。那样偏执的追随与刻骨的纠缠，对尹从森而言，也许至死方休。

与苏之微相比，Ada 有更坚强的内心和更直接的动力。

苏之微甘拜下风。

爱已凋零

走出 Ada 的家门，涌上心头的不是难过与痛苦，而是一阵又一阵的恶心。是的，这样一个幽灵般的女人，让苏之微感到无比恶心。她根本就不是尹从森想象中那个精神脆弱需要保护的女孩，这么多年来的追随与成长，早就让她刀枪不入、无比强大。

渐渐地明白了整件事情，苏之微理了理自己的思绪。以尹从森这样的条件，女人不肯放手是再正常不过的了。只是像自己这样拼命工作的女人，到头来肯定拼不过像 Ada 这样把尹从森当作事业的女人。

有的女人有事业，有的女人把男人当作事业。显然，苏之微不是后者，她也做不了后者。

见过了 Ada，她终于清清楚楚地知道，即使尹从森和自己结婚，或者不管他和谁结婚，Ada 都不会自杀，她太明白自己要的是什么。尹从森会永远徘徊和纠结在两个女人之间。

又或者，苏之微突然恶毒地揣想，也许尹从森也喜欢这种纠结吧，就像 Ada 口中的"三人行"。至少苏之微无法容忍这种纠结的婚姻，也不可能接受永远有一个女人徘徊在自己所爱的人的身边。

再一次，苏之微明白了尹从森一直不结婚的原因。想通了这一点，也看清了自己与尹从森的未来，苏之微反倒不那么痛苦了，心里一片淡然。

从 Ada 家出来，苏之微打车去了尹从森家。

尹从森穿着棉质睡衣，懒懒地来开门。看见门外苏之微惨白的脸色，他关切地问："宝贝，你怎么了？"

苏之微的声音里透着深深的寒意与倦意："没事，以为自己遇鬼了。"

尹从森没多想，伸手抱住她："傻瓜，哪有鬼。你身子怎么那么冷，我帮你暖暖。"

拥住尹从森宽厚的身体，苏之微的眼泪差点儿掉下来，她轻轻地咬住他的耳垂。至少这一刻，我完完全全地拥有了你。至少这一刻，我的身体和心，都是暖的。Elson，当我们第一次相遇的时候，我不曾想到，我们之间竟然是这样的结局。就算我猜到了离别的结局，却没能猜到原因。

从一开始就知道你会离开，此时此刻，让我尽情地拥有你。

一月的北京，下了一场厚厚的大雪。离别在即，尹从森争分夺秒地跟苏之微在一起。不管在一起的时候尹从森表现出来对她有多呵护多在意，也不管相拥相吻时有多么热烈多么紧密，苏之微还是觉得好冷好冷，一想到未来的日子里将没有尹从森这个人，那样透心透骨的冷就一点点地泛了出来，止都止不住。

尹从森开始打包行李，准备搬家，东西越来越少，屋子变得空荡荡的，苏之微再也不敢去，怕控制不住自己，触景伤情。

好多个夜晚，苏之微躲在自己的小公寓里，闭上眼睛都能感觉到长安街绵长的灯火，一如在尹从森家窗前看到的。她能感觉到尹从森湿着头发懒懒地在房间里走来走去；能听见尹从森在说小家伙不要玩了该吃东西了；能看见他撒娇的神情，孩子一般地对她说，宝贝我累了，给我倒杯水；他哼着歌在浴池里高兴地喊，小丫头快来泡泡浴……

还是到了这一天。

冬日下午的阳光和煦地洒了进来，尹从森的短信静静地在手机里："起飞了。爱你。你知道我会回来看你。"

苏之微望向窗外，心一点儿一点儿地被抽空。她就这么呆呆地坐到太阳下山，坐到下班，坐到天色一片黑暗，坐到她也不知道自己到底坐了多久。

黑暗中，她摸索着拿到手机，拨通了那个熟悉的号码。

"妈……"电话接通了，苏之微一句话都说不出来，泣不成声。

妈妈在电话那头也抹眼泪，什么都没问，只是一个劲儿地说："好孩子，别难过，过去就好了，过去就好了……"

这就是亲人。

在你一切顺利、勇往直前的时候，你记不起他们，连电话也很少打。有的时候你觉得他们老了，他们不开化，他们穷，他们没品位，他们说话好大声，他们吃饭吧唧嘴；可是，在你最痛苦的时候，你发现平时熙熙攘攘的人群，那些与你一同欢笑的人群，其实都是过客。

只有亲人，无论我们遭遇怎样的不幸，都默默地守在我们身边，才让我们在世上行走，不是孤独一人。

尹从森走后的每一天，还是像往常一样，每天早晨发来短信：早安，宝贝，爱你。

可苏之微心里清楚，一切都不一样了。

终于，再也不用紧张尹从森会看到自己那双丑陋的面包鞋，再也不用担心午餐时众目睽睽下的接送，各种流言八卦的风生水起，再也不会有那辆熟悉的车在子夜 1 点守在办公楼下。再也不会了。

完完全全属于苏之微和尹从森的时光，两个人在一起最好的时光，已经过去了。

还是加班吧。除了工作，苏之微不知道自己还能做什么。还好，股票的走势丝毫没有受到她坏心情的影响，一路飙升。

没日没夜地工作加上北京的寒冷，小公寓里见不到阳光，暖气也不足，心力交瘁的苏之微病倒了。她硬撑着去医院排队挂号，看病买药，自己在床头放上半夜要喝的水和药。黑夜里渴醒，她伸手去床头拿水，一点儿力气都没有，水杯滑落，洒了一地。苏之微静静地躺在那儿，心里一遍一遍地对自己说："过去就好了，过去就好了，一定会过去的。"

不管是疾病还是爱情，都会过去的。

快过年了，一转眼在耀华已经第四年。这一场大病的侵袭让苏之微斗志全无，任凭怎样咬牙，苏之微也觉得自己快要撑不下去了，只想回家，逃离这座城市。打了报告，一级级地请示，张总最终审批同意，她可以提前休假了。

病还没好，反反复复地低烧不退，苏之微晕晕乎乎地坐飞机回家。机票还是上次打算和尹从森旅行时买好的，之后改签了。

飞机落地的一瞬，苏之微觉得安心了很多。爸妈到机场接她，什么都不说，什么都不问，只有无微不至的照顾。

身体渐渐好起来，可心里依然疲惫不堪，苏之微在饭桌上和父母商量："我不想回北京了，我在家这边找个工作，陪在你们身边吧。"

妈妈心疼地看着大病之后瘦得不成样子的苏之微，说道："你这个孩子太容易走极端。过一段时间心情好点儿再说吧。"

是真的累了吗？还是不想再去面对那些人和事？苏之微的大脑一片空白，失去了爱的人，也失去了爱的方向，她竟连自己也要失去了吗？

这一天，刚吃过中饭没多久，苏之微接到了尹从森的电话。

"在哪里？"电话里听不出他的喜怒，又或者是苏之微已经无心无力去揣测他声音背后的情绪。

她淡淡地回答："在家。"

电话那头微微顿了一下，"我的意思是，家在哪里？"那样的强硬而不容回绝。

苏之微想了下，问："是张总又告诉你我离开北京了吧？真倒霉啊，身边有间谍。"

尹从森笑了起来："嗯，这就是张最后一点儿用处了。哈哈，我下飞机了。你不用接我，身体还没好吧。告诉我地址，我自己打车过去。"

啊！！！苏之微呆住了。

不知道怎么跟父母说，可是不说也得说，都快到家门口了。

她强打精神，迅速地上网订酒店。还好，快过年的时候，酒店生意清淡，有房间。

还是硬着头皮对妈妈坦白："妈，尹从森来了……"说了一半不知道怎么往下说。

妈妈的脸色一沉，苏之微的心就悬了起来。

"哦。人家这么远来，还是要有礼貌。"

苏之微心虚不已："我去给他安顿下，一会儿就回来。"说完，也不敢多看妈妈的表情，赶紧出门去酒店等尹从森。

尹从森到了酒店门口给她打电话："你告诉的地址错了吧，这是个酒店。"

苏之微赶紧跑出去："走啦，就是这儿，我房间都开好了。"

风尘仆仆，一路奔波也丝毫没有减损尹从森的英俊。他看见苏之微立刻嬉皮笑脸地贴上来："你竟然跟男人开房！你都做了什么对不起我的事？我不进去！"

"别闹了，被人看到我们家人都没脸在这儿混了。"苏之微飞快地四处张望着，拉着尹从森就往里面走。

尹从森停下脚步，正色道："我要去你家，我不要住酒店。"

苏之微无奈地说："求求你了。你先乖乖进来，我跟你交代完再去，成不成？"

尹从森捏了一把苏之微的脸颊："你要是敢骗我你试试看！"

进了房间看到清朝的床榻，红木的质地，屋里的摆设都有着历史的痕迹。尹从森伸了一个大大的懒腰，看看手表，笑眯眯地说："时间还早。来，我给你打一针……"

轻轻一揽，抱起苏之微。

这个拥抱再次击溃了苏之微所有的心理防线，思念决堤了一般从心里从身体里奔涌而出，好想好想好想这个男人。

这个冬天的尾巴，没有了尹从森，一分一秒都熬不过。

苏之微闷闷地低语："你把我扔在了北京。"她狠狠地在尹从森的胸口咬下去。疼痛和激动化成一声尹从森喉咙深处的呻吟。激战过后，两个人手拉着手，平躺在大大的床榻上，大口大口地呼吸。

还没休息够，尹从森就像个好动的小孩，赤着身子爬起来，东看看西摸摸，拿着书案上的毛笔挥来舞去，和苏之微打闹成一团。

这一刻，苏之微的心里是满满的开心，忘记了那些所有的不快乐，只想这么一分一秒地耗着时间，看着尹从森，陪着尹从森，一点点老去。

又玩了一会儿，尹从森看了看房间角落里的老式立钟："6点了！懒虫起床！去你家！"

一句话将苏之微从梦中惊醒，现实又残酷地逼近眼前。

和尹从森的感情，是那么让人不忍放手，可是不放手，又没有结果。这段感情就像一个患有绝症的病人，任凭怎样的乐观与坚强，也只是苟延残喘，总要一步一步地无法避免地走近那个注定的结局。

是时候了，苏之微拉着尹从森的手，下决心要把未来说个清楚。

尹从森顺着她的牵引，从背后完整地覆住苏之微，他的呼吸轻轻地热热地吹在苏之微的脸颊与耳垂，只听见尹从森低低地说："你的头发好香，整个人都好香，为什么我一看到你就想把你吃掉！"

苏之微闭上眼睛。

"我为什么留不住你？我恨自己留不住你，我要我们在一起！可是为什么我要一点儿一点儿地眼睁睁地看着你离我而去？"

努力克制住自己的情绪，苏之微鼻子酸酸地说："我去见过 Ada，有一段时间了。"

尹从森一惊，扳过苏之微的脸，深深地看进她的眼睛。

苏之微不敢睁眼，继续说："别吃惊，我想你也知道，见过 Ada 的你的女人，都离开了你。"

尹从森疯了一样地握紧苏之微的双肩："不要！宝贝不要！不要对我这么残忍！"

苏之微的眼泪静静地流下来，她的双手依然不由自主地环住了尹从森的腰，一点儿一点儿地，泪水在她深爱的男人身上留下印记。

尹从森的眼睛红了，他哑哑地说："你知道吗，今天是情人节，今天是情人节啊。我来找你，我没有离开你，我没有扔下你。什么都不要说了，我们去见你父母。我已经和美国的父母讲了，我们结婚，好不好，好不好？"

从未听过这个男人近乎哀求的口吻，那样的绝望与无助，那样的……不像她所认识的尹从森。这份爱改变了深陷其中的每一个人。

苏之微觉得自己的心都要碎了。

Elson，如果此时此刻，你告诉我，你不是真的爱我，或者你不是那么爱我，或许反而能让我不那么痛苦。

苏之微在尹从森的胸膛里泣不成声，她哽咽着说："Elson，对不起，我……"

尹从森不管不顾地吻着苏之微的脸，吻去她每一滴眼泪，希望她能忘记Ada，希望她忘记自己要说的话，希望这段感情就像身体的欲望那么单纯而热烈。

苏之微哭着说："Elson，我知道你明白，你明白的……"她始终无法鼓起勇气说出那几个字。

可是下一秒她就看见尹从森的眼泪掉了下来。

不管这是华丽的游戏还是真正的爱情，也不管是从谁先开始的，走到了此时此刻，这一分这一秒，每一个人都受到了伤害。

尹从森抱住苏之微说："Stella，我爱你，求你不要这样对我，不要这么残忍。我爱你啊！Ada会好起来！我们会幸福，我们一定会幸福的！"

苏之微一字一句地说："Elson，我爱你。从你不知道的开始，到你不知道的将来，每一天，每一夜，我都爱你。"

尹从森像个孩子一样，大声地哭出声来。

原来今天是情人节。苏之微模糊地想，我永远不会忘记今年的情人节。

苏之微对母亲食言了，她没有回家。

窗外飘着小雨，南方的冬天，虽没有北京寒冷，却阴湿刺骨，足以冰封住一段刻骨铭心的爱情。

尹从森抱着苏之微，仿佛用尽了最后一点儿力气："Stella，我会缠住你，就像Ada缠住我那样。从现在开始，到你不知道的将来。我发誓。"

苏之微身不由己地抱紧了尹从森。

如果，如果，这是我们共同的无法抗拒的宿命。

多年以后，想起这一幕，苏之微总会想到一首歌《洋葱》——尹从森曾经在电话里为她唱过，也曾抱着她，在她耳边哼过。从此之后，只要一听到这首歌的旋律，苏之微就会觉得心酸不已。世界看起来很大很大，但你总是无法走出那个人为你布下的天罗地网。

重回三亚

到底还是没让尹从森和父母见面。

在机场送别尹从森，苏之微再次体会到那种空荡荡的一无所有的空虚感。这个冬天的最后一缕阳光随着尹从森而去，剩下她独自面对冰冷的现实。

尹从森回了美国。苏之微每天早晨还是会收到他的短信，知道他每天隔着大洋算着时差想着自己，心里的伤痛少了很多。

假期过后，苏之微回到了北京，回到了工作中。北京的冬天依旧冷得出奇，年前落下的工作不假颜色地堆在案前。对于苏之微来说，工作就是所有现实，是真金白银的赤裸裸的现实。她没日没夜地和同事一起做深度方案，准备报董事会审议。

审议前，CEO 等高层需要进行实地考察。苏之微负责整个团队的考察行程。又是三亚，时间是一周。苏之微仔细打点每一个细节，不敢有丝毫懈怠。

这次出行的排场豪华得有点儿过了。

张总、张总秘书、两位总监、苏之微的上司的上司、苏之微的上司，加上苏之微和其他三名同事。10 个人，10 个房间。张总是行政套房，秘书和总监是行政房，其他人都是高级单人房。

为了保证张总等人一到酒店就能直接入住行政套房，并在酒店所有的消费签单都没有问题，苏之微提前给三亚最好的酒店的账上打去了50万元。

三亚最好的酒店就是苏之微之前住过的威汀。差旅费对于公司来说，不过是点儿小钱。

提前一周订好了机票。5张头等舱，5张经济舱。临行前，张总的秘书再三跟苏之微确认了行程。

苏之微从来没有跟张总一起出过差，这次才算领教了阶层差异。作为这么大的公司的CEO的出行，简直就是像皇帝出宫一样的架势。难怪他要配专门的秘书部。

在从公司出发到上飞机的过程中，苏之微一直深有感触。张总的三个LV行李箱，分别有人帮忙拿；四辆车停在公司楼下，随时都有司机待命。

张总的配车竟然是宾利！怎么从来没人跟自己讲过！苏之微惊诧地望向身边的同事，大家都是一副"你才知道"的表情。

苏之微在耀华实习一年，工作两年半，发现自己原来对公司那么多人与事还是茫然无知。

张总和秘书一辆车，两个总监一辆车，苏之微的上司和上司的上司一辆车，苏之微和其他三个同事挤最后一辆车。

真是等级森严。苏之微一路充满感慨，尤其是她坐在最后一辆车里，想起不久前在张总的家里，张总和她赤着脚，喝着茶；想起张总和尹从森他们三人惊心动魄的故事。想起尹从森，她的心又一阵牵扯的疼痛，看看手表，美国现在的时间应该是晚上吧。亲爱的Elson，好梦。

到了机场，张总在前后左右四个人的簇拥下，直奔贵宾室而去。这时苏之微和其他三个同事就很轻松了，四处晃晃，过安检，东拉西扯。

苏之微漫不经心地说："张总出差真像皇帝出巡。"同事，就是上次和苏之微一起出差海南的那个女生Cindy，大专毕业，来公司已经四年了，见怪不怪地说："你才知道。我刚来公司的时候就陪他们出来过，那次把整个酒店都包了，怕别人打扰。现在已经算是低调了。"

同事甲不屑道："那时候酒店便宜啊，你们那次总共花了也没有 30 万吧。"

苏之微忧心忡忡地问："这次申请了 60 万，够用吗？"

Cindy 宽慰她："够了够了，安啦，大部分都在酒店解决。"

苏之微若有所思地说："大多数老百姓一辈子都挣不到 60 万。"

Cindy 朝她翻了个白眼："行了，人比人要死。张总一个月就赚 60 万，还不算奖金。"

苏之微瞪大眼睛："啊？720 万年薪！"

Cindy 愁眉苦脸地说："唉，我们连人家零头都赶不上。"

苏之微仿佛第一天才来到耀华："公司怎么会有这么大差异？"

Cindy 一副恨铁不成钢的样子："你应该知道吧？你拿奖了以后，薪水有没有翻倍？"苏之微点点头。

"那就对啦！公司是得奖翻一番，每升一级翻一番。你如果永远不升级，熬到进棺材也就是雷打不动的两千块。"

苏之微依然一副没有醒过来的神情："翻多少番也翻不到 720 万啊！"

"废话！你以为 CEO 的位置是我们这种人能爬到的啊！一般人升到总监就算是祖上积德了！他是董事长飞了 16 趟美国才挖回来的！他的年薪是小数啦，奖金才是天文数字呢！"

重赏之下必有勇夫！苏之微对升职加薪产生了浓烈的兴趣。加油，Stella！苏之微在心里默默地给自己打气。

在飞机上看着 Cindy 敷面膜敷得像鬼一样，苏之微眼不见为净，索性一直闷头睡觉，直到降落。安全带指示灯熄灭后，苏之微着急忙慌地拿行李，往前赶。

Cindy 伸了个懒腰，慢悠悠地说："着什么急！"

苏之微急呼呼地说："不能让张总等我们吧！"

Cindy 哧地一笑："你还真看得起自己，人家头等舱，早下去了，酒店车应该已经来接了。人家秘书又不是吃素的。"

原来如此。苏之微嘟着嘴，心想，讲究这么多，真麻烦。

酒店门口的灯光下，苏之微一眼就看见门旁停着一辆显眼的法拉利，保安尽职尽责地守在旁边。

Cindy 来劲了："哎哎哎！ Stella！那辆法拉利还在呢！"

苏之微想起 David，再转念一想，脱口而出："谁会在三亚住一个月啊！说不定是酒店用来对外出租的。"Cindy 认同地点点头。

进到房间才发现，桌上已经放好了一张临时联络单，上面有每一个人的房间号码和手机号，只有张总的是空白。

苏之微不由得想起了那一夜，想起张总的家——难怪他可以买得起两层，还给打通了。不是一个阶层啊不是一个阶层。苏之微深深地叹气。本来以为他只是个打工的。原来，打工也分皇帝和乞丐。别说尹从森了，张总根本也是她这个阶层可望而不可即的。

休息了一会儿，张总的秘书来电，让所有人去西餐厅吃晚餐，要求着正装。

坐飞机累个半死的苏之微在心里嘀嘀咕咕，都到了三亚了，还正装！不能抱着休假的心情工作吗？太讨人厌了。

晚餐厅以地中海菜式为主，烛光摇曳，很有情调，菜色比想象中要丰盛不少。操心命的苏之微无心美食，只在那儿一个劲儿地盘算她的差旅预算会不会超支。

刚开始气氛还有点儿拘束，几杯葡萄酒下去，大家就松弛下来，话也多起来。苏之微不喝酒，别人也不勉强。碰酒杯的时候，苏之微留意到张总的小指上戴着一枚 Tiffany[1] 的戒指。

尾戒是什么含义来着？单身主义？不婚主义？苏之微暗想，怎么干这行的男人要么鬼怪缠身要么就心理畸形呢！找个正经阳光的男人真是不容易啊。

酒瓶越喝越多，苏之微默默地数了数，已经下去五瓶红酒，心里不由得三跪九叩：酒仙们啊，都是 A.O.C[2] 级别的好酒啊！六千多一瓶啊！喝够了

1　Tiffany，即蒂芙尼，美国著名珠宝品牌。

2　A.O.C.，Appellation Origin Controlee 的缩写，即法国原产地命名。

没？别他妈喝了！

酒酣耳热之际，大家讲起了荤段子，说得苏之微脸上红一阵白一阵。这次来的人里除了苏之微基本上都结了婚。说"基本上"，是因为还有张总是单身。

大家讲得口水狂喷，讲的听的都十分来劲，英文中文层出不穷。苏之微继续在心里叹气，心想，我真是个新人，我太不了解这个公司的文化了。

一抬眼，看见张总正看着自己，苏之微腾地脸红了，还好是烛光，大家也都没空注意到她这旮旯。

又是好一阵的如坐针毡，就像那天在张总的家里，苏之微不自在地挪挪身子，怎么总是这么紧张呢。这一顿饭吃的，实在太辛苦了。

眼见夜色已深，苏之微顺着张总的话头，把单给签了，同时催促大家各回各家，各找各妈。

Cindy 喝得有点儿多，走路走得东倒西歪，苏之微扶着她走到餐厅门口。

不料张总在门口等着："Cindy 喝得不少啊，还好你没喝酒。"

苏之微紧张地点点头："张总，是啊，我没喝酒，您放心，我会照顾好她。"张总点点头："也照顾好自己。"说完头也不回地走了。

苏之微脑海里翻来覆去地想着这么简单的一句"也照顾好自己"，想来想去，大概是因为尹从森吧。张总为了尹从森的事情，真是帮了太多忙。

帮 Cindy 关上房门，苏之微回到自己的房间。

这大半年来，冰冷的冬天、无数个不分日夜的加班、生病，还有尹从森，留给了苏之微一张苍白消瘦的脸。她照着镜子，才惊觉青春对女人来说，真是太过短暂了。

苏之微打开房门，走到阳台上，海风习习吹来。沙滩上还是灯火通明，音乐声与欢笑声此起彼伏。苏之微想起认识 David 的那晚，那么畅快淋漓不顾一切地跳舞，在音乐与肢体的起伏中忘记了一切。

她不由得心里一动。

海滩的重逢

苏之微换了衣服，人字拖、小短裙、丝缎的上衣和一条薄薄的纱巾。临出门前，苏之微上上下下仔细地打量了一番自己，指甲是修整得漂亮的宝石蓝，衬得肤色很白。

三亚的空气清新潮湿，整座城市都散发着大海的味道。越走近海滩越能感觉到空气中微咸的潮湿，在这样的环境里，心情一下子就轻松了起来，苏之微每次来都觉得不是工作而是在度假。这样的酒店，要是自己花钱住还真是挺要命的。

沙滩上的音乐声和人影越来越清晰。

竟然又看见了窈窕女！还有几个她勉强记得住面孔的帅哥。不会吧？！一个月了！他们是没走还是又来了？苏之微压抑不住心里的疑问。

海滩上的热烈气氛霎时席卷了她，不管了，人生苦短，及时行乐吧。

跳舞的冲动压过了一切，再说，他们都长得那么好看，能够重新见面是一件快乐的事情。

音乐就像兴奋剂，还没走到舞池，苏之微的心里已经在发痒了，整个人像充足了电一般跃跃欲试。再走近点儿，发现 David 果然也在。

David 看到苏之微先是一愣，眼睛里流转过一种很是耐人寻味的神情，然后潇洒地抬了抬手算是打招呼。

苏之微冲他微笑着点点头，穿着拖鞋就杀进了舞池。

窈窕女穿着低胸低得很夸张的裙子，摇摇摆摆地走过来："嘿！Stella！"

苏之微心想，这妞又喝大了。

窈窕女笑得妩媚："你竟然又来了！我还以为见不到你了！"

真见不到就太好了，小姐你无处不在很烦啊！苏之微一边腹诽一边笑着答复："是吗，萍水相逢一场，见不到也无妨……你们是一直都在？"

窈窕女眼神迷离地说："是啊，整个冬天都会在。"

"整个冬天一直都住这里？"

窈窕女点头："当然。"

苏之微心里简单地过了一下——他们过来一周就要准备60万元，一个冬天这么多人待在这里要花多少钱？就算再有钱，为啥要在这里死花死花的？

窈窕女看见苏之微吃惊的表情，乐开了花，咧嘴笑得开心得不得了。

苏之微觉得自己被鄙视了，心里很不爽，找了个理由闪开，继续跳舞。

正在兴头上，音乐突然停了。

David摆摆手："散了，都回去睡觉。"

海滩上所有的人连抱怨都没有，互相打了个招呼就各自散去，好像早已经司空见惯。苏之微愤懑不已地跟着大部队往回撤。

David走近她："喝杯东西去？"

苏之微正觉得有些口渴，可是一想起那一晚的龙舌兰，立刻脊背发凉。

David看着苏之微犹豫的样子，笑起来，善解人意地说："不喝龙舌兰。"

苏之微想想，这个David，那天晚上也没干什么坏事，倒也不是坏人，严格说来应该算是正人君子了。她没有拒绝，跟着David慢慢地走回酒店。

海风好舒服，这一段路，苏之微什么也不想说，只想尽情地享受这样一个温暖的海滩之夜。海风吹得人每一个毛孔都舒展开来，在这样的夜晚，每一个笑容，每一个眼神，每一句话，仿佛都可以推心置腹。David很配合地不发一言，眼角的余光看着苏之微，嘴角挂着若有若无的微笑。

David带着苏之微来到酒店的行政酒廊，酒廊在行政层的最高层。

上面是漫天星光，下面是一望无际的黑沉沉的大海。

夜深了，酒廊里除了他俩没有其他客人。不易察觉的音乐声暗暗流动，望着窗外丝绒一般的星空与夜色，苏之微有些沉醉了。知道自己见识有限又有些小虚荣，容易被各种不切实际的阵势与场面打动，她暗自警惕，告诫自己要清醒一点儿，这个 David 为什么要一再地约她呢，他身边大把的美女啊！话又说回来，如果只是为了猎奇与尝鲜，那天晚上想发生一些什么也是轻而易举的啊。

为什么啊为什么啊。苏之微实在想不通 David 的葫芦里到底卖的什么药。

"David，那天你直接问我有没有男朋友，对吧？"

David 刚在服务员的帮助下，用雪茄剪剪了一段雪茄，点燃，吸一口，缓缓吐出，一脸享受的模样。听到苏之微突然开口，他眯着眼睛说："想问我什么？"

苏之微心想人太聪明其实很讨厌："为什么记得我？"

再吸一口，David 的脸在烟雾中有些模糊，他坏坏地一笑："性感。"

苏之微惊讶于他的直截了当，反而不知道如何接话。

David 敛起笑容，诚恳地说："这是实话。"

苏之微心头一口血差点儿没喷出来，真想抽自己耳光，什么问题不好问，偏问这个问题，不是把自己逼进死胡同吗！

"那个姑娘，以及我看到的海滩上的那些姑娘，都很性感。"

David 吐了一口烟，笑了起来："她们的性感跟我有什么关系？你想要吗？她们都有价码，而且都不便宜。"

虽然早有模糊的预感，但苏之微依然不敢相信自己的耳朵。

David 瞥了一眼她傻乎乎的神情，说："跟你跳舞的男孩也都有价码。"

苏之微瞪着面前这个男人："你是谁，你不是好人！"

"有需求就有供给，这很正常。"David 面色平静地说。

苏之微脱口而出："这是违法的！"

David 玩味地望着她："你情我愿，怎么就违法了？"

"付费就是违法的！"

David 哈哈大笑："拜托，你觉得送房子送车送首饰有问题吗？你的'前任'男友不送你这些吗？"

"什么前任，我有男朋友！"

David 一副懒得和她废话的神情："这个问题我们已经讨论过了，苏小姐。"

明知和他对话怎么也讨不了口舌便宜去，好奇心依然压倒了一切。

"你们一住一个冬天，费用这么高，公司能正常运转吗？"

"你是想问，谁会出那么高价钱吧？"

苏之微一边腹诽："人太聪明真的很招人厌！"一边"嗯"了一声。

"有这么一群人，他们不方便出国，这里是他们最适合过冬的地方。他们在金字塔的顶端，富可敌国。"

苏之微在心里反复念叨着"富可敌国"，那是有多富？比年薪 720 万还富？她重新认识到了自己是个底层菜鸟的现实。对这个世界而言，她太无知了。

苏之微看着 David 一口接着一口地吸雪茄，欲言又止。她其实特别想问 David 是怎么走上这条不归路的，好像他干这行干得挺乐在其中的，又觉得太唐突，反而凸显了自己的幼稚可笑。

David 仿佛知道她在想什么，避开她的眼神："不要看我，我也很烦的，这三个月以来，生活毫无新意，你还算有点儿新鲜劲儿。"

苏之微"哼"了一声，"那我先谢谢你了。"

David 凝视着她的眼睛："你是鲜活的。"

一句话把苏之微拉回到那个混沌的晚上和那个惊悚的早晨，龙舌兰和身边的男人，当下尴尬得想找个地缝钻进去。这个 David 怎么哪壶不开提哪壶！

"你不是没做什么吗！你不是没录像吗！"苏之微索性心一横，大声质问道。

David 无辜地说："但我没说过我没看。"

真是遇上无赖了。苏之微心想，索性撕破脸好了："那请问 David 先生，以您的专业眼光来看，我怎样才能更值钱呢？"

"你跳舞的时候、生气害羞的时候、鲜活的时候更值钱。我这一个月一直在想，那天放你走真是犯了个大错。"David 火热的眼神不加任何掩饰，直直地看向苏之微。

在这样的眼神下，苏之微觉得自己就像没穿衣服一样不自在，突然想起 Cindy 看见 David 的时候说的那句话，不由得说道："你这个人真是火星来的！"

David 大笑起来："大部分人都习惯了骗和被骗，我只是说说实话，就被划为火星人。真是个奇怪的世界。"

苏之微心中一动，肆无忌惮地说实话——如果 Elson 也能做到这样，我也许就不会这么辛苦。尹从森就像她内心深处一块永远都不会好的伤疤，每次回顾，都只能看到一片鲜血淋漓。

David 看苏之微陷入沉思，皱起眉，不耐烦地说："好了，别想你那个前男友了，你再想下去只会觉得我更好。"

人太聪明真是很烦人！

苏之微蓦地起身："什么乱七八糟的！我要睡觉去了。你继续自恋吧！不奉陪了！"站起来就走。

David 没起身，问了一句："这次住多久？"

"因为有你在，我希望明天就走。"

看着烛光围绕下苏之微的背影，David 不由自主地笑了起来。

出了酒廊，苏之微抚着微红的面颊，深深地呼吸一口新鲜空气，伸手去按电梯，电梯门立刻开了。

打开的那一瞬，苏之微呆住了。

电梯里是一幅活色生香的画面——竟然是张总抱着一个穿着紧身裙的高个儿美女在电梯里忘我地热吻，全然不知电梯的门打开了，也全然不知电梯门口站着苏之微。

苏之微的双脚仿佛被钉住了，欲哭无泪。苍天啊大地啊，谁能告诉我该怎么办！跑？往哪里跑？！这一层就巴掌大的地方，光速也来不及啊。

这时，美女似乎觉察到他人的存在，推开了张总。

苏之微头也不敢抬，手足无措，结结巴巴地说："张……张总……"心里还在寻思到底要不要上那个该死的电梯。

不提防被人从后面揽住腰，自然而然地，她被轻轻推到电梯里，是David。苏之微不知是该谢他还是该恨他，硬着头皮站在电梯里张总和美女的身旁。

电梯里气氛诡异起来，气压更是低得让人喘不过气。

张总的眼神直直地看着David。David一副无所谓的样子，手还放在苏之微的腰上。苏之微的全身都僵住了，心里默默地数着楼层。

不过一两秒钟的时间，却让人无比煎熬。这个电梯是坏掉了还是怎样！真是慢！太慢了！慢死你算了！电梯下了两层的时间，苏之微觉得漫长得像一年，她一动都不敢动，几乎疑心自己快要变成化石了。

幸好张总和美女要下电梯了。张总在电梯门口，回过头，看了看电梯里的David和苏之微。眼神定定地停留在苏之微的脸上，直到电梯关门。

David这才把手放下来："你前男友？跟你一个公司的？你真是不怎么聪明。"

苏之微还没醒过神来，脑海里全是张总和美女拥吻的画面。

David不耐烦地推推她："好了没有？这种人你还想什么！不如想想我。"

苏之微回过神来："什么和什么呀！他不是我男朋友！"

David寻思着说："不是？嗯，那我的竞争对手还不少……"

苏之微的脑袋又无法思考了："别胡说！你哪一层？！你好像不是跟我同一楼层的吧。"

David懒懒地说："这么晚了，我去帮你检查一下房间。"

不管苏之微怎么说，David就是一直跟着她，直到她的楼层。

苏之微抓狂地小声喊道："无赖！"

David朝她做一个嘘声的手势："我是为你好，你小点儿声，被你同事听见你名节不保。"

苏之微冲过去就把David往电梯里推。David不躲不闪，一个反手就把苏之微拉到怀里，抱紧，抱得苏之微一点儿挣扎的余地都没有。

"别挣扎，你越挣扎，我越控制不住。"David沉重的喘息声在苏之微的耳边起伏着，他低低的声音在苏之微听来，有一种说不出的刺激与诱惑。

苏之微不敢动了。

David 把头低下来，深深地埋在她的头发里。整齐的胡茬儿，在苏之微的脸上留下了男人的触感。安静下来，苏之微重新闻到了这个男人身上的古龙水味道，有一种淡蓝色的奢华感。

David 在酒店走廊上静静地坚决地抱着苏之微，两个人一动不动，时光仿佛静止了。苏之微静静地闻着古龙水，感受着一个男人的体温——不同于尹从森的另一个男人。

没有喜欢也没有讨厌。身体对陌生的躯体有着本能的亢奋，而意识却游离其外。苏之微明明白白地看见自己透明的内心——没有爱也没有欲望。

心里住着一个人，就无法堕落。

David 的喘息声慢慢地平复，他松开了苏之微。

"有一天，你会需要我的！"在耳边抛下这句话，他扬长而去。

经过这一晚，苏之微已疲惫至极，进了酒店房间连脸都没力气洗就直接倒在了床上。

电梯门打开，张总在电梯里，那种眼神又出现了，他抱住苏之微，铺天盖地的吻。苏之微竟然冲动了，紧紧地贴住张总，回应着他的吻，双手深深地扣住他结实的背。

电梯的紧急铃声突然响了，不停地响。

苏之微被惊醒了，是酒店的 morning call[1]。她不可置信地看向微露曙光的窗外，竟然是一场春梦！竟然是和张总！

昨晚的那一幕对苏之微来说，太刺激了。她拼命地摇摇头，要把这些记忆全部驱赶出去。跑进洗手间咬紧牙关，冲了一把冷水澡之后，她终于感觉清醒了。

三亚的清晨，阳光像银色的丝线一样，温柔地缠绕着这个面海的平台。海水就在视线的正前方不远处，微微起伏，泛着银光的湛蓝。空气里微微的咸，柔柔的湿，淡淡的腥。

1　morning call，即叫醒服务。

在这样的氛围中，仿佛发生的一切都在情理之中，也值得原谅。苏之微想着还要和同事一起吃早餐，有点儿头大——张总啊张总，只要有你在，每一顿饭都像鸿门宴啊。

到了餐厅，看见大家都穿着半休闲的衣服，苏之微一一打过招呼，见张总还没来，松了口气又不禁腹诽道，肯定是昨晚太累了吧。刚想完就恨不得捶打自己的脑袋，醒醒醒醒啊苏之微！到底是想怎样呢，是做梦好吗？做过就忘记！立刻！马上！忘记！

大领导没到，谁都不敢先去取餐，边等着边胡乱聊些新闻和八卦。足足半个小时之后，张才在秘书的陪同下大步走进来。

"张总早。"大家齐齐站起来，和张总打招呼。

张总环视一周，看看苏之微："大家都睡得好吗？"

苏之微低下头，随着大家，不干不脆地点点头。

取餐的时候，张总走过来，若无其事地低声对她说："打起精神。"

苏之微一阵紧张："哦，是！"余光瞥见张总端着盘子的左手小指上，那枚别有深意的戒指。

年薪 720 万

一行人的行程排得非常满，短短几天里看了无数个项目。三亚沿海的发展日新月异，这个亚热带的小岛，是中国小部分人的过冬天堂，也是大部分人的旅游天堂。

考察下来，张总认为确实只有苏之微报告中的两个项目是回报极高的。一回到酒店大堂，张总跟秘书说："晚上加班，谁都不能喝酒也不能请假。"

Cindy 在一旁听到，一脸黑线，跟苏之微说："知道了吧，年薪 720 万的都是这种工作狂！吸血的资本家帮凶！"

回房间稍作休整，一开门，又是好大的一捧玫瑰。这个 David，真不能说他没花心思。苏之微看着芬芳扑鼻的玫瑰，承认自己心里还是挺高兴的。

没休息一会儿，大家就接到电话通知，去酒店会议室。每人一份套餐，草草吃完，开始加班。苏之微跟三个同事改报告，苏之微的上司审核，修改；苏之微的上司的上司审核，再修改；第一位总监审核，再再修改；饿了，叫工作餐，第二位总监审核，再再再修改；终于完成，呈给了秘书大人。

Cindy 趴在桌上，哀号道："我要口吐白沫，壮烈牺牲了。"

苏之微伸伸懒腰，看看时间，已经 11 点了。

十五分钟以后，秘书大人来电："大家可以散了。Stella 回房间等通知，如果有问题，请 Stella 做进一步汇报。"

什么？我要睡觉！ Stella 拼着命才能做出淡定的样子，向各位老总一一道晚安，自己回房间苦等。

电视也看不进去，脑袋里莫名其妙地又出来昨晚的梦境。苏之微觉得自己简直要被逼疯了，左思右想，还是给 Elson 打个电话吧。

拿起酒店电话，拨了尹从森的美国号码，传来尹从森彬彬有礼的声音："哪位？""是我。"

尹从森的声音听上去很冷淡："哦，在和朋友谈事情，待会儿给你打回去。"

苏之微的一颗心又悬了起来。Elson 就算你再忙，也可以走开两分钟，给我一个温柔的电话吧。将心比心，换作是我一定会这么做的！你为什么就不能？

爱一个人，总是希望将心比心，总是希望得寸进尺，渐渐演变成攻城略地，变成占有和要求。苏之微凄凉地想，为什么再也回不去最初的单纯与无求？是我变了，还是这份感情变了？

默默地挂掉电话，走上阳台，海风拂面而来，苏之微闭上眼睛，努力不让自己再去思念尹从森。已经决定放开的手，为什么还要一再流连。

电话响了，是秘书大人："Stella，去张总房间。"

苏之微一怔，赶紧问："啊，那个……对不起孙总，请问，张总的房间号是？"

秘书孙大人回答："1601。"

苏之微战战兢兢地拿了笔记本电脑、纸笔、资料等一大堆东西，一边往电梯厅走，一边默默祈祷，千万不要修改很多啊，千万不要修改很多啊……

站在电梯里，蓦地，张总抱着美女的情景又出现了，苏之微心神恍惚，一瞬间不知道张总抱着的是自己还是那个高个儿美女。

又迷糊了！笨蛋！醒醒！苏之微狠咬嘴唇，差点儿没咬出血来。下了电梯朝张总房间走去，走在铺着厚厚地毯的走廊里，没有一丝声音，苏之微似乎能听见自己的心脏怦怦直跳的声音。走到门口，定一定神，她轻轻地按了门铃。

张总出来开门，穿着拖鞋，笔挺的衬衫解开了最上面三颗扣子。苏之微不敢多看，不断地告诫自己：镇定，一定要镇定！

"张总，我来向您汇报报告中的一些问题。"张总亲切而随意地说："嗯。有拖鞋，自己换吧。"又想起在张总家里赤脚喝茶的情形，苏之微把捧着的一大堆东西放地上，换上拖鞋。

换完鞋一抬头，好大的房间！难怪可以在房间里开会改材料！难怪行政套房这么贵。苏之微暗想自己这预算做得实在不怎么充裕。

张总倒了一杯茶给苏之微。

苏之微犹豫着说："张总，我晚上喝茶容易睡不着。"

张总看着苏之微，像看一个小孩子，笑着说："perrier water[1] 可以吗？"

苏之微一时没明白过来什么是 perrier water，反正就是一种水呗，就答应道："好的，谢谢。"

perrier water 拿来，原来是带气儿的矿泉水，不难喝。苏之微沉下心，开始认真地改材料。

张总坐在苏之微旁边的沙发上，边喝茶边说："Stella，这两个方案里有一个是不错的，规模和利润率都可以；第二个方案规模太小，最大的问题是

1　perrier water，即巴黎水，一种纯天然气泡式矿泉水。

项目获取和经营之间的规划并没有十分明晰，需要有第三方甚至第四方介入之后，公司才能够接收运营。你有没有想过这个问题？"

苏之微沉着地说："想过。但是第二个方案所在的地理位置十分优越，现在虽然还未完成开发，但正说明了未来价值提升的空间很可观。三亚沿海，特别是我们所处的这部分海岸线已经有过度开发的问题了，环境保护如果做不好，很容易失去高端客源。"

张总看着苏之微，神情里有一丝不易察觉的笑意："两位总监是什么意思？"苏之微据实说："两位总监觉得各有利弊。风控总监觉得您提到的多方介入的问题和开发周期是很大的问题。"

张总点头道："我明白了。方案本身问题不大，这两个项目我要再考虑考虑，明天再去一趟。"

苏之微心里长出一口气，终于可以回去睡觉了，她收拾好东西，兴高采烈地说："谢谢张总，那明天见！"

张总想了一下，还是开口道："等等。"苏之微闻声转过身来。

张总很深沉地看着苏之微："昨天那个男人，你知道他是做什么的吗？"

苏之微咬着嘴唇，低头说："知道……"

张总淡淡道："嗯，保护好自己。"

苏之微低声说："谢谢张总。"说完拿起包，飞快地换鞋，出门。出了门，还一直觉得张总的目光在身后跟随。

塞翁失马

远处的沙滩上隐约还有音乐声。苏之微已经没有力气下楼，回屋沉沉睡去。没睡多久，电话铃又响了。苏之微困得要命，心想怎么还没有睡就又天亮了，拿起电话重重挂断。过了会儿，铃声又执着地响起来。

好烦啊，两遍 morning call？苏之微不及细想，又再挂断。没多久又响！有完没完？！苏之微一肚子气，拿起电话刚要开骂，尹从森的声音传过来："宝贝，你又在做什么对不起我的事情？竟然在三亚！还敢挂我电话！很可疑哦！"

苏之微满腔的怒火立时化为乌有，一颗心融化下来。"好想你，我在三亚出差，你什么时候回来？"

"下周就回了。先回上海处理工作上的事情，然后就去找你。"

苏之微甜蜜地问："嗯！那你有没有做对不起我的事？"

尹从森的笑声传过来："哪有！有也不告诉你！"

"哼！"苏之微嘟起嘴，"你坏死了！你敢！你们都是坏人！"

尹从森敏感地反问："我们？我们是谁？我和谁？"

苏之微惊觉说漏了嘴，心想也无妨，就絮絮叨叨地把昨晚电梯里的遭遇说给了尹从森听。

尹从森淡定地说："哦，知道了。你装作不记得比较好，他是你老板。"

苏之微娇嗔道："八卦一下嘛！你说你是不是跟他一样！"

尹从森嘿嘿地坏笑："我都被你掏空了，我拿什么去跟他一样。"

这还差不多。苏之微很满意尹从森的回答。挂了电话，伸一个懒腰，这一夜她睡得很甜很安稳。

早晨，又是大部队一块儿吃早餐。苏之微真心觉得这样不分贵贱阶层的用餐习惯很是折磨人，一大早起来就得规规矩矩，毕恭毕敬地做人，累死人啊。她悲伤地看着眼前丰盛的自助餐和怎么也绕不过去的张总的脸，觉得自从跟张总吃饭以来就没吃饱过。

今天的行程还好，就是看苏之微那两个报告上的项目。忙碌总算告一段落，早餐的时候，大家的心情明显轻松很多。张总照例最晚到，还打着呵欠。

风控总监是个 47 岁的阿姨，来公司十几年了，她笑嘻嘻地不避讳地说："张总，昨天晚上太累了吧，要注意身体啊！"

气氛为之一松，大家都呵呵地乐了起来。

张总倒也不避讳："工作要努力，生活也不能松懈啊。""松懈"二字还故意加重了一下语气。大家笑得更开心了。

苏之微在一旁，听得心里七上八下的，唯一一个知道个中实情的人，反倒拘谨得一句话都不敢说。

只是看两个项目，没想到也这么辛苦。Cindy说得没错，张总是个彻头彻尾的工作狂。

这两个项目是昨天开车转了一圈看的，今天是用脚一步一步量的。两位总监，一位47岁的阿姨，一位37岁的大肚汉，早就怨声连天。苏之微的两位上司和三位同事敢累不敢言。秘书孙大人对谁都黑着脸，留着最后一点儿笑容，勉强挤给张总。相比较而言，苏之微平时锻炼得还多一些，对她来说，这一番长途跋涉还算轻松。

到第二个项目，总监们在车上黑着脸，迟迟不肯下去，那个意思摆明了就是："老子就是不下去了，你们报材料我没意见行了吧！"

两位上司察言观色了一番，小心翼翼地问张总："要不，我们陪总监们在项目周边看看？"

张总看了看人仰马翻的惨状，不动声色："你们都休息吧。我和Stella去看看，Stella，你还行吗？"

关键时刻，苏之微说什么也不敢掉链子，闷声说："行。"

张总和苏之微大步地走进项目的区域。

远远看去，项目旁有一片原始的红树林。正是这一片宝贵的红树林，才是苏之微坚持这个项目的原因。红树林在近代屡遭破坏，能保留这样一片小有规模的树林，是非常不容易的事情。有了它，就可以申请把级别做高，往高端里做，利润什么的简直指日可待。

张总在树林里走着走着，越走越兴奋："Stella，你说的没错，周围这片红树林实在是很宝贵的资源，有了这个环境，就可以做成超高端。走，我们去树林里面看看！"

苏之微得到领导的首肯，高兴坏了，早就忘记累不累这码事，心里就想着升职升职升职！仗着对地形还算熟悉，她奋勇上前，披荆斩棘地走在前面，一马当先地进了红树林。

没想到刚走两步，苏之微一脚踩软，整个人直直地摔了下去——红树林其实是一片湿地……苏之微再次因为自己的鲁莽无知付出了代价，摔得不轻，半天都没能爬起来。

张总紧随其后，看得清楚，却没来得及扶住她，眼睁睁看她摔了下去，又眼见苏之微裤子的膝盖部分已经慢慢地渗出血来。

张总着急地说："快动动腿，看看有没有问题。"

苏之微慢慢地动了动，动倒是能动，就是一动就疼得龇牙咧嘴。

张总松了一口气，笑着说："好了，没事，骨头没事就好，皮肉伤罢了。我们回去吧。"苏之微还在地上动弹不得，心想：我这可是工伤啊，你还笑！笑个毛啊！没良心的资本家！

张总看到苏之微怨念的眼神，更加没良心地笑着说："好了，好了，我是觉得你摔得很好玩。笑死我了，我有点儿忍不住，哈哈哈！"说完又自己笑了一阵。

苏之微终于忍不住，开口道："张总，你的笑点也太低太奇怪了吧！我是你的员工，你有没有一点儿人道主义精神啊！"

张总终于绷住不再笑了："Stella，你是嘴巴也摔灵光了吗？小姑娘说话还挺毒的。好了，扶你起来。"

一听这话，苏之微就纠结了，扶哪儿，这可是个大问题。还没等她想明白，张总已经俯身从侧面一把抱住苏之微，搂着她的腰把她给揪了起来。苏之微的腿脚一时用不上劲儿，整个人的全部重量实实地倚在张总坚实的怀里。她一下子恍惚了，仿佛又回到那一晚的梦境里。

整张脸腾地红了。

张总低头看着怀里的苏之微，包括她脸上阴晴不定的表情，暗自在心里笑了笑，没有说话。把苏之微扶到能坐的地方，打电话给孙秘书，让他把车开过来。因为受伤，苏之微有幸能和张总坐到一辆车里。

孙秘书坐副驾的位置，张总和苏之微坐在后排。经过这么一番折腾，张总也有点儿累了，在车上顺手把衬衫的扣子又解开了三颗。苏之微僵直地坐在车里，大气也不敢出，张总倒是无所顾忌，看了看苏之微，又俯下身子伸头过去看："腿怎么样了？"

这一俯不要紧，半个胸膛都走光了。张总也很注意修身，大概和 Elson 一同在美国待过，连健身的习惯都一样，只不过张总比 Elson 白皙，179 厘米的个头，鼻梁挺直……只一瞬间苏之微的脑海里闪过无数念头，她本能地向窗外一扭头，掩饰着自己的不自然，急急道："没事没事……已经不疼了不疼了……"

张总看着苏之微有些发急的模样，想笑又忍住了。就这么一路安静地到达酒店门口。苏之微又急急地"坚强"地坚持自己下车。

其实没多大问题，就是伤口有些痛。

苏之微蹙着眉，忍着痛，跌跌跄跄地正走着。淡蓝色的法拉利风一样停在张总、苏之微和孙秘书的面前。从车上下来的 David 看了看张总，又看了看一瘸一拐的苏之微，走过来很绅士又无比自然地用一只手扶着苏之微的胳膊。

张总是什么表情走在前面的苏之微没看到，只看到紧随其后的孙大秘的表情，绝对是像看到了火星人。苏之微面子上和 David 客气一下："不用了，David，真的不用了，不太严重的。"看 David 没有撒手的意思，也就懒得瘸着腿挣扎。

张总丢下一句："Stella，好好休息。"

说完就自顾自走了。苏之微在心中哀号，果然资本家都是无情的。

David 一直扶着苏之微进电梯出电梯，到了走廊上，看四下没人了，就直接改为搂着她。

苏之微怒道："你怎么这么小人啊！占人家便宜！"

David 一脸严肃："你说的那种便宜前天晚上已经占过了。现在是真的很累很辛苦，没想到你这么重，一只手扶还真是挺累的。"

苏之微懒得和他斗嘴，一边在包里找房卡一边说："我又不托你卖钱，我用不着把自己饿得像非洲难民。"

David 上下打量着苏之微，笑眯眯地说："对，千万别饿着，太瘦了我不喜欢，不胖不瘦正好。"

苏之微咬牙道："就你这么会使贫，你是地道的北京人！"

David 笑嘻嘻地说："谢谢你夸奖我们北京人，整天 David 东 David 西的，爷听着嫌烦，以后改喊王旭。"

"什么王什么旭。"

"王旭的王，王旭的旭。"

突然之间看见 David 一本正经的模样，苏之微突然觉得他其实并不那么讨厌——王旭，这名字听上去有几分亲切，不像英文那么公式化，那么商务，那么……充满了距离与客套。想到距离又不禁想到了尹从森，苏之微一走神，被地毯绊了一下，立马又疼得倒抽一口凉气。

这个时候才发现因为渗血没有及时处理，现在皮肤和裤子都粘在了一起，一动就皮开肉绽地疼，疼得苏之微龇牙咧嘴。在一边瞅着她的 David，也就是王旭大人毫无同情心地哈哈大笑："这么疼，不是不太严重吗，你至于吗？"

刚刚还觉得这家伙不太讨厌，苏之微心里想，自己真是白痴！

"滚！老娘都是装的，你烦不烦？"

王旭更来劲了："哟嗬，你骂人，你骂脏话，你还会骂脏话呢？再骂几句来听听。"

苏之微有些懊恼自己情急之下失言了，平时都是腹诽别人比较多，这么赤口白舌地骂出来的情况实在不多。她不由得故作淑女地收敛了一下，寻思找个什么措辞先把王旭撵走。

王旭又来逗她："别装了，就知道你是外表冷漠内心火热那型。心里想什么就说出来比较好，不然容易得乳腺癌。"

苏之微刚憋出来的淑女范儿瞬间崩溃："王旭！有没有人说过你很烦？你真的很烦！"

王旭笑嘻嘻地凑上来说："你这么说我会生气的，我一生气就会做出一些自己都管不住自己的事。"

苏之微挡开他死皮赖脸凑上来的脑袋，看了看他的脸，淡淡地说："你今天胡子刮歪了。"

话音未落，王旭已经一个箭步冲进洗手间，片刻之后传来他的声音："哪儿有！"

苏之微哎哟哎哟地笑倒在床上，早把伤口什么的抛到了爪哇国。

洗手间里没了声音，王旭装模作样地照了会儿镜子，踱了出来。"我发现你还挺聪明的，这次算给你骗到了，虽然我还是很难被别人骗到。"他不再开玩笑，看了看苏之微的伤口，问了下受伤的前因后果，随后便打电话让公司的一个嫩模送来了外用药水。

走之前还给苏之微的床头倒了一杯水，拿起苏之微的电话，拨通了自己的电话。

苏之微冲他嚷："喂！"

王旭看着她："请叫我王旭，这是我照顾你的奖赏。"

苏之微瞪住他，正不知说些什么，电话刚好响起，是孙大秘客气的来电："好点儿了吗？晚上西餐厅吃饭。要商量方案的最终选择。"

苏之微心想，真够假惺惺的！不就是怕我不去吗？

挂了电话，发现王旭已经走了。苏之微有些发愁，伤口还没愈合，穿裤子太疼了，想穿裙子，可又没带长裙过来……

传来服务员的敲门声："苏小姐，这是1701的王旭先生送给您的衣服，这是卡片，请签收。"说着推进来一个小车。

苏之微瞪大双眼，华丽丽的一车——10条长裙，5双高跟鞋，5双平底鞋。这阵仗，估计比苏之微更见过世面的女人都得要震撼一下。涌上苏之微心头的却是感动，她这才反应过来，刚刚王旭在洗手间里磨蹭了半天，是在看自己鞋子的尺码。自己那双平底鞋因为陷在泥里已经完全不能穿了。

签收完衣服，苏之微心里突然觉得温暖。尹从森也从来没有送过苏之微衣服。

刚毕业时，苏之微自己很努力地看杂志学搭配，去动物园批发市场淘一些和大牌长得很像的衣服。等后来稍稍赚了点儿钱，就赶着打折季，省吃俭用地买几件算不上二线的过季的品牌衣服。每次跟尹从森出门，苏之微都特别小心翼翼地搭配，心里总是很紧张，生怕衣服哪里出问题。在乎一个人，就是那样的患得患失。

奢侈品不会给人带来额外的快乐，却可以给人不多的一些自信。这些自信，有时往往——尤其是在你爱的那个人面前，是那么重要。

苏之微怀着暴发户过年一样的喜悦，瘸着腿一件件地试着衣服。全是巴黎时装周的大牌新品啊！苏之微心醉神迷地边试边在心中惊叹不已。衣服的大小竟然都很合适，不由得佩服起王旭的专业素质。果然是干这行出身的，对女人的身形太了解了！

而鞋，更夸张的是鞋！竟然是一水儿的 Giuseppe[1] 啊！

摸着自己人生突如其来的前 10 件一线正品，苏之微觉得世界都变美好了。电话铃响来，不出意外是王旭："还好吗？"

苏之微冲他嚷嚷："不是还好，是太好了！"

王旭故作严肃地逗她："高兴什么啊，要付钱的。"

苏之微一听立马去看标签有没有被自己扯掉，只要标签还在就可以退。

王旭不慌不忙地说："别慌丫头，分期付，晚上忙完了吻我一下算利息。"

苏之微气急败坏地喊道："流氓！我挂了！"

十分艰难万分踌躇地挑出了一会儿去吃晚餐要穿的那一件——Givenchy 的黑色紧身长裙，苏之微心想，我还是 Stella 吗，我简直就是女王啊！

她早就连伤口在什么位置都忘记了，拼了小命也要把 Giuseppe 的新鞋穿上，没有搭配的手包也无所谓，拿着房卡就喜滋滋地出门了。

西餐厅，我来了！苏之微几乎是两眼放光地走出房间。

爱若成伤

晚间的西餐厅，一桌一桌很有情调地点着蜡烛，天花板不起眼的角落里

1　Giuseppe，即朱塞佩·萨诺第，意大利著名鞋履品牌。

默默地照射出柔和昏黄的光线。隔着落地窗望出去的世界，如同黑色的墨水洇染而成，没有人知道那是黑夜的背景还是海洋的怀抱。

苏之微是他们一行人最后一个到达餐厅的，开胃菜都已经上了。孙大秘和张总面对着进门的方向。张总抬头看了一眼苏之微摇曳嚇瑟的样子，面无表情地低下头。孙大秘看着苏之微，再次露出下午那个见到火星人的神情，随后他揉揉眼睛，也低下头去。

Cindy 和其他同事都转过头来，一脸惊艳："Stella！你什么情况啊！"

苏之微淡淡地一笑："腿上的伤太难看，找条长裙把自己裹严实一点儿。"说罢施施然坐下。

Cindy 凑过来，和苏之微咬耳朵："伤是盖住了，身条都露出来了，你晚上肯定有活动，带我去啊带我去！"

今天的气氛有些沉闷，酒喝得也不狠，大家集中心思讨论着两个项目的事情。最后决定还是用第一个项目作为此次董事会的呈报议题。第二个项目等时机更成熟一点儿再做打算。次日就要对第一个项目进行最后勘察，次日的晚上则要约见该项目目前的持有人。包括晚宴和 party 在内的各项工作立刻就落实到人，安排了下去。

说到勘察，张总想起了什么似的对孙大秘说："小苏的腿伤还没好，明天就别去了，让她在酒店修改材料吧。"

苏之微感激涕零，差点儿没在心里山呼万岁。

所有事情安排妥当之后，张总举起杯："祝我们明天一切顺利。"

苏之微一身轻松地回到房间。不过就是摔了一跤，摔出了这么多漂亮衣服，还可以不用再去实地勘察，真是塞翁失马，焉知非福。她哼着小曲儿，高高兴兴给尹从森打电话。

电话接通，传来尹从森迷迷糊糊的声音："嘿，我是 Elson。"旁边一个同样迷糊的女声："谁的电话？"

Ada。

刹那间，苏之微犹如从云端坠入万丈深渊，一阵阵的寒意从手到心，再从心到手，止不住地颤抖。挂了电话，眼泪不止歇地滴落在床单上。

在美国待了这么久，原来是这样，原来这才是事情的真相。

Elson，我把我一辈子的眼泪都流干了，而你，为什么竟然只愿意让我痛心，哪怕寂寞都不肯给我？有谁能够坚强到面对着三人行的局面还装作开心？有谁能够坚强到在那么思念的时候却只是一日如一年地端着电话等待？有谁能够坚强到一次一次又一次……明知道对方的残酷计谋却依然看着心爱的人走进这永远离开自己的计谋里去？

Elson，我只是一个普通的女人，我已经尽了我的全力，只用你最想要的方法，去爱你。可是，有一天，我也会累的……你知道吗？我真的会累的……我真的累了……

泪眼婆娑中，苏之微昏昏地睡去。

手边的电话又响了起来。会是 Elson 吗？心痛到无法呼吸的苏之微模糊地想着，世界的另一端，也许早就没了值得坚持的等待。她拔掉房间的电话线，也关掉了手机，只想把自己溺死在一片寂静之中。

没过多久，传来了咚咚的敲门声。一声接着一声不断气地敲。

无奈之下，苏之微起来对着猫眼看，竟然被堵住了，她高声问："谁呀？"没有回话，继续敲。

Cindy 这疯丫头！

苏之微一边开门一边唠叨："我今天不出去鬼混！腿还瘸着呢！"

王旭！

刚要关门，一把被王旭推开："要跟谁去鬼混？"

苏之微拉了拉睡衣："关你什么事？！老娘要睡觉了，别来烦我。"

王旭大摇大摆地走了进来："哟哟哟！我发现我看错你啦！你怎么这么野蛮呢！嗯？哭过？"一边还不忘反手把门关上。

苏之微无心应付他："出去！"

王旭理都不理，直直地走到沙发上半躺下："我是为你好啊，不要叫那么大声，人家会误会的。"

苏之微站在门口，继续咆哮："你不出去我喊人了！"

王旭眯着眼，幸灾乐祸地看着她："你喊啊，人家会以为你勾引我未遂，嫁祸给我。"

一句话说得苏之微哭笑不得："你怎么自我感觉那么好呢?!"

王旭笃定地看着她，继续耍无赖："这房间里还有我们公司的衣服和鞋，你这就叫人赃并获。你还欠我分期付款的首期款呢!"

真是拿人手软啊!苏之微不自觉地口气软了下来："真没心情跟你胡闹，走吧，我要睡觉。"

"我知道你要睡觉，所以我来陪你啊。"王旭一丁点儿走的意思都没有。

又怒又急又委屈，苏之微忍不住又哭起来："你们男人怎么都这样? 能不能不爱我就别让我爱你? 能不能不爱我就不要招惹我? 能不能不爱我就让我自己寂寞着? 能不能不爱我就让我自己软弱着? 离我远一点儿行不行?!"

刚刚还嬉皮笑脸的王旭脸色一变，冷冷地说："你哭不是为我，所以我不劝你，你好好哭个够。"他站起身，打开窗帘，面对着夜色中黑沉沉的大海，沉沉地唱道：

> 别爱我，如果只是寂寞
>
> 如果不会很久
>
> 如果没有停泊的把握
>
> 别爱我，不要给我借口
>
> 不要让我软弱
>
> 别再把我推向海市蜃楼 ……

一个人自顾自地唱着，一个人自顾自地哭着。这一刻，在两个人之间，相隔的，又岂止是黑沉沉的大海。

许久，苏之微方开口道："你以为你是郑中基啊。回去，我要睡了。"

王旭转过身："不哭了? 他就这么好吗? "

苏之微愣愣地说："不知道，比你好。"

王旭玩味着她的神情，说道："那是因为你不了解我。"

苏之微在写字台旁的椅子上坐下来，看着王旭："那你说说，我为什么要了解你？"

　　王旭直直地看着她："因为我不说谎，我不背叛，我不会让你哭，我值得你了解。"

　　我不说谎，我不背叛，我不会让你哭。

　　苏之微望着王旭，一时间竟有些出神。世界上真的会存在这样的男人吗？或者说，这样的男人会为了我苏之微而存在吗？

　　她到底还是叹了口气，"得了，你这套话都说了无数回了吧，背得挺顺口的。回去睡吧。"

　　王旭的眼睛深不见底。"总有一天，你会相信我的。今天看在你有伤的分儿上，暂且饶了你。晚安。"

　　把他送到门口的苏之微，迫不及待地打开门。"总有一天，你会烦了来烦我的，你去烦别人的时候，我一定大礼送上。晚安。"

寂寞与纠缠

　　这一晚，苏之微一觉睡到自然醒。望着阳光下金灿灿的大海，昨夜的伤心与困惑仿佛已经离自己远了。洗漱完毕，苏之微在剩下的 9 条裙子里找了一条 Issey Miyake[1] 的裙子换上，又挑了一双 Chloé 的平底鞋搭配，在镜子里美滋滋地照了半个小时，然后乐颠颠地下楼吃早饭。

　　进门就看见王旭在靠近水果台的地方捧着电脑。

　　苏之微端着水果走过去搭讪："玩什么呢？"

　　王旭懒懒地斜了她一眼："真能睡，再睡就晚上了！"

　　苏之微索性在他对面坐下："要你管！玩什么呢？"

　　王旭不咸不淡地说："工作上的事。"

1　Issey Miyake，即三宅一生，日本著名时装品牌。

苏之微哼了一声："不就是联络'客户'吗，还能有什么事儿？"还特地加重了"客户"二字。

王旭瞟了她一眼："对，拉皮条。"

苏之微一惊，往四下一望，在桌下狠狠踩了他一脚，"你小点儿声！"

"那有什么办法，我就是干这个的。"

苏之微一边埋头苦吃，一边有一搭没一搭地说："你就没想过转行吗？"

王旭居然很认真地想了想，很严肃地回答道："想过，很难。这些客户，不单是为我自己维护的，也是为别人维护的。拉皮条是个太小的行业，还有很多其他行业都依赖这个纽带。这个你不懂。"

苏之微心里暗忖，爱懂不懂，就你懂得多！继续自顾自吃饭。

没有公事的压力，没有同事在身边，尤其是没有张总的脸在眼前晃悠，在这样一个天蓝云淡的上午，悠闲地看着海，吃一顿 brunch，真是世界上最美好不过的事。

哪怕此刻面对的人是王旭，苏之微也觉得心情舒畅了起来。吃饱了，一推盘子，她毫无顾忌地伸了个懒腰。

苏之微一拍桌子，一句"你大爷"脱口而出。

王旭被她逗得笑了出来："你真是地道的北京人！"

苏之微瞪着眼，不知道怎么反驳回去。北京的男人有时候和小孩一样，滑头得不可理喻。

经过这些天来的较量，苏之微真心诚意地觉得跟王旭斗嘴没有好下场。他的脑子真的转得太快了。这一份反应能力和情商，恐怕也正是他能够在金字塔的顶端阶层混这个行当的原因吧。

断断续续地，她还是弄清楚了王旭的来路。28 岁，北京人，毫无疑问是有背景的，但具体什么背景不清楚。大学分别是在澳大利亚、英国、美国读的，三天打鱼两天晒网，啥也没学会，混了一口杂七杂八的流利英文回来。

本来还算是个有志青年，自己爱买名牌衣服，索性搞了个外贸公司，专门买卖奢侈品。后来突发奇想，觉得送货上门比较符合这群人的习惯，于是攒了一个模特公司，让美女帅哥们穿着当季新款，挨家挨户地去走秀，于是大获成功。可惜，买家不单买了衣服，还喜欢买穿衣服的姑娘小伙，也就成了兼职的"皮条客"。

吃完饭，王旭说："走吧，看你也够闲的，我带你去转转。"

表面不露声色，苏之微心里还是小小地雀跃了一下，来三亚这些日子，除了工作还没正经逛过呢。这个王旭虽然嘴巴很坏，也算对自己很不错了。

出门的时候，王旭从他的 Prada 皮包里拿出一副墨镜递给她："新的，戴上，三亚太阳毒。"

苏之微默不作声地接过墨镜，心里记住了他的体贴。

王旭穿着明黄色的 Prada 短袖 T 袖，灰白的短裤，全皮的凉鞋，斜背着大大的 Prada 皮包。高端耀眼得让酒店所有人都注视着他，像注视着一个不属于这个世界的生物。

苏之微心想，幸亏穿了 Issey Miyake，不然心里肯定又无端觉得自己矮了一截。女人哪，你的名字叫虚荣！

走近了看，法拉利的车门上写着"612 Scaglietti"，当时苏之微还搞不清楚这是什么意思，后来才知道，这个车和普通的法拉利还是有所区别的。

第一次坐跑车，苏之微上了车，脱口而出："好矮啊……"

王旭笑了："坐好，系安全带，开了。"

只一脚油门，苏之微立刻感觉天旋地转。尹从森偶尔也会开快车，但是从来没有这么快。这也太快了！速度？加速度？物理没学好，也不太懂车，苏之微一边强撑着，一边急急地说："慢点儿慢点儿！我要吐了！"

王旭的手不易觉察地一抖，恶狠狠地说："别吐啊！"到底还是把速度放了下来。苏之微还是相当不适应，不断地捶胸顿足，心想，真是没有贵族命，好车坐不惯啊。

王旭一边用余光观察着苏之微的反应，一边偷偷提速。眼见她慢慢地忘了紧张，只顾看着路边的风景。又过了好一会儿，苏之微发现风景倒退的速度快得有点儿看不清。再看一眼王旭的仪表盘，还好嘛，指针还没到中间位置。

等等！为什么中间位置的刻度是 200 ？！200 公里每小时？！苏之微觉得头好晕，虚弱地说："大哥，王大哥，求求你，我这条贱命我妈还很在乎的，你慢慢开行不行……"

王旭不满地说："好啦好啦，也没什么车，你怕什么。马上就到了。"

苏之微长长地吐了一口气，依然虚弱地说："你把天窗打开，我要呼吸新鲜空气，不然我真吐了！"

王旭丝毫不为之所动："你是怕我说话不算话吧？！天窗打不开！"

苏之微像个市井泼妇一般大呼小叫："啊？！你也太抠门儿了，都买法拉利了还不买个能打开天窗的？！"

王旭的脸部轻微地抽搐了一下，随之扭动了一个按钮，骂了句："文盲。"

整个车的天窗慢慢变亮，全景天窗啊，从前往后都是天窗！

苏之微深深地觉得自己确实是个文盲……

对奢侈品她算知道点儿皮毛，对这些所谓的顶级奢华，她却茫然无知。这些无法从杂志上看来的东西，那些隐秘的低调的奢华，如果不曾真实地经历过，又从何知晓呢。而正是这些无法知晓的事情，分隔了人与人之间的圈子。

也许，真的有这么一些人，过着我们所不知道的生活，就像真的不在同一个星球。

终于到了地方。苏之微感觉有一个世纪那么漫长，车刚停稳，就迫不及待地跳了出来，简直像是逃出车的！王旭跟着她无奈地下车，皱眉道："你干吗啊！真怕我吃了你？"

苏之微抚着胸口，郑重地说："为了我的生命安全，我要打车回去。"

王旭一脸瞧不上她的样子："你昨天摔傻了吧？！那也行，我跟在出租车后面。"

苏之微不服气地说："你才傻了吧？！人家会以为你有病！"

王旭没有理睬她，转回车里打开音乐。

"别废话了，话痨。呼吸呼吸新鲜空气，听会儿音乐吧，对你的痴呆病有治愈功效。"

淡蓝色的法拉利前，两个人一前一后地站着，丝绒一般的海风吹起了苏之微的长裙，抚过她的肌肤。眼前是一片望不到边的绿色和成排的椰子树，空气里弥漫着淡淡的盐味儿和不知名的草木芬芳。音乐缓缓地流淌着……

苏之微突然开口道："你站着不累吗？"

正靠着车闭目养神的王旭听到这么一句话，脸就绿了："小姐啊，你知道不知道这种浪漫的时候不能说这种煞风景的话。"

苏之微不以为然地说："你这人怎么娘娘腔呢！什么浪漫不浪漫，我腿上有伤，我要坐着。"

王旭苦着脸看着她："你坐车里啊！"

苏之微嘀咕道："地方太小。"末了又补充道，"又矮，跟坐地上似的。"

王旭咬着牙说："事儿多！"到底还是把座椅掀开，又去后座上拿来了防潮垫，铺在草地上。

苏之微狐疑地打量着他："你怎么会有防潮垫的？你肯定总干这种勾引小姑娘的勾当！"

王旭爱理不理地坐下去："随便你，坐不坐？"

苏之微一看小小的防潮垫，两个人显然要挨得很近，实在不情愿坐下去，可是不坐的话，又舍不得坐在草地上，把新裙子弄脏。眼一闭，心一横，坐就坐了吧，背靠背。裙子和矜持同样重要。

挨得近，青草的清香之外，可以隐隐闻到身边人的气息。也许是景色和心情都很好，苏之微不觉得抵触，心里仿佛有什么在渐渐融化。王旭也一反常态，竟然很是老实，说听音乐就听音乐。

车里放的是 Mary J. Blige[1] 的 Be Without You（《不能没有你》）。

良久，王旭方开口道："你真的觉得寂寞比纠缠更好吗？"

苏之微陷入沉思，寂寞是怎样的？其实自己并没有真实地寂寞过吧。即使尹从森不在身边，他的样子还是那么清晰地出现在脑海里，仿佛一闭眼一

1　Mary J. Blige，美国著名 R&B 女歌手。

伸手，就能真切地触摸到他，感受到他的呼吸、体温、心跳……

就算明知道他在别人的怀中，苏之微也从没有想过有一天会真的失去他的消息，会真的失去他……

记忆中，尹从森曾那么坚定地说："Stella，我会缠住你，像 Ada 缠住我那样。从现在的这一秒，到你不知道的将来……我发誓！"

爱的温度与片段已经铭刻在了身体里，和思念一同满满地充斥着苏之微的每一天、每一刻、每一分、每一秒。

爱着一个人，哪怕他不在身边，心里也住着他的一切。真正的寂寞是怎样的？苏之微发现自己其实并不了解。

只听见王旭在身边说："当你有一天再也找不到你爱的那个人，她就像消失了，音信全无，你会觉得自己像在做梦，一直做梦一直做梦，醒不了。没有人叫你醒，也完全没有痛，周围的一切都是虚无……"

心里一下子酸楚起来，苏之微侧首道："为什么这么说，说得人心里好难过。"

王旭继续说道："直到那天在沙滩上看见你。我弹完钢琴，站起来，回过头，看见你。你眼泪一闪一闪，在轻轻地拍手……世界上有那么多海滨城市，这座城市里有那么多海滩，可你偏偏来到我的海滩……"

苏之微第一次凝神倾听这个男人说出的话语。

"有时候你觉得自己什么都有了，所以你什么都不在乎。结果有一天你应该在乎的东西突然不见了，你才发现你其实什么都没有。那天看着你在中央跳舞跳得那么投入那么开心，我已经很久没有那样开心，我是真的被你吸引。"

这一刻苏之微不知道说什么才好，轻轻地"嗯"了一声。

王旭认真地说："今天能跟你在一起，很开心。"

> We've been...（宝贝，我们……）
>
> Too strong for too long（能在一起很久）
>
> And I'll be waiting up until you get home（我会一直等着直到你

回来）

Anybody who's ever loved, ya know just what I feel（所有爱过的人都会理解我现在的感受）

Too hard to fake it, nothing can replace it（难以伪装，无可替代）……

音乐缓缓流淌在潮湿的空气里，苏之微突然觉得空气有点儿凝滞，有一股暖流从心头轻轻滑过。王旭不再说话，只是和着音乐轻轻哼唱："I wanna be with you, gotta be with you, need to be with you...（我想和你在一起，准备和你在一起，需要和你在一起……）"

如催眠般，在轻不可闻的歌声中，苏之微靠在王旭的背上，默默地想着刚才他说的话——在王旭的心里，也像自己一样，住着一个人吗？

苏之微有些心动，又有些好奇，不禁问道："说说你的故事。"

王旭毫不掩饰："很简单的故事，在澳大利亚读书的时候，认识了一个美国女孩。处了一年，她说她觉得生活很单调，要去周游世界。我就一路跟着她，她辍学，我也辍学。家里不同意，我在英国，他们就让我在英国读书。她回美国，我也跟着去美国。我太傻了，爱得太执着，也许文化差异太大，美国人那么爱自由，一个没有自由毋宁死的国家。我回国过年，她从此消失，再也没有见过。"

简单吗？没有任何一段爱情是简单的。复杂吗？再复杂的爱情故事，也可以用三言两语就交代完。即使都那么不完美，而爱的人却已经尽了全力，然后带着累累的伤痕艰难地活着。

这一刻，苏之微感同身受，不仅因为爱情的艰难，也为美国人那固执到底的自由和那不可逾越的巨大的文化差异。

"我想错你了，对不起。"苏之微转过身，轻轻把手搭在王旭的胳膊上。

王旭顺势握住她的手，转过身，眼神诚恳地说："给我一个机会。"

苏之微有些不知所措，尴尬地说："我也刚被美国人伤了，还没好利索呢。"

王旭的眼神里闪过一丝狡黠："我知道，我查过了。"

苏之微腾地起身："你调查我？！"

王旭又恢复了那种懒懒的劲儿："Julia 查的。"

"Julia 是谁？"

"我秘书，灌倒你的那个窈窕女。她已经职业习惯了，我们每个客户都被她查到了八辈祖宗。"

苏之微柳眉倒竖："我的八辈祖宗也被她查了？！"

王旭笑了笑，不说话。

苏之微觉得自己是个透明人，在王旭面前，没有任何秘密。也好，什么都不用瞒他，想瞒也瞒不住。

想明白了这点，她叹了口气，说："你不过是因为在三亚待得太闷了，所以看到我才会脑袋转不动。等你回了北京，你开着法拉利到街上那么一转，得多少妙龄少女生扑啊！"

王旭咧嘴一笑，开心得不得了，"你说得对，我可以试试看，不过北京那辆是黑色的，没有这辆好看。"

苏之微一噎。

又沉默了一会儿，苏之微开口道："我饿了。"

去大排档吃海鲜，美食当前，苏之微也不再顾及形象，一个不留神，酱汁就沾上了裙子。苏之微那个心疼啊，赶紧拿出湿纸巾去抹。王旭在一边看着好笑，故作手滑，又泼了半杯杧果汁在她裙子上。

苏之微眼看着人生第二件正品就这么被杧果汁给弄毁了，急得差点儿要哭出来。

王旭怪腔怪调地说："你别哭啊！你笨啊，你只要从了我，荣华富贵享受不尽！"

一句话说得苏之微哭笑不得，也不知道是该揍他好呢，还是揍他好呢。吃太多了，肚子撑得都快要走不动了。一转身又对上王旭一脸看好戏的神情。不由得在心中自我解嘲，反正在这个男人面前是没有形象可言的。随便了。

开车回酒店，这次王旭很注意速度，开得很慢。半路上他偷偷瞄了一眼身边的苏之微，发现她竟然睡着了，脸上挂着一抹酡红。海风吹起她的刘海，她像个小孩子般，睡姿可爱。仿佛就是在这些无法言明的瞬间，他的心因为一个女孩停驻，只希望时间永不流逝。

谜一样的男子

回到房间的时候，苏之微还有点儿迷迷糊糊的，记得自己和王旭说了再见，记得自己换了衣服，记得自己调好手机闹钟，准备舒舒服服地睡一会儿。张总一行应该还不会那么早回来，时间充裕得很。

刚闭上眼，电话就响了。是王旭。

"嗯……"

"嗯？"

话筒里传来呼吸声，仿佛很艰难又仿佛举重若轻地，王旭在那头说："有点儿想你。"

暖暖的呼吸声似乎就在耳畔，苏之微的心一下子被撩拨得又痒又软。女人大概生来就是习惯于被安慰的动物，最容易被温情和甜言蜜语俘虏。

她挠了挠头皮，说："有事没事啊？没事别耽误我时间，我困，要眯一小会儿。"

王旭又来劲了："我陪你？"

"滚。"苏之微干脆地挂断电话，埋头睡去。

手机闹钟几乎和房间电话同时响起，苏之微连滚带爬地一边起身去接电话，一边在心中大呼不好，一定是张总他们提早回来了。今天晚上约了项目方晚宴啊！

电话一接，果然是孙大秘。

孙大秘在亲眼看见法拉利跑车男搀扶苏之微，以及之后苏之微长裙现身以后，大概被刺激了，声音从高傲变成高傲加亲切。听到孙大秘故作"亲切"的语调，苏之微总有一种被高压电误击的感觉。

孙大秘"亲切"地说："Stella，今天应该好些了吧？我们都在等你啊，宴会厅啊，对方来了不少人。你尽快啊。"

苏之微连连答应，一边已经开始手忙脚乱地换衣服、化妆，一边不忘安慰自己，反正都晚了，也不在乎更晚点。

第三件衣服华丽登场。YSL[1]的紫色深 V 领长裙。胸不大没关系，挤挤就有了。

照镜子的时候，苏之微真心觉得衣服真是测量女人虚荣的最好工具，为了这衣服腿疼不是问题，迟到不是问题，除了搭配是个大问题以外，其他都是毛毛雨。

小宴会厅被二三十号人零零散散地站满了，除了自己公司的，其他人都不认识。苏之微逐一跟同事、上司、总监打了招呼。大肚男总监还有意无意地瞟了一眼苏之微胸前那抹纵深的雪白。

那眼神，有点儿恶心到苏之微。她正准备过去跟张总打招呼，一看他和孙大秘正被几个人围着，滔滔不绝。算了，转头去找 Cindy 吧。

"Stella，你过来。"孙大秘看见了苏之微，远远地高声招呼她。

苏之微僵着一张脸，不情不愿地走过去，听孙大秘一一介绍对方公司的董事长、CEO、CFO。张总脸上挂着礼节性的微笑，一边听着孙大秘的介绍，一边做一些对方背景的简单补充。

项目方的董事长四十几岁的模样，姓王，话不多，客气地说："苏小姐这么年轻就能在贵公司这么好的平台上发展，聪明又有悟性，前途无量啊。"

苏之微立刻对这个王总有了连绵不绝的敬仰，慧眼识英才啊。

张总抬腕看了下时间，说道："王总，时间差不多了，David 可能要晚些来，您等这么久了，不如我们先开始？"

王总连连摆手："不好不好，要等的要等的。"

1　YSL，即圣罗兰，法国著名时装品牌。

谁？David？哪个 David？

苏之微一边扯出笑容和对方的一个副总碰杯，一边心想，没听错吧我？

英文名字就这点不好，太容易重名了。

又是一阵寒暄闲聊，宴会厅的门开了。

果然是王旭。

一个人闲闲地走了进来，又是白色的西装，在一片黑西装里格外抢眼。笔挺正式又略休闲的款式，应该是 LV 当季的新款。

眼见着王总和张总齐齐迎了过去，微笑着握手："David，都等着你呢。"

王旭熟练地握手寒暄，打了一圈招呼，有意无意地往苏之微这边看了一眼。

苏之微猜不透他葫芦里卖的是什么药，等到各位老总都依序入座之后，才小心地不出声地坐在不起眼的那桌。

Cindy 一脸花痴地看着王旭，扭过头来跟苏之微说："这高帅富很眼熟啊！"

苏之微一肚子疑问，自己正琢磨着，爱理不理回了她一句："法拉利火星人。"

Cindy 夸张地捂住嘴，恍然大悟地说："难怪！看来那车真是他的！"

苏之微没有再说话，看着王旭在隔壁桌和老总们谈笑风生。

而王旭，再也没有看过苏之微一眼。

食不知味的晚宴总算结束了。王总、张总和 David 去一边抽雪茄。草民们刚刚放松下来，孙大秘走过来，一脸似笑非笑的神情，让人头皮发麻。

孙大秘轻咳了一声，"待会儿他们下来，你去请 David 跳舞；Cindy，你去请王总跳舞。"

Cindy 快人快语："孙总，Stella 的腿伤还没好呢，让她陪王总吧，王总应该跳得和缓些啊！"

孙大秘看了看苏之微，对 Cindy 说："没关系，David 知道她受伤。听从安排。"说完转身高傲地走了。

Cindy 捕捉着孙大秘话里的信息："他知道你受伤？！为什么他知道你受伤？！"

苏之微心里正烦着："哎呀，别吵吵。就是摔跤那天，坐张总车回酒店的时候被他看见了。"

Cindy 不依不饶地追问："然后呢？"

苏之微没好气地说："没然后！赶紧盯着酒店布置场地去！"

乐队，服务员，点心台，酒台……各就各位。

大家散落在各个角落，CEO 和总监们，草民甲和草民乙丙丁，各自相聊甚欢。

三位大人满面笑容地回来。

孙大秘又咳了一声，朝苏之微和 Cindy 使了个眼色。如同被放出的血滴子，苏之微和 Cindy 心领神会，立刻敬业地扑上去请大人们跳舞。

苏之微走到王旭面前："David 先生，跳个舞好吗？"

王旭看了看王总拉着 Cindy 已经准备进入舞池，也就拉着苏之微的手紧随其后走了进去。

张总保持着礼貌的笑容，走向对方公司的一位女士。

舞池中央，众目睽睽之下，苏之微实在不知道该说什么，木然地死板地面无表情地跟随旋律跳舞。

王旭放在她腰上的手用了点儿力："你职业一点儿行不行？太不讨爷欢心了。"

苏之微一怒，刚要松手，被王旭更用力地搂住腰："接着跳！这么多人呢，你不讲礼貌我还要讲呢。"

她看了看周围，敢怒不敢言，只好继续配合着对方的舞步，努力挤出一丝笑容给在舞池一边观望的孙大秘，那意思是——看见没，我努力着呢，我敬业着呢。

王旭低头瞄了一眼，然后笑眯眯地对她说："今天胸很大，塞了多少东西啊，可以卖个好价钱了。"

苏之微恶狠狠地说："你再说这种鬼话别怪我当场不给你面子！"

王旭努力忍住笑："你敢凶我？我把你挖到我们公司把你卖了。"

苏之微怒目而视："挖个头！我才不去！"

王旭慢条斯理地说："这可由不得你，每个人都有一个价码。我要是跟你们张总说，如果不派你到我们公司，我就不参与此次合作。你猜猜看，他会不会把你卖了？"

"什么合作？！我们是和王总合作！本来也没你什么事！"苏之微继续瞪着他。

王旭无所谓地笑笑，说："说了你也不懂。不过，张总对你那么好，他还真有可能不放你。我买个别的妞算了。"

苏之微像想起什么似的，问道："所以你认识张总？"

"认识。"

继续问："所以电梯里他身边的那个女人是你的人？"

"是。"

苏之微转念一想，难怪当时张总的话意味深长，说什么注意保护自己。这么说来，张总早就知道自己在和谁鬼混了。

"所以张总知道你是拉皮条的？"

王旭一侧头："那倒不一定。"

一曲已毕，王旭绅士地半鞠躬对苏之微表示感谢。在任何人看来，他们两个人的这一支舞，跳得很有默契，共舞期间相谈甚欢，沟通极好。

像是有一个谜语悬在苏之微的心头，可她就是猜不出来答案是什么。默默地退出舞池，找了个角落，苏之微在心里反复思考整件事情，想着无数种合作的可能，但没有一种可能是跟王旭有关的。不能不承认，她确实看不懂这一局棋，更不明白王旭在其中的角色与位置。

正沉思间，王总走了过来，彬彬有礼地说："苏小姐，一起跳支舞可以吗？"

苏之微赶紧笑容满面地迎上去，一边暗忖，混了这么几年，到头来，在职场上，还不就是陪吃陪聊陪跳舞的低收入"三陪"，谁也没比谁高贵多少。

陪王总跳舞的时候，苏之微用余光瞥见 Cindy 跟王旭在一起跳得很热烈，旋转啊下腰啊，满场飞舞。Cindy 笑得花枝乱颤。

嗯，看来是要买 Cindy 这丫头了！Cindy 应该巴不得才对。

不知怎么，苏之微想起王旭手心的温度和他身上淡淡的古龙水味道，整支舞都跳得有些心不在焉。

一整个晚上，大家轮换着把整场的男女青年都跳了个遍。相同的男男女女，层出不穷的搭配组合。遇到跳得好的，尚能面带微笑，热情洋溢地互动；遇到跳得不好的，也只能继续面带微笑，然后暗自内伤。

张总始终都没有来请苏之微跳舞，王旭也没有邀请她跳第二支。苏之微觉得很庆幸，也乐得清闲。

待到曲终人散，苏之微和同事一起客客气气地把所有客人都送走，才拉下脸来和 Cindy 执手对看，互相叫苦连天。

Cindy 明显还沉浸在乐曲中："我这一晚上最美好的一支舞都给了David 了！"

苏之微嗤笑了一声："你把自己也给他吧，花痴！"

Cindy 痴痴地说："不花痴才怪！那么年轻结实的胸膛！要不是我结了婚，非要拉着他干点儿什么去才好！"

苏之微看她这样子，像是病得不轻。"结了婚也没关系，你现在追去也不迟。我回房了。"

看不懂的棋局

回到房间。又是一大捧玫瑰花。只是，花后面还有一个人。

王旭。

心头掠过一种难以名状的情绪，苏之微咬着嘴唇问："你跑我房间里来干吗?!"

王旭一摊手:"送花,顺便看看你那件杧果裙子还能不能洗干净。"

苏之微略松了口气:"我累了。对了,Cindy 正满世界找你。"

王旭研究了一下她的表情:"你在吃醋?你不会是在吃醋吧?"

苏之微恼羞成怒地说:"你脑子坏了吧?!"

王旭懒懒道:"那好,我去跟张总把你要过来,让你这个好脑子帮帮我这个坏脑子。"

苏之微到底还是忍不住,嚷道:"你到底是做什么的?!为什么会认识张总?"

王旭乐了:"你想了一晚上了吧?"

"你又开始招人烦了啊。"

王旭望着苏之微的眼睛,认真地说:"我都说了我是皮条客。我不说谎。"

一时间,苏之微不知道该不该相信眼前这个男人。她冷笑道:"他年薪高,付得起你那些姑娘的小费。"

王旭索性坐了下来:"年薪那点儿钱还真不够。"

苏之微快被他这个懒散又无赖的样子逼疯了,喊道:"他 720 万年薪!"

王旭淡淡道:"哦,还好。难怪会下水。"

苏之微实在是太太太好奇了,她的口气软了下来:"你告诉我吧!不要这么烦人!是我发现的这个项目!我有权利知道真相!"

王旭的眼神明明白白地告诉苏之微他的嘲笑和无所谓。

"你去跟张总喊,你去跟他要权利和真相。就凭你的职务,你也好意思伸张权利?我可以把真相告诉你,不过这是把你当成我的女人才能说,你还要不要听?"

一句话说得苏之微又噎住了。

事实的真相和对感情的忠诚,工作与爱情,对此刻的她而言,哪一个比较重要?

亲爱的 Elson,虽然我不知道你是否还忠诚于我们的感情,但此时此刻的我，依然无可救药地爱着你，我依然为你保留着我的忠贞。

苏之微意兴阑珊地说："算了，是什么都不重要，我不听了。"

看着她的脸庞因为什么而失去了光芒与活力，就那么暗沉下去，王旭的脸上闪过了失望与伤心夹杂的情绪，但他的口气依然是那么呛："你知道吗？你特别二。"

苏之微打断他："行了！ Cindy不二，你找她去。"

一句话说得王旭又乐了："你怎么那么小家子气啊，我不就是和她跳个舞吗？"

"是啊，都跳到房顶上去了！"苏之微没好气地说。

"废话！我倒是想跟你跳到房顶上，你腿行吗？！"

……

好不容易送走王旭，苏之微的心里还是没能放下合作这件事情。如果真的让王旭加入进来，岂不是要增加整个项目的风险？她思来想去也没能明白其中的关键所在，在床上辗转反侧，不能入睡。

电话响了，孙大秘召集大家到行政酒廊开临时会议。刚躺下的苏之微起来把头发绾一绾，套上裙子准备上楼。出了门才发现大家都没有行政楼层的房卡，都傻站在电梯厅里等孙大秘来接。

要不是这么多人陪着，苏之微还真有点儿不敢一个人上行政楼层了。这几天现实和梦里的情形，让她有点儿神经衰弱。行政酒廊里，大家个个都睡眼惺忪，哈欠连天。

阿姨总监抱怨道："这几天没日没夜的，都搞出时差来了。"

张总出现的时候显然刚洗完澡，头发还是湿的。"都来了，没什么事，明天的工作交代一下。准备一个三方合作方案，具体情况你们要跟王总一起碰一下，然后让法律事务部当天出法律意见函。方案和意见函出来后请两位总监会签意见，报给我。如果不行明天就要辛苦各位加班了。我们回北京前这个方案就要成形。辛苦，今天都早点儿休息吧。"

大家面面相觑，脸都绿了。

回到房间，苏之微想了想对方有可能接受的价码，把风险点和收益逐一想了一遍，这才安心地睡了。

第二天一大早，除了张总和孙大秘以外的全班人马都跑到了合作方公司。混战、吃午饭、混战、吃晚饭。终于在晚饭前谈拢了合作案。

回酒店的路上，苏之微独自纳闷儿：为什么三方合作案的第三方竟然全权委托第二方谈判，而第二方尽职尽责，大有同生共死的气势，如果是一家公司，那何苦搞三方这么麻烦？她想了又想，依然百思不得其解。

大家各自回房间休息，而苏之微回房间还要继续改方案，同时一一告知各位上司："您安心休息，改好后会发您邮箱，同时电话通知您查收邮件。"

写到晚上 10 点，还算顺利，只是在三方权责收益中有一个极为反常的情况：第三方在此次交易中收益达 5000 万元，数额比起总数来虽然不显眼，但责任几乎没有！

苏之微不知道怎么向董事会解释这个情况。按照惯例，上司审核，上司的上司、两位总监，轮流过，会签。

好在大家明白个中缘由也体谅苏之微的辛苦，除了两个小问题，基本没有改动。苏之微打电话给孙大秘，被要求打印后送到 1601。

大半夜的，跑到楼下的商务中心打印，10 元一页，打了整整 76 页，苏之微又累，又心疼预算，头昏眼花地把文件送到 1601。

敲门，开门的是王旭。虽然累得够呛，但不至于眼花到这个程度吧，苏之微怀疑地揉揉自己的眼睛。

"请进。"王旭特别有礼貌地说。

苏之微迟疑着："对不起，我好像走错房间了。"

里面传来张总的声音："是 Stella 吧？文件拿进来。"

苏之微看了王旭一眼，小心地进门。王总也在里面坐着。她小心翼翼地说："王总、张总，打扰了，我来送方案。"

张总随意地说："那边有椅子，Stella 你坐。David、王总，你们也看看关键条款，我想我们这边最大的问题是 David 公司的责任怎么写，会比较说得通。"

闻听此言，苏之微彻底震惊了。

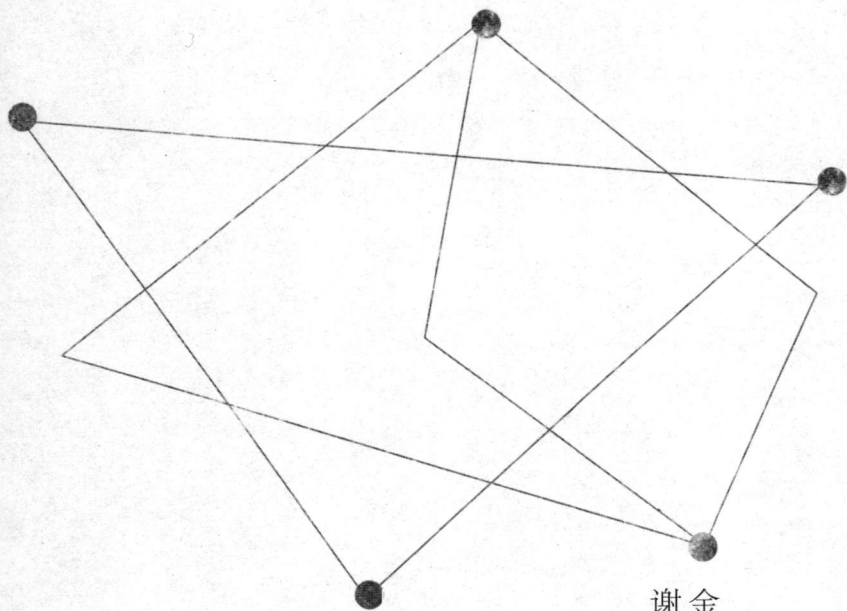

金字塔高层：
谢谢你为我打开一扇门

人生没有一帆风顺，也没有持续的低迷，波峰浪谷交替而来，我们其实把握不了机遇。但如果看到了最高的波峰，也看到了最低的浪谷，还有什么值得我们念念不忘。

没来由的 5000 万

　　细细想来，张总这段话里包含的信息量太大。苏之微迅速地在脑子里理了一下思路：首先，那个第三方的公司是王旭的公司；第二，他们三个人都知道这方案里几乎白给了王旭 5000 万；第三，张总在试图掩盖这个交易里暴露的问题；第四，他们三个今天很有可能一整天都在一起！

　　苏之微虽然迅速地反应了过来，想清楚了事情，但还是蒙了。

　　王旭没事人儿似的在一边喝茶，翻看杂志。王总不停地在出主意，什么咨询费、顾问费、装修费……讨论了半天，无果。因为这些理由都不足以支撑 5000 万。

　　张总瞥了眼苏之微，问："你觉得呢？"

　　苏之微深知项目始末，她思考了一会儿，谨慎地开口："项目所在地的土地基质和环境整理。"

　　王总、张总、王旭都沉默了一下。

　　王总先开口："我觉得不错，张你觉得呢？"

　　张总看了看苏之微："除了这个问题还有别的难点吗？"

　　苏之微摇头道："其他没什么，请您重点看一下收益情况。"

　　张总颔首："我都知道了。你把刚才的内容加上给孙秘书就可以了。"

　　苏之微站起身："好的，我这就去改。"

等她出了门，王总说："张，这个姑娘不错啊，头脑好用。"

张总笑了笑，"是，我们公司最年轻的核心人才，还是单身。"说着，若有若无地看了王旭一眼。

王旭还在翻着杂志，没有抬头："完事了，走吧？明天找地方打球啊？"

王总乐呵呵地说："好啊，明天能把刘总叫上吗？"

王旭懒懒地说："他不在三亚，前阵子去澳大利亚考察了，下个月回。他儿子在北京。"

王总依然乐呵呵地说："呵呵，那算了。下次去北京专门拜访你们吧。"

张总笑道："不急不急，下个月再说。明天球就不打了，我们准备准备，尽早把议案走内部审议流程。"

王旭起身伸了个懒腰，说："好。酒廊里美女多，你们悠着点儿啊，摆不平告诉我，哈哈。我走了。"

此刻苏之微正在屋里埋头苦写。编瞎话也不是一件容易的事儿，编看上去特别像模像样并且有说服力的瞎话就更是一门技巧了。

听到外面敲门，开门一看是王旭。

苏之微无奈至极："王家大少爷，您老人家怎么来来去去没完没了？我很忙啊！你知道的啊！"

王旭贫气地说："是是是，您核心人才，当然忙。"

苏之微看了他一眼："什么核心人才？"

王旭大模大样地特别不把自己当外人似的往床上一躺。

"刚你们张总说的，本公司最年轻的核心人才。"

王旭把张总说的话给学了一遍。

苏之微立刻像给打了鸡血一样，亢奋起来，仿佛看见升职正在妩媚地向她招手。

王旭斜了她一眼："行了行了，瞧你嘚瑟的！张这个人，有点儿意思啊。"

苏之微还没从升职的兴奋中恢复过来，随口问道："怎么了？"

王旭闭上眼，说："他试探我。"又把那句"还是单身"和苏之微说了。

苏之微有点儿晕，她愣愣地问道："你到底有多少个公司？"

王旭没睁眼，答道："你真是个好学生，这么勤学好问。我的公司数量取决于别人想让我有多少个公司。不过，严格意义上也都不是我的公司，这些公司都在别人名下。"

苏之微推了他一把："说清楚，不懂。"

王旭冲她摆摆手："不用懂，你这级别懂了也没用。"

苏之微气愤地说："你……你有级别歧视！"

王旭淡淡道："所有人都有，只是他们都装 × 不说。我说实话而已。"

苏之微不说话了。是啊，谁没有级别歧视？张总不来，谁都不敢去取餐，而自己晚来一会儿，连前菜都上齐了。自己对 Cindy 就什么都敢说，而对上司就服服帖帖，短信都"您"来"您"去。谁都没比谁好多少。

再一想，自己操那份心干吗？不知道也挺好，做个小职员，做点儿简单的事情，心理上不会有那么大的压力。可是再一个转念，想到 5000 万，就觉得自己的瞎话编得实在有些胆气不足。

她没好气地说："给你 5000 万哪！万一出事我都可以去坐牢了！"

王旭哧地笑了："你还真瞧得起自己。你以为我们伟大的祖国有那么多闲饭养你啊！你只管写，其实写不写都无所谓，你们董事长知道这事儿。"

苏之微不作声了。自己这点儿资历和智商，在这群人尖子面前，也就够当个办事的专员。她默默地坐下继续改材料，王旭像在自己家一样，倚在床上看电视。

好不容易改完了，苏之微伸了个懒腰："我去给孙秘书材料。"

王旭望着电视屏幕，面无表情地说："离张远点儿。"

苏之微拿着 U 盘站在门口刚要走，听到他这么没头没脑的一句话，不禁皱了皱眉头："莫名其妙。"

王旭跟了出来，又强调了一句："你懂什么，听我的。"

敲孙大秘的门。没反应。再敲。好一会儿，孙大秘死脸一张地站在门口："发邮件不行吗？！"

苏之微赶紧赔笑道："这是张总提过意见的版本，连附件都拷过来了，太大了，邮箱发不了。"

孙大秘方才冷冷地说："嗯，U 盘给我，你回去吧。"

苏之微忙不迭地递上 U 盘："好的好的，孙总好好休息，我先走了。"转身的时候不小心瞥见孙大秘右后方的地方有双 Christian Louboutin 的女鞋。

一时间，苏之微有些恍惚，她不记得自己是怎么下楼的，一路上满脑子都是那双女鞋。孙大秘不是已婚的吗？！这世界上真的没有靠谱的男人了？！

Elson，你也是这样吗？在你的房间、你的床上，Ada 那么肆无忌惮地霸占着你，而我，连愤怒都不敢有。爱情，如果那么卑微，那么不公，那么谨小慎微，还是爱情吗？

每一次在 Ada 和我撕开一切伪饰几乎面对面的时候，你总选择消失。你敢消失，因为你知道，我总在这里孤独地守候着；如果有一天，我不再守候，也选择了消失，你会像我这么痛苦吗？

回到房间，已经是凌晨了。苏之微怔怔地想着尹从森，毫无睡意。叹了口气，给张总发了个短消息汇报工作："张总，文件已修改完，交到孙总处，请您放心。"

过了十秒钟，收到张总的短信："还没睡？"

苏之微如实地回复："嗯，是的。"

"上来一下，跟你聊聊。"

苏之微盯着手机屏幕上的这几个字，心里满是惶惑。又想到刚刚王旭和她说的话，愈发觉得此行凶多吉少。

大半夜的，苏之微硬着头皮，战战兢兢地敲了张总的门。张总依然穿着衬衣西裤，只是解下了袖扣和腰带，给她开了门，随意地说："来了，随便坐，还喝 perrier？"

苏之微紧张得都没听清他说的是啥，只听见"还喝"两字，立刻点头。房间里弥漫着一股雪茄的味道，和那天在酒廊里王旭抽的味道差不多。反正雪茄的味道也没什么分别呗。苏之微心想。

张总从冰箱里拿出水给苏之微："冰的可以吗？"

苏之微点头，把水放在茶几上，规规矩矩地坐好，等着张总的下一步指示。

张总没看她，给自己斟了点儿酒，加了冰块，缓缓开口道："叫你来是要问你几个问题。"

苏之微专注地望向张总。

"那天我问你，知道不知道 David 的工作，你说了解。刚才让你来送文件、修改文件，也没有避讳你。但我想了想这两天你的表现，你可能对他还不是特别了解。我觉得有必要再跟你说几句。"

苏之微在心里苦笑——可不是吗，我能了解什么啊！用王旭的话来说就是，我这个级别能知道个屁！她认真地说："确实不太了解，张总请说。"

张总正色道："我们这个方案，给了 David 5000 万，也是迫不得已，不是为谁牟利益。这件事，你不要有心理负担。"

苏之微点头道："谢谢张总，我明白了。"

张总看着苏之微姣好的面容，继续说道："你还年轻，还看不到交易背后的交易。王总这么处处拉拢 David，是有他自己的想法的。这暂时是他们之间的事情，我们撇开不谈。如果不给 David 这笔钱，那么以目前的合作方案，王总是不会同意的，我们买的价格会比现在的成交价高 2 亿。从我们公司的角度讲，David 公司的出现，实际上是为我们节省了 1.5 亿的成本。这是整个项目的大原则和大前提，你要有基本的信心。"

苏之微回想了一下谈判过程，觉得张总说得很有道理，诚恳地点头。王总和 David 那笔交易背后的交易虽然目前还看不明白，不过张总的话倒是让苏之微受益匪浅。

再想起那天王旭开玩笑的时候说过的："如果不派你到我们公司，我就不参与此次合作。你猜猜看，他会不会把你卖了？"发现自己还真不值那 1.5 亿。不过，虽然张总这么讲，但以自己对这个项目的了解，没有 David，王总会不会高开 2 亿的价码出来，也未可知。张总的话也只是一面之词，说不定也有他自己的小算盘。唯一可以确定的是，这笔交易背后的利益关联真的很复杂。

苏之微这么想的时候，突然意识到自己在偷偷地符合逻辑地思考。这几天发生的事情真是让自己成熟了，成熟到开始怀疑自己看到与听到的人与事。

张总继续循循善诱："从王总的角度，可以说是从自己公司的腰包里把这 5000 万给了 David。这么做如果是一种投资，那么他自然是觉得 David 能够带来比这 5000 万更大的收益。你想过吗？"

一直以来，苏之微对王旭的定位都是高级公关，能想到才真见鬼。更何况这两天王旭在各色场合的频繁出现已经让苏之微搞不清楚东南西北了。

她不由得汗颜地摇了摇头。

张总恨铁不成钢地看着她："我原来以为你对 David 应该有一定的了解，但从这几天的情况看，David 这个人为人非常谨慎，你可能还不足够了解他。我刚才叫你来改文件，你听到我们商量 5000 万出处显得很惊讶。我来之前在北京和王总开过两次视频会议，有一次 David 就在。"

苏之微心想，我真是级别低，你们视频会议都不让我参加。明明是我对项目最了解。

张总没有理会她的表情，继续说道："第一天晚上在电梯里，我看到跟你在一起的人，觉得很眼熟，但也想不起来在哪里见过。"

苏之微想到那天电梯里的情形，不由得脸上一红。

张总看了看她不自然的神情，微微一笑，接着说："我想那个女孩，应该也是 David 公司的人。像我这种男人的艳遇，通常都是被安排好的，也挺可悲的，呵呵。"他轻轻晃着杯里的冰块，啜了一口酒。

苏之微抬起头，看到张总正在看自己，手心都冒汗了，赶紧低下头。

张总收回眼神，自嘲地说："还以为自己靠魅力征服了别人。男人总是过多地相信自己有独特的人格魅力，其实还不就是钱、权的魅力罢了。总之……"

一瞬间，苏之微想起了 Elson，心头泛起一阵酸涩，低声打断道："张总，如果钱和权真的能够收买女人的心，很多女人大可不必这么痛苦。"

张总看着苏之微："Elson还没回来吗？"

听到这个名字的刹那，苏之微只觉心口一痛，她艰难地开口："他还在美国……和Ada在一起……"这句话说到最后，几乎连眼泪都要掉了下来。

张总叹了口气，顺手拿了一盒纸巾放在苏之微面前。

苏之微克制住情绪，轻轻说："谢谢张总。"

"哦，你是决定分手了才和David在一起的吧？"

听到张总这么说，苏之微心下一紧，急急地抬头解释道："我和他只是朋友而已。"

张总意味深长地说："哦，只是朋友。那天看到他扶你进楼，还以为……"

苏之微一边在心里抹汗，一边做出无辜的神情，说："不是不是，您误会了。"

张总不易察觉地笑了笑："你还挺小心的。"

苏之微脱口而出："我又不是男人。"

张总笑了："男人怎么了，男人也不是为所欲为。"

苏之微一听"为所欲为"，脑袋里又出现了梦境里的那一幕——张总看向自己的炽热的眼神，背部肌肉的质感……还想不想活了！苏之微甩了下头，咬咬嘴唇逼自己回过神来。

张总看着苏之微纠结的样子，心头挺乐："说回正题——你摔伤那天晚上，我决定第二天去看王总的项目，晚上王总约了我和David在酒廊里喝酒。见到他，你就知道我当时有多吃惊了，呵呵。"

苏之微想了想当时的情形，觉得张总一定也是像自己现在这样傻傻的，不由得也乐了起来。

张总回想当时的情景，沉声道："不过David并不吃惊，所以我想他是认识我的。王总对他的背景只是简单地介绍了一下，我就反应过来那个女孩可能有问题。说白了，不管我反不反对这个三方合作，都无关紧要，在这样的前提下，我更不方便成为绊脚石，顺水推舟更好。第三天的晚宴你就参加了。David也没有表现出跟你特别熟的样子。这个David记忆力这么好，遇事这么镇定，城府这么深，确实让我印象深刻。"

苏之微想到的却是王旭熟门熟路地在海鲜摊上买海鲜，和自己一起抢海鲜吃，像个顽皮的孩子，拿着杧果汁泼到自己的裙子上……一时之间，很难把张总所说的稳重有城府的 David 和那个大大咧咧的北京大男孩王旭联系在一起。

可是，5000 万说多不多，可在苏之微眼里，怎么也不算一笔小钱。能在张总还没到之前就把美女出现的事情安排得妥妥帖帖，天衣无缝，在电梯里被张总注视依然表现得如此淡定，双方谈判价格这么核心的问题都能忍住不闻不问。这个王旭，到底还有什么是自己不知道的？

这个男人确实没有说谎，只是很多事情，都选择了不说。

张总看着苏之微眉头紧锁的样子，不知道想到了什么，又笑起来："我那天还以为你跟我一样。"

苏之微一愣："什么跟您一样？"

张总说："电梯里。"

苏之微急忙澄清："不是不是的！"

张总看她紧张，又笑："别紧张，我知道不是，我当时只是提醒你女孩子要注意安全。呵呵，不过也无所谓的，那是你的生活。"

苏之微急了："真的不是！我以前就认识他。"

张总疑惑地问："你怎么认识他的？"

苏之微简单地和他说了一下第一次遇见王旭时的情形。

张总若有所思地说："他真是不简单，你真的要注意安全。"

苏之微大大咧咧地说："无所谓的，我什么都没有，他图什么啊，害不了我。"

什么都没有，也许真的不算幸福，但至少可以活得坦荡，同时也只能逼自己勇往直前，一直向前看。这样想来，一无所有，也不算什么不幸吧。

张总定定地看着苏之微，认真地说："Stella，你不是一无所有。"

苏之微抬起头，看着张总鼓励的眼神，高兴地说："张总，我会很努力地工作。"

张总笑起来："你有成为工作狂的潜质。"

苏之微心想，哈，工作狂不是都薪水高得一塌糊涂吗？成为工作狂也不是坏事呀！一边想，一边美美地微笑着。

张总的眼神里流露出一丝温柔："Stella，不要让自己太辛苦。"

一接触到张总的眼神，苏之微又紧张起来。她在心中默念，不要紧张不要紧张，怎么总在这种无关痛痒的时候莫名紧张呢，淡定淡定，语速却不能控制地快了起来："嗯，张总，您说的我都记下了，我知道我们做的一切都是为公司好，我没有心理压力，我也不会乱说……"

张总打断她道："你怕我吗？"

苏之微的手心里涔涔地冒汗。我怎么可能不怕啊。在公司您跟皇帝一样，私底下您单身主义，在梦里您抱着我热吻。就差点儿怕得要死了。

苏之微攥着衣角，不敢抬头。

张总轻咳一声，转开话题："你舞跳得挺好的，以前学过？"

手心继续冒汗，苏之微点点头："学过，但是很业余。"

张总温和地说："一直没敢和你跳，就是怕你现在这个样子。"

苏之微喃喃道："我不会更怕您。"

张总俯下身子，看着苏之微，笑了："呵呵，没有更怕我是什么意思？是已经很怕？"

极近的距离，一个不小心，苏之微的眼神就瞥到了张总解开的扣子和若隐若现的坚实胸膛。

心脏都不跳了。

不要靠这么近，不要靠这么近，不要靠这么近……苏之微只觉得自己一半身子僵僵的，另一半身子麻麻的。

张总的身上还有淡淡的烟草味道。少顷，他用手指轻轻碰了碰苏之微的膝盖："好了好了，和你说着玩呢，看你，像只受惊的小兔子。"

苏之微一激灵，反应过来："张总，很晚了，我该走了。"

张总笑着点点头："出去时把门带上。"

苏之微小心地走出门，脚步声都不敢太响，小心翼翼地控制好门关上的声音。她在门外的墙上倚了一会儿，长长地嘘出一口气。

无赖的爱情

　　回到房间，苏之微才算彻底放松下来，只觉身心俱疲，往窗外望一望，无尽的黑暗里透出一丝亮光，仿佛于事无补的慰藉。张总笔直的鼻梁和硬朗的脸形轮廓，说话的声音和表情，若即若离的眼神，都在苏之微的脑海里转来转去。

　　苏之微知道这种单身男人是对女人的极大威胁，他们总是不由自主地去吸引女人，然后假装自己浑然不觉。说白了，就是用单身贵族的身份来装饰自己，却根本不愿意和女人分享真实的生活和内心。

　　此时她更觉得王旭说得对，离他远一点儿。

　　刚挨上枕头就跌入梦乡，梦里隐约听见电话铃响，一直响一直响，苏之微一个激灵，睁开眼睛，电话铃真的在响。

　　话筒里传来孙大秘诡异的声音："Stella，早晨不用一起吃早餐了。张总说昨天大家都比较辛苦，今天放假，大家可以自由活动。所有的费用请自留发票回公司报销。"

　　松了一口气，挂了电话继续睡。不知道睡了多久，也不知道做了多少个梦，原来做梦是那么累人的一件事，都快把自己睡虚脱了。筋疲力尽地从梦的沼泽里爬出来，还没有平复过来心情，苏之微睁开眼看见的第一个人竟然是——王旭。

　　王旭正悠闲地坐在窗边的沙发上，安静地看杂志。

　　"啊！"

　　连眼皮都懒得抬，用手堵住耳朵，王旭微一皱眉："吵什么？音量太高了！"

　　那种若无其事的主人公姿态简直让苏之微以为是自己睡错了房间。她颤巍巍地用手指向王旭："你在这里干吗？"

他照样眼都不抬，淡淡地说："看杂志。"

苏之微怒道："这是我的房间！"

王旭终于抬了下眉毛："我知道。"

苏之微提高声音："我在睡觉！"

王旭又皱了一下眉，闷闷地说："我知道——我说你是泼妇啊？说话总这么大声。"

深吸了一口气，苏之微总算理清了头绪，抓住了重点，一字一句地说："请问你怎么能在我睡觉的时候不经过我的允许进入我的房间？"

王旭伸了个懒腰，没好气地说："你还在我睡觉的时候睡过我的床呢，瞧你那样，小家子气。"

苏之微几乎要崩溃了，大喊："出去！"

"我耳朵都被你吵聋了，还好你同事都不在。"

知道王旭无赖，但从来不知道他竟然有这么无赖，苏之微几乎要声泪俱下了："大哥，我跪求你，你出去吧，我要洗脸洗澡换衣服……"

王旭眼神里掠过一丝不怀好意的神情："你总是这样不识大体，我在这儿不还能帮你点儿忙吗？"

苏之微几乎是奄奄一息地说："你怎么才肯出去？"

王旭索性躺在了沙发上。"得了，事儿真多，我又不是没看过。我看杂志呢，不抬头，你赶紧收拾收拾，咱们出去玩儿。"

终于清醒地认识到自己拿这个人毫无办法之后，苏之微用被子把自己包了个严严实实，一点儿一点儿蹭到洗手间，把门反锁。

王旭在外面很是安静，竟然一点儿声音都没有。苏之微洗着洗着，几乎都忘了还有那么个人存在。想到今天不用开工，她心情大好，慢慢悠悠地享受沐浴，做身体保养，细细地化妆，穿好衣服，走出来。

王旭放下已经快要翻烂的杂志，站起身说道："赶紧走，陪我打球去。"

苏之微不乐意了："明明说出去玩的，谁要打球啊，逛人啊！"

王旭面不改色，镇定地说："没逛你，我打球，你玩。"

这么一番折腾已经下午了，苏之微跟着王旭走到酒店门口，习惯地四下打量，没有见到那辆熟悉的淡蓝色法拉利，有点儿奇怪，不禁问道："你车呢？"

王旭照旧淡淡地，"你不是不习惯跑车吗？换了辆视野好点儿的车。"

一直跟着王旭走到停车场，是辆陆虎的发现3。苏之微看了看自己的长裙，犯难了，怎么上车啊，这车底盘高，根本迈不上去。

王旭一转身看到苏之微的表情，抱歉地说："只想着换车，忘记你腿受伤的事儿了，只好勉为其难地抱你上去了。"

苏之微闻言掉头就往酒店走："少来！我正好懒得去！"

王旭嬉皮笑脸地伸手去拦她，苏之微一转身躲开，噔噔噔就往酒店跑。

王旭一边锁车一边追："好啊你！你腿根本就没事是吧！"

没几步就回了酒店门口，王旭不依不饶地要拖苏之微回停车场。两人正拉扯间，张总从酒店里走了出来。张总的目光扫过了王旭正握着的苏之微的手，微笑着对王旭说："今天你不是约了王总打球吗？"

王旭丝毫没有放开苏之微手的意思，也笑着回道："缺个女伴，临出门碰到Stella，正在劝她一块儿去。"

张总眉毛都不抬，依然笑着："小事啊，下次提前打个电话给我，我们公司美女也不少，多派几个给你助阵。"

王旭笑笑："张总的电话我怎么敢随便骚扰——您这是要出门？"

张总点头道："嗯，去周围转转。Stella，你去打球跟孙秘书说一声，晚上本来有个聚餐。"说完和王旭笑了笑，"玩得开心。"

等到张总走远，苏之微狠狠地甩开被拉住的手，郁闷地说："好吧，你等我告诉孙大秘一声再走。"却看到王旭一脸若有所思的苦瓜脸。

苏之微奇怪道："怎么我还没要哭，你倒先阴霾了？"

"你听不出来他不让你去吗？"

一时之间，苏之微犯了迷糊，怎么两个人同时听同一番话得出的结论却正好相反："他不是让我告诉孙大秘一声，然后就跟你去打球吗？"

王旭叹口气："说你笨你还不服气，你回吧。他秘书待会儿就会给你电话。你说说你怎么这么惹桃花呢！"

苏之微刚回到房间，准备上会儿网，手机就响了。果真是孙大秘："Stella，你这会儿在酒店吗？"

苏之微心中一怔，还真让王旭给说中了。"孙总，我在酒店。"

"哦，这样，晚上聚餐，你过来帮我想想节目，让大家轻松轻松。"

苏之微腹诽：你做秘书的是吃白饭的吗！嘴上却不敢造次，应道："好！马上来！"

曾经的美梦

晚上聚餐是在中餐厅的超大豪华包房，落地窗外是满满的无敌海景，另一边的墙上则是大大的液晶屏幕。苏之微由衷地奉承道："孙总，您选的地方真好。只是节目方面我不太懂，也没您有经验，不知道能不能帮上忙。"

孙大秘毫不掩饰他的自信："经验我确实是要多一些。听说你学过舞蹈，也应该对搞节目这套不陌生吧。"

苏之微脑子飞快地转着——听说？听谁说？公司里连 Cindy 都不知道，只有昨天张总问过自己……张总！电光石火间，苏之微恍然大悟，原来张总真的不想让我出去。王旭是对的。苏之微一边快速地在脑海中分析着，一边感慨在又一次的高手过招时，自己又一次身在其中却浑然不觉。这个王旭，到底还有多少斤两是自己不曾看到的。

这一晚的聚餐，张总早早放话："今天都得喝酒，我要看看到底谁的酒量最好。"一副不醉不归的架势。苏之微瞪大眼看着一瓶一瓶上茅台，直接被吓醉了。

孙大秘虽然人比较做作讨厌，活跃气氛却真是一把好手，酒还没过三巡大家已经兴奋翻了，直接进入互相灌酒的嬉闹环节。好在苏之微不会喝酒大家都知道，只被小小地灌了几杯，略微意思一下就算了。Cindy 人美又泼辣，加之职务最低，自然成了被灌酒的重灾区。

喝到最后，苏之微觉得脑袋里嗡嗡的，说出去和听进来的声音都在空气里悬着，心里一阵阵地发慌。到底还有几分清醒，她看着大家混战到站都站不稳，男的女的互相搂抱着不分你我，总算对酒的认识有了进一步的提高。

张总位高权重，谁都不敢劝他酒。他自己一个一个地敬了一圈，然后便和孙大秘对着干，和下面的人依次量减，到 Cindy 就是浅饮了，但被敬的人无一例外，通通被干掉。

最后才来敬苏之微。苏之微赶紧站起来，双手端杯迎向张总，神志尚算清醒，眼神却因为小醉而有些迷离了。

张总碰了一下苏之微的杯："大家都不跟你喝酒，我来跟你喝。干！"说完干了一满杯。

孙大秘适时出现："Stella，你这怎么办啊？张总全干了啊！"

这一下大家都听见了，醉醺醺地起哄："Stella 今天还没有喝过整杯吧，张总喝一杯，你得喝两杯！"

苏之微心想横竖都是一死，一仰头也干了！酒精辛辣入喉，从食道到胃，仿佛有一条火龙熊熊地烧了起来。她看见周围的人大笑的表情，笑声两秒钟以后才传到耳朵里，昏昏然中看见张总拍了拍自己的肩，却木木地没什么感觉。

不知过了多久，苏之微整个人都木掉了。大家还在继续混战，有人吼着唱歌，有人抱着跳舞。Cindy 发了春一样，满面桃花地见人就笑，还不知道为什么过来亲了苏之微一口。

苏之微傻呵呵地一直笑，因为不知道站起来会不会像喝龙舌兰那次一样躺下去。这可是公司聚餐，她不停地提醒自己，拼命喝水，希望早点儿清醒过来。

张总走过来，拉起苏之微："别傻坐着了，跳舞吧。"

苏之微求饶一般道："张总我醉了，跳不了。"

张总半开玩笑半认真地说："那不行，有困难就退缩可不是应有的工作态度。"一边伸手揽住了苏之微的腰。

苏之微站起来才发现自己脚步虚浮，重心不太稳，不自觉地搭上张总的手，借着对方的力，好让自己站得稳一些。身体在音乐中麻木地移动着，脑中一片混沌。

不知何时，张总的手搂紧了苏之微，紧到她不敢转头，一转头就会碰到张总的脸。张总却转过头来，在她耳边轻轻说："你还怕吗？"

张总的呼吸轻轻吐在苏之微的耳垂上，那里敏感至极，苏之微本能地一颤。张总将她搂得更紧，苏之微感觉自己已经被稍稍抱离了地面，此时高跟鞋的着力点只剩脚掌，而别人不细看几乎是看不出来的。

张总继续在她的耳边说："放松，身体绷得这么紧，我只能抱着你跳了。"

苏之微耳边又痒又酥，酒精的热力一点点散去，身体的某些感觉正在渐渐恢复。"张总，我……"

张总打断道："你醉了。"

苏之微是真的醉了。

梦里的电梯里，张总就是这样紧紧地抱着自己，吻得灼热而不可控制。

那真的是梦吗？苏之微的身体恢复了知觉。

苏之微的脑子短路了。酒后乱性就是指此时此刻吧——酒精使我们迷失了理智的控制而被欲望牵引。

张总轻声地重复着："你醉了，你醉了，我要让你怕我。"

嘴唇一掠而过，轻吻了苏之微的耳朵。

仿佛电击一般，苏之微软软地陷在张总的胸膛里。

张总露出一丝笑意："再靠过来我就走不回座位了，深呼吸。"

苏之微如同被催眠般，听话地深吸了一口气。就在她深吸而微微挺起胸时，张总的手移到她背后用力地一按。

受了力的苏之微下意识地轻哼了一声，张总压抑的声音略有些颤抖："晚上来找我。"

苏之微不知道怎么离开的舞池，不知道怎么回到座位，不知道自己在干什么，不知道自己想干什么……

什么都不知道了。

彼时的梦境和此时的现实交错迷离，心与欲望双双沉沦在了深渊里，分不清真心与假意，分不清……什么都分不清了。

此时再去捕捉张总的身影，却发现他已经消失不见了。

好不容易熬到散场，苏之微回到房间，躺在床上，耳边的音乐声、吵闹声缭绕不去，闭上眼依然感觉天旋地转。她挣扎着去洗手间，狠狠地吐了几回，才觉得略微清醒了一点儿。

"晚上来找我。"这句话如雷击般回响在脑海里。刚刚清醒一点儿的神志又陷入了迷乱，被酒精征服的不仅仅是身体。

张总到底在干什么？他要的到底是什么？苏之微的身体那么敏感地感受到，潜意识里那么清楚，但却始终不愿意去相信。

这样的男人，征服女人只为了征服的过程，是她或者是别人其实并不重要。

这样的男人，究竟是怎样的男人？

尹从森呢？那么熟识的两个人，那么深刻地同生共死过，怎么可能不是一样的人？也许对于尹从森来说，是 Ada 或者是她 Stella，其实并不重要。

趴在洗手间的浴缸旁，苏之微放声痛哭。不知道哭了多久，也不知道时间过去了多久，蒙眬中，苏之微被热毛巾的热气熏得喘不过气，被抱到床上，又被扶起来喝水。

泪眼婆娑中看过去的是 Elson 啊！又是心痛又是生气，苏之微记不得自己又哭又骂地捶了他多少拳。

滚回美国去！去找你的混血公主！

我就算孤独终老也不要嫁给你这样的浑蛋！

我有男朋友了！我男朋友开法拉利，比你对我好多了！

你和张都是浑蛋！你们这样的男人都应该去死！

一直哭一直哭，一直骂一直骂。仿佛积攒了几百年的泪水和委屈通通汹涌而出。

Elson，我那么那么忍让地爱你，是时候让我爱得或者恨得畅快淋漓。

你的出现从始至终都像是我自己的一个美梦。

苏之微不想醒过来，怕醒过来 Elson 会因为自己的率性哭闹而看轻自己，更怕看见 Elson 心疼的眼神。

Elson，到现在，你爱我或者不爱我，都是一种伤害；而我，却只能冷静地看着自己被伤害，无能为力。哭够了，骂够了，口渴，又要水喝。被扶起来喝水。

Elson，是你吗？如果是你，就真的太好了，你能像这样一直守在我身旁吗……苏之微迷糊地想着，迷糊地喝完水躺下去，迷糊中不忘握紧那双温暖的手。手腕上有淡淡的古龙水味道。苏之微想着要问问尹从森怎么换成和王旭一样的香水了呢！又觉得自己已经问过了。

啊，王旭哪里去了，他知道尹从森来了会不会很难过。

啊，王旭也在这里啊。我要跟 Elson 回北京了。你对我那么好，我会记得你。苏之微心里舍不得王旭了，他眼睛红红地抱着自己，好像很心疼的样子。

别心疼，我会没事的，你也会。

王旭还在看着自己，那么忧伤。苏之微挣扎着要从梦里醒过来，要对他说好多好多话，心里好累，也好疼。

醒了。

是王旭，眼睛红红地抱着自己，神情无比忧伤。

那一瞬间，所有的梦都醒了。

苏之微静静地看着王旭，他看上去是那么疲惫，眼神里却充满担忧与心疼。

苏之微抱紧了王旭。窗外已是三亚的午后，温暖宁静，远远的海边，隐隐有笑声传来。

苏之微在王旭的怀抱里肆意地哭着，梦中的刻骨寒冷在眼泪中和三亚的阳光下渐渐消散。

一直在床上赖到清醒无比，睡意全无，苏之微才睡饱了，打算起床。

王旭懒懒地说："你是睡够了，我一点儿都没睡啊，陪我睡会儿！"

苏之微不理他："谁叫你不睡的！笨！你睡吧，我收拾东西去。今天应该回北京了。孙大秘大概也醉死了，待会儿就该叫我们退房了。临走还多花了半天房费，真是些败家东西……"

絮絮叨叨了半天，才发现王旭没声儿了，低头一看，睡着了。苏之微小心地给他盖好被子，去洗手间洗漱。

此时此刻的温暖与柔情，会不会随着北京的寒冷与遥远的距离而渐渐冷却？想着安睡的王旭，苏之微的心中对三亚有了一丝不舍。

轻手轻脚地收拾行李。王旭之前送的 10 套华服配鞋子，苏之微只穿过其中 6 套。剩下的 4 件衣服，4 双鞋子，她仔细地打了包，郑而重之地让服务员送回到 1701。对王旭来说，这些东西也许真的不算什么，可是它们平均四位数的价格和王旭送它们时的心意都让苏之微格外珍惜。

其实每一件苏之微都非常喜欢，但喜欢并不一定要全盘拥有。况且在北京的生活那么平淡，6 套大牌已经足够打发所有的重要日子了。人不能太贪心，尤其是女人。凡事适可而止比较好。

那边厢孙大秘打来电话："收拾行李，半小时后西餐厅见。吃完饭退房，去机场。"

王旭也被这一通电话吵醒了，也许是知道苏之微就要离开了，赖着不肯起床。苏之微掀开被子，使出吃奶的力气将他往外拖。可她哪里是大男人的对手。王旭半睁着眼看了看苏之微，一个冷不丁就将她抱在怀里压倒在床上。

这次苏之微没有挣扎。刚睡醒的王旭身上温润的气息混合着古龙水的尾香，笼罩了她，和她的心。苏之微闭着眼睛，摸索着王旭的脸、胡茬儿，笑着说："你胡子歪了。"

王旭整个人都松弛了下来，他吻了吻苏之微的额头，说："嗯，知道你这次没骗我。"

苏之微仍然闭着眼，问道："你是不是永远都不会骗我？"

王旭抱紧了她，说："永远不骗你。"

那一瞬，苏之微仿佛安心了，在这样的怀抱里，如同三亚午后的海洋，温暖而平静，包容而稳定。一切的一切，近在咫尺，尽在不言中。

后来苏之微回想起那一刻，其实，离幸福真的很近很近。

许久，王旭抬起头，说："有一天，你会是我的。"他站起来整整衣服，对着苏之微挥挥手，走出门去了。

房间一下子空空荡荡，苏之微的心里也仿佛缺失了一大块，她默默地想：David，我会再见到你吗？我还没有来得及和你说再见。

寄存好行李，到西餐厅集合的时候，张总还没有到。苏之微忆起昨晚的片段，有点儿魂不附体。宿醉之后，所有人都显得疲惫不堪。现在苏之微才体会到，工作里最困难的部分其实是应酬。

张总出现了，依然潇洒俊朗，神采奕奕，不见丝毫疲态。工作狂的标志之一就是视应酬为生活必需品，甚至将之视为生活中的享受。

同事们互相取笑着昨晚醉酒的丑态。张总在苏之微身边坐下，不经意地问道："昨晚睡得好吗？"

苏之微不敢直视张总的眼睛，低头笑着说："喝多了，回去就一直吐，都不知道什么时候睡着的，刚刚才醒，还没完全缓过来呢。"

张总淡淡地说："你的酒量太差，以后要多练练。"

坐在缓缓起飞的飞机上，看着渐渐模糊的三亚，苏之微轻声说："再见，David。"

冰凉的北京

北京的冬天如期而至。时间好像被冰封住了，永远都过不去，每一天都灰暗冰冷。苏之微在看不到尽头的绝望里每天加着班，希望公司能早点儿通过董事会审议，把海南的项目推进下去。于公司层面，这个项目是暴利，不做太可惜；于私，又可以享受公费的豪华度假，更何况，还有 David 在。

一星期过去了，领导们都没什么动静。日复一日地上班下班，没有风的日子，整座城灰蒙蒙的，没有一点儿绿意。北京，像一座死城。

星期二又是董事会，前一天苏之微重复看了很多遍汇报文件，第二天一早就到会议室准备。张总倒是一早就到了。

苏之微笑着打招呼："张总早。"

清晨的阳光洒在会议桌上，张总的脸藏在阴影里，看不出表情，只听见他缓缓地说："Stella，不用紧张，用你平时的状态汇报。方案不会有问题的，我已经提前向董事长汇报过了，你只需要如实回答董事们的问题。"

苏之微小心翼翼地说："好的，昨晚已经把数据都仔细准备好了。"

张总露出一丝微笑："这次你确实做了不少工作，我想过不了多久你就该请我吃饭了。"

苏之微明白了张总的意思，拼命压抑住心中的喜悦，礼貌地说："谢谢张总，全靠您和各位同事帮忙，我很幸运。能请您吃饭是我的荣幸。"

张总笑着看着苏之微："你真的成熟了。"

董事会非常顺利，过程无惊无险。三亚的项目一举通过，苏之微在第二个星期被提升为三亚项目主管，薪水立刻翻番。晋级考评时，两位总监和孙大秘都给出了 90 以上的高分。

那一刻，苏之微忘记了等待与辛酸，只觉得一切的辛苦与孤独都是值得的。生活不是不公平，只不过有的时候，公平会来得晚一些。

苏之微高兴得像个孩子，给爸妈打电话汇报喜讯，这可是传说中的 10万年薪啊！

妈妈也很激动，高兴之余，还不停地劝说苏之微不要骄傲，要谦虚谨慎，争取更多的进步。

冷静下来，苏之微仔细算了自己的进出账，除了还房贷和日常花销，每个月还能剩一千元下来投股市。太欢欣雀跃了，她第一次毫不心疼地"大手笔"买了很多以前觉得很贵的炒股的书。

北京的冬夜，多了一盏孤独的灯，常常亮到很晚很晚。暖暖的黄色灯光映照着灯下那张年轻而充满着热情的面庞，突然之间，苏之微一点儿都不觉得孤独了。如果说之前的孤独是别人给的，那么自己却可以选择享受孤独还是在孤独中沦落。痛苦也是一样。

一切都在按部就班地推进，没多久，三亚项目的三方签约会在北京举行。苏之微作为甲方代表之一，心里抱着一种莫名的期待：是不是可以见到David 了？那种说不清道不明的情愫在心里某个角落默默滋长着，她自己却浑然不觉。

签约的准备工作和项目筹备同时进行，再怎么冰封的时间也过得嗖嗖的，苏之微忙得焦头烂额，连停下来想一想其他心思的时间都没有。

晚上9点，苏之微还在加班。手机响了，尹从森的名字赫然出现在屏幕上。仿佛心口被猛然击中一拳，她毫无准备，也毫无招架之力。

为什么还来打扰我的生活？Elson，放过我，好吗？苏之微忍着痛，关掉了手机。整个人如同散了架一般，连加班都打不起精神。无果的爱情像一场疾病，击垮身体，更摧毁意志。

仿佛游魂一样，苏之微木然地离开了办公室。再也没有那辆车在楼下等候，偌大的北京，好像没有一个地方可以去，又好像去哪里都可以。苏之微茫然地走在街头，一辆辆车从她身边擦过，她不知道自己是执意要离开一个人又或者是在固执地等待一个人，只觉得心渐渐地凝成一块硬铁。

身后传来猛烈的刹车声，来不及躲闪与反应，苏之微已经被狠狠地撞开。肇事车略一迟疑，随即疾驰而去。就是一眨眼的时间，苏之微已经趴倒在路边的绿化带上，衣服湿漉漉的，还不断地有水滴下来。

不是水！苏之微定定神，伸出手摸过去——是血！她挣扎着想站起来，腿也没有知觉。苏之微清楚自己受了伤，却不知道疼，更不知道自己伤得有多重，只知道必须尽快去医院。

爬到路边显眼的位置，苏之微挣扎着坐起来向过路的车辆招手。没有车停下来，一辆又一辆车，飞快地从她面前开过。苏之微在寒风里冻得更加没有知觉，摸索着在包里找手机也找不到。一步步往前蹭，扶着路边的电线杆勉强站起来，让自己更显眼一点儿。

终于拦到一辆出租车。上了车才发现自己满手满脸都是血。出租车直奔医院，到了医院门口，苏之微才发现钱包早不知道被撞到哪里去了。好心的司机师傅急道："姑娘啊，赶紧急诊去！我要这钱干吗使？"

苏之微鼻子一酸，勉强向师傅鞠了个躬。她慢慢地扶着墙去挂号，没有钱，医生说："先去找大夫缝合包扎吧。叫你家人送钱来。"

家人？家人在遥远的南方小城，苏之微在北京，就是孤身一人。想了想，打通了公司的电话，值班的保安联系了 Cindy，Cindy 取了钱，从自己家里赶到医院。

苏之微左边脸颊的眼角下方被绿化带下面的石头围栏割破，肉都翻了下来，缝合了三针。医生一边缝一边说："真幸运，差一点儿就割到眼睛了。"

也是到这个时候，苏之微仿佛才恢复了知觉，身体反应过来，锥心的疼在全身扩散开。全身都摔得不轻，好在冬天穿得厚，没伤到骨头。

Cindy 看着从苏之微脸上清洗出来的带血的纱布和沙子，忍不住在一边悄悄地哭了。苏之微包扎出来看着 Cindy，反过来安慰她说："傻丫头，哭什么啊，我又没死，钱会还你的啦。"Cindy 抱着苏之微，大哭起来。

Cindy 把苏之微送回家，已经下半夜了。苏之微还了 Cindy 钱，心里的感激之情溢于言表。在我们不可测的危难面前，那么无私的帮助，哪怕是一丁点儿的帮助，都值得我们拿一辈子去好好感谢。可是，那一位好心的出租车司机师傅，我却不知道您的姓名。苏之微在心里默默地念叨。

第二天，Cindy 帮苏之微请了假，可是那么多迫在眉睫的工作 Cindy 一个人也应付不过来。没法子，苏之微肿着脸在家写写报告、帮帮忙。传说中的 10 万年薪从下个月才开始兑现。这个月要交房租、还房贷，再加上这次受伤，苏之微身上的现金所剩无几。

公司没给员工上意外险，医疗部分的保险赔偿一直没有消息。苏之微不想卖股票，看看兜里还剩下的 50 元钱，算计着怎么熬过去这些天。这一次始料未及的遇险，让她也明白了保险的重要性。人生太无常了，谁知道在下个转角路口，自己会发生什么事情。这次真的算是运气好，是轻伤；如果残疾呢？如果死亡呢？苏之微不敢细想下去，本能地认定要防患于未然，她开始一份一份地研究市场上销售的保单。

　　苏之微闷在家里测算了 11 份保单，把养老、意外、重大疾病、癌症等各个险种都研究了一遍，挑选好了几个可以分月缴费的，打算等下星期一发薪水就一一买了。为了不可知的意外之后，自己仍能不成为别人的负担，也为了养大自己的父母在万一失去自己的情况下，仍能安享晚年。

　　Cindy 仍在公司里忙活着，每天打电话问苏之微的情况，也顺便吐吐槽、骂骂工作。再过一天就是三方合作签约的仪式，参与人的名单上没有王旭，第三方公司不在他的名下。想到那辆如梦如幻的淡蓝色保时捷，Cindy颇觉可惜。

　　苏之微想起王旭的古龙水的淡淡香味，想起他整齐的胡茬儿，想起他泼完自己杧果汁露出的孩子般的笑容，想起他忧伤地抱着自己……那些情景在脑海里一一掠过，却如同梦境一般，摸不着也抓不住，空留绮念。人生何尝不是这样：你以为你遇见了对的人，他爱你珍惜你，你却任性地掉头就走。你以为总还有机会再去回报他的关切，甚至可以试着去爱他，结果，他再也没有出现。或者，那真的是酒醉后的一场梦而已。

　　发薪水的前一天，苏之微只剩下 9 元现金。中午在楼下买了一个 8 元的鱼香茄子盖饭，晚上就剩下一元。下午睡醒了，苏之微有些发呆，肚子饿了。她拿了一元钱到楼下的小四川馆子："老板，我买两个小笼包。"

　　饭馆老板看着还包扎着半边脸的苏之微，头发油腻腻的，脸也几天没洗，不耐烦地包起两个小包子，冲她说："别在店里吃。"

　　苏之微拿起包子，说了"谢谢"，转身上楼。

　　家里的暖气停了，可北京却没有春天。吃完包子，苏之微把被子一层层地盖在自己身上，闭上眼，告诉自己：不能哭不能哭，伤口不能沾水，明天我就年薪 10 万了，睡吧睡吧，等醒来就好了……

　　第二天一睡醒，苏之微赶去银行。卡里余额 8000 多，心里终于踏实起来。钱确实不是最重要的，但对于女人而言，自己能赚钱却是非常非常重要的。她还了房贷，买了保险，又到肯德基好好吃了一顿，犒劳了自己，走之前又买了个全家桶。不饿肚子的有钱人的感觉真好！苏之微开开心心地回家。

隔着长长的过道，家门口站着一个人，看身形很高大，远远的也看不真切，苏之微心想自己身上也没现金，又破了相，既没财也没色，打劫都没的打，便壮了壮胆，慢慢走过去。

是王旭！竟然是王旭！

相拥相爱

苏之微抱着全家桶，眼泪控制不住地流了下来，赶紧小心地擦，一边擦一边小声说："我以为你不见了。"心里的委屈在那一瞬仿佛决堤了一般，和着泪水，翻江倒海地往外涌。

王旭走过来，挠挠头，抱住她："傻瓜，我怎么会不见呢，别哭别哭，进去再说。"

苏之微止不住地哭，又想起家里脏乱差的情形，说什么也不让王旭进去。

王旭急了，没好气地说："别废话！我都等了快一个小时了，我要尿尿！"

苏之微无语了——谁叫自己遇上无赖了呢。

一进门，赶紧把家里倒腾出一个地方让王旭坐。王旭四下打量，嘴也没闲着："哎呀，你怎么这么懒啊！以后娶了你还不倒了大霉了。"

苏之微怒道："你还要不要上洗手间了？不上就走吧！"

"不上！也不走。嘿嘿，我饿了。"王旭抢过全家桶就开始吃。

苏之微无奈地说："先洗手！这是我的晚餐呢！讨厌！你怎么那么讨厌啊！"

王旭收起了嬉皮笑脸的嘴脸，顿了顿，无比认真地说："有我在，不会让你再吃一点儿苦。"

苏之微的眼泪又哗哗地流下来，一边在心里骂自己没出息，一边索性拿了纸巾糊在眼睛上。

王旭叹了口气："乖，别哭了，真怕你哭。"心疼之情溢于言表。

苏之微哭着哭着，满腹的委屈又涌了上来："我还以为你不会再找我了。"

"你也没找我啊！"

苏之微一边抽纸巾，一边扁着嘴说："谁知道你是不是闹着玩儿的。"

"我闲的啊！你以为你喝醉了吐的时候很美啊！"

苏之微捂着耳朵："不许提这段不许提这段……"

和王旭一块儿抢全家桶吃，第一次发现全家桶的名字多美好，不再是只有一个人的小公寓，互相依赖的两个人，就可以是一个家。

王旭赖在苏之微家里，除了带苏之微到处吃好吃的就哪里都不去。几天的工夫，苏之微被灌进去无数补品，觉得自己比孕妇还像孕妇。晚上两人侃大山，王旭逗得苏之微差点儿把伤口笑裂。

睡觉时苏之微包得厚厚的，王旭也很老实，自顾自在一旁睡得很香。苏之微在沉睡中转身，不小心压到伤口，疼醒了，睁眼就看到身边王旭安静的睡容，心里很安静，同时又多了一份安稳。

没过几天，王旭陪着苏之微去医院给伤口拆线。苏之微看着脸上的疤痕，左看右看，越看越郁闷，果真破了相。

王旭安慰她："行了，本来也不是卖笑的，脸也不值几个钱。再说这么个小疤，谁会注意，你以为你明星啊。"好心好意的一番话从他嘴里说出来，听上去就是那么不舒服，就是那么欠揍。苏之微捧着刚拆完线的脸，追着王旭一顿暴打。

出了医院的门，上了车。王旭一直把车开到苏之微公司附近。苏之微觉得不对劲，嚷嚷："我不去公司！我还有三天假呢！"

王旭眉毛都不抬："谁说去你们公司了？叽叽歪歪的。"

苏之微白了他一眼，做出一副"懒得理你"的表情，闭着眼睛听音乐。

这辆法拉利的音效那么好，显然它不知道自己的主人在三亚有个淡蓝色的新欢。

不知过了多久，在一栋公寓楼下王旭停住了车。苏之微迷迷糊糊地跟着下车，哼着歌跟王旭走进公寓。只见王旭在 2003 室的门口停住，掏出钥匙递给苏之微："开门。"

苏之微瞥了他一眼："你自己不会开啊。"

"别废话。"

苏之微心情好，不和他计较，拿过钥匙，打开门。

芬芳扑鼻，满满一地的玫瑰花。苏之微又惊又喜，不敢置信地捂住嘴。

王旭轻轻说："生日快乐。"拉着苏之微的手，慢慢走进去。

正是下午太阳最好的时候，暖暖的阳光从窗外洒进来，满室金辉，落地窗外就是修剪整齐的景观花园。

"送给你的生日礼物。"

苏之微还沉浸在喜悦中没缓过来："谢谢，好美的玫瑰。你是第一个送我花的人，居然还是这么多花。"

王旭轻咳了一声："礼物不是玫瑰。"

苏之微疑惑地望向他。

"礼物是这个房子。"

巨大的喜悦像海浪一样打过来！苏之微睁大眼，各种内心戏轮番上演。真的吗？我的高级的房子？她顾不上搭理王旭，急忙到处看，两房啊！可以放下很多衣服了！有大大的浴缸，可以泡泡浴！是地暖啊，难怪那么暖和，再也不怕冷了！这么高级的公寓，至少也要三万一平方米吧！

想到钱，苏之微略微冷静了一点儿，沉下心算了算，这套房子的总价不会低于 400 万。

随随便便就是 400 万的礼物？

苏之微定定神，更冷静了，她对王旭说："这礼物太贵重，我承受不起。"

王旭有些讷讷："我只是想让你过得不要那么辛苦。"

"我是辛苦，不过会好起来的。我升职涨薪水了！"

王旭微笑着说："我知道。"

"我买了自己的房子，虽然很小，但是今年年底就可以入住了。"

王旭眼神温柔地回答："我知道。"

苏之微继续说："还有很多人比我过得辛苦，我不怕苦的。"

王旭揽住她："我知道！但是我爱你！"

因为爱你，所以舍不得看你吃一点儿苦；因为爱你，所以给你再多也觉得是理所当然。爱无法用金钱衡量，可爱的表达必然是以金钱为基础的。

苏之微觉得这是一句比生日礼物还要温暖的话。David，你说过你不会说谎，你说出来，我就相信。

苏之微走过去，把脸埋在王旭的怀里："我知道。"

王旭紧紧抱住苏之微，深情地说："做我的女人，我永远不骗你，永远在你身边，永远不让你吃苦。"

再多的永远也抵不上相拥的这一刻。

苏之微突然觉得好累，在自己一个人苦苦挣扎了这么久之后，突然知道了自己的疲惫和痛苦。

她闭上眼睛，轻轻地说："王旭，我们在一起吧。"

珍重以待

幸福降临得太快，王旭一动都不敢动，只是把苏之微抱得紧紧的，几乎抱离了地面，久久都不放手。

苏之微在他耳边轻轻说："不过这房子我不要。"

王旭变脸道："你敢不要！"

苏之微嗔道："就不要，不然我就付租金！"

"那也行，一元租金。"

苏之微自顾自地说："贵了我付不起，按小公寓的价格租给我好了。"

王旭在她脸颊上捏了一把："反了你了，还敢讨价还价？你等着！晚上回去我管教管教你，让你不听你爷们儿的话！"

两个人手拉着手离开，回小公寓收拾东西。

谁能想得到，小公寓门口，停着尹从森的车。

苏之微呆呆地不敢下车。当事情以最出乎意料、最戏剧化的方式出现，苏之微呆愣愣的，如坠梦中，完全不能思考。

王旭发现了苏之微的失态，顺着她的视线看去。明白过来的王旭走下了车，走到苏之微旁边，打开车门，把傻着的苏之微拖出车门。

半推半就中，苏之微出了车门，却不敢往前走。王旭搂着苏之微的腰，俯下身在她耳边说："我在你身旁。"

苏之微定定神，眼观鼻，鼻观心，在心中默念，我不存在我不存在。铁了心对即将发生的一切视而不见。

那边的车门开了，尹从森走了出来。

真的是尹从森！是那个高高的健壮的带着光芒的 Elson 啊！是那个自己爱得不能再爱，却又无力再爱的人！

苏之微的心痛得一抖，几乎站立不稳。王旭紧紧地揽着苏之微的腰，继续往前走，对迎面而来的尹从森视若不见。

尹从森看着苏之微和她身边的男人，有点儿困惑，却坚定地直接走过来："Stella，生日快乐。"

就这么一句话，这么一刻，苏之微刚筑起的防洪堤就溃不成军了，不争气的眼泪怎么都控制不住，不停地流下来。苏之微在心里骂自己：不要哭！哭个屁啊！你男朋友在你身边呢！你哭得像个什么样子！可是尹从森就在眼前！他没有离开我，他回来找我了！千回百转、五味杂陈的感触堵在胸口，除了哭泣，没有任何方式可以宣泄。

尹从森拉住苏之微，对王旭说："谢谢你照顾我女朋友，今天是她生日，我来晚了。"

王旭的脸色不变，手也没有放开，依然放在苏之微腰上，顺顺地接过尹从森的话："你来得是晚了。她生日你晚了，她受伤你晚了，她自己一个人几乎过不下去你也晚了——这次你真的晚了，她现在是我的女人。"

听到这么一番话，尹从森的眼神像一头受伤的野兽，他死死地盯住苏之微，颤着声音说："不是这样的，我很想你，我一直想来找你……"

王旭打断道："请你不要对我的女朋友说这种话，你要为你的言行负责。"

尹从森恳切地看着苏之微，像是要在临死之前从她这里得到最后的一点儿力量。苏之微死死地克制住自己，双手在衣服口袋里几乎要抠出洞来。她低着头，不去看尹从森，仿佛这样就可以把他此时此刻的深情与绝望隔绝在另一个世界里。

终于，尹从森无力地放开手："对不起。"

苏之微的眼泪像是血，把生命都流干了。

尹从森那么简单直接的人，根本无从应对王旭的责问。苏之微不想伤害尹从森，却只能看着他默默地坐回车里，渐渐远离自己的视线。

王旭冷冷地说："走吧。"

苏之微木然地跟着王旭上楼，开门，进屋，坐在沙发上。王旭摸着苏之微的手："你都冻僵了。"何止冻僵，整个人都没有了意识，苏之微的眼前全是尹从森受伤的眼神。那个曾经温文尔雅、幽默活泼的尹从森，在那一刻就像失去了灵魂，剩下并不完整的躯体苟延残喘着，仿佛随时会碎成齑粉。

苏之微的心也碎了。

王旭把苏之微揽到怀里，低声说："不想了好吗，不要想了好吗？我们好好过日子。他们美国人不会珍惜你的。"

听着王旭的话，苏之微有点儿想笑，最后却哭了出来，边哭边点头，点头再点头——这管不住的眼泪，又何尝不是在伤害王旭呢。明明都是自己想爱想去珍惜的人，到头来却伤害了每一个人，苏之微恨透了自己。

苏之微哽咽道："对不起，我为什么不是先遇见你。刚才，真的对不起。"

王旭轻轻抚着苏之微的背，大度地说："没关系没关系，我了解，我都了解。以后不要对不起就好。"

收拾了一些日常用品，苏之微跟王旭回到大公寓。把东西都整理好，就到晚餐时间了。

王旭看着苏之微一脸憔悴，体贴地说："洗洗澡，换身衣服，我们出去吃饭。"

此时的苏之微身心俱疲，一点儿都不想动弹，听到王旭这么说，还是点点头，准备洗澡换衣服。沐浴间里大大的花洒让人如同置身大雨中，而苏之微在"雨水"中想着尹从森的"对不起"，哭得无声无息，瑟瑟发抖。

不能让王旭等太久，苏之微照着镜子，用冷水敷脸，试图平复红肿的双眼，努力对着自己微笑，直到看上去像是真的开心。走出浴室门，她对着王旭乐呵呵地说："脸还没恢复，不用化妆了，真省时间。"

车一直开到鼓楼西面的一条胡同里。苏之微很少来这么本地特色的地方，不由得左顾右盼。眼前出现一个很大的门，还没看清楚什么情况，马上有人不知从哪里钻出来，把车开走。

苏之微小声道："代客泊车？你不怕他把你车偷走？这车他一辈子也赚不来。要是我我就偷！"

王旭拉着苏之微往里走，没好气地说："都是你的话，世界早乱套了。"

苏之微捶他："喂喂！这是个公园吧！人家都下班了！"

王旭直直往前走，边走边说："以前是个格格府，算是公园吧，我们今天在这儿吃饭。"

一进大门，10 个传统衣着的仕女行礼，异口同声："吉祥——"

苏之微一阵眩晕，不是做梦吧，这年月还有这服务呢？

格格府有几个院落，三进门的格局，有花园、鱼池、茶室、书斋、卧室、下人房等，整个儿一个微缩了的恭王府。

一直走到最深处的院落，近 100 平方米的大厅被四根十几米高的木柱子支撑着。大厅里点满了蜡烛，10 个装扮精致的仕女分散站在房屋的角落，正中间是一个古香古色的红木餐桌，上面放着两套精致的雕龙刻凤的餐具。

看着眼前的一切，苏之微喃喃自语道："真不像真的。"

王旭一本正经地给苏之微介绍，四根柱子中有一根是北京仅存的一整根金丝楠木，仔细看是有耀斑的。闻听此言，苏之微蹭地就站起来，挨个儿柱子看过去，果然看到有一根在烛火的映照下，像镶嵌着很多星星，龙鳞一般闪耀。

苏之微忍不住叫出来："呀——真的呀！"

王旭清一清喉咙，接着介绍："隔壁卧室里有一面慈禧用过的等身西洋镜。"

苏之微噌地蹿到卧室里，远远地就喊："呀！这么大的镜子！"

王旭忍不住了："你多动症吧？能坐着好好吃饭不？"

苏之微研究完所有古玩，好奇心得到了极大的满足，终于坐下来吃饭。

精致的宫廷菜，每一道都让人食指大动，无法停箸。好吃才是王道，一顿吃下来，苏之微只觉人生苦短，必须天天享乐。

苏之微捧着肚子，口气豪迈地说："等咱以后有钱了，天天来吃！"

王旭看看她，憋住笑："还真不行。"

苏之微眉毛一扬："没志气的，怎么不行？我要努力赚钱！"

王旭憋不住了，笑得前仰后合，好半天才缓过来，对她说："且不说你能赚多少钱，这个地方是不对外营业的。"

苏之微这才明白当晚只有两个人用餐不是偶然的，而是精心安排的。这又是一个高端到极其隐秘的所在，比法拉利跑车还要像火星。她叹了口气，暗自想：这个世界上到底有多少存在是自己无论多努力都无法知晓也无法企及的？

吃完饭，王旭提议出去走一走消消食。两人手拉手走到院子里，院子里的灯笼，随着他们的走动，一一点亮，仕女们也打起灯笼跟在后面。出了偏门，往后花园走去，仕女们快步走到前面。

苏之微疑惑地问："她们干吗呢？"

王旭一副见怪不怪的样子，懒懒道："给我们引路。"

苏之微最怕冷，她缩了缩肩，不情不愿地说："花园怪冷的。"

王旭斜睨了她一眼："你真事儿，靠我近点儿。"说完搂紧苏之微继续往前走。

苏之微还在心里想，真是太不懂浪漫了嘛！这么冷的天，在屋子里待着，说说话，不是很好吗？偏要出来吹风！又不敢再多嘴，撇着嘴，随着王旭往前走。

天色已经完全黑了。仕女们围绕着鱼池上方的凉亭站立妥当，一盏盏的灯笼把凉亭衬托得如同空中楼阁。王旭带着苏之微走进凉亭。走进去，苏之微才发现，这座凉亭一面靠墙，另外三面被大幅的落地玻璃封闭住，竟然还有中央空调。古人的情调加上现代的科技，造就了一个只应天上有的温暖美景。

苏之微跟着王旭盘坐在凉亭里，面对着鱼池。鱼池里倒映着灯笼的点点烛火，粼粼波光，如同碎钻般闪烁美丽。

王旭跟仕女们说："点灯，点完就下去吧。"

一声令下，仕女们忙碌起来，有人送进来茶点，有人窸窸窣窣地在凉亭旁边忙活。过了一会儿，一个仕女过来低声而恭敬地问："王先生，现在点灯？"

王旭点点头。

鱼池里出现了很多小小的摇曳的漂浮蜡烛，蜡烛渐渐聚拢，汇成一个心形，心的中央是一个大大的"S"。王旭抱住苏之微："宝贝，生日快乐！"

苏之微双眼迷蒙，任由泪水流了下来。她难以想象王旭为了给自己过这个生日花费了多少心思。这一刻，苏之微知道自己任由尹从森离开是对的。既然和尹从森的感情已伤痕累累，无法继续，就好好保护王旭，不要再把伤痕刻到他的心上。

苏之微靠在王旭的肩上，轻声说："王旭，你知道吗？遇到你，是我到现在为止这辈子最幸福的事。"

王旭吻了吻苏之微的额头："傻妞，一辈子还长，我们慢慢走。"

在这个从前想都没有想到过的地方，苏之微和王旭两个人喝茶、聊天，王旭给苏之微讲了很多他小时候调皮的事情。苏之微也讲了自己并不算宽裕的童年。

晚上回到公寓，公寓的中央供暖系统让停暖之后的北京初春有了适宜的热度。苏之微陪着王旭躺在大大的沙发上看电影，一边暗想：这下不可能再包得严严实实地睡觉了，怎么办？

电影结束，王旭伸伸懒腰说："走了啊。"

苏之微一愣，本能地问："去哪里？"

王旭笑笑："我要回家啊！你没事了我也该回去了，我妈也念叨我来着，这么多天不着家。"

突如其来的难过涌上苏之微的心头，习惯了半夜醒来有王旭在身旁，习惯了每天有人吵着抓自己起床，习惯了整个屋子里都有古龙水的芬芳，竟然忘记了王旭是有家的。

王旭摸了摸苏之微的头："好啦，别不舍得我，打电话呗。"

苏之微控制住自己的失落："那你到家给我电话。"

王旭见她老实，忍不住又要招一下："呦，不跟我斗嘴啦？真不舍得我啊！"

苏之微别过头去："讨厌！到家给我打电话。"

王旭高高兴兴地走了。

苏之微一下子觉得两居室好冷清，继续窝在沙发上看电视。王旭很快到家，打了电话过来。苏之微就这么窝在沙发上和他聊着天，有那么多说不完的话，竟然一直打到睡着。半夜醒来，迷迷糊糊地爬到床上继续睡。

没关严的窗帘透过一缕阳光，照到苏之微的脸上，醒转过来，发现有人搂着自己。淡淡的好闻的古龙水，苏之微微微笑着，闭着眼睛握紧王旭的手。

王旭在她耳边说："醒了？"

苏之微闭着眼睛"嗯"了一声。

王旭继续在她耳边呵她："睡得真够死的，把你拖出去卖了你都不知道。"

苏之微转过身，搂住王旭："你舍得吗你？"

王旭坏坏地看着苏之微："你胆子大了是吧？敢抱我了。"

苏之微笑着缩回手："你想多了吧！"

"你想多了吧！"尹从森经常这么说。第一夜在尹从森的家里，尹从森拦住慌慌张张的苏之微……苏之微拿着长到可以把自己装进去的大睡裤。

心痛像间歇性发作的病毒，蚕食了苏之微原本就不多的快乐。为什么呢，为什么我们会有记忆，为什么那么多痛苦的快乐的记忆都要那样深深地植根在脑海里，为什么我们不能健忘一点儿……

王旭看着突然沉默的苏之微，像是觉察到什么，语气有点儿冷："起床吧。"

两个人在家腻了一整天，连苏之微都觉得王旭宅得可以，她开玩笑地说："咱俩就这么宅在家也挺好的，一晃一天就过去了，一晃一辈子也挺快的。"

王旭嘴欠地说："不想宅也不行啊！找了个老婆刀疤脸，不能带出去，会吓到小朋友……"

话还没说完就被苏之微用抱枕堵上了。

爱情睡醒了

最后三天假过去，要命的工作又开始了。新公寓就在公司对面，苏之微每天睡到八点才起床洗漱，悠笃笃地九点到公司。脸上的伤口渐渐愈合，结痂脱落，留下了一个月牙样的小疤痕，用遮瑕霜勉强可以盖住。

天气渐渐暖和，王旭也不去三亚，每天都来和苏之微见面。他的笑容和无波无澜的生活比春天更让苏之微感到温暖。三亚项目的品牌合作方案也要随其他工作一起启动，尹从森公司作为公司的战略合作方，负责项目的品牌合作。苏之微一想到这个就着实犯了难。好在前期工作都是尹从森公司的底层工作人员负责，倒也一切顺利。

王旭的生日快到了，苏之微思来想去也不知道该送什么。这个男人什么都不缺。苏之微在跟品牌谈的时候，又看到 LV 的品牌介绍，灵光一现：不如买个 LV 的经典钱包，既能让王旭随身携带，又能历久弥新，最重要的是自己能够负担得起。

苏之微提前一天把生日礼物送给王旭。"他们说 LV10 岁的时候色泽会很美，希望它 10 岁的时候，我还在你身边。"

王旭又惊又喜，立刻掏出钱包换上。

苏之微看着王旭原来的那个 BV[1] 的钱包，悻悻地说："我的礼物没有你原来那个贵。"

王旭喜滋滋地摸着 LV 说："但是能跟我 10 年的现在就这一个。"

晚上，王旭说："出去玩玩吧，我有些朋友好久没见了，等着给我过生日呢都。"

苏之微歪着脑袋不置可否："无非是些狐朋狗友。"

王旭瞥她："别废话，打扮漂亮点儿，别给你爷们儿我丢人。"

苏之微哼了一声，到底还是很认真地选了衣服化了妆。混夜店有什么了不起，苏之微选了短短的紧身裙子，配 YSL 的超高高跟鞋。

打开卧室门走到王旭的面前，王旭瞟了一眼，说："咱们去不了了。"

苏之微不依了，精心打扮了快两个小时，你说不去就不去啊！不禁吼道："为什么？！出尔反尔！"

王旭认认真真从上到下打量了一遍苏之微："因为我想……你懂的。"

苏之微脸一红："你发烧吧你！脑袋坏掉了！快走啦！"

这么长时间，王旭都安安分分的，安分到苏之微有时真会怀疑王旭有问题。今天看到王旭如此，苏之微的心也小小地荡漾了起来。

王旭一边开车一边絮絮叨叨地警告苏之微："那些家伙都没规没矩的，你离他们远点儿。刚才真应该让你把衣服换回去，你这么大岁数，穿这么性感干吗？！"

苏之微乐了，把他的话顶回去："你有完没完！怎么那么小家子气？！"

1　BV，Bottega Veneta 的缩写，意大利著名皮具品牌。

王旭冷冷道："废话！这事儿能大方吗！"

酒吧很快到了。苏之微不经常来夜店，这家更是从来没来过。大门内是很大的停车场，停了很多好车。门口一堆一堆的俊男靓女，苏之微暗想，全北京的美女大概也就这么多了。

王旭把车直接开到酒吧正门口，保安连连指挥别人让路。很多美女都转过身来盯着王旭的车，盯得苏之微无端地压力大了起来，下车前又对着镜子照了下。王旭刚下车，一个经理模样的人走了过来，殷勤地说："王总，在VIP1，就等您呢！"经理带着王旭，苏之微紧跟在王旭的身后。

酒吧里永远是人挤人，音乐震耳欲聋。很久没来声色场所的苏之微一听音乐就感觉兴奋，有点儿小兴奋。灯光迷离中，穿过迷宫一样的过道，走到包房门口。经理推开全真皮的大大的包房门，里面二十多个人，一看到王旭，爆炸般的欢呼和嘣嘣的开酒声。苏之微在王旭身边，陌生地看着这群人，这场狂欢。

包房很大，有沙发，有吧台，还有独立调酒师和 KTV 的整套系统。大大的茶几上摆了六桶皇家礼炮，码了八箱依云，十瓶巴黎之花，无数的巨大果盘和零食，还有一个两层的大生日蛋糕。

还没坐下，很多莺莺燕燕就围过来敬酒，王旭挡了一下。他拉着苏之微坐到沙发中间。刚坐稳，更多人围上来。王旭接过酒杯，给苏之微一个，斟上酒，大家一起干了。

唱生日歌，吹蜡烛，吃蛋糕，喝酒。谁在唱歌也搞不清，谁跟谁说话都听不见。莺莺燕燕围攻王旭的时候，苏之微也被几个搞不清楚姓名的男的围攻。

实在没有战斗力，也不见王旭救场，苏之微跑到沙发旁边的舞池，加入几个女孩子，跳舞。王旭也紧跟着过来跳舞，时不时搂苏之微一下，就像给苏之微敲章：此女归王旭所有。

几个男的看起来跟王旭很熟，故意来捣乱，前前后后把苏之微挤在中间。苏之微看着王旭颇为无奈的样子，不想添乱，自觉地回到沙发上。

没多久，王旭坐过来，摸摸她的头发："懂事儿啊！"

苏之微臭他："别得意了。给你点儿小面子。"话还没说完，又一拨女孩儿围上来，一个个婀娜多姿不说，简直把苏之微当透明。

苏之微就是激不得，小宇宙爆发了，把王旭的杯子一把夺下来，对着莺莺燕燕们喊话："他开车！跟我喝！"王旭憋着笑，看着苏之微喝。

喝完一圈，莺莺燕燕们自觉无趣，四下散开重新寻找目标。苏之微本来酒量就一般，这下也喝得七荤八素，靠在王旭肩膀上休息。

旁边的男生起哄，抱着一个女孩强吻下去，美少女乖乖迎合。王旭看了看苏之微，不理他们的起哄，自顾自喝水。身边的人起哄得更厉害了，整个包房都是嘘声。

王旭显然准备装死到底，不动声色。苏之微站起来，大家安静下来。

王旭拉住苏之微："别犯傻！不许走！他们闹着玩儿的。"

苏之微没说话，俯身趴到王旭的身上，深深地吻了下去。

王旭先是一愣，他抱紧苏之微，热烈地回应着，呼吸急促。

包房里安静了一会儿，随即爆发出欢呼和笑声。

王旭一挺身体，抱着苏之微站起来。苏之微感觉头沉沉的，下意识地挣扎着落了地，只见王旭从桌上抄起车钥匙，拖了自己就往门外走。

关门的前一秒，包房内响起了起哄的笑声。

王旭拖着苏之微一直上了车。苏之微不知道是酒精的作用让自己意乱情迷还是自己真的爱上了王旭，上了车她又去吻王旭。王旭身上的味道让苏之微着了魔般无法控制。

刚发动的车又熄了火，王旭回应着苏之微的吻。

回家的一路以及回到家的苏之微仍然沉浸在酒精带来的微醺与沉醉中。

王旭喊道："你给我醒醒酒！"

苏之微柔腻地贴过去，低喃道："我没醉。"

不想王旭把苏之微推开，接着说："等你清醒了再说！"说完竟然转身走出卧室门。苏之微坐在床上大喊："王旭你浑蛋！你给我回来！"

王旭没理她，径直走了。这下苏之微的酒彻底醒了，也彻底郁闷了。说到底，王旭还是不相信自己，不相信自己已经投入了这段感情。就是那么骄傲那么自尊的一个人，一定要自己心甘情愿的，要自己给出去完完整整的身与完完整整的心。

爱情，自己对王旭的依赖与眷恋，到底是在哪个瞬间萌发的呢？苏之微在百转千回的念头中，不知不觉睡着了。

完整地拥有

早晨醒来，发现自己还穿着昨晚的衣服，妆没卸，牙也没刷，苏之微赶紧跳起来洗漱。刷牙的时候，王旭昨晚的样子浮上心头，小腹涌起一团热浪，竟然有一股莫名的冲动。这一刻，苏之微清清楚楚地知道不是酒精的问题。昨晚在吻王旭的时候，没有想到尹从森，没有在乎场合，没有丝毫的分心，那个吻是完完整整的一颗心。

苏之微明白再见到王旭，有句话必须要说。想了想，先给王旭发了短信："生日快乐。"

王旭回："睡醒了？"

"我想你。"

王旭回："酒醒了？真不是喝多了？"

苏之微特别诚恳："真不是。"

王旭有点儿后悔："早知道费这劲干吗？！"

苏之微打了一个吐舌的表情过去："你傻呗！不给你机会了！"

王旭回："由得了你吗？！"

抱着手机，想着王旭温热的手感，贴近时身体的味道和热量，苏之微又如同喝了酒一般微醺了。

把房间收拾干净，把烛台摆放好，换上干净的床单，滴上埃及的精油，选好音乐 CD，挑好睡衣。一切的一切都像在准备一场仪式，仿佛用这样的方式，就可以忘记尹从森，忘记过去。如果有一个男人愿意为你的全心全意而艰难等候，那么你也应该为他的等候与珍重付出你的全心全意。

收拾完屋子，苏之微随便吃点儿东西，再把自己收拾好，边看书边等王旭。

9点，该吃完生日餐了吧。

10点，该不会喝酒了吧？

11点，要不要发个短信？

12点，忍不了了！

苏之微拨通王旭的手机。没人接。再拨，接了，背景是嘈杂的音乐声，王旭喊："等等啊！"很明显，他还在夜店。

苏之微心里一酸，挂断电话。等王旭打回电话，她挂断了。再打回来，干脆关机。

苏之微觉得自己真的不了解王旭。昨天包房里的人，如果都是王旭的朋友，那王旭又能好到哪儿去。她不由自主地想起尹从森，想起他与 Ada 之间畸形的关系，苏之微再一次觉得自己遇人不淑。

关机没几分钟，王旭就回来了，自己开了门走到卧室。苏之微懒得理他，躺着装睡。王旭不说话，开始脱衣服。

苏之微觉得不妙，睁开眼："喂！你干吗？！"

王旭不紧不慢地说："你说呢？"

苏之微心里一阵烦躁："别烦我了！你去玩去，我要睡觉！"

王旭继续不紧不慢地说："我也要睡觉。"

苏之微一扭身："你回家！我要自己待着！"

"自己待着点什么蜡烛熏什么香？"

说着话，王旭已经钻到被子里。苏之微滚到床边，离他远远的。

王旭把苏之微连被子一起拖到床中央，直接就压了上来……

苏之微从来不相信柏拉图式的爱情，也不相信纯粹出自欲望的快餐式爱情。爱一个人，对女人而言，是从精神到身体、从身体到心灵的复杂过程，环环相扣，缺一不可。

　　这一天终于到来了。在清晨明媚的阳光中，在王旭的怀抱中，在离这个男人的心脏最近的地方，满溢着幸福醒来，苏之微知道自己真的全心全意爱上了王旭。

　　苏之微把王旭咬醒道："你醒醒，该起床了！还有，昨晚你跑夜店干吗去了？"

　　王旭打个呵欠，醒了醒神："你还闹心呢？心眼小。我不爱去，但应酬没办法，都是些太子。乖，以后去都带你。我昨儿就是去打个照面。"

　　苏之微知道王旭不会说谎，顿时感觉心安了很多。

　　两个人在一起，互相信任是最重要的。

　　这也许是苏之微有生以来过得最甜蜜幸福的一段时光。没过多久，苏之微发现自己竟然胖起来了，在心里给自己敲了警钟，常常拉着王旭一块儿去游泳健身。

　　与王旭在一起，一切都好像变得轻松起来，斗嘴和滚床单是每日的例行公事。王旭来得越来越密集，待得也越来越久，最后索性搬来住。他的生活习惯很好，还请了个每周来两次的清洁阿姨。两个人之间的默契在共同的日常生活中渐渐加深，苏之微觉得这么一直过下去也挺好的。

　　工作方面也按部就班地进行着。尹从森的公司工作组去项目实地考察，由苏之微陪同。尹从森销声匿迹一般，再没有出现过，短信和电话都没有。要么是存心躲着苏之微，要么就是苏之微这个级别做的工作他根本不需要关心。苏之微想想，也许自己不过就是尹从森那些无数见过 Ada 的女人中的一个，也不得不释然。

　　又去三亚，苏之微很想王旭一起去，真的是习惯生活里有这么一个人了。软磨硬泡了好久，王旭也不得不答应了。

　　苏之微开开心心地订好了两张经济舱。到机场，就见王旭直奔头等舱柜台。苏之微拉住他："干吗去？"

　　王旭理直气壮地说："办登机牌啊！"

　　苏之微使劲往回拉他："咱们是经济舱！"

　　王旭瞪她："为啥是经济舱？"

苏之微小声说："我们公司只能报销我经济舱。"

王旭翻了翻眼睛："'我们公司'只能报销头等，赶紧退票重买！"

苏之微无语了，乖乖去买了两张头等舱的票。

下飞机打车去酒店，王旭不情愿地上了出租车，少不得又唠叨了苏之微一顿。王旭打电话让人把他的淡蓝色法拉利从别的地方开到酒店，好不容易折腾完了，这才消停。

苏之微拿自己的身份证办完入住手续，那边厢王旭开了一圈他的车。尹从森公司的各位同事从天南海北陆续到达，晚上苏之微要作为项目负责人请他们吃饭。

苏之微收拾打扮停当，和王旭说："你跟我一起去吃饭吧。"

王旭一副恨铁不成钢的样子看着她："你有病啊，哪有带家里男人去吃工作餐的！"

苏之微想想也对，只好说："那你干吗去？"

王旭说："我见几个朋友谈点儿事。"

苏之微还是有些不放心："男的女的？"

"烦，男的！"

苏之微大惊失色地说："哎呀！你连男人都不放过！我还是没榨干你，我要努力！"

王旭一脸黑线地看着她，被噎得一句话也说不出来。

彻底放手

熟悉的酒店，熟悉的西餐厅。苏之微早早地去了，边看杂志边等着大家，合作方回复她会来四五个人，有个人不一定能赶到。

十几分钟后服务员领来五个人。一身优雅的银灰色西装的尹从森，赫然也在其中。那不确定的第五个人，竟然是他。苏之微的心里百味交杂，一时忘了招呼，也说不出话。

尹从森利落地伸出手："Stella 你好，好久不见。"

苏之微木然地伸出手，木然地回应："您好，想不到您会来看三亚项目。"

尹从森优雅地笑："一直想来，但是一直走不开，所以没有提前通知，不好意思。"

苏之微做了"请"的手势，大家纷纷落座。

苏之微一边翻餐单一边对尹从森说："尹总客气，贵公司项目那么多，我们北京总公司都不见您常回来，何况这个项目。"

尹从森不动声色却别有深意地半开玩笑道："北京倒是经常去，只是朋友好像都搬了家躲开我，所以通常只是当天往返。"

大家笑起来，听到这话的苏之微心里如针刺一般。是真的吗 Elson，你找过我很多次吗？我不是故意躲开你，我以为是你故意躲开我。生日那天尹从森受伤的眼神又在脑海里出现了，挥之不去。

苏之微抬头看着尹从森，他还是那么英俊，整个人散发着温润的光芒。那样美好而温暖的光芒，曾经那样爱过的一个人。

尹从森也抬起头，深深地看着苏之微，眼里微微泛红。

苏之微情不自禁脱口而出："Elson，你眼睛好红，怎么了？"关切之情溢于言表，同桌的其他人都各怀鬼胎地看着苏之微和尹从森。

感受到苏之微的关切之情，尹从森笑了，开心的神情没有任何隐藏和掩饰，他笑着说："两天没睡，有点儿累。"然后对大家说，"我一直想追Stella，看来，还是有机会的。"

大家乐呵呵地把注意力从苏之微的失态中转移过来。这招以毒攻毒的完美救场让苏之微松了口气。

这顿饭苏之微吃得心不在焉，尹从森话里有话，玩笑的言语中时常是难掩的失落和疑惑。苏之微知道和他的分手太过莽撞，缺失了一个明确的交代。

那场爱情，没有谁对不起谁，是自己不愿意错过尹从森而飞蛾扑火，也是自己毅然决然地放弃这段注定没有结果的爱情而选择王旭。尹从森无论是否与 Ada 在一起，至少他曾经那么炽热地爱过自己、付出过真心。

在那个南方小城度过的情人节，尹从森曾哭着对苏之微说：“今天是情人节，今天是情人节啊。我来找你，我没有离开你，我没有扔下你，什么都不要说了，我们去见你父母。我已经和美国的父母讲了，我们结婚，好不好，好不好？”

那些真实存在过的画面与泪水，一旦忆起，就令人心痛不已。

晚餐的最后，苏之微举起酒杯，微笑着对大家说：“大家辛苦了，希望咱们的三亚项目顺利推进，能够成为双方合作的范例。”散场后，尹从森在大家的簇拥下，和苏之微一起往电梯厅走。

尹从森转头对大家说：“你们先回去，给我个机会追求 Stella。”

大家哄笑着快走几步，上了电梯。

面对尹从森，时空仿佛都凝滞了，苏之微只能又一次，不知所措。

尹从森扬起眉看向她：“出去走走？”

苏之微点点头。

踌躇了一会儿，尹从森开口问道：“还好吗？”

苏之微低着头说：“还好。”

渐渐往僻静处走去，沉默了一会儿，尹从森又说：“他对你……”

苏之微一阵鼻酸，赶紧说道：“很好，他对我很好。”

尹从森“嗯”了一声：“听张讲过他……可是，Stella，你真的爱他吗？”尹从森停下脚步，转过头来，哀伤地看着苏之微。

苏之微的心里像有一把小锯子，被一下一下地凌迟着。她低下头，几乎嗫嚅着说：“对不起，Elson，我们……不适合，真的不适合。”

像是再一次受到了伤害，尹从森的声音愤怒而颤抖：“为什么不适合？我两次向你求婚你想都不想就拒绝，而他，他为你做过什么？你竟然肯和他住在一起！”

苏之微从来没有见过尹从森情绪这么激动、这样发脾气，看着他的愤怒，一半担心一半心痛，却无计可施。此时此刻，自己有一万句话要说，可是一时之间竟不知从何说起，一张嘴竟然哭了出来。

尹从森看到苏之微那么难过，心一软，把她轻轻地抱在怀里："对不起，Stella，对不起。我太爱你了，你不知道这大半年我是怎么过的……"

又陷入尹从森的怀抱中，陷入那个让人梦寐以求却又求之不得的美梦，苏之微心中一紧，挣扎着离开，哭着说："放开我！我不关心！我不在意！随便你跟谁在一起！随便你在哪里！随便你过怎样的生活！我只要平淡的生活！我只要一个一心一意只爱我的男人！我只要在我很冷的时候、在我难过的时候、在我被撞倒在路边的时候，有一个我的男人在我身边！ Elson，我们不可能了！"

听到那么决绝的话语，尹从森也仿佛发了狂："那么，你哭什么？！你跟他在一起，那么开心，你哭什么？！看到我被你甩了，连挽回的余地都没有，你应该高兴啊！你哭什么？！我飞了大半个地球到这里来见你，就是怕在北京会给你和他添麻烦，你应该大笑啊！你应该开心啊！你哭什么？！你看着我！你看着我！你担心我，你看着我这个样子你心痛吗！我比你心痛一万倍！一想到北京就心痛！我们不适合是因为你不相信我！你从来都没有相信过我！"

在尹从森一连串的质问与咆哮下，苏之微泣不成声。不能，不能这样，不管有多艰难多心痛，一定要说个清楚，分个明白。或许，不清不楚才是更深的伤害。

苏之微哭得断断续续，但是努力坚定地说："不是，不是这样。他从来没有骗过我。我们之间很简单，简单地在一起，没有负担。Ada……她……"

听到 Ada 的名字，尹从森的脸上掠过一丝黯然，他打断苏之微："又是她。你连解释的机会都没给过我。Stella，你这样对我公平吗？那个时候在美国，她知道我想跟你结婚，自杀过，我陪她在医院……我和她真的什么都没有……"

Elson，如果半年前，如果你肯在那个电话之后就对我解释，也许我会继续等你。可是现在，王旭给了我真实的生活和完整的爱。我不能再等你了。对不起。这辈子遇见你，我对上天充满感激。没有你就没有现在的我，你永远都不会知道你改变了我多少……下辈子，也许，我可以用一辈子的时间讲给你听。

苏之微忍住哭声，努力地说："Elson，王旭连需要解释的事情都没有。让我好好地生活……我曾经那么爱你……算我求你。"

尹从森转过身去，声音中也有了一丝哽咽："Stella，我爱你。我发过誓，我会缠住你，从此刻一直到你不知道的将来。我发誓！你可以走了。"

回到房间，苏之微心神恍惚地看着花园里的树影，一个一个仿佛都是尹从森沉默而哀伤的背影。如果能够重新来过，如果早知道这段爱情会如此伤人，ELson，我还敢爱你吗？我还会如当初那样奋不顾身吗？这短短的一年多，已经让我疲累了，也胆怯了。可是，ELson，你给我的，无论快乐还是痛苦，都是如此刻骨铭心。如果，如果我们之间从未开始，又如果我只是单纯地暗恋着你，像过去两年的每一天那样，做一个默默的路人甲，那样，或许你现在就不会那么痛苦。原谅我，Elson，不要再飞大半个地球来看我，我不值得。

苏之微慢慢地哭出声音。

门开的时候，苏之微完全没有留意到，当王旭的人站在她面前时，她才猛然惊觉，仰起一张泪脸。

王旭边脱外衣边问道："哭了？"

苏之微抹着眼泪说："你回来了，我没事。"

王旭把外衣挂好，淡定地说："你去找他就是了。"

苏之微的眼神里掠过一丝惊讶："你知道他来了？"

王旭微微一笑："看见他了，他挺显眼的。"

苏之微瞅着他："你也很显眼。"

王旭倒是一点儿都不谦虚，点点头："嗯，他也看见我了。"

苏之微不明白王旭的意思，心里有点儿着急，问他："然后呢？"

王旭打了个呵欠："没然后，我就上楼了。"

苏之微"哦"了一声，依然一眨不眨地望着王旭。

王旭给她看得烦了："别看我，自己躲这儿哭有什么用，去找他。"

苏之微给他一个老大的白眼："你有病啊！"

王旭不耐烦了："去找他说清楚，别天天跟对不起他一样。最烦你哭。"

苏之微问道："你倒是真不担心我跑了？"

王旭伸个懒腰，一屁股坐了下来："要跑早跑了。我要是连你都收拾不了还混个屁啊？"那副欠抽的样子让苏之微恨不得扑上去撕他的嘴。然而，心里到底是温暖得不行。

谢谢你王旭，让我的坚持有了价值。

苏之微边拧他边说："自大狂！都说清楚了，没什么可再说的了。"

王旭一边躲她一边嘴也没闲着："那就好，赶紧洗洗脸吧，哭得真难看。"

尹从森再也没有出现，大约第二天一早就飞走了。王旭也没有再提起这个人。对苏之微而言，Elson 就像一场梦，梦醒之后，还依稀记得梦中的那份伤心欲绝。只是，梦中的一切已与现实无涉。

在海南剩下的日子里，作为项目负责人的苏之微有着大把的自由时间，项目顺利推进的同时，把尹从森公司的各位同事也都照顾得妥妥帖帖。

王旭大部分时间只穿一条短裤在阳台上晒太阳，同时逼着苏之微跟一个当地的司机学开车。四天的时间，苏之微会开车了，就是不太会停车。王旭神通广大地不知道从哪里搞来了驾照。从此苏之微也是有"本儿"的人了。

跟对上司走对路

回北京正是项目进展的关键阶段，苏之微一天开 11 个会，从早上 8 点开始，一小时一场，连午餐都是工作餐，边吃边开会。晚上还要把开会的成果和关键问题写成小报告，一方面是给自己提醒，另一方面也是让公司各位领导实时了解项目进展的情况。同时，一个人的能力毕竟有限，用这种方式可以让公司其他部门或合作方尽可能提供专业的支持。

渐渐地，公司都知道苏之微一个人扛了太多工作，上司让苏之微挑一个同事做自己的副手帮忙，苏之微想都没想，直接挑了 Cindy。Cindy 在原来的工作中顶多算是打杂的，再干 10 年也不会有什么发展。而跟着苏之微做项目，累是累，同时也很锻炼人。Cindy 漂亮、泼辣，很容易跟人打成一片，这在项目后期谈判中会派上大用场。

Cindy 很高兴，她知道苏之微在车祸后对自己是掏心掏肺的好，也知道只要有苏之微在，她就不会被排挤，也不会吃亏。信任这东西，在工作中同样适用。

刚开始时，苏之微一点儿一点儿告诉 Cindy，工作中什么是最有效的方法，告诉她在什么时间点把什么样的结果给自己。如果报告有问题，苏之微宁可花一个小时，手把手地陪她改。一个肯教，一个肯学，到后来，苏之微把 Cindy 能做的事情都交到她手里，根本不用多说一句话，而 Cindy 总能完成得漂漂亮亮的。苏之微也从不吝啬对 Cindy 的夸奖，对 Cindy 在工作上的任何一点儿进步都会由衷地表扬。

Cindy 越来越职业，越来越投入，能做的事情也越来越多。苏之微向自己的直属领导也是部门总监的梅提出升职申请，不是为自己，而是为Cindy。梅犹豫着，答应她在年底时给予考虑。即使是个听上去很推诿的"考虑"，也把苏之微和 Cindy 给高兴坏了。

项目进行中有两次大型的汇报。第一次是苏之微做汇报。这项目从头至尾的点点滴滴、每一个细节苏之微都烂熟于心，做报告前又在家对着镜子把汇报演示练习了三遍。结果公司大佬都比较满意，张总直接在会上说，这个项目 Stella 做得不错，成长很快。

第二次是 Cindy 汇报，苏之微是想让 Cindy 也多锻炼锻炼，在会前盯着她练习了三遍。Cindy 在肚子里骂："Stella 你就是个工作狂！"骂完自己又练习了两遍。会上 Cindy 汇报得干净利落，大肚男总监一向歧视女性，也忍不住开口道："Stella 你们这个小组厉害啊，真可谓巾帼不让须眉。"汇报完成后，公司要给苏之微这个两人小组加人。

苏之微开出硬性条件：CFA，男性，35 岁以下。Cindy 一听急了："Stella，你疯了，这种男的肯定要爬到你头顶的！"

苏之微一笑："没关系。好的公司就应该人尽其才，给每个人发展的机会。如果新人能够做更多的事，我们更应该替公司聘用他。"

新人招来了，很不错的小伙子，只是对苏之微这个年纪轻轻的项目负责人颇有微词，说白了，就是不服她。苏之微也不在乎，他能做的就让他做，他推托不会的苏之微也不勉强。后来苏之微才知道，这小伙子暗地里写些研究类的报告越过苏之微给部门总监。苏之微只是不动声色。

有一天，梅总找到苏之微，旁敲侧击："新来的小伙子怎么样？"

苏之微颔首肯定道："专业能力很强，很有干劲。"

梅总斟酌着说："我想把他调到研究部，那边缺个人。"

苏之微大度地说："没问题。他应该愿意去，也完全能够胜任。"

梅总凝视苏之微："那你们组呢？"

苏之微笑笑，不介意地说："我们能顶住，还可以再招人。"

上司若有所思地说："你对下属太信任了。"

苏之微知道梅总想说小伙子越级报告的事，笑着回复她："好的上司才能带出好的下属。信任是团队合作越来越好的基础。"

上司也一笑，感慨于苏之微的心胸，也明白苏之微不经意地拍了自己马屁，很满意地说："你年纪不大，但处世很成熟。"

又招人。这次招来一个刚毕业的男孩小浩，学习背景非常不错，人也长得体面。Cindy 像苏之微带自己那样，手把手地把小浩带起来。三个人干活干得热火朝天，其乐融融。

某天，苏之微的团队在尹从森公司也就是仁合管理的带领下和 LV 的团队谈判。冬天了，LV 来了四个人，通通貂皮大衣、LV 正装配 LV 包。这气势一出场就把从没买过正品的小浩和 Cindy 压住了半截。即使作为合作伙伴的仁合经验丰富，这一场谈判也谈得颇为艰难。

苏之微很是郁闷，会后把 Cindy 叫来，问道："这个月组里招待费用还有多少？"

Cindy 算了算，答道："5000 多一点儿。"

苏之微低头想了下，说："这个月下个月都省着点儿吃，拿出 10000 去买衣服。"

Cindy 一时没反应过来，张大嘴巴"啊"了一声。

苏之微继续说道："我去跟上面请示，你和小浩一人买一身正装，找仁合他们要折后价。"

Cindy 激动不已，一迭声地说："好好好！"

苏之微把谈判情况大致跟梅说了一下，梅默许了她的做法，叮嘱道："找点儿餐票报了，别用服装发票，嘴严实点儿，别跟其他部门说。只此一次，下次不行了啊！"

最好的名牌衣服买回来了，Cindy 和小浩雄赳赳气昂昂地穿着上班。小米加步枪是对部队不负责的做法，你是长官你就有义务为你的士兵配备最好的武器装备，否则就不要怨士兵发挥不好，导致战斗失利。

LV 毫无疑问很难搞，这是行业惯例。能做的工作都做完了，成不成只有天知道。很多时候，我们只能先尽人事，后听天命。

这一年过得飞快，转眼要新年了。苏之微重新为 Cindy 提交了升职申请，为小浩提交了加薪申请。一个小男孩在北京打拼也不容易。苏之微自己也是这么熬过来的，其中的辛酸感同身受。

交完申请没两天，上司梅把苏之微叫过去，直截了当地对她说："你的工作总结写得不好。"

苏之微一听，出了一身冷汗，立刻对梅说："对不起，我去重写。"

梅示意她坐下，说道："等等！你知道写什么啊？你这份总结太专注于工作本身了，应该把你管理团队的能力这部分着重写一写，比如为研究部培养了人才，比如工作组的内部分工和人才培养是如何有条不紊地……"

一语点醒梦中人。苏之微打心眼里感激这位在关键时刻借钱给自己买房付首付，又在历年的考评中对自己无比支持的上司。选择工作很容易，但跟对了上司有时候却是运气。苏之微觉得自己很幸运。

同样的，梅也为苏之微写了升职申请。

Cindy志忑不安地等待公司的审核结果，四处打听一圈无果，今年人事部换了经理，消息封得很紧，只能到年会的时候才会最终公布结果。

王旭给苏之微的新年礼物是一辆两门的奥迪TT，按他的口气就是："别打车四处开会了，你们公司真够寒碜的，连个车也不给配。"

苏之微接过车钥匙，啐道："你才寒碜！老娘我是要带兄弟的！两个门我怎么用！去换个四门的！"

王旭把苏之微拖到沙发上，嘿嘿地狞笑道："你先把老子伺候爽了再说！"

说换就换，换车的整个过程没用半小时，把销售经理给乐坏了。苏之微开着车感慨万千，一年前，自己为12万元的首付款在公司的洗手间里大哭一场，脸上受伤的时候，兜里揣着一元钱买两个包子果腹；现在呢，除了自己的小房子延迟交房了，要晚一点点才能拿到房，其他的仿佛什么都有了。生活就是一场大戏，起伏不定，悲喜有时，演好自己的戏码，同时也要记得千万别入戏太深。

苏之微开着新车去上班，高高大大的车更容易让人有安全感。

Cindy和小浩听说苏之微有车了，跳起来就下了车库。看到车就嚷嚷："天哪！你老公真肯花血本对你啊！"

苏之微笑道："本来是辆奥迪TT，两门，为了你俩才换成这个大家伙。"

小浩夸张地说："老大，就为这，弟兄们万死不辞。"两个人嘻嘻哈哈地爬上车，好奇地摸来摸去，开心得不得了。人真的很容易被物质武装得很快乐。

苏之微想着王旭的好，心里琢磨着，快过年了，是不是应该去王旭家拜访一下，总这么同居着也不是个事儿。

晚上回到家，王旭在家看电视。苏之微和他东拉西扯，找了一堆话题想绕到见家长这事儿上。没说几句，就被王旭拆穿了："你是丑媳妇上赶着见公婆吧！"

苏之微又羞又怒："你才丑！谁上赶着！随便！"

王旭乐呵呵地说："知道了，我回家说去。"

苏之微愣了一下，骂道："你家人还不知道我？你一句都没说？"

王旭一副拿她没法子的样子，求饶道："哎呀，别嚷嚷，多大的事儿啊，我说不就完了吗。"

苏之微看他的样子，晓得其中必有自己不了解的隐情，叹口气说："给我讲讲你家里的事。"

一直都知道王旭的家境不简单，但从他嘴里说出来，还是显赫得让苏之微倒吸一口凉气。王旭的父亲尚在位，重权在握。难怪王旭的身边总有形形色色的人簇拥着、谄媚着。之前很多事王旭都一掠而过，但苏之微也能猜到七八分，王旭的职业不只是皮条客那么简单，确切地说，他是一个权钱交易的通道。

这么想着，苏之微的神色有些凝重。

王旭看她神情严肃，停了停，才说："别担心，他们不管我的，我在国外那么野，他们也没怎么着。"

苏之微点点头，除了相信王旭，她别无选择。侯门将相的喜好和心理岂是她一介草民揣摩得到的。

咫尺天涯

第二天王旭就回自己家做汇报去了。苏之微加班到九点多回家，王旭还没回来。不知怎的，她的右眼开始突突地跳，跳得自己心慌意乱。就这么惴惴不安地等到半夜，王旭才回来，一脸的阴沉。

苏之微看着王旭的神情，心里也知道大概情况如何，然而这结果既是在意料之中却又超出了她的承受范围。苏之微什么都不敢说，怕一开口，会给王旭更多压力。

王旭默默地坐了一会儿，对苏之微说："我还就不信了！周末你准备准备，去我家见我妈！"

苏之微担心地看着他，尽量柔和地劝说道："不如再等等吧。我们在一起时间也不长，给家里人一个接受的过程。"

王旭握着苏之微的手，烦躁地说："你不了解我妈，她不同意的事拖多久都没用。她没见过你才会反对，见了你就没事了。我老婆这么美这么好，她凭什么不答应！"

苏之微点点头，如果连王旭都觉得只有这种办法才能奏效，她除了相信之外别无选择。不管前方是什么，都要赌上一赌。在苏之微单纯的头脑里，没有什么理由能够阻碍两个相爱的人在一起。

周末一早，苏之微精心化了一个淡妆，做了很淑女的装扮，事先准备好的礼物又在心里掂量斟酌了一番，实在没什么可以挑剔的了，再细细地询问了王旭家里的禁忌情况和父母喜好，做好了万全的准备，这才上了车出发。

王旭的车来到后海，开到一个胡同的大门前。刚停下，门及时地打开了，两个武警对着他敬礼。也不是多大的阵仗，苏之微突然觉得自己有点儿头晕，手脚冰凉冰凉的，有种一入侯门深似海的感觉。

院子不大，但这地段，这么高的围墙，古代的四合院里全是现代化的装修。墙上每隔几米就有个摄像头。不管事前做了多少心理建设，此时此刻，苏之微的心跳无力，连气都喘不匀。

王旭停好车，拉着苏之微往正屋走，边走边说："手这么凉？别紧张，有我呢。"

这个当下，苏之微也唯有紧紧地握住王旭的手。他的手干燥温暖，让苏之微心里稍稍安定了点儿。

一进正屋里，王旭就张嘴道："妈，这是苏之微。"

还没看清周遭环境的苏之微又感觉有点儿晕眩，听到王旭的声音在耳边飘，赶紧走上前伸出手："阿姨，我是苏之微，初次见面，打扰您了。"

老太太微微一笑，握住苏之微的手："你好，听王旭说起过你。"

苏之微生怕她不握手，小松一口气，暗忖，老太太也没有想象中那么不苟言笑。趁着这工夫，她赶紧用眼角余光四下扫了扫。

老太太眉毛微抬，对王旭说："叫你爸出来。"

王旭答应着进了里屋。

老太太客客气气地说："小苏坐啊，别客气。王旭说要带你回家来，我还以为他开玩笑。"

苏之微小心翼翼地坐下："谢谢阿姨。是我一直想见阿姨，听王旭说过很多您和伯父的事情，一直很敬仰……"

正说着，老太爷从里面走出来了。看上去很严肃的一个人，腰杆挺得直直的，穿得很普通。苏之微给自己壮胆，站起来，主动伸手："伯父，您好，我是苏之微。"

老太爷手一挡，说道："嗯，知道知道，坐吧。"

老太太转头对王旭说："不知道你们真要回来，没准备什么，吃顿便饭吧。"

苏之微赶紧搭话："麻烦伯父阿姨了，有什么我能帮忙的吗？"

老太太笑了笑，说："不用，有人做。我们聊聊天就是了。"四个人聊了些家常，又问了问苏之微的情况。苏之微感觉老太太和老太爷其实都挺平易近人的，渐渐地，心里有点儿如释重负。

吃过饭，老太太说："小苏，我带你看看家里吧，你还没去过里屋。"

苏之微看了看王旭，王旭的表情也明显轻松了很多，示意苏之微跟着去。

苏之微赶紧答应着，随老太太进了里屋，发现这院落真不小，一层层地套着。老太太一个一个房间介绍，然后来到王旭的房间，顺手从黄花梨的书架上拿下一本相册。苏之微很喜悦地看着王旭小时候的照片。老太太介绍着王旭上的小学中学，指着他的一张年级合影照片说："他的学校都是跟他一样的孩子读的。"

苏之微心里一激灵。她不说话，也不能说什么。

老太太继续说："他爸挺不容易的，很多事情都身不由己，到这个级别很多时候需要互相扶持。王旭这个孩子在国外玩野了，正经事儿都不会做，这个家怎么支撑他都没想过。咱们见这一面挺好的，你很努力，以后多带带王旭。"

苏之微只感觉头皮发紧，思前想后，谨慎地回话："王旭他也很努力，他的公司都经营得很好，挺赚钱的。"

老太太微笑："钱能解决的都是小事，赚钱有什么用。"

苏之微无言以对。阶层的差别在这句话上彻底地显现了出来。

老太太接着说："这下好了，老爷子也挺喜欢你。王旭将来有你帮忙，再给他介绍个身份相当的对象，我就放心了。"

苏之微突然觉得自己耳鸣了，老太太的说话声，不疾不徐，声声入耳，怎么就突然听不见了？苏之微的笑容僵硬在脸上，只听见自己微弱的呼吸，仿佛一尾鱼濒死前徒劳地发出声，有一种无法言说的绝望之感。

老太太说完话，把苏之微带回堂屋。王旭看着僵笑着的苏之微，还没反应过来发生了什么，又和父母寒暄了几句，便带着苏之微告别家里。

刚一上车，苏之微的眼泪不受控制地哗地涌出来。王旭紧张地晃着苏之微："怎么了啊？怎么了啊？"

苏之微稳了稳心神，擦擦眼泪道："没事儿，开车吧，咱们回家说。"

一路上，苏之微都没有再说话。老太太说的话犹在耳边，句句在理。她苏之微再努力又能怎么样呢？她在内心反问自己，难道真的没有依赖王旭吗？车、房子、奢侈品、日常花销，都是王旭付出的。自己还在依赖金钱的阶段，又怎么能够为这种"视金钱如粪土"的家庭带来任何附加价值？做一个寄人篱下看人脸色毫无自由的大太太，又或者做一个低眉顺眼没有自尊的二房，真的是自己想要的生活吗？

苏之微转头看着专注开车的王旭，心酸地想，如果你一无所有，我还会爱你吗？

回到家，苏之微心乱如麻，什么都不想说，她哀求地对王旭说："我心里乱，今天什么都别说了，明天我再跟你讲。"

王旭抱着苏之微，着急地说："不行！必须今天说！我妈说什么了？快说！"

苏之微的眼泪又不争气地滚下来："你妈说她和叔叔都喜欢我。"

"那你哭什么？还说什么了？"

苏之微忍住哭声，断断续续地说："王旭，阿姨她不容易……我很喜欢她，她有修养……她是真的为你们家考虑……"

王旭急躁起来："考虑个屁！都是瞎考虑！我告诉你苏之微，你别胡想！咱好好过日子！明儿我们就去领证！"

苏之微很清楚，这不是一件可以商量的事情。双方的立场都那么明确，没有人有错。一纸婚约如果真的可以那么简单，又怎会有这么多人纠结其中。结婚，说到底是两个家庭的事情，我无所谓，但我不能让我的父母因为我而没有尊严。越想清楚这件事，她便越发地理智起来，反过来哄着王旭，安抚住他。

第二天一上班，苏之微就开始找房子，既然想清楚结果就要勇敢地走出来，自己的人生如果自己都无法掌控，还为什么要活下去？她在心里盘算，自己的小房子还有一个月才交房，交房后至少要装修三个月才能住。这么想就有点儿抓狂，四个月的短租房去哪里租？

除了上班，就是安抚王旭和找房子。在心里逼迫自己去接受日后没有王旭的生活。一夜又一夜，苏之微看着熟睡的王旭，自己却整夜整夜地失眠。

这大半年的时光，是苏之微有生以来最开心的日子。可惜快乐总是短暂的，世事无常才是永恒。

王旭，在你之前，我曾经那么勇敢地独自面对生活，在你之后呢？我不敢想。物质都可以舍弃，但是，北京的夜里，再也没有一盏灯为我打开，再也没有一个人为我守候。王旭，在认识你之前，我从不曾真的寂寞。

你曾经问我，是不是真的觉得寂寞好过纠缠。那时，我并不寂寞。但现在，只要一想到要离开你，只要这个念头一闪现，我就从灵魂里感到寂寞。哪怕能纠缠你一辈子，哪怕你爱了别的女人，只要我能在你身边，无论以何种方式，我都会觉得幸福。可是，即使这样，你母亲和你未来的她也是容不下我的。我始终不能放下自己的尊严，更不能让我的家人放下尊严。

王旭，你能懂吗？

短短一周，苏之微瘦了 8 斤。王旭看在眼里，疼在心里。他提议两人一起出去度假，散散心。两人商量来商量去，短短一星期的假期，也只能就近去东南亚。最后确定去泰国。

这是他们第一次结伴外出旅游，在苏之微的心中，这是一次分手旅行。

从曼谷开车一路向北，在历史的沧桑里，在速古台王国的灰飞烟灭里，在兰纳王朝的点滴遗迹里……行走在所有的山河风光里，苏之微都如同在为自己疗伤。

无论在哪里，王旭都能看到苏之微眼里的忧伤神情，一种不祥的感觉在心头盘旋不去。素可泰历史遗迹的北区，树林里安静得仿佛能听到阳光与微风的声音。苏之微跪在高耸如山的石佛前，专注而虔诚地祈祷。

王旭劝她："走吧，从曼谷、大城一直跪到这里，拜了不下一百尊佛。佛都听厌了你的心愿了。"

苏之微怅然若失地说："王旭，如果祈祷有用，我真的希望，突然之间，我们老死在这里。"

王旭慌了："别乱说！别乱说！上天有神灵！"

苏之微自言自语："是吗，那就请让我如愿以偿。"

王旭抱起苏之微："早知道不让你去我家了！不要这样！我们在一起！永不分开！"

苏之微呆呆地想，该怎么安慰王旭呢？如果自己都痛得生不如死，要怎么安慰别人挺过去呢？想着想着她笑了起来，人生真是一个冷到刺骨的笑话。

最后一站是清迈。

最后一晚，苏之微在酒店里抱着王旭说："我们不出门了，我们把这个酒店买了，我们不回中国，好不好？"

王旭紧紧地抱着苏之微，大滴大滴的眼泪落下来："苏之微，你到底要怎么样啊！你到底怎样才能快乐起来！"

苏之微为他抹干眼泪，镇定地说："我们分手吧。"

王旭抓紧苏之微，不敢置信地说："你冷静冷静！分什么手？不分！我说不分！你听到没有？不分！"

苏之微脸色惨白地笑笑："你总这么霸道，这样不好。"

王旭手上的力气慢慢散去，良久，他松开手，低声说道："你这个女人太可怕了，你早就打定主意了，你早就想好了，所以你不吃不睡地折磨自己……也折磨我！你疯了吗？你疯了吗？"

苏之微觉得自己是个魔鬼，斩杀这段爱情的同时就像在啃噬自己的心，血淋淋的，残忍至极。没有了王旭，自己也就没有心了。

王旭没再跟苏之微说一句话。苏之微拉着他的手，拉着上飞机，拉着起飞，拉着降落。苏之微知道，只要一放手，以王旭的性格，他们俩从此就是天涯陌路人。

终于抵达首都机场。王旭看着苏之微，终于开口："我再问你一遍，你是不是真的要分手！"

苏之微惨笑。不放手又怎样呢，还不是一样的结局。她松开手，扑到王旭的怀里，将最后的拥抱当作礼物送给自己："王旭，我爱你。我们分手吧。"

王旭推开苏之微，头也不回地走了。

谁能想到，人生处处是驿站，有些人、有些事，一挥手便是诀别。苏之微忍住内心巨大的伤痛，勉强支撑着打车回到家，正如自己所料，王旭不在家。那一刻，苏之微知道自己的生命再也不完整。活着，却像是死了。

还没到可以松一口气的时候，苏之微默默地对自己说，一鼓作气，收拾完东西，必须离开这里。没有了王旭，这房子里所有的东西都是对爱情苍白无力的悼念。她一咬牙联系了之前看过的有点儿小贵的房子。当晚付钱，当晚就搬。

苏之微把车钥匙留在桌上，锁门出来。搭着搬家公司的大车，搬家公司的兄弟看着她，终于忍不住问她，怎么会从这个地方搬到那个地方？苏之微看着淳朴的小兄弟，笑笑说："我也是来北京打工的，这里太贵了，我住不起了。"

王旭，我们从此再也不是一个世界。请你，一定要快乐。

第二天，苏之微突然想到了什么似的，对 Cindy 说："跟尹总他们公司的人要个免税的 Tiffany 戒指。"

Cindy 正在电脑前敲字，头也不抬，问道："多大号？"

苏之微伸出小手指："这个号。"

Cindy 一怔，愣愣地看着苏之微凹陷得很明显的脸颊，欲言又止。

苏之微仿佛知道她想说什么，摇摇头："谢谢，什么都别说，工作。"

到了下班的点，苏之微把所有人哄走，自己加班到 12 点。王旭没有任何消息。苏之微也像忘记了他，所有心思都扑在项目上。

晚上回到家，王旭气定神闲地坐在沙发上等着她，对她说："我妈同意了，我们结婚吧。"

苏之微好开心好开心，抱住王旭不放手。王旭开着法拉利的婚车来接苏之微。苏之微的妈妈到处跟人骄傲地说："那是我女婿那是我女婿！"

王旭一把抱起苏之微，说："脚不能沾地啊，不然不吉利的。你好重！"

苏之微笑着要打他，两人嬉闹时不小心一下子落了地！苏之微慌了，不吉利了怎么办啊！我要跟王旭白头到老的！怎么办？怎么办怎么办？

急醒了。苏之微觉得自己得失心疯了。白天所有思绪与情绪都还能用理智控制，可以控制不去想念王旭。可是，晚上呢？你再如何控制也无法控制梦！苏之微觉得自己快要发疯了，我控制不了梦！我控制不了我的痛苦！一夜又一夜，在黑暗的房间里，她睁着眼睛直到天亮。

早上上班的时候，头痛欲裂，苏之微一边揉额角一边对 Cindy 说："帮我煮杯咖啡，double espresso[1]。"

Cindy 看着她奄奄一息的模样，又担忧又生气："你什么时候开始喝这玩意儿的？你怎么不去抽大麻！"

苏之微抬起头，Cindy 一看她的黑眼圈和红肿的眼眶，立刻收声，出去了。

1　double espresso，双份意式浓缩咖啡。

下班，苏之微照例加班。Cindy 蹭过来，和她说："晚上有朋友来，跟我们一起去酒吧吧？"

苏之微想都没想就说："好啊！"只要可以不睡，去哪里都可以。

酒吧里光线迷离，音乐震天，苏之微跟所有人打过招呼，然后无视所有人，独自喝酒。Cindy 时不时从舞池回来看看苏之微酒醉的程度。半瓶黑方很快见底，苏之微看着晃动的人影，失望地发现自己还有意识。她打着晃去舞池把 Cindy 揪过来，把信用卡、新租房的地址一股脑儿都塞给她："买酒！记得送我回家！"

醒来的时候，苏之微发现自己睡在自家床上。Cindy 衣衫不整地睡在沙发上，连妆都没卸。苏之微突然觉得很难过，却又不知道如何才能不难过。这难过就像是长在身体里，盘根错节，与血肉连为一体，无论如何也无法拔除。她在心里感谢着 Cindy，也很清楚以后不能再拖累她了。

不知从何时开始，苏之微开始自己混酒吧。到处混，到处买醉，混到凌晨，回家倒头就睡。一个梦都没有。接下来的白天，每天四杯 double espresso。工作与生活在这种恶性循环中，看似无波无澜地向前推进。苏之微仿佛在一艘自己都不知道方向的小船上，随波逐流，顺流而下。

这天，苏之微的手机突然接到一个隐藏号码的电话。想了想各种可能，她竭力稳住自己，按下了接听键。

话筒里传来的声音礼貌而温和："苏之微，我是王旭的妈妈。"

苏之微控制住自己的音量和声线，安静地说："知道的，阿姨，您好。"

"你是个聪明的孩子，我真是挺喜欢你的。"

"谢谢阿姨。"

对面沉吟了一会儿："王旭说你们分手了。"

苏之微握着电话的手微微颤抖："是的。我不能为他做什么，更帮不上您的忙，唯一能做的就是这个了。"

"你这么优秀，会找到不错的对象的。"

"不会找到像王旭一样优秀的了，阿姨您培养了一个好儿子。"说出这句话后，苏之微感觉自己已经碎掉的心又碎成了更细更细的齑粉。

"唉，你这姑娘太要强了，以后容易受苦啊。我会找人跟你们公司打个招呼，女孩子不要太逼自己。"

苏之微哽咽着说："阿姨，您的好意我心领了，但是麻烦您，请千万不要跟我们公司讲任何事。工作是目前唯一让我觉得存在公平的事情，我珍惜自己通过努力得来的成就感。"

"嗯，你的父母也培养了一个好女儿，你要是有什么事可以来家里找我。"

"谢谢阿姨，祝全家幸福。再见。"

苏之微挂断电话，关上办公室门，咬住纸巾，大哭一场。

享受痛苦

年会了。会前终于打听出来聘任结果。Cindy 的升职被批准了，小浩的涨薪也批准了。苏之微的升职被否。人力资源总监驳回的理由是上半年已经给苏之微升过一次了。

上司梅总深感不爽："其他总监都给了高分的，怎么到他那里就驳回?!"

苏之微倒是无所谓，反过来安慰梅总："没事，职位不过是公司鼓励大家的方式，我动力很强，暂不鼓励也没事，谢谢您。还有个好消息就是三个股票账户已经显示我们今年都有高额'奖金'啦!"

梅总也高兴起来，听苏之微算了算账，兴奋地说："我得换个车。"

苏之微盘算着："我得把房子全款付清。"

梅总笑眯眯地说："你得请我吃饭。"

苏之微开心地说："荣幸之至!"

一年一度的年会，同样的北京饭店，苏之微却再也不是以前的苏之微。

和往年一样，尹从森也来了。看到他，苏之微点头打了招呼。

隔着桌子与各色人等，尹从森给苏之微发短信："怎么瘦成这样？"

苏之微回他一个笑脸："穿衣服好看。"

又是一轮一轮的敬酒。苏之微带着 Cindy 和小浩转场，新团队难免需要各方面的支持。这套东西，苏之微已然熟门熟路了。

终于敬到了尹从森面前。

尹从森抢先开口："Stella，你好。"

苏之微笑着转头对小浩说："快点儿认真地自我介绍一下，能见到尹总的场合不多，他可是行业里的明星人物，而且他很忙，不容易记住人的。"

尹从森笑了，接着说："听听，Stella 这是在和我表达不满呢！我记性差，错过了两次早点儿认识 Stella 的机会，属于私人恩怨。Cindy、小浩，我都听说过的，你们这个团队很敬业，谢谢，以后请依然多多支持我们公司。"

这一番话说完，气氛非常融洽，每个人的脸上都挂着微笑，尹从森和苏之微的团队一一碰杯，他眼角的余光瞥见了苏之微小手指上的戒指，眼神有点儿复杂起来。

苏之微转身刚要带 Cindy 和小浩去找公司各位大佬敬酒，发现大佬们已经敬完重要的客人回到尹从森这桌，正好直接都敬了。

一个一个，从董事长、各位董事，到 CEO 张总……有说得客客气气的，也有说得云山雾罩、不着边际的。

等董事长和董事们夸完苏之微，张总接过话头："公司一直都肯给年轻人机会，我想我就是一个例子，Stella 你也会是一个例子，Cindy 和小浩都要继续努力，你们今年是大丰收啊。"

这番话说得苏之微他们三个人心里都美坏了。

尹从森在旁边微微一笑："Stella，张总这是在给你承诺呢，赶紧记下来，签字画押。"

苏之微诚挚地说："谢谢张总。能到公司，能遇见董事长和张总这样的上司是我们的幸运。"

张总转头过去对尹从森说："Stella 这两年成长得很快。"尹从森若有所思地点点头。

干杯。张总也看到了苏之微小手指上的戒指，微微一笑。苏之微察觉到张总的笑意，一转头发现尹从森也发现了张的笑意，心里不禁哀叹，是非之地啊。

回到自己桌上，苏之微才算放松了下来，准备吃点儿东西填肚子。

小浩还沉浸在刚刚敬酒的气氛中，意犹未尽地惊叹道："老大，你怎么敢跟尹总开玩笑啊，好厉害！"

Cindy 凭着女人特有的敏感和八卦精神，插嘴道："你俩到底有没有什么？我觉得他对你还挺有点儿什么的……"

苏之微笑笑，晃晃戒指："不要乱猜，我注定要孤独终老的。"这话说得太不应景，也太悲凉，大家顿时都不知道说什么才好。苏之微自觉失言，赶紧扯了些别的，岔开话去。不经意间发现尹从森和张总正看向这边，说着什么。

再繁华的场子也有散场的时候，济济一堂的大厅很快就空落落的，苏之微估摸着打车是没戏了，索性走着去坐地铁。她把外套裹得紧紧的，刚要咬着牙出门，尹从森走过来，对她说："打不到车的，我送你吧。"

苏之微没有拒绝，点了点头。

上了车，尹从森不经意地说："我们去喝点儿东西吧，聊聊天。"

苏之微借口道："太晚了，我想睡觉。"

尹从森瞥了她一眼："真的要睡觉吗？张说你现在不怎么睡觉的。"

苏之微一惊，下意识地脱口而出："这事儿他怎么知道？"

尹从森稳稳地把住方向盘，缓缓地说："他说你开会时喝很多咖啡。"

苏之微沉默了。永远不要以为别人都是傻子，最傻的通常只是自己。

这一路，尹从森没有再说话，他把车直接开到了君悦楼下。一年半以前，尹从森第一次带苏之微来这里，苏之微的心里充满新奇欣喜，像一个刚睁开眼睛的小孩子，喝到了生平第一瓶香槟。

那个夏夜，尹从森第一次吻了苏之微。他吻过的塞着硬币的瓶塞还在，他还说，会给苏之微带来幸运。现在看来，真是活生生的"物是人非"。

只一瞬间，翻涌入脑海太多太多记忆，苏之微叹了口气，跟尹从森下车，走进了酒吧。皮肤黝黑不拿自己当中国人的表演者还在。时间对于他们而言，仿佛是静止的。而苏之微自己，却已经仿佛跋涉了千山万水，经历了人世间种种嬗变与沧桑。

望着面前这个男人，苏之微心情复杂，思绪难定。"喝红酒吧。"

尹从森淡淡地说："我开车，还是香槟吧。"苏之微轻声而坚决地说："红酒，我自己喝。"

尹从森向她投来征询的目光："一瓶？"到底还是无奈地为她点了酒。

看着苏之微旁若无人地一杯接一杯地喝酒，尹从森心疼地问："上次你只喝了一点儿香槟就醉了，从什么时候开始喝酒的？"

苏之微笑笑，说道："从知道你在美国和 Ada 在一起。"

尹从森闻言一滞，情绪低落了，轻轻说："上次见你还不是这个样子。"

苏之微的眼神迷蒙："哦，你是想问我从什么时候开始酗酒，从和 David 分手开始……"

尹从森看着眼前的苏之微，一个全然陌生的苏之微，这不再是他的那个苏之微，不再是那个一看到别的女人就吃醋，一受到委屈就掉眼泪的苏之微，不再是那个对什么都好奇、有什么都开心的苏之微……他的心里又苦又涩，五味杂陈："和他分手就这么痛苦吗？"

苏之微喝了口酒："爱情总是让人快乐也让人痛苦。每次我都以为可以没有负担地勇敢地去爱，到最后却一次一次地证明自己永远不够勇敢。"

尹从森握住苏之微的手："别这样，我一直都在你身边。"

苏之微没有动，只是淡淡地说："是吗？过去的一年半里，除了我你没有别的女人吗？未来的一辈子里，除了我你也不会有别的女人吗？"

尹从森被她说得气短，闷闷地说："你不要怀疑所有人。"

苏之微笑起来："好了，我不是要你回答。爱情的魅力正在于它的不可持久，太多的因素可以扼杀它，即使我们都很努力。我只是不敢爱了。"

尹从森动情地说："看着你痛苦，我会加倍地痛苦。"

苏之微仰头喝完一杯红酒，无所谓地说："痛苦也是生活的一种，我享受我的生活，也享受我的痛苦。"

尹从森负气地说："你想想以后！以后呢？你总不能一直这样下去吧！"

苏之微挑衅地看着他："这样怎么了？张总也这样。你这么多年不也这样吗？"

尹从森气极道："我和张不同！你和我们也不同！"

苏之微轻蔑地笑笑："那就试试看！"

尹从森被她激得大声道："哪方面试试看？哪方面？"

苏之微淡淡道："看心情。我这辈子被你和 David 这么一折腾，大概是很难嫁谁了。既然要孤独终老，就多给自己找点儿乐子。"

尹从森夺下她手中的杯子："你喝多了！"

苏之微凄然一笑："我希望我喝多了，事实却是我越来越能喝。人的酒量是能锻炼出来的，人对痛苦的忍受能力也是如此。"

尹从森再也听不下去了，他烦躁地站起来："别喝了！走！"

苏之微坐着不动："你先走吧。免得我还要再打车去别的地方继续喝。我根本没法入睡。"

尹从森把钱放桌上，用杯子压好，拖起苏之微就走。

苏之微挣扎道："你干吗？"

尹从森手上的力气更大，他俯在苏之微耳边说："你可以闹，让所有人都看我们出丑，但是我不会放手，你明白吗?！"

苏之微的胳膊被尹从森狠狠地掐着，她也知道他说到做到，只好放弃挣扎，乖乖地被拖着出门。

在高大的尹从森面前，她全无反抗之力。

车停入车库，依然被阿昆开走，阿昆看着许久未见的苏之微露出腼腆的笑容。就这么一路被强行拽到了尹从森家里。

打开鞋柜，苏之微的小拖鞋依然静静地躺在里面。

"换鞋！"尹从森用近似命令的口气对苏之微说。换上鞋，苏之微看到窗外绵长的长安街灯火，恍惚之间，如坠梦中。

一进门，尹从森就把屋门反锁，把钥匙藏到他的卧室里。等他换好衣服出来，看着蜷在沙发里的苏之微，说："你给我好好睡觉，哪儿都不许去！"

苏之微抬头看看尹从森，疲倦地说："你别白费力气，我睡不着的。"

尹从森坐到沙发上，他穿着宽宽松松的裤子，盘起腿来，像教育小孩子一样对苏之微说："你什么时候开始自暴自弃的？！你早应该知道他和你没结果，现在这么折磨自己有用吗？"

苏之微哼了一声，道："我早应该知道和你没结果，我还是爱上你了。我以为我会很淡然地跟你分手，结果我醉得人事不省。我本来不爱David，可是他一直在我身边。我本来不相信有人可以那么执着地追求别人，那么真挚地爱别人，可是他让我相信了。我原以为只要我够努力，我总能赢得你们这样的人的尊重，可是我错了，有些事无论我怎么努力，依然无法改变，比如Ada，比如David的家境。"

尹从森心疼地抱着苏之微，宽慰道："好了好了，不是这样，你反过来想一想，我们都这么爱你，虽然我很讨厌别的男人也爱你，更讨厌你爱别的男人。"看他的神情，竟像个委屈的孩子。

苏之微忍不住笑了，尹从森吃醋的时候，就是一个大男孩。尹从森看见她笑了，心里也踏实了些，他想了想，突然站起来说："我有办法了！"

苏之微茫然地看着他一跃而起，在电视柜里找着什么，翻得乱七八糟。只见尹从森高兴地举着一沓光盘，说道："我们看《老友记》！从第一集开始！"

真是孩子啊，苏之微在心里默默地说。到底还是不忍辜负了尹从森的一番好意，打起精神来看着这些很久很久以前看过的剧情，慢慢地投入进去，慢慢地笑出声来……一直到看得困了，迷迷糊糊地睡着了。

醒来时发现自己在尹从森的房间里，躺在他的臂弯里。身边的这个人，气息和胸膛都那么熟悉。如果没有Ada，Elson，也许我现在已经嫁给你了吧……苏之微心酸地想着，眼角流下了一滴眼泪。

那个寒冷的情人节，尹从森也是这样抱着苏之微入睡，睡时两个人的脸上都还挂着眼泪。一转眼，又快到情人节了，时间过得真快。为什么总是在冬天黯然神伤。想着想着苏之微觉得身上一阵发冷，本能地，她往尹从森的怀里钻了钻。

尹从森醒了，他睁开眼，迷蒙地看着苏之微，长长的睫毛在暗暗的房间里就像月光下的小栅栏。他用浑厚的声音低低地问："宝贝，醒了？"

苏之微的内心轻微地波动了一下，轻轻说："嗯，谢谢你。"

尹从森打了个呵欠："周末，多睡会儿。"

苏之微苦笑："已经是这个月以来睡得最久最安稳的一次了。"

尹从森的身体更靠近苏之微，嘴唇贴着苏之微的额头："嗯，有我在没事的。"

苏之微下意识地缩远一点儿，推推他："不要靠过来，不然我就起床了。"

尹从森闭着眼睛坏笑："老夫老妻的，哪来那么多麻烦啊！"

苏之微嗔道："睡觉吧你！中文没学好！"

真的把一个月的觉都给补了，苏之微一直睡到必须得去洗手间，爬起来，急急地冲进洗手间。尹从森远远地听见动静，溜达过来，在门口若无其事地说："差点儿又弄湿我家床单。"

一语双关，搞得苏之微又羞又怒，洗完手不擦就出来，冷不丁甩了尹从森一脸水星："你怎么那么烦呢，让你嘴贱！"

尹从森没躲开，扑过来，把脸上的水全数蹭到了苏之微的衣服上。

苏之微叫："不敢啦，不敢啦！"

尹从森停下来，却没松手，静静地抱着苏之微。空气仿佛停滞了，安静得可以听到彼此的心跳。苏之微挠挠头，打岔道："我饿了！"

尹从森笑着松开手："好，洗完澡我们出去吃饭。"

洗完澡，习惯性地擦了尹从森的擦脸油，换衣服的时候苏之微郁闷了，穿了一夜的衣服已经揉得不像样子了。她扬声道："别出去吃了，叫餐算了。"

尹从森探头过来，问道："为啥啊，我一年才跟你吃一顿饭哎！别担心衣服的事，先去我们公司换套衣服，再去好好吃一顿！"

苏之微为难道："你们公司？有人认识我吧！"

尹从森笑笑："认识你的都在上海办公，周末不会来。北京这边的员工你都不认识，没事，放心吧。"

苏之微高兴了起来，生活就是这样的柳暗花明，和尹从森恋爱的时候，自己一次都没去过他的公司，现在反而可以去挑衣服了。也许，是因为这一年半来自己真的成长了，所以才赢得了入场券。谁知道呢。

心酸的重逢

尹从森公司的陈列库房简直就是小型的购物中心。苏之微看着尹从森今天的装束，白 T 恤加深灰色的 V 领长袖衫，外面是黑色羊绒大衣加牛仔裤，也随意地挑了件 T 恤和一件针织衫，正好和自己的黑色长大衣相配。

尹从森过来摸摸苏之微大衣的料子，对她说："大衣也要换，挑件大衣吧。"

苏之微知道大衣的天价，直摇头道："不要不要，我的大衣好好的，不换不换！"

尹从森爱怜地看着苏之微："上一个冬天没有照顾好你，这个冬天不想让你冷。"他细心地给苏之微挑了一件大衣，又挑了相配的帽子、围巾、手套和靴子。

苏之微嘀咕着："我都变成毛熊了。"

尹从森给她密密实实地围上围巾，笑得好开心："你最好变成毛熊，看着你瘦下去我会疯的。"

周末的金融街安静得像世外桃源，上了年纪的大树，暖暖的阳光，干净的街道。尹从森选了一家四合院里的餐厅，有很多鸟笼的装饰，餐点很精致。

苏之微环顾了一圈，大大咧咧地说："看吧，这种地方只有你们外国人才来，我们中国人都吃经济实惠的。"

尹从森笑笑："平常我们也吃经济实惠的，但今天不行。"

苏之微知道他的好意，也不和他客气什么，放开肚子大吃了一顿，吃到自己都有点儿不好意思。

吃饱喝足，尹从森伸了个懒腰："我们去旁边的购物中心晒太阳吧。"

苏之微奇道："购物中心里能晒什么太阳？"

尹从森乐呵呵地说："看吧，这种地方只有你们小女孩不知道，我们老男人都知道的……"

车停到购物中心地库，跟着尹从森乘 VIP 专属电梯上楼。从电梯出来，乘扶梯上四层。果真是一个满是阳光的购物中心啊！全玻璃的屋顶，无限宽广的空间，长长的悬空的走廊，两旁陈列着无数的奢侈品。北京有这样一家购物中心苏之微竟然不知道，不由得再次感叹自己白活了。

尹从森对她说："四层有个餐厅，我不喜欢吃那里的东西，喝喝咖啡、晒晒太阳倒还不错。"

苏之微摇摇头："我不要喝咖啡了。"

尹从森又笑了，笑得比阳光还灿烂："你最好不要再喝咖啡，也最好不要再失眠睡不着，不然我每天都抱着你睡很容易犯错误的。"

苏之微给他说得脸红气急，伸手打他："谁要你抱！"突然觉得旁边有些异样的目光，转头定睛一看，不会吧！不是吧！生活真的比电视剧还要狗血……

张总和王旭大概是刚吃完饭，正从餐厅里走出来。尹从森跟着苏之微的眼神看过去，也小愣了一下，随即大方地打招呼："嘿，张！"

苏之微在心里想自己怎么不突然中风死掉呢！这是个什么情况！王旭和张总冲着她的方向，直直地走了过来，张总看了看表情呆傻的苏之微，自然地回答："Elson，你们也来吃饭？"

尹从森看了看面无表情的王旭，笑着对张总说："刚吃完，来喝点儿东西。"

张总转身对王旭说："David，给你介绍一下，仁合公司董事长 Elson。Elson，这是我们的合作方，David。我想你们也都听我说过彼此。"

王旭先向尹从森伸出手，仍然漠无表情："见过的。"

尹从森微笑着伸出手："是是，见过。不打扰你们谈事情，下次再好好聊。"

苏之微在一旁近乎贪婪地看着王旭——胡子茬儿没有刮整齐，黑眼圈看上去比自己前些天还重……王旭，是否分手对你而言也是像我一样痛苦？而王旭的眼神却没有在她身上做任何停留。就像苏之微之前所预料的那样，一旦分手，便是天涯陌路人。

张总看了看苏之微，想说什么又终究没说，拍了拍尹从森的肩，告辞和王旭走了。

苏之微看着王旭离去的背影，那么决绝，那么憔悴，就像把所有的力气都用尽了。很多时候，我们都忘记了，去忘记一个人是多么痛苦的一件事。如果，如果，真的能把我看作陌路人，王旭，我会祝福你。

暖暖的阳光下，苏之微心神不宁地摆弄着自己的尾戒。

这一场偶然的相遇让她再一次觉得人生真的索然无味。

尹从森用肩膀碰了碰苏之微："好了，不要想了，人家都装作不认识你了。"

苏之微笑笑："不认识最好。"

尹从森认真地看了看苏之微："你有时候就是记性太好。"

苏之微淡然道："当然，我不会忘记他，我只是希望他能忘记我。忘记了就不会有痛苦。"

尹从森叹了口气："喝东西吧，好不容易把你哄高兴点了儿，又来这么一出。"

尹从森陪伴了苏之微整个下午，喝果汁、晒太阳、看电影，吃完饭回家继续看《老友记》。看着看着，苏之微主动地困了："我睡客卧了。"

"睡主卧。"

苏之微摇头拒绝："不了，反正都睡不踏实，也习惯一个人睡了。"

尹从森体谅地点点头，关了电视。

黑夜的幕布笼罩上来，一切都陷入死寂。苏之微迷迷糊糊地睡着了，又开始做梦。梦见王旭在哭，大滴大滴的眼泪不停地掉下来，却连声音都没有。苏之微心痛得惊醒过来，安慰自己，只是梦而已，只是梦而已，继续睡，继续睡。一入睡，依然是王旭的脸庞，憔悴绝望，哀伤地看着自己。苏之微再次惊醒，却怎么也睡不着了。无奈之下，她跑到客厅，把电视的声音调得低低的，继续看《老友记》。

没多久，尹从森听见声音，走了出来。

苏之微很是愧疚："对不起，你睡觉太轻了。"

尹从森还是穿着他那条宽宽大大的睡裤，往地上一坐，自然而然地把头枕在苏之微的腿上。苏之微边摆弄他的头发，边看着熟悉的剧情，看着看着睡了过去。醒来又在尹从森的臂弯里，他正安静地微笑地看着自己。

苏之微揉揉眼睛："你干吗呢？"

尹从森的眼神里尽是宠溺之情："看看你。"

苏之微捂住脸："好了好了，这么丑有什么好看的。"

"能看到你就好，我太久没那么仔细地看过你了。"

苏之微侧过头去："好啦好啦，不要娘娘腔地搞浪漫，长大一点儿，成熟一点儿。"

尹从森趴过来，看着她，坏坏地说："你说什么？你再说一遍？"

苏之微有点儿紧张地看了他一眼，说："别闹了，起床。"

白天尹从森又带着苏之微到处晃着玩着，傍晚的时候，他对苏之微说："我要回上海了，明天早晨有会。"

苏之微点点头："好，把你的《老友记》全套借给我。我就靠它睡了。"

尹从森捏捏苏之微的下巴："你给我乖乖的，我每天早晚都会查岗。"

没有永远的敌人

尹从森送苏之微回家，车开到楼下，尹从森突然说："我要去你家看看。"这些日子，苏之微天天混夜店，回家倒头就睡，活得人不像人鬼不像鬼，家里早就乱得一团糟。她赶紧摇头道："不要不要！太乱了……下次下次！"

仿佛得到了一句承诺似的，尹从森高兴起来，像个孩子一样认真地说："你说的啊！下次！我记住了！"

因为一个人，不能再放纵自己过自己都看不下去的生活；因为那个人爱过自己，还是要好好地爱惜自己。看《老友记》，做瑜伽，收拾屋子，睡觉。第二天早晨醒来，苏之微觉得自己有精神多了。这种振作的感觉不是靠几杯浓浓的黑咖啡打鸡血打出来的，而是一种从内心深处涌起的要好好生活的力量。

远在上海的尹从森又开始给苏之微发早安的短信："早安，宝贝！上海好冷，北京冷不冷？要戴手套上班哦！"

作息恢复正常的苏之微又投入到了工作中，天天忙得昏天黑地，只是一想起那个星期六和张总、王旭的偶遇，心中总有一些不好的预感，可又说不上来是什么。她找机会去和张总汇报了一下工作，张总看上去也没有任何异样。

苏之微仔细想了想，在三亚的时候，张总、王总还有王旭就曾经整天待在一起，互相约打球，王总还说要来北京拜访。他们之间的关系，可能不像表面看上去那么简单，相约吃个饭也是正常的。只是不巧那天四个人都选了相同的地点，还双双撞个正着。可是，王旭，你真的能像你表现出来的那样，把我当作陌生人吗？

　　一想到这里，苏之微的心脏就会抽搐到疼痛。不想了不想了！工作工作！苏之微挥去脑海里王旭的影子，再度将自己淹没在没完没了的工作里。

　　这段时间尹从森只要没有事情，几乎每个周末都回来北京一次。

　　苏之微开玩笑地和他说："你可以开个催眠诊疗所。"几次半真半假的使坏未遂，尹从森也完全不在乎。人不在北京的时候，他每天清晨和睡前的问安短信也从未间断。

　　苏之微自己的小房子开始装修，白天上班，晚上跑装修，对王旭的任何念想都扼杀在极度的疲劳里，连自己过生日的事情都忙忘掉了。倒是尹从森还特意当天飞来北京，给了苏之微惊喜，陪她吃了个饭，就马不停蹄地飞回去了。

　　眼见尹从森也快过生日了，苏之微拐弯抹角地问他会不会在北京。

　　尹从森毫无心机地开心地说："知道你要给我过生日，可是我要回美国跟父母一起过，不然你陪我回美国？"

　　苏之微赶紧打马虎眼，岔开话题说了些其他的就挂掉电话。如此她倒是松了一口气，与尹从森一味地牵缠下去也不是自己想要的，更何况心里的那个人虽然离去，却从未淡忘。苏之微不知道自己怎么样才可以去真正地接受其他人。

　　三亚的项目越来越有眉目，各大品牌的签约进展顺利，照这个速度，收益是可以在项目成形时就锁定在 30%，已经是非常不错的成绩。唯独 LV 铁嘴钢牙，就是不松口。

　　谈了一轮又一轮，出尽百宝，到最后苏之微也没招儿了，恨恨地想，你老人家爱来不来，随便。结果没多久就接到猎头的电话，别的公司要挖苏之微，薪水比现在的高出一倍。苏之微有点儿莫名其妙——自己根本没有投过简历，怎么会有猎头找来？猎头说是 LV 向该公司推荐苏之微的。原来来挖墙脚的公司和 LVMH[1] 集团有着千丝万缕的联系。

　　苏之微觉得职场真是个奇怪的地方，没有永远的敌人，也没有永远的朋友。你觉得跟你谈判的人很强悍，你搞不定，你烦透了，他们却乐呵呵地看

1　LVMH，当今世界最大的精品集团。

着你的反应、欣赏着你的优点，还想着怎么为自己所用。真是高级的境界。苏之微又学了一招。同时她也想到自己要好好安抚 Cindy 和小浩，别一个不小心，自己辛苦栽培了半天的人被别人挖走了。

Cindy 一直没什么心眼，她大大咧咧地直接跟苏之微说："有猎头挖我，薪水好高。"

苏之微想了想，说："这是个机会，至少说明你在市场上是被认可的。"

Cindy 有什么说什么，很是直爽："我不走，高一倍薪水有毛用，找个像某些人那样有性别歧视的上司，我这辈子就等着受气吧。"

小浩倒是有点儿心眼，小心翼翼地回答："没有猎头挖我，我资历不够，咱们公司的平台好，我还要再累积累积。"

苏之微说："对年轻人而言，能力的培养和经验的累积是比薪资更重要的东西，因为前者是对个人价值的提升，这种价值最终会在薪资上体现出来，薪资只是一个标价。但如果有一份工作，又能给你提升的机会，又有相对高的薪水，其中的困难和挑战个人也都能接受，那就应该尝试。"

小浩点点头，诚恳地说："Stella 姐，我最怕没人带我。我同学都还在打杂，我已经算走得快的了，我愿意跟着你。"

苏之微笑笑："本事是自己的。我希望你跟着我能学到东西，如果学不到了，我也希望你有自己的发展。我们都还是朋友。"

两三个人的团队都要如此费心思，带团队真不是一件容易的事，苏之微这么想着。刚安抚完这边，那边，自己的顶头上司梅总打电话找她。

梅总看着令人心惊胆寒的股票走势跟苏之微说："幸亏我们都买房买车了，这家伙跌得连爹娘都不认识了。"

苏之微笑着说："人不能贪心啊，国家都几次三番地提示风险了，还不撤就太不懂政治了。不过，我想将来还是有机会的。我们都不专业，听国家的应该不会错。"

梅总看着她："你这丫头真是有两下子。我那同学还惦记着什么时候抄底呢。"

苏之微一边高兴地想，自己培养了一个金主，一边回答："让您同学放心，我比他着急，赚钱的机会是不会放过的。"

话题一转，又和梅总说了一些别的轻松的事情，还嫌不够尽兴，两人干脆跑出去喝下午茶再逛逛街。跟上司处好关系，真的能极大地提升工作幸福指数。

三亚项目需要去实地跟进，公司内部包括董事长在内的大佬们都要再去看一次进展。一道圣旨下来，下面的小喽啰又有的忙了。准备现金，准备信用卡，各种准备。有了上次陪张总出门的经验，苏之微总觉得有多少钱都不够花。

这次出行，董事长加其他四个董事，加 CEO 张总，总共六个大佬。秘书处六个人全班出动。再加上苏之微、Cindy、小浩，一共 15 个人。尹从森、尹从森公司的项目团队也会从各地飞往三亚。

临去三亚前，苏之微一直感觉自己的右眼突突地跳，在心里把各个人各条线仔细地过了又过，千叮咛万嘱咐 Cindy 和小浩，心细心细再心细，千万出不得任何纰漏。

一行人浩浩荡荡地到了三亚，酒店的行政楼层被包了一整层。Cindy 不停地叨咕："毛毛雨毛毛雨，想当年，我们把酒店都包了的……"

苏之微被右眼跳得心慌意乱，一遍一遍地在心里过行程。

酒店门口，再也没有淡蓝色的法拉利。苏之微告诫自己不要分神，逼着自己专注工作。

晚餐时间，董事长说有事，让大家四散解决。苏之微不敢散，逐一打电话给秘书们，看看各位大佬是不是都安排妥了，确认完才跟 Cindy 和小浩去吃饭。

苏之微说："走，酒店难吃死了，带你们去吃大排档，狠狠吃海鲜。"

到了大排档，当年那家卖杧果汁的摊位还在，只是身边再也没有了那个死皮赖脸的人。苏之微的心情一下子低落了，一口气点了一桌子的菜，闷闷地看着 Cindy 和小浩吃得腾不出嘴来说话。

苏之微对行政楼层的隔离措施很满意，这样他们团队的三个人和 12 位大佬就可以分开了，乐得自由。她在酒店房间里看着窗外黑沉沉的大海，海浪拍打着海岸，隐隐约约的声响，楼下的花园里没有音乐声。

> 别爱我不要给我借口
>
> 不要让我软弱
>
> 别再把我推向海市蜃楼……

王旭，因为你，我害怕来三亚。你还好吗？你忘记我了吗？你会找个和你门当户对的妻子，生一个像你一样调皮的小娃娃吗？我要单身一辈子了。你给的快乐或者痛苦，我都要一辈子留在心里，带到坟墓里去。爱过你，和你生活过，我从不曾后悔……

尹从森来了，没放行李就跑到苏之微的房间，一点儿都不拿自己当外人地叫餐，叫这叫那。

苏之微撇嘴道："干吗啊，叫个餐也挂我账上，你们公司好小气。"

尹从森满不在乎地说："你才小气，你们公司财大气粗，不在乎。我们公司是我的公司哎！能省则省了……或者你肯到我房间，也可以啊。"

苏之微知道他开玩笑，懒得理他，自顾自看电视。

尹从森一个人吃得正高兴，突然想起了什么，冒出一句："你做好心理准备了吗？"

苏之微懒懒地回道："什么心理准备？我闹心着呢，右眼一直跳，不知道这次视察要出什么状况。"

尹从森想了想，还是说了："David 来了，我想你们会见到。"

苏之微对此完全没有心理准备。来之前她还盘算过，眼看已经夏天了，王旭的公司不需要在三亚死守。如果是和项目有关的事情，他们的钱已经拿到了，为什么还要再来？

尹从森是合作方，带着给品牌的承诺，必须得来把签约情况和实际位置安排跟董事长说一下。

王旭来干吗？来告诉所有人他们拿了 5000 万？不可能！张总那么费心地让苏之微说瞎话圆了谎，更没理由去拆穿。一瞬间，苏之微的脑子里闪过无数念头，依然百思不得其解。不知道他为什么来，就不能预料在什么场合下会见到，就不能做好充足的心理准备。而自己真的很需要做好充分的心理准备才能见王旭。

一时间，她有点儿回不过神来，只觉得气压好低，空气稀薄，自己的心脏乱跳，喘不过气来。

尹从森看着苏之微拧紧的眉头，继续说："张告诉我的。他在三亚很有势力，说你们还有个小项目需要他帮忙。这次你们董事长来三亚见几个很重要的人，都是他引荐的。"

苏之微自言自语道："他们家是很有势力。"

"哦，你知道啊，早跟你说他不简单了。"

苏之微低声说："我后来才知道。很多事情，我到现在也不可能知道。这个世界太复杂了。"

尹从森颇有同感："是的。我一直进不去一个圈子，像张那样。"

苏之微看看心思单纯的尹从森，笑了："你太笨，赚点儿钱回美国吧。"

尹从森不屑地说："简单不好吗？越复杂的产品越容易出问题，因为有很多人把不希望别人知道的内幕和利益隐藏在里面。金融风暴就是这个问题。"

苏之微想了想他说的话，觉得很对。张总那么有城府的人，肯定希望往上爬，能认识王旭对他而言，是再好不过的了。王旭曾经说过，三亚的项目董事长是知道的，这也就意味着，董事长也认识王旭。这个项目在进展过程中没有受到任何刁难，明显是受人关照的。董事长或者王旭这次来一定是有人要感谢或者打点。

真是太复杂了。苏之微在心里骂着。眼见不一定为实，因为眼睛能看到的往往太过肤浅。

他已属于别人

吃完饭，尹从森又和苏之微扯闲天，直到苏之微有了倦意，渐渐地，说话也有一搭没一搭，便体贴地哄她上床睡觉，自己回行政楼层。听见关门的声音，床上的苏之微睁开眼。怎么可能睡着呢，她心如刀绞地想，王旭可能此时就在这个酒店的某处。

王旭何时会在自己的面前出现呢？想着想着，苏之微不禁自嘲，现在的自己恐怕不够级别在正式场合见到他，毕竟是两个世界的人了。她就这么纠结到半夜，想了无数种见面的可能，想了无数种可能的见面态度。

不能再沉溺在那种无助又脆弱的情绪中了，苏之微反复对自己说，第二天一早还要陪大佬们看项目。她打开电脑，看了会儿《老友记》，用瑜伽里学来的放松法调整呼吸，好不容易才平静下来，浅浅睡去。

一大清早，被孙大秘的电话吵醒，听上去他明显比苏之微更紧张。也难怪，这次秘书处全班出动，他是级别最低的一个，什么苦事累事都赶上了。

孙大秘通知苏之微："早晨自己吃饭，大佬们打球去了，傍晚再看项目。"闻听此言，苏之微猛地想到王旭。打球……说不定王旭就在。

孙大秘接着说："等我电话。晚上有晚宴，大会议厅，准备一下。"

苏之微赶紧说："等等！孙总，晚上晚宴多少人？是不是很正式？"

孙大秘冷冷地说："50人左右。董事长作陪，你说正式不正式？"

苏之微在心里暗骂：你就凶我有本事，你去凶凶其他秘书看看！语气里还是很客气地谢了孙大秘。

下午看项目，人多口杂，苏之微生怕大佬们听不清楚，在工地上嗓子都说哑了。董事长忍不住笑了："Stella 啊，你不要太辛苦了，资料我们都看过了，让那个姑娘介绍也可以的。"

苏之微正口干舌燥，一听这话，如获大赦，赶紧让 Cindy 上来顶住。

Cindy 跟这个项目跟了那么久，也算是真金不怕火炼了，讲得也是有模有样，苏之微只是稍作补充。终于介绍完，Cindy 的喉咙也半哑了。

苏之微留意观察大佬们的表情，至少，看起来大佬们都听得很高兴。有时候女性在职场上比男性更有亲和力，特别是在这种交流和汇报的场合，很少有男性上司会故意刁难女性下属。

晚上回房间，苏之微交代大家都注意一下自己的形象，特别对小浩这个职场菜鸟交代了一下晚宴上一些待人接物的礼仪。

苏之微自己的心里一直上蹿下跳——会遇见王旭吗？不会遇见王旭吗？会说话？不会说话？态度会冷漠？不会冷漠？晚宴前，苏之微在镜子前，前后左右、里里外外照了半个小时。在没有真正见到王旭前，她心里的石头无论如何都落不下来，总有一种不安。

晚宴的会场上，大佬们和秘书们都在，苏之微的团队就是路人甲乙丙，连帮忙都不配。来了好多不认识的人，大佬们正把其中的三两个人团团围住，外面又团团围了一群秘书。王旭赫然正在那三两个人中。苏之微如同被念了定身咒般，一动都动不了了。

Cindy 眼尖，一眼看到了人群中央的王旭，又一眼看到了身边呆若木鸡的苏之微，赶紧用手去掐了她一把："注意点儿，别失态。"

苏之微打起精神，提起一口真气，站到秘书圈的外面。

王旭这才看到苏之微，冲她礼貌地笑笑。苏之微长出一口气，还好不是想象中那种尴尬的见面场景。张总也看见了苏之微，把她叫进去，给几位不认识的人介绍："这是 Stella，我们公司的三亚项目主管。海南区域这边都由她负责，以后如果有事情，请随时吩咐她。"

苏之微一边赶紧恭敬地双手递上名片，一边在脑子里飞快地转张总的话——海南区域也是我负责？升职了吗？吩咐我要照顾好他们吗？接过名片的几个人，姿势淡淡的，没有人回给苏之微名片。

张总接着给苏之微介绍："这位是三亚张局，这位是三亚李副局……"

苏之微立马儿蒙了——难怪不回名片，人家根本用不着名片。

张总看了看王旭，接着对苏之微说："David 见过了吧，就不介绍了。"

苏之微笑着，低着头不敢看王旭的脸。只觉得眼前有什么东西在闪耀，王旭的手上，无名指上，赫然一枚闪闪的戒指。

猛然间，苏之微眼前一黑，只觉得自己听不到声音也说不出话了，仿佛心脏也不跳了，连呼吸也没有了。好半天，她才回过神来，多亏 Cindy 在背后，又狠狠地掐了她一把。苏之微感觉不到痛，只是勉强地重新保持着一个僵硬的笑容。

好不容易可以脱身了，Cindy 拉着苏之微一路往外，一直到洗手间。

苏之微一进洗手间，就愣愣地说："他结婚了。"

Cindy 抱着苏之微，一边帮她抹眼泪一边说："别想了啊，别想了。该是你的就是你的，不该是你的怎么样都没办法。"

苏之微整个人仿佛都被抽空了，完全听不进去任何话，喃喃道："他好残忍。"

Cindy 看着她，急坏了："姐，你别想了行不行啊，屋里面那么多人，你不能这样啊。你得想想以后，你这么退场了，大家怎么看你啊。"

苏之微看着 Cindy，笑了笑："我真的要孤独终老了，我得养自己。"

Cindy 心疼得哭了出来，边哭边说："要不你哭一下，你哭一下，哭完再回去。你别这样啊。"

苏之微笑着说："我真的没事，我该回去了。很多人在，难得的机会，我们都不能缺席。"

走回晚宴厅的每一步，苏之微都走得坚定决绝。当这个世界的所有美好都失去之后，你就会变得无所畏惧。人患得患失是因为拥有太多，如果什么都没有了，那就什么都淡然了。人生没有一帆风顺，也没有持续的低迷，波峰浪谷交替而来，我们其实把握不了机遇。但如果看到了最高的波峰，也看到了最低的浪谷，还有什么值得我们念念不忘。

苏之微打开门，看着宴会厅辉煌璀璨的灯光，知道自己爱的男人就在里面，而他已属于别的女人。

尹从森也来了，站在门旁，看见苏之微进来，走过来："你看到他了？"

苏之微淡淡地说："看到了。你来晚了，赶紧去打招呼。你要是想进圈子，里面那几个人都值得你好好巴结。"

之后的时间里，苏之微带着 Cindy 和小浩满场转，各种自我介绍，同时也把对方的人马摸了个遍。凭着 Cindy 强大的自来熟能力和小浩的阳光帅男魅力，他们仁的无敌铁三角在宴会厅里也如鱼得水。

没提防王旭直直地走过来："Cindy，我和苏之微说句话。"

三个人都吃了一惊，还是 Cindy 识趣，赶紧拉着小浩闪人。

苏之微看着王旭，笑着说："David，好久不见。"

王旭直直地看着苏之微："你手上的戒指怎么回事？"

苏之微笑笑："劳您费心了。王总，谢谢您照顾我们公司。三亚的事情，以后还要多请您帮忙。"

王旭往四处扫了一眼，压低声音说："你别跟我这儿胡扯！刚你递名片的时候我就看见了！你脑子坏了吧？你怎么回事？"

苏之微依然笑着："我真的很好。"

王旭有点儿不耐烦："你跟尹从森那家伙到底怎么了？"

苏之微平静地看着他："我跟他没怎么。您两位级别都那么高，我只是一个办事的人员，有机会就多学习，没机会就自己踏实工作。"

大约是被苏之微这种不咸不淡的态度搞得无可奈何，王旭涨红了脸："你今天晚上在房间等我！"

苏之微收起笑容："我当您没说过这句话。我要工作了，请您自重。"

吃完饭照例是舞会。大佬们以及大佬的大佬们，都年纪不小，秘书们给安排了和缓的舞曲，一一指定陪同人员。苏之微借口不舒服，躲过苦差，在一边听音乐。

尹从森走过来，关切地问："他找你干吗？"看来哪怕只是在大厅的角落里，一举一动还是逃不过别人的目光。

苏之微冷冷地说："你到底要不要巴结进圈子，管我干吗？哪来这么多心思。"

尹从森拿她一点儿办法也没有，挠挠头，说："那跳舞吧。"

苏之微别过头去："我刚都跟秘书们说了不舒服，不跳。"

尹从森耍赖道："那我跟他们说我要跟你跳舞。"

苏之微拗他不过，提议道："咱们回房间看《老友记》吧。我看着这些人太闹心。"

尹从森叹气道："我回不去，我得'巴结'他们。"

苏之微听到他的嘴里说出"巴结"这个词，觉得好生奇怪，笑了起来："好，陪你跳一个。"

尹从森轻轻地抱着苏之微，身体自然而放松，就好像苏之微是他身体的一部分。苏之微却仿佛麻木了一般，对身边所有的事情都没有反应。此刻也唯有升职这件事还能让她有些兴奋。

转到一旁，看到不远处一亮一灭的烟火，大佬们正在抽雪茄。在一堆年过半百的人里王旭和张总的身形格外显眼，两个人都往尹从森和苏之微的方向看了一眼，随即又接着聊天。

尹从森抱着苏之微，突然说："你就没有一点儿想我？"

苏之微笑道："你说什么呢？"

尹从森抱紧苏之微："还记得我们第一次跳舞吗？"

那个晚上，苏之微第一次闯进高端的 party，自己怯生生地拿着一个不合时宜的包，紧张得像一个第一次去幼儿园的小朋友，在尹从森和 Paul 的身旁寸步不敢离。

那天晚上，尹从森跑到舞池里找到独自跳舞的苏之微，说："我来保护你。"他的香水和身体，那么那么让苏之微迷恋。当时的苏之微就知道他们是不会有结果的，依然放任自己爱上了尹从森。直到今天，她依然心存感激，如果没有尹从森，就没有现在的苏之微。

苏之微回答："记得，一辈子都忘不掉，我记性太好。"

尹从森搂着苏之微的腰，手心微微发烫："我一直都是爱你的。"

苏之微没有说话。

爱，很容易，但是在一起，很难。经历过这么多，谁还敢明知道没有结果，却依然毫无保留地再去爱一场？

这一刻，苏之微觉得自己已经老了，身心俱疲。

一曲结束，尹从森依依不舍地离开了苏之微，加入"雪茄团队"。

苏之微呆呆地坐在舞池旁，脑子时而一团乱麻，时而一片空白。孙大秘一脸死相地走过来："你没事嘛，去请张局跳个舞。"

苏之微烦得抽他的心思都有，却也没有办法。

走到"雪茄团队"旁边，微笑着跟张局说："张局，您有时间吗？一起跳个舞？第一次见您，觉得很荣幸，不跳这支舞我要遗憾了。"

大家都笑起来，董事长说："您看，我们公司的第一美女很崇拜您，您一定要给这个机会。"

张局客气地推辞了一下，拉着苏之微的手进了舞池。

一旁的王旭直直地看着苏之微，脸色铁青。

苏之微对所有人的表情通通不过脑子，跟张局聊些天南地北的，聊到兴起，逗得张局笑得很开心。

女人如果放开了去应酬，真是应酬的天敌。

一个一个跳下来，该到王旭了。

苏之微犹豫着去请了董事长。董事长笑着挥挥手："年纪大了，你们年轻人去跳吧，David，你一晚上没怎么动，跳舞去吧。"

苏之微转过头，大方地跟王旭说："王总，一起跳舞？"

王旭放下雪茄，拉着苏之微走进舞池。尹从森的目光一直跟随着他们俩。苏之微对尹从森眨眨眼，尹从森笑了，继续回去聊天。

王旭把苏之微引到舞池中央，质问道："你到底在干什么？一个女孩子跟那么些人嘻嘻哈哈像个什么样子！"

苏之微也怒了："我怎么嘻嘻哈哈了？你们这样的级别，我不应酬行吗！"

王旭打断她："别把我扯上！"

苏之微硬硬地回过去："是，别把你扯上！我不配应酬你！我们是两个世界的人。"

王旭的语气弱下来：“别这样。我们至少应该是朋友吧。”

苏之微冷笑道：“朋友？不了。我不想给你的家庭带来误会。我们级别低但也是有尊严的。有些事情不能做就是不能做！”

柔缓优美的舞曲中，王旭顺势抱紧苏之微，低吼道：“尊严重要吗？尊严很重要吗？看见我的戒指你心痛吗？即使心痛也要尊严吗？”

苏之微心里像被捅了一刀，全身瞬间冰冷，眼泪不受控制地流了下来。

不管用了多大的意志力和控制力，在这样的场合，眼泪还是流了下来。苏之微猛掐自己，神志清醒得不行，告诉自己不能哭、不要哭，可怎么都控制不住。眼泪一边不停地流，苏之微心里还清清楚楚地着急，完了完了，怎么回去怎么回去……

王旭发现苏之微没说话，转头看她，竟然瞬间就哭成了泪人儿。

他搂住苏之微，心疼地说：“对不起，对不起……别哭，别哭，待会儿回房再哭，让你哭个够。”

苏之微哽咽着说：“王总，请你自重，也请你尊重你的妻子和我。”

王旭被她这么一激，又急躁起来：“那你让我怎么办？你让我怎么办？和你一样单身？你天天跟姓尹的在一起，开开心心的，我呢？我在家里抽了两个星期的烟，还要看着你们俩在我面前勾勾搭搭！”

这样的场景苏之微觉得毫无意义，这个时候跟王旭说什么都是白费。两个人都不能在一起了，互相埋怨只会徒增烦恼。此刻她只希望眼泪赶紧干掉，等舞曲结束就回去自己的地方。

王旭发现苏之微又不说话了，着急地说：“你别不说话！你真打算自己一个人到老吗？”

苏之微挂着眼泪，笑了笑：“也没什么不好。”

王旭还要说什么，苏之微打断道：“什么都别说，行吗？好好跳完这支舞。你结婚没给我请帖，我还没来得及祝福你们。祝你们白头偕老，早生贵子。”说完最后一句，眼泪又下来了。

睡着时，我梦见你，我无法控制；醒着时，我为你哭泣，我无法控制。在过去，我爱上你，我无法控制；在未来，我想着你孤独到老，我无法控制。王旭，我爱你。我那么相信你，我知道你也深深地爱着我，即使你已经属于别人。

我衷心地祝福你，希望你快乐，也希望你忽视我的痛苦。你带给我的痛苦，我也觉得是幸福。

金字塔顶端：

我要找回你

......
......

当我足够好，才会遇见你

WHAT AN AMAZING THING TO MEET YOU

王旭，如果你能再出现，不管你是什么身份，我都不在乎；不管我的什么尊严，我都不在乎；不管谁家里的谁不同意，我都不在乎；不管我们以什么样的方式在一起，我都不在乎……我什么都不在乎了。

无法选择的命运

王旭不再说话，紧紧地搂着苏之微，旁若无人地搂着苏之微。在机场的那个拥抱，是苏之微送给自己最后的礼物。这个漫长的拥抱，是王旭送给苏之微的。苏之微知足了。眼泪干，舞曲散。

回到角落里，张总走了过来："Stella，跳个舞吧。"此时此刻的苏之微已经没有知觉，和谁跳对她来说都一样，她笑着伸出手走进舞池。

张总凝视着她："还好吗？"

苏之微知道张总明白所有的事情，坦言道："不太好。"

张总若有所思地说："你真的很不错了，能扛到现在。"

苏之微轻轻一笑："不扛也没办法啊。"

张总轻咳一声："别影响工作。"

苏之微专注地回答："张总放心，不会的。"

望着苏之微倔强的侧面，张总的心头突然涌上一种说不清的滋味，他轻轻问："打算单身了？"

苏之微颔首："嗯，不单身也没办法。"

"单身很不容易的，尤其对女孩子来说。有什么事尽可以找我，公司的事情之外。"

苏之微的睫毛动了动："谢谢张总。"

好不容易等到这一场好戏落幕，陪演的人终于可以退场，回屋睡觉。苏之微松了口气，照例还是雷打不动的一部《老友记》，看到笑出眼泪来，看得疲惫到闭眼就沉沉睡去。

昏昏沉沉中隐约听见电话响，听筒那头好像是尹从森的声音，苏之微不耐烦被人打扰了睡眠，嘀咕了几句就把他打发了。又做了那个梦，梦见王旭挽着自己走在婚礼的红毯上，那么甜蜜美好，突然捧花掉了，抬起头来，发现原来自己不是新娘。梦中的惊慌失措、伤心绝望无比真实，苏之微哭着醒过来。

原来你是我永远无法愈合的伤口。

苏之微用残存的理智告诫自己，醒过来好不好，能不能不要再沉溺在那个悲伤的泥淖里了！可是醒了又怎样呢？现实只有比梦里更痛苦。放弃了一段感情，从此生不如死，大概就是这样的结局。苏之微梦里梦外都哭得伤心欲绝。

泪眼模糊中，有人吻着自己，是王旭。苏之微怀疑自己快要疯了，能不能不要再做梦了。醒了或者睡着，都刻骨地想念一个人，这个人在你心里，却不能在你身边。

梦醒了，吻没有停，铺天盖地的吻笼罩上来，苏之微渐渐地喘不过气来了。梦是真的醒了。

是王旭，真的是王旭！

"滚开！"苏之微叫起来，"滚开！你什么都有了！你给我留点儿尊严行不行？！"

王旭捂住苏之微的嘴，低声喊道："我没有你！我没有你！我没有你了！"

眼泪糊住了眼睛，此时此刻，苏之微只感觉到曾经熟悉的气息与嘴唇的触感，却看不清王旭的神情。

为什么呢？我们曾经那么快乐。我曾以为，我们会一直快乐。我以为，我们会一直到老。我以为，我们只是平凡的男女，会拥有平淡而温暖的人间烟火。

　　而现在呢，现在我们竟然让彼此那么那么痛苦。苏之微已经哭不出声音来了，感觉自己快要窒息。王旭松开手，递给苏之微纸巾，紧紧地抱着她。

　　王旭身上的古龙水还是那么淡淡的，那么清凉好闻。这个时候的苏之微已经完全清醒过来了，她擦干眼泪，平静地说："你走吧，这样不好，我不希望成为被怀疑的第三者。"

　　王旭急急地说："你不是第三者！"

　　苏之微看了看王旭手上的戒指，更加平静地说："如果我嫁给你，我不希望你跟别的女人同床共枕。"

　　王旭的神情一黯，轻轻地说："如果我娶的是你，我不会跟别的女人有任何交集！"

　　苏之微推开他："可你娶的不是我。你走吧。"

　　王旭紧紧地盯住她："你哭什么？做梦也哭？让我走，自己却单身？我不要你单身！我要你是我的女人！"他抓住苏之微，重新压上来，"你要自尊是吗？你要自尊是吗？你试试看你是要自尊还是要我！"边说边用一只手扣紧苏之微的手，另一只手把苏之微的睡衣解开。

　　苏之微刚要叫，王旭已经吻了上来，不留给苏之微一点儿挣扎的余地。王旭的手让苏之微迷乱了，她挣扎的力气慢慢地小了下来。

　　像是等待了很久，又像是渴望了太久太久，王旭如同爆发一样，攻击着苏之微。苏之微的身体完全不听从那个理智的自己，就像着了魔般，只听从王旭的召唤，一下一下地回应着王旭的热情。

　　原来我们这么想念彼此，骨头里都刻着对方的印记。

　　王旭抱着苏之微，吻着她的头发："想清楚了？要我还是要尊严？"

　　苏之微摸着王旭的脸："我只想有尊严地要你，而不是被你霸占。"

　　王旭的头埋在苏之微的长发里，自言自语道："我真的好想你。"

　　苏之微的心里微微发疼："我知道，我也是。但是，你不能这样对我。对她也太不公平。"

　　王旭孩子一般耍赖道："我不管！我不管！我不能忍受你在别的男人身边！我看到你们在一起就想杀了你们！"

苏之微苦笑道："你真的杀了我倒也许是个解脱。"

王旭炽热地吻过来："你这个女人太可怕了！我这辈子都忘不了你了！"随着亲吻的力道的加重，他的身体又一点点地热切起来。

这一次，苏之微迎着王旭的吻，没有挣扎。王旭的心和身体，在这个晚上，毫无保留地都给了苏之微。

可是，这个男人本应属于另一个女人。

早晨，苏之微叫醒王旭："起床吧。走出这个房门，我希望我们只是工作上有交集。这个晚上，当你送给我的礼物，都忘了吧。"

王旭刚睡醒，眯着眼睛问："你说什么？"

苏之微狠狠心，重复道："我说，都忘了吧。我们只是工作上有一点儿交集的普通朋友。你这样，对我、对她都不公平。"

激情退却，苏之微心里空荡荡的，一种莫名的失落蔓延开来。是从什么时候开始，我们只剩下这种简单粗暴的方式来解决我们不能解决的问题。

眷恋和欢愉之后，会陷入怎样的境地，苏之微无法想象，只是本能地抗拒着，抗拒着一切情理之中却又未知的羞辱与凌迟。如果王旭就这样纠缠下去，自己要怎么办？

苏之微对洗手间里的王旭说："你不要把今天晚上当回事。我单身，我很容易接受别的男人……"

王旭懒得理她："你接着说，我看你能编到哪儿去……"

苏之微虚弱地说："你再这样我去找你太太！"

王旭一声冷笑："就凭你？"

苏之微心里一痛——是啊，就凭我，我根本不可能知道王旭住在哪儿，他太太又是什么人。而他却能轻易地知道自己在哪里、在干什么，只要他想知道。王旭看了看沉默的苏之微，接着说："跟我在一起，就那么难吗？"

苏之微更加虚弱地回答："不要让我所有的努力都白费，我可以带着我们的快乐回忆独自老去，但我不能承受这种肮脏的生活。求求你，我知道你这么爱我，就够了，真的就够了……"她几乎哽咽起来。

王旭的声音微微有些颤抖："你觉得这样很肮脏吗？我开始恨你了，你让我像个龌龌猥琐的男人。"

苏之微握着他的手，用最后的力气说道："不是的，我们只是都不可以选择。"

高手过招

这一天过得很是清静悠闲，大佬们通通消失不见。尹从森发短信来："陪他们打球。"

苏之微一整天都心事重重地想着昨晚的事情。一直到晚上 10 点了，孙大秘打电话给苏之微，言简意赅："到 1603，张总找你。"

苏之微心里有些纳闷儿，又觉得有些烦躁，但还是打起精神找服务员带自己去 1603。

张总过来开了门，显然刚回来，鞋都没换。进门才发现董事长和王旭也在。这个阵势……苏之微一激灵，知道是有秘密公事了，赶紧把昨晚的事情和个人情绪清空，职业地给董事长和王旭请安。

董事长和气地跟苏之微说："Stella 坐啊，听张说，和三亚项目一起的还有个项目，只是后来有点儿问题就放下了是吧？"苏之微点头。

董事长接着说："今天，我们去看了看，我觉得也不错。你有没有想过把这个项目做得更深入一点儿呢？"

苏之微一边判断着当下的形势，一边脑子里飞快地转着：首先是干吗把我叫来，只因为我了解这个项目？市场上了解项目的人不在少数，我虽然算有经验，但也不算一流的。其次，如果要做这个项目，从公司流程上走不是更好吗？各位总监一把关，顺顺利利，万无一失。第三，董事长和张说公司内部的工作，为什么王旭会在场？那么就是说，这个事情，一是不方便从公司内部走流程；二是需要一个懂行的、值得信任的人去操盘；三是这个事情利润丰厚，值得大家去这么绕圈圈；四是这个项目与王旭有关；五是认为我苏之微尚算是一个值得信任的人——这其中又有两种可能，要么是因为自己在三亚项目的瞒天过海上立功了，要么是大家都知道我和王旭的事情。

想了想，苏之微觉得董事长不太可能知道自己和王旭的事情。又想了想，觉得就算知道了也无所谓。总之，此时此刻，苏之微就是被信任了。

脑子飞速地运行过之后，苏之微赶紧表决心："董事长，如果有机会，我愿意把这个项目跟到底。"

董事长笑着，很像一个和蔼的老爷爷，对张总说："这孩子不错啊，公司应该给这样想做事的年轻人机会。"

张总点点头："董事长说的是，我们经理层也这么认为。"

董事长接着说："这个项目我们可以做，但是风险确实是有的，所以在公司层面，我们为了规避风险还是应该采用一些方法。具体运作的事情，张，你们再商量商量。三亚的项目不错，我看进展明年年初就能有结果了。Stella 你对这两个项目还是用心了。"

苏之微谨慎地回答："个人的力量有限，是公司平台好，也是公司各位领导给了我机会。"

董事长笑呵呵地说："那你们再商量商量。我先回去休息，年纪大了。"

董事长一走，张总就随意起来，站起来去换拖鞋。留下苏之微和王旭大眼瞪小眼，各怀心事。

张总换完拖鞋走过来："Stella 你也不用拘束了，这里都是朋友。"

苏之微被这一句说得长出一口气，却还是不敢造次。

张总闲闲地问："Stella 还喝 perrier？"

苏之微立刻想到是那个气泡水，点点头。

王旭敏感地看了张总和苏之微一眼，接着抽他的雪茄。

张总接着说："这个项目前期怎么跟，我也没想得太成熟。David，你觉得呢？"

王旭吐着烟圈玩太极："Stella 最了解这个项目，Stella 你怎么看？"

苏之微看着眼前两个太极高手，又是一通大脑风暴，拼了命地分析当前情况。

项目地理位置绝佳，问题是归谁所有。王旭既然能参与其中，必定是因为他的能力能够获得这个项目。对王旭而言，成本是打点的费用和自己的关系，收益是收取张总多少转让费。董事长这次来亲自跟自己说，应该是张总鼓动的，因为自己在上一次瞒天过海中已经对张总流露出不信任感，而张总并不确定王旭会和自己说董事长知晓此事。所以在张总看来，要笼络住自己，让自己踏踏实实、无保留地卖力干活，需要董事长出来说几句话。

董事长在公司的持股比例逐年降低，用公司作为平台运作项目，最后的分红将会很有限。但如果新开公司，私下来运作项目，无疑将赚得更多。而新开的公司在背景上肯定需要王旭这样的人支持，所以用两个项目作为拴绑王旭的工具再好不过。第一个项目钱货已然两清，王旭也就和他们没什么关系了；而第二个项目，显然是要拖王旭入股，将双方牢牢绑定。

张总在公司顶多只能做个 CEO，不可能成为股东或董事，他这么积极地参与新项目，必定希望翻身做一回股东吧。或者，董事长已经承诺他什么了，这个不好说。

苏之微渐渐地厘清了头绪，思路也清晰起来，项目应该只有两方，一方是董事长和张总，一方是王旭。张总能从中获益多少是由董事长决定的。

现在，他们俩玩太极的原因应该是王旭愿不愿意入股，拿什么入股，以及入多少股。所以张总清楚苏之微是最好的人选，因为王旭相信苏之微。让苏之微和王旭谈将为张总获得最大的收益。想到这里，苏之微不由得倒吸一口凉气。

高手过招，自己虽然看懂了，却还是慢了一步。苏之微的脑袋都要转疼了。王旭既然要听自己的意见，肯定希望自己用最直接的方式把真实的情况说清楚。王旭在人际关系上是无敌，可是对项目而言他是个菜鸟。投入资金也应该不是问题，只是风险和收益他吃不准是否匹配。也就是说，王旭还没有决定是否入股这个项目。也正因为此，张总才会先问他的意见。

潜意识里，苏之微是希望王旭入股这个项目的，入股之后，因为工作的缘故苏之微就能经常见到王旭。最重要的，如果苏之微能够把握住这个项目的运作，她清楚这个项目可以让王旭获得丰厚回报。一切顺利的话，王旭可以通过这个项目成熟起来，并从皮条客转入正经行当了。

苏之微想了想王旭有可能担心的问题，无非就是担心董事长和张总合起来玩他，自己的级别又低，帮不上他忙。其实，董事长和张总看重的是王旭的人脉，骗钱倒不至于，而且这个项目总共投资也没多少钱，王旭对他们而言，只是个试验性的平台，类似于试婚。如果合作顺利，可以再顺理成章地推进其他项目。想来想去，自己还是本本分分地说项目实情比较好。这些人，个个都是高手，容不得自己玩心思。自己那点儿脑子也完全不够和他们玩的。

于是苏之微老老实实地把项目情况说了一下，末了下了结论："如果能把项目前期的问题解决，项目收益水平一定会比我们预计的情况还要好。"

王旭听完，对张总说："项目前期你们接触过吗？"

张总笑笑："David，三亚的事情，你比我们了解，恐怕还得你帮忙啊。"

王旭点点头："保持联系吧，我先打听看看。"

苏之微知道王旭有点儿动心，只是还需要考虑，也不再多说什么。

王旭伸了个懒腰，站起来要出门，苏之微也紧跟着向张总告辞。

共同进退

出了门，王旭直截了当地说："到我房里坐会儿。"见苏之微流露出犹豫之色，王旭叹了口气："我尊重你，只说项目的事。"

苏之微这才点点头。

王旭一边走一边接着说："我是因为尊重你，也是因为实在没力气了。昨天晚上到今天早上你实在太累人，老子跟你在一起真是耗死，要吃点儿什么补补才好。"

苏之微的脸涨得通红:"你会不会说正经的？我不去了！"

王旭坏笑道:"说正经的，我是在和你说正经的，你脸红什么？你职业一点儿行不行？"

苏之微被堵得说不出话，索性眼不见耳不闻，只一心盘算着项目的事，跟着他回到房间。

一进房间，王旭立刻不避讳地换了拖鞋和睡衣。苏之微在一旁等得着急，跳脚道:"你能不能先说事情再换衣服！"

王旭一边穿睡衣，一边往沙发这边走，说:"回头我当了你董事长，看你还敢不敢这么跟我说话。"

苏之微瞪着他:"说什么啊！说不说正事，不说我走了。"

王旭坐下来，看着苏之微:"说你怎么看张这个狐狸抛出的诱饵。"

苏之微避开他的目光，低声说:"你们之间的事情，我怎么懂！"

王旭瞅着她说:"我看你琢磨半天，最后扔一句'高收益'给我，是想让我做？"

苏之微觉得自己真是不够精明，什么心思都被别人看得一清二楚，在这个圈子里，自己的水平真的只是刚刚能看懂而已，想彻底玩转还有太多太多需要修炼。想到这里，她索性也不保留什么，一口气把自己的想法都说了个干干净净，只是没说自己还希望多见到王旭的小私心。

王旭颇有兴趣地听完，乐呵呵地说:"跟了爷一年，还是学了点儿皮毛的。不过，想瞒爷还差一点儿。"

苏之微赌气道:"我瞒你什么？"

王旭眼神灼热地望着她:"你怎么不说你想让我做的最大目的是想多见我呢？承认想我想得过不下去了有这么难吗？我就不明白尊严是干吗使的！"

苏之微的脸又红了，这回是给气红的，她站了起来:"不跟你讨论这个，项目的事我说完了，我走了。"

王旭拉住她:"坐下，我要跟你好好商量商量。"

听完王旭的说法，苏之微才知道自己想得还是简单了。项目前期要动用的关系真的很复杂，这是更高级圈子的事情，也只有王旭的身份才能摆平。国际旅游岛的事情已经箭在弦上，董事长和张总都已经嗅到了其中的丰厚利润。

王旭其实一直想做点儿事情，可以合作的人也有很多，但没有真正信任的人可以帮忙，纯利益关系是不可靠的，自己的书读得一塌糊涂，没有尹从森和张总那种优越的高知同学背景，又没有经验，所以一直只是在外围打转和观望，迟迟没有下手。王旭希望苏之微可以做下去，就如张总所预料的那样。

苏之微从没有听过王旭讲这些，既从来没有听他讲过自己对事业的打算，也从来没有听他那样发自肺腑地讲述对自己的不满意。苏之微有些恍神了——眼前的这个王旭和那个对什么都满不在乎的公子哥儿 David 简直判若两人。之前的王旭对苏之微就像对一个小女孩，竭尽所能地爱护她、呵护她，却从未与她分享过人生。

苏之微看了看王旭，认真地说："我会做下去。首先是为自己，其次是为你。今天你对我讲的这些，就是尊重。如果我仍然是个只会花钱哭泣的小女孩，你今天就不会坐在这里跟我讲这些……"

王旭笑了："随你怎么说，这对我都不重要，我只要能看到你就好。"

听到这话苏之微心中一暖。知道这世界上有一个人，始终为你而思念而欢乐而痛苦，即使他不在你身边，即使他没有机会再一次说爱，那又怎样呢？这也算是一种幸福吧。

苏之微站起身："我走了。项目的事情，我想张总还会再找我。"

王旭也站起来，从背后抱住苏之微："就算真的要单身，不要回避我，让我能看到你。"

苏之微转过身，郑重地说："我不是单身，我爱的那个人在我的心里，我每天都和他在一起。我即使每天看到你，也会告诫自己，你是有妻室的人。"

王旭颓然地松开手，坐回沙发里。

苏之微刚要出门，身后传来王旭关切的声音："小心张。"

苏之微点点头，关上门。

刚回到房间，尹从森的电话就来了："去哪儿了？打手机也不接。"

苏之微笑着说："没带，和董事长在张总屋里谈事情。"

尹从森半撒娇地说："想你了，聊聊天好不？"

苏之微好不容易哄着他说了几句话，刚把他打发了准备睡觉，又来电话。

是张总："Stella，来一下。"

苏之微自认倒霉，穿上衣服，又出去了。

服务员都该嫌自己烦了吧，没完没了地往行政层跑，苏之微想着。张总开了门，苏之微心里一慌，屋里的灯昏暗了不少啊，还是硬着头皮进门。张总之前打球的装束已经换成了宽松的棉质长裤和背心。

这回张总没有打官腔，直截了当地问："刚才 David 跟你谈了吗？"

苏之微心里一紧，这些人都是三头六臂顺风耳吗，什么都知道。她含糊地说："嗯，谈了一点儿。"

张总看着苏之微，笑着说："不要因为个人感情影响工作。这次回北京，你的职位就会有所变化，看问题要从大的方面考虑。这个项目对 David 和我们都有帮助，我们很有心要促成，目前来看 David 还有所保留。这种保留是正常的，你作为项目负责人要打消投资人的顾虑。"

苏之微点点头："张总我明白。"

张总接着说："这个事情的不确定性还有很多。"

苏之微想了想，知道张总想说什么，不如自己主动表明心思："张总，是有很多不确定性，在公司审核流程上多有不便，不如独立设立公司，以隔离风险。运作团队暂时只有我一个人，就像三亚项目刚开始时那样，前期工作结束再由团队介入。"

张总显然在等苏之微的这番话，他满意地点点头："那就辛苦你了。公司那边你职位变动后也应该增加人手，你自己看着安排吧。"

苏之微微笑回答："谢谢张总照顾。"

张总看了看苏之微："想照顾你的人很多，不要太为难自己。"

苏之微觉得这话有点儿跑题了，站起来："张总您休息吧。"

张总点点头，看着苏之微出门。

回到房间，脑袋里很多事情此起彼伏，苏之微反复想着，怎么都睡不着。

门开了，苏之微不用想都知道是王旭，她闭着眼睛侧着身继续装睡。王旭走过来，带着淡淡的古龙水味道，轻轻地躺在一旁，吻着苏之微的头发，轻轻地自言自语："微微，我爱你。我很想你。"

苏之微的眼泪无声地流下。有时候，他就在你的身边，而你还是止不住思念。他沉在你内心最深处，在你每次呼吸间、每场梦里刺痛你，却再也不能给你现世的幸福。

天要亮了，王旭悄悄地走了。

苏之微听着小心的关门声，睁开眼睛。

窗外海的颜色从黑色渐渐变为墨蓝。苏之微知道自己的失眠症就要痊愈了。

王旭从来没有离开，他永远都在自己身边。即使痛苦即使没有结果也值得珍惜，苏之微要好好地对待自己，为了这场一辈子的爱情。

苏之微摸摸小手指的戒指，在心里对自己说：王旭，我们在一起了，一辈子。

第一桶金

次日就是回北京的日子。下了飞机，头等舱的大佬们都走了。尹从森高高大大地站在那里，带着他独有的淡淡的光芒，微笑地看着苏之微。

苏之微看着他也笑了："要不要这么急着聊天啊！"

尹从森接过苏之微的箱子，接话道："要啊，司机来了，在地库，一起走吧。"

两人说着笑着往地库走，一辆黑色的法拉利在排队等交停车费。王旭的车，一个很优雅的女人坐在旁边。

是他的妻子吧。苏之微淡淡地想，和他的家庭很般配。

像是觉察到了什么，尹从森揽了揽苏之微，问道："还好吗？"

苏之微笑笑："没什么，小事。"心大了，事情就小了。

房子要装修，手里的钱紧紧张张的。股市里自己的股票 4 万买进 40 万卖出，加上自己平时攒的钱，全都付了房子首付。每月还要租房。上司的股票 50 万买进，500 万卖出，一分钱的分红都没要。苏之微心里特别清楚，上司的钱坚决不能要。人家在最难的时候帮过自己，人要知恩图报。上司那煤老板同学的 500 万变成 5000 万，按当时的说法苏之微能抽成 10%，将近 450 万的分红一直没有到账。苏之微也没催，这种事情只是口头协议，人家就算不给也只能认了。

这天，苏之微的上司梅要请苏之微吃饭，苏之微受宠若惊。饭局上煤老板出现了，开着一辆超破的桑塔纳，山西牌照。苏之微心里还有些纳闷，自己从山西开来的？

煤老板看上去很高兴，觉得从天而降 4000 万，对苏之微的及时清仓表示很满意，笼络苏之微说，以后有赚钱机会要带他玩，只字不提分红的事情。苏之微也无所谓，开开心心地吃饭和聊天。

吃完饭，苏之微刚要走，煤老大开口了："听小梅说你会开车，这车给你的，开走吧。"

苏之微有点儿哭笑不得，送也不送一辆好车。看着上司在对苏之微使眼色，就咬着牙答应了。

上车以后才发现后座上很多报纸包着的东西，打开一看，苏之微傻住了——人民币！人民币啊！现金啊！她赶紧开车回家，趁着月黑风高，一趟一趟地用垃圾袋把钞票搬回家。

整整 500 万！像做梦一样！苏之微数了一晚上钱，心潮澎湃。

目前的股市依然不适合介入。苏之微看着自己屋里的现金直头疼——要知道，没有收益的现金就是在贬值。看着自己新房的小区啥配套也没有，她买下了一个小商铺，准备开个小餐厅。剩下的钱就等着股市触底反弹。

搬进新房子，小餐馆也开张了。苏之微的爸妈都来了。苏之微给爸妈买了经济舱的往返机票，在自己的小房子里摆了一张沙发床。爸妈都好开心，每天去小餐馆里露两手，小餐馆变成了颇有人情味的私房菜品。苏之微把在各地酒店看来的装饰都"山寨"到了小餐馆里，布置得颇有情调。第一个月，小餐馆的收支勉强打平。

她给自己报了个在职研究生的班，周末背着书包挤地铁、倒公交车去上课。钱不是用来奢侈的，钱是用来投资和充实自己的。

爸妈回去后，苏之微郑重地邀请尹从森来家里做客。当年住出租房的时候出于自卑向他撒谎，两年后，苏之微终于有了自己的小房子，有了自己喜爱的装修和舒适的家居布置。

先到小餐馆开餐，尹从森随口称赞道："这餐馆布置得很温馨。"服务员小妹迎上来问："老板，今天吃什么？"

尹从森瞪大眼睛："老板？你的店？"苏之微笑眯眯地看着他，自立自强真让人舒心。

吃完饭两人一起回苏之微家，尹从森开心得像个小孩子："去你家哎！我是第一个去你家的男人？"

苏之微忍住笑，摇摇头："不是。"

尹从森一下子就低落了。

苏之微笑着说："我爸刚走。"

尹从森又高兴了，在小区里东看看西走走，嘴也闲不住："我也要买个房子，搬来你楼下……"

苏之微又是欢喜又是无奈："别胡扯了，这房子你哪里住得惯。"晚上两人有说有笑地看电影，闲聊，尹从森一直赖着不肯走，就睡在沙发床上过了一夜。

第二天早晨尹从森开车送苏之微上班，遇见了张总。

刚到办公室，苏之微就接到孙大秘的电话，孙大秘要死不活的声音："Stella，张总找你。"

苏之微急急地赶去张总的办公室。

张总头也不抬："把门关上。"

苏之微关了门。张总问道："三亚的项目怎么样了？"

苏之微想了想，谨慎地回答："都进展顺利，品牌签约……"

张总打断她："我说的是红树林项目。"

苏之微有些慌乱，已经快两个月没有王旭的消息了，打心里不愿主动先跟他联系，谁知道现在是个什么进展啊。

张总看着低头不说话的苏之微，加重了语气："Stella，你要把心思放在工作上。"

苏之微觉得张总骂自己骂得很对，也难怪升职的事情迟迟没有消息，赶紧表决心道："张总放心，我马上跟进。"

战战兢兢地从张总办公室出来，她心里无比发愁，该面对的迟早要面对，是要约王旭吃饭。苏之微收整心情，给王旭打电话，手机没人接，换座机再打，还是没人接。

挂了电话，心里有说不出的滋味，是挂念、担心，还是沮丧？自己也说不清。两秒钟工夫，王旭打回手机："终于忍不住给我打电话了吧？"

苏之微按捺住怦怦直跳的心脏，故作镇定地说："红树林项目，请您吃个饭。"

王旭不屑地说："又装！我订吧，等电话。"

苏之微默默地熬到下班。

王旭来接苏之微。看着这辆经常被别的女人坐的法拉利，苏之微的心情格外复杂。

王旭摇下车窗，不耐烦地说："赶紧！"

坐上车，车里依然是王旭的古龙水味道。王旭也还是老样子，坚实的胸膛，整齐的胡茬儿，极简的休闲西装。王旭打量了苏之微一下，没说话，一路扬长而去，车一直开到苏之微的小餐馆门口。

苏之微愣了——他什么时候知道的？

王旭熄了火，促狭地笑道："下车啊，老板。"

苏之微心里七上八下的，脑子一直在转——他怎么知道的？他都知道些什么？

到餐馆里坐下，王旭很大爷样子地招呼服务员："你老板来了！你老板爷也来了！上最好的菜！"

苏之微默默无语地跟着坐下来。服务员小妹看着这从天而降的高大威猛的"老板爷"，窃笑。苏之微看看她们："别笑了，炒两个菜，两碗米饭。"

王旭撒泼道："不行啊！老板爷要吃最贵的！不要最好只要最贵！"

苏之微挥挥手："随便，他要吃什么就做什么。"

闹完了，王旭左左右右、上上下下地参观起苏之微的小餐馆："你挺能折腾的嘛！尹从森那小子来吃，都不请我来？"

苏之微彻底恼怒了："你跟踪我？你监视我？"

王旭不急不躁地看着苏之微说："我爱你，我想你，我关心你。"

苏之微被他憋得说不出话。

王旭看着苏之微："我想知道你的消息很简单，可是我想不知道你的消息却做不到。我很想你。"

苏之微想着法拉利车里王旭那优雅的妻子，什么都没说。

王旭看上去一脸失落："我知道你不原谅我。我理解你的心情，就像我看着尹从森和你走进你家，我一整夜没有睡觉是一样的心情。"

苏之微抬起头看着王旭，眼圈黑黑的，眼里还有红血丝，他不会说谎，他是真的一夜没睡。苏之微心里不忍，解释道："我和他没什么。他睡的沙发床。"

王旭立刻来精神了："我要去检查！"

苏之微恼怒道："检查什么！我是来跟你谈正事儿的！"

王旭丝毫不理会她，只管接着自己的思路说："你说他睡沙发床，那他今天早上走应该还没有收拾起床来吧？我要去检查！检查完了再谈正事儿！否则你就别想交差了！"

从一开始认识王旭，苏之微就对他的无赖与执着无能为力。当然，如果不是他的执着和无赖，自己或许根本没有机会爱上他吧。苏之微回想起在三亚第一次见到王旭时的情景，那个龙舌兰的美丽骗局。之后一次又一次，王旭无赖地待在苏之微房里不走，淡定地看着苏之微睡觉，自己在沙发上看报纸……

人生是一个残酷的游戏，参与者不知道游戏规则，却知道有人一定会被淘汰出局。苏之微被王旭的高不可攀的家庭背景淘汰出局了。

苏之微苦笑道："别闹了，吃饭吧。说说项目。"

王旭打定了主意，什么正经的都不说，一直七扯八扯他如何偷看苏之微去装修市场和人砍价，那些商贩如何在背后议论赚了苏之微多少钱。

就这么一直闲扯到饭吃完，苏之微叫服务员来签单，王旭高兴地看着："你第一次请我吃饭啊！"

苏之微仔细想了想，还真是第一次请他吃饭，在一起时都是王旭在照顾自己。王旭的好再次让苏之微神伤。

王旭拿起东西就往小区里走，熟门熟路地到了苏之微家楼下。苏之微知道拗不过他，带他上了楼。打开房门，王旭看着还没来得及收起的沙发床，傻呵呵地笑了。苏之微丝毫拿他没辙，泡杯茶给他："这下满意了吧，能说正事了吧？"

王旭端着茶走进卧室，斜躺在床上："在这儿聊。"

苏之微白了他一眼，盘腿坐在卧室窗台的软榻上。王旭喝口茶，饶有兴趣地看着苏之微："你哪儿来的钱开餐馆？"

苏之微也没想瞒他："替别人炒股的分红。"

王旭脱口而出："那你怎么不帮我炒？"

苏之微垂着眼皮说："不愿意跟你提钱的事儿。"

王旭嚷道："又不是要钱，是挣钱！"

苏之微慎重地说："不一定能挣，像今年的行情就有可能亏，只是个理财的途径而已。"

王旭想了想，开口道："我可以跟你谈项目的事，但你要帮我炒股。"

苏之微把所有的前提和规矩都说了一遍，王旭仍然坚持。苏之微只好应承下来，又不厌其烦地把所有的前提规矩重新说了一遍。王旭很快做了决定，说："明天我给你一个卡和一张身份证。"

终于开始谈项目。王旭这段时间没少忙，看着挺玩世不恭的一个人，其实还是很认真地在做事。该打通的环节都差不多搞定了，仅剩一两个还在等消息。苏之微长舒一口气，是时候应该开始筹备公司了。

这是一个核心问题，王旭是否打算参与后期的项目公司，或者还像上次一样，做个皮包商赚点儿中介费拉倒。王旭又问苏之微："你怎么看？"

苏之微直接说："你应该有想法了吧。这个机会对你来讲，对他们来讲，对我来讲，都是不错的机会。"

王旭笑了："你说错了，应该说，这个机会对我们来讲，对他们来讲，都是不错的机会。你如果站不明白自己的位置，这个项目我不敢做。不过我知道，你虽然笨了点儿，但还是爱我的，不会和他们一起害我。"

苏之微心想，我宁可害了自己，也不会害你。口头上却说："我是打工的，我的责任是让投资人放心，照顾各方利益，都获得最大的收益。"

王旭笑了笑，爬起来，走到飘窗的软榻旁，把苏之微堵在飘窗里。苏之微在窄窄的飘窗里抬起头："你干吗？走开一点儿。"

王旭不说话，解开衬衣。苏之微拼命推他，不料他的身体仿佛绷住了所有的力量，根本推不动。

王旭低着头，摸着苏之微的头发："你不给我打电话，我是不会给你打的。但我知道你会找我。你想我，你不承认没关系。你想我，你做的所有的事情，在潜意识里都是想见到我，你不想失去我的消息。我每次想你想得睡不着，我就想，你也不会比我好过到哪里去。"

是的，我想你。每一次电梯里出现相似的古龙水味道，每一次看到法拉利，每一次看到身材高大的男子，我都以为是你——天冷了，我想起你在走廊尽头等我；天热了，我想起你的 D&G[1] 夹脚拖鞋；在三亚，我想起你在酒店陪我；在北京，我想起你在家里等我……我怎么能不想你，而我又怎么敢

1 D&G，意大利著名时装品牌 Dolce&Gabbana 的副线品牌，更适合年轻人。

想你？

　　所有的伤心与委屈都随着眼泪淌了下来，王旭俯下身，吻着苏之微，吻着她的泪水，不容挣扎不容拒绝不容退缩，一如既往地霸道而强硬。

　　苏之微含糊地哭着说："不要这么对我……求求你……求求你……"

　　王旭手上的动作没有停，把苏之微扳过去，拉下窗帘，嘶哑着进攻："你是怎么对我的？你是怎么对我的？我不会放过你！我要让你离不开我！永远都离不开我！还敢分手吗？你还敢分手吗?!"

　　苏之微的身体和心灵都完全被王旭侵占，理智一点点地瓦解，只剩下残存的意识折磨着自己。

　　如果人有痛苦的感觉，那是因为还不够痛苦。

爱与金钱

　　这一夜，王旭留下没走，两个人把项目谈了个彻底。项目资金的峰值不过 5 个多亿，基本上自有资金 2 个亿，剩下 3 个亿靠贷款就可以解决。王旭会在项目中入股 30%，也就是说他投入 6000 万就可以。项目一年半后就可以进入后期，后期既可以直接转让套现 17 亿，也可以自行持有，通过品牌进行经营。

　　王旭不担心钱，只是担心出些不必要的麻烦。苏之微倒不担心麻烦，因为她清楚董事长也是非常谨慎的人，也不会容许项目出任何差错。

　　早晨上班，苏之微不要王旭送，王旭也不坚持。中午的时候，王旭来找苏之微吃饭，顺便把存好了钱的卡和一个人的身份证给了她。身份证是个不认识的张三李四，银行卡也是在这个人的名下，苏之微收起来之前看了看，不知道王旭从哪里搞来的，也懒得费脑筋去细想。

　　吃完饭苏之微自己去证券公司开户，关联上银行卡。刚想讨价还价一下佣金，大客户经理出来了，二话不说就给了一个低得离谱的佣金水平。

苏之微这才想着要去查一下户头。一查吓到自己，仔细地数了数"0"，没错，5000万。活期账户，5000万现金！这个王旭怎么回事？虽然煤老板的账户到最后运作的额度也差不多是这个数，但是煤老板从来都不可能把活期的银行卡给苏之微，苏之微只知道他证券公司的账号和密码，以方便网上买卖，但绝对是不可能提取现金的。

王旭竟然什么招呼都不打就把5000万的银行卡和身份证都给了苏之微！他就一点儿不担心她会携款潜逃吗？说实话，苏之微从来不知道王旭有多少钱，因为在记忆里，他从来没把钱当过钱。随便一上午就拿来一张5000万的卡，而且一点儿都没有叮嘱苏之微。苏之微曾经以为自己对王旭的背景很了解，但这一大串的"0"让苏之微觉得自己还是个白痴。

不管怎样，目前的股市形势还是不太好，不能盲目进去，苏之微买了几个无风险的短期理财产品，先踏踏实实地放着吧。

办完事，苏之微打了个电话给王旭，刚开口："那个卡……"就被王旭打断："见面说。"

晚上王旭又来家里找苏之微，拿了一个装了不记名SIM卡的手机，叮嘱苏之微："用这个给我打电话，长按1键会自动拨通我的号码。钱的事情、项目的事情，都不要在以前的手机号码里说。"

苏之微被王旭这么一连串的举动搞得异常紧张，什么话都问不出来，只知道捣蒜一般点头。突然她像想到什么似的，脱口而出："你是不是怕你太太知道！你以后不要来我家！我不是你的二奶！"

王旭扑哧一声笑出来："我怕她干吗？我和她是攻守同盟，谁也不管谁。你不是二奶，你是大奶。"

苏之微被王旭的一语双关搞得窘迫不已，脸红一阵白一阵，顾左右而言他："你走吧！随便你们什么攻守同盟，我才不要掺和进去。"

王旭倒也没再嬉皮笑脸，换鞋出门："我今天有事，你早点儿睡吧。"

苏之微拿着秘密的新手机，想着这一天发生的事情，想着王旭所谓的"攻守同盟"，辗转难眠。

第二天上班，照例跟张总汇报工作进展。张总习惯性地一看见苏之微就说："把门关上。"

苏之微低声地把王旭的态度说明了，请张总确定其他股东人选及持股比例。

张总想都没想，直接说："剩下的70%，59%苏××持股，10%吴××持股。"

苏之微知道苏××和吴××都是些阿猫阿狗，肯定是替董事长和张总代持股份。可是还剩下1%呢？苏之微正要问，张总接着说道："1%给你，作为激励基金，你明白它的价值，好好努力。"

简直是喜从天降啊！苏之微按捺不住欣喜，一边心想，这几天真是走大运了，满眼都是钱啊！一边迅速地打着自己的小算盘：这个项目自有资金2亿，1%就值200万，如果一年半以后真的按照17亿转让，那毛利可以到15亿，扣掉税费，自己随便赚个1000万是没有问题的啊！发大财了发大财了……苏之微高兴得恨不得三跪九拜地退出张总办公室。

很快找委托公司把三亚公司的注册搞定。各位老大的初始资金哗哗地到账，项目正式开始运转。

半年总结会的时候，苏之微的职位又提一级，和之前的上司梅平级，年薪22万，主管海南区域拓展。

苏之微请梅总吃饭，送了她一个香奈儿的包，再三对梅总之前的提拔和帮助表示感谢。梅总很开心，知道苏之微是个知恩图报的孩子。席间梅总追着问股市的情况，苏之微让她别急，解释给她听，政府只空口说形势稳定，可现在还没看到哪家政府的亲儿子机构买股票呢，所以得再等等。

梅总邀请苏之微到自己的别墅豪宅做客。苏之微很清楚自己虽然和梅总一个级别，但薪水天差地别，同级不同薪的情况在各家公司比比皆是，自己还有很大的空间可以努力。

升了职，苏之微开始招兵买马，自己的大部分精力都放到红树林项目上。有了激励机制果然心态不一样啊。

随着小区入住率的提高，小餐馆的生意也慢慢红火起来，一个月也能赚个两万多，比苏之微的薪水都要高了，这就叫无心插柳柳成荫。

夏天来了，苏之微做指甲总得去闹市区排队，经常等得很是烦躁。股市还是低迷，除了看书看报补知识，啥也干不了，一堆钱反反复复地做短期理财。索性再租一个商铺，开一个美甲店。苏之微的理念就是自己需要的东西，顾客才有可能需要。

自己的房子小，索性把家里的杂志和书通通搬到了美甲店，一边给美甲的顾客看，一边把书出租。小美甲店从开始的两个技师一直增加人手到四个。每天下了班，苏之微就跑到自己的店里来回晃荡，和大厨、姑娘们聊天。有饭吃，有指甲做，苏之微觉得生活好幸福。

周末上课还是去挤地铁，直到有一天一个不长眼的哥们儿踩脏了苏之微的豆豆鞋。苏之微黑着脸跟尹从森要免税的鞋子。

尹从森取笑她："护理鞋子的钱都比打车贵。"

苏之微怒了，买了辆普普通通的小车，开始了堵车的日子。

转眼两个多月过去了，马上就要到王旭的生日。苏之微看着日历上大大的红色圈圈，照常上下班。王旭这阵子一直杳无音信。苏之微并不孤独，可能某天，他正在某处看着自己。他一直在自己身边。

生日宴会应该会很隆重，他优雅的妻子会挽着他的手臂做一个称职的女主人。有些事情，只靠爱是不能解决的。我们都是红尘里的俗人，我们都需要一个俗世认可的身份。

一年前王旭的生日，苏之微第一次吻了他，在那个喧闹的酒吧。想到这里，苏之微发现自己已经在生活和生意里陷得太久太久。王旭生日当天，苏之微换了高跟鞋和低胸装，精心化好妆，准备独自去寻点儿乐子。也许，她只是想找个出口发泄一下，又或者，只是找个借口，看看能不能遇见王旭。

直奔王旭去年过生日的酒吧。酒吧门口没有他的车。苏之微心里一下子轻松了，也失落了。找到服务员，塞了100元的小费，在人挤人的酒吧里找到一个大大的沙发座。有钱能不能使鬼推磨没人知道，但在酒吧，有钱就能买到磨来推，倒是真的。

苏之微点了一瓶巴黎之花，香槟被烟花的光芒笼罩着从黑暗的大厅中递到苏之微面前的过程中，吸引了无数人的目光。苏之微安静地坐在沙发深处，带着对王旭的思念和忧伤，在微弱的光亮中若隐若现。一杯接一杯地喝酒，香槟的快乐泡沫在苏之微的安静中仿佛也变得忧伤起来。

一个又一个男人走过来，搭讪碰杯。苏之微头都没有抬。直到，那么熟悉的古龙水味道让苏之微猛地抬起头。一双澄澈的眼睛，干净笔挺的白衬衣，像苏之微一样不属于这里。

苏之微礼貌地笑笑。

他问："可以坐这里吗？"

苏之微鬼使神差地点了头。

也许，两个人都寂寞。不用聊什么，两个人都不怎么讨厌对方，一起喝酒。喝完苏之微的一瓶酒，他又叫了一瓶巴黎之花。

喝多了，苏之微有一点儿眩晕，心跳也有点儿快，在狂热的音乐里走出去跳舞。他也站起来，从背后抱着苏之微一起跳。那么熟悉的味道，男人特有的坚实胸膛和心跳。苏之微忘情地跳舞，仿佛回到了龙舌兰那一夜的沙滩上，全身心地忘乎所以地沉醉在记忆里。

最后还是跳累了，苏之微向陌生人笑着喘息着摇摇头，走回沙发。接着喝酒，喝完第二瓶，开了第三瓶。等苏之微再站起来的时候，她发现自己站不稳了，残存的理智告诉自己要回家。她拿起包往外走。陌生人也跟了出来。

一出酒吧，北京夏夜的清新空气驱散了酒吧里的燥热。苏之微清醒了一些，伸手拦车。陌生人追过来，握住苏之微的手，说："我送你。"

苏之微摇摇头："我只是来喝酒跳舞，我不寂寞，你走吧，我不是那种女孩。"

一辆黑色的法拉利停在了眼前，保安从里面走出来，把车钥匙给了陌生人。

苏之微摇晃着微醺的脑袋，不解地想，这是火星吗？法拉利变得这么不值钱了？此时此刻的苏之微只是想念王旭，疯狂地想念，刻骨铭心地想念。不是古龙水的味道，也不是黑色的法拉利，只是那个人。

所有的物质都可以舍弃，我只是想要你。

苏之微暗想，等遇见王旭，我会告诉他我有一个法拉利的艳遇。

陌生人急了："为什么不肯让我送你？"

苏之微笑起来，带着醉意说："因为你和我男人用一样的香水开一样的车……"

陌生人沉吟了一会儿，说道："我以为你是单身……"

苏之微看了看自己的小指尾戒，露出一丝苦笑。

打车到楼下，苏之微晃悠悠地走出车门。一辆黑色的法拉利停在楼下。烦人的陌生人，半夜跟踪。苏之微有点儿悔意，又有点儿怒意——没想到是这么难甩的烂桃花。

趁着酒劲儿，苏之微用拳头咚咚地敲了敲车前盖，不耐烦地说："回去吧，拜托了！我有男人了。我不是那种女孩！"车里没有动静。

苏之微越发烦躁："不要再跟上来！我会叫警察的！"转身要上楼。车门打开了。苏之微心想他再往前走，就转身露出自己最凶的样子来恐吓他，或者大叫几声保安。

一转身，竟然是王旭，抱着一大束玫瑰，还提着一盒小蛋糕。苏之微彪悍的表情僵在脸上，仔细地回想自己刚才说了什么。

王旭烦躁地看着苏之微："你去哪儿鬼混了？还被人跟踪是不是？你知不知道今天是什么日子？"

一时间，苏之微的大脑空白了，不会转了，傻傻地问："你在这里干吗？"

王旭凶凶地走过来："你说我在这里干吗？！"

苏之微微弱地反问："你怎么不给我打电话？"

王旭恨不得把花扔了："你说呢！打他妈一百个了，你丫带手机了吗？！"

苏之微看看小手包，根本就装不下手机，出门也没想带手机。苏之微低下头，小声地说："对不起。"

王旭凑过来闻了闻苏之微："穿成这样，一身酒味，你去夜店了是不是？还被别的男人跟踪？还跟我开一样的车?!"

苏之微看着王旭，突然笑了出来："嗯，还和你一样的香水味呢。"

王旭把花往苏之微手里一塞，直接拖着她上楼："赶紧回家，穿这么短，净给爷们儿丢人！以后不许去那些个地方，我告诉他们经理盯着你，看见你去一次我打你一次！"

苏之微在昏昏沉沉中被拖上了楼。有王旭在，那么好。苏之微好开心，傻呵呵地踢掉鞋子，大声说："亲爱的，生日快乐！"

王旭的怒气还没散，烦躁地嘀咕："冰激凌蛋糕都化了，真他妈烦！"用湿毛巾给苏之微抹了把脸，"这么容易醉，还这么爱喝，就不能让我省点儿心！"

苏之微一把抱住王旭，紧紧贴着他的胸膛说："我以为你不见了呢！"

王旭低头亲了苏之微一口："我要是不见了，你就被人掳走了！瞎惹桃花！"

苏之微像个得到糖果的小朋友，在房间里来来回回地晃悠："你来跟我过生日哎！"

王旭把苏之微横抱起来，放到床上，吻了吻她的额头："喝醉了，好好睡吧，别瞎晃悠。"

苏之微搂住他的脖子，迷迷糊糊地说："别走，别走，我一个人好孤单，我很想你。"

王旭躺下来，睡在苏之微身旁，摸着她的脸，哄着她睡下。

早晨醒来，苏之微觉得好像梦见王旭了，口渴得要死。只见床头柜上放着一杯水，下面压着一张字条：不许再去夜店！不许再喝酒！

苏之微笑了，原来昨夜不是做梦。

客厅里放着一大束玫瑰。有王旭真好。

可是，他是别人的老公。

绝不放弃

可是，他是别人的老公。

每每想到这里，苏之微就觉得这是无论如何都绕不过去的心结，郁闷却又无解，只能按下心头的不安，想想自己的正事。

上网看新闻，无数的官方、非官方言论都在说如何稳定股市，国家鼓励各国资委下属的上市公司增持股份。苏之微觉得是不是应该是时候抄底了。

她先去梅总办公室聊了一个小时，再去银行看看短期理财期限，为抄底做准备。两天后，煤老板资金到账了，4000万。煤老板真聪明，如果亏了，这4000万反正是白捡的，无所谓。如果赚了，用4000万的基数去翻番也是非常可观的收入。王旭的账户里是5000万加些零碎的短期理财收益。苏之微自己的账户是300万。苏之微不再给梅总打理账户，主要是怕下单时间来不及。梅总也明白，提了个要求：每天早晨跟苏之微吃早茶，聊聊股票。

三个账户全部半仓买入。结果一个月以后股市没有反弹表现，三个账户全面浮亏。煤老板打来电话：小苏啊，不要着急啊，我相信你的。苏之微心想：放屁！你相信我还打什么电话！赚钱的时候怎么没见你打电话来！

苏之微淡定地回复："我们做大波段，左侧建仓是有浮亏期的，不会有问题。"

煤老板安心了："呵呵，好啊好啊。"

挂了电话她才开始闹心，到底还是有些没底，这要真这么亏下去可怎么得了。苏之微以大户的身份跑去参加券商策略会。

来参会的都是些做投行的、基金经理或者证券分析师，苏之微这么一个年轻女孩，在其中非常显眼。策略会休息期间，苏之微始终保持微笑，心里却在打鼓——得赶紧找个老大问问情况啊！她也不知道谁是老大。旁边有人看见苏之微这么笑眯眯的，很是讨喜，便问道："你哪个公司的？"

苏之微不敢自报家门，一来不知道别的大户有多少钱，二来不知道自己这种菜鸟水平会不会被专家鄙视。她随口编道："我是这个券商的实习生，今年研究生刚毕业。"

这位大哥立刻显示出经验老到的样子："那你入行时间太短了。"

苏之微赶紧谦虚谨慎地说："是啊是啊，也不知道你们这些前辈怎么看啊。"

大哥自信地说："大盘这么差，一时半会儿不会好的，还要创新低的。"一听这话，苏之微心里拔凉拔凉的——怎么跟自己想的不一样呢。旁边一个黑脸汉子听到，张嘴说道："创什么新低！这就是底。"自信哥一看黑脸汉说话，也不反驳。

苏之微又一惊，好一个黑脸汉，英雄所见略同啊。她低眉顺眼地上前请教道："先生，您为什么这么看呢？我听前面几位专家的讲话好含糊，都没说涨还是跌。"

黑脸汉不屑道："狗屁专家，都是见风倒的。美国危机一旦触底，避险资金会马上回流，各国会疯狂印钞票，不涨才怪，会有一波大行情。"

苏之微一听这么专业的分析立刻崇拜了。自己虽然也隐约觉得政府给足了马力要鼓舞士气，可是外围情况实在不明朗，听黑脸汉这么一说立刻信心满满，赶紧积极主动地换名片。一看黑脸汉的名片是个投资公司的董事长，美国知名大学毕业的金融学博士。苏之微心想真是人不可貌相，海水不可斗量，没想到一个黑社会长相的大叔竟然学识这么渊博。她立马决定拜师学艺，好好巴结。

黑脸大叔看苏之微也算忠厚老实，在她的几次盛邀之下，终于赏脸吃饭。每次吃饭都跟苏之微讲讲世界局势和股票行情，从宏观行业公司数据到技术资金能量，不一而足。苏之微巴不得多长几个脑子一并用来学习记忆才好。苏之微一口一个"师父"地喊着黑脸大叔，大叔对苏之微的尊敬颇为受用，也介绍了很多他的好朋友给苏之微认识。苏之微在这群隐身的大鳄中东听西听的，进步神速。

10 月，师父他老人家来京办事，吃饭时告诉苏之微一只股票。苏之微晚上狠狠地做了一番功课，第二天一开盘就狂买，结果发现这只股票盘子太小，自己三个账户加起来将近一个亿的资金买起来好困难。打电话跟师父哭诉。师父大人这才惊觉这看上去不显山不露水的丫头竟然是个大户，从此倒是对她的讨教更上心，联络也更加频繁。至此，苏之微的炒股技艺算是正式进入专业领域。

两个月，这只股票翻了一番。王旭的账户一亿，煤老板 8000 万，苏之微自己 600 万。苏之微这边顺风顺水地炒股，正忙得不亦乐乎，王旭那边出事了。

张总把苏之微叫到办公室，指着搜狐首页的新闻："看见这则消息了吗？"

苏之微一大早还没来得及看新闻，在张总的电脑上一看，腿都软了，王旭的父亲出事了。新闻是他父亲的下属被调查的内容，那王旭全家也一定脱不了干系。

苏之微顾不得细听张总说些什么，赶紧出去用王旭给她的手机拨过去。还没来得及说话，王旭的声音传来："不用说，我知道，等我。"

苏之微一整天都心急如焚。这可不是小事啊，这可是身家性命的大事，这事情大得苏之微根本想不出来会对王旭及他的全家有多大的影响。

一整天，王旭毫无消息，也没有回电。苏之微也不敢再电话过去。既然王旭那么说肯定是怕有人监听。他会不会被软禁了？他的父亲母亲会怎样？他现在住到哪里去了呢？他会受到多大的牵累？他们全家会不会被判刑？王旭会被判多重的刑？

几百个问题在苏之微的脑海里翻来覆去地打转，她越想，疑团就越多，越想，就越害怕。下了班直接回家，连饭都没敢去饭馆吃，打了电话让服务员小妹给送上楼。

凌晨时分，王旭敲门，苏之微扑过去开门，一句话都不敢说，赶紧看看他身后有没有人。

王旭看上去很是疲倦，神色倒是很平静，小声说："没事，我偷跑出来的。"

苏之微急得要哭出来:"到底怎么了？会怎么样？"

王旭捏捏额角:"全部能查到的账户都冻结了，很多人被牵扯进来。我爸妈和我被限制，不得离开北京……"

苏之微被吓到了:"那……那怎么办？有什么办法吗？"

王旭好像一下子老了，额头上多了几道皱纹。"没有办法，这个时候什么办法也没有。"

苏之微不甘心，拼命地动脑子:"求求人呢？"

王旭苦笑道:"求谁？这个级别你还能求谁去？"

苏之微一想，老百姓可以求九品县官，九品县官可以求八品的官，那一品大员求谁去？王旭妈妈说得对，钱能解决的都是小事。对于他们家来说，要钱有什么用。苏之微还是不服气，继续出主意:"那你平常的那些朋友呢？"

王旭无奈道:"这个事情不是一天两天了，6月的时候就有人在查，有人早就听见风声闪到国外了。其他人避都避不及，怎么会伸手惹事呢。"

苏之微突然想起自己手里的那些钱，恍悟原来王旭是一早就想到会有问题才在她这里做了准备，留了一手。

苏之微刚开口:"那我这里的那些……"

王旭捂住苏之微的嘴，示意她不要说话，找到她的两个手机，把手机电池抠掉，才接着说:"小心，那些钱你要留好，我这几天到处活动要用到，你先给我 2000 万。"

苏之微又傻了，几天的活动用到的数额竟然是千万级别的。摊上大事，钱真的不值钱。王旭又交代了苏之微很多事情，搞得像是她马上要被牵连。苏之微打起十万分的精神，一一牢牢记下，不敢有半点儿马虎。哪怕是可能会对王旭有一点儿伤害的事情，苏之微都不愿意做。

和苏之微约定了后天给钱的地点，王旭没再多作逗留，很快走了。

第二天，苏之微找了个高点，把王旭的账户卖出了 4000 万股票。同时通知银行隔天要支取 2000 万。第三天，2000 万现金从股票账户转移到银行账上。苏之微按照王旭的嘱咐在网上银行分别向 10 个账户汇出了钱，然后拿着不知道谁的身份证，去银行取了 20 万现金，用普通的垃圾袋裹好，扔到车里。开到公园门口，看到王旭的车，马上把钱扔到他车里，自己再到北五环转了一大圈，绕着胡同回到家。

　　整个过程中苏之微的手都是抖的，她明白自己随时都有可能被王旭的事情牵连进去，也明白自己面临的危险。但只要有一点儿救王旭全家的希望，苏之微都不愿意放弃，否则，自己这一辈子都不会安心。

孤注一掷

　　第二天上班，张总把苏之微叫过去，神色凝重地说："我想你知道了 David 的事情。"

　　苏之微点点头。

　　张总接着说："我们红树林的项目公司赶紧清算吧。"

　　苏之微一听这话，内心立马万马奔腾。前期费用都是王旭掏钱打点的，现在清算的话，董事长和张总一分钱不亏，可是王旭就亏大了。最重要的是，王旭在前期向各方承诺的事情都落实不了，再加上他家里遇到的这个事情，恐怕王旭以后在三亚甚至整个海南都没办法混了。这简直就是让王旭伤筋动骨的方案。

　　苏之微刚要解释分辩，张总仿佛已经知道她要说什么，打断道："Stella，你要职业一点儿，你是公司的员工，你的义务是为公司服务。"

　　苏之微知道此刻争论也没有用，毕竟自己还需要有这样一份稳定的工作。只能回去自己想办法了。

　　回到自己的办公室，苏之微仔细地分析了一下形势。现在做清算无非是怕项目做不下去了，想保住董事长和张总自己的 1.4 亿，然后和王旭划清界限。但是，这项目难道真的就做不下去吗？三亚的关系也撤退了？可是，此时项目已经进展到一半了，最重要的不是前期的那些个关系，而是项目本身，如果项目能够坚持做下去，再有半年应该就可以谈买家了。对王旭而言，如果清算，他投入的6000万扣掉前期的公关费用和给别人的承诺也就不剩什么了，甚至可能还要倒贴。三亚那边可能就会和他撕破脸，以后再也没有机会翻身。站在王旭的立场，他一定是想做下去的，只是现在自顾不暇，恐怕都没有时间细想。

这个项目因为有董事长的关系在，应该一时半会儿还不会牵扯到王旭家的纷争。苏之微不敢给王旭打电话，怕因为这一个电话被发现然后被追查，就太不划算了。题目算是看清楚了，解题要怎么解呢？苏之微觉得很头痛，靠自己的力量怎么可能解决这么大的难题？1.4个亿啊！光数"0"就够她数上半天了。

王旭现在处处要用钱，动不动就千万级别。听他的口气，刚花出去的2000万才只够他支撑几天。苏之微默默地把王旭的股票账户又卖了1000万。现在户头上剩下5000万股票和3000万现金。苏之微看着剩下的5000万，突然想到：王旭还不知道自己赚钱了，他还以为只有5000万，不知道赚来的这5000万。也就是说，王旭解决这次危机的全部预算只有5000万而已。苏之微像是看见了一丝曙光，撑着脑袋再想了想，可以把股票都卖光，然后把红树林项目接手下来！可是缺口是1.4个亿啊，就算有了5000万，还有9000万啊！

苏之微一想到"亿"这个字眼，就一阵心悸。真是想都不敢想的大数目啊。她默默地打开煤老板的账户，8000多万，自己的账户，600万。居然差不多9000万！差不多！

这么算下来，9000万的缺口只差不到400万了，相对来说，400万就是小数目了！苏之微不由得兴奋起来，转念再一想，自己账户里的钱都好说，煤老板的钱人家是要炒股的，他会同意吗？苏之微左右思量，决定孤注一掷赌一赌，找煤老板聊一聊。

打通煤老板的电话，他老人家表示很惊讶："小苏呀，给我打电话有事吗？”

　　苏之微镇定地说：“有个投资机会，想跟您商量。”

　　煤老板迟疑了一下，说：“可以啊，说说。”

　　苏之微试探道：“您在国内吗？我找您去。”

　　煤老板小吃一惊，半晌才说：“哦？哦，我在成都啊，你来找我吗？”

　　苏之微清晰而坚定地说：“我去找您，您什么时候有时间，我订机票。”

　　煤老板想了想：“那就明天下午吧。香格里拉酒店。”

　　挂了电话，苏之微请了假，买机票当天晚上直飞成都。

　　在酒店里，她把前前后后的事情又好好过了一遍，将各方利弊和矛盾冲突想得清清楚楚，准备好哪些话能说哪些不能说。

　　第二天上午，到酒店的商务中心把煤老板的股票账户明细打印了出来。下午给煤老板打电话。见面后，煤老板笑呵呵地说：“有什么发财机会啊小苏，还专程跑这一趟。”

　　苏之微把项目的大致情况讲了一遍，重点是海南的发展和该项目的盈利能力和操作把握，含蓄地提到有人需要转让股份。

　　煤老板想了想，提出疑问：“这么好的项目为什么有人会转让？”

　　苏之微早就想好了怎么回答，很沉着地说：“因为该项目的退出方自己的资金实力不够，这样的投资额度和相应的风险配比达不到他的要求。您也知道，另一个合作方王旭的家里是出了些问题的。但是，在项目目前的阶段和退出方的背景掩护下，是绝对不会牵扯到项目的。”

　　煤老板沉默了一下，问道：“你和王旭是什么关系？”

　　苏之微照实说：“他是我的前男友。他已经结婚了。”

　　煤老板沉吟：“哦，你是来劝我入伙啊。”

　　苏之微知道他话里的意思是，你们两口子万一合起伙来骗我怎么办。

　　苏之微不急不躁地说：“我是来劝您挣钱的。这个项目的盈利能力就像我之前说过的那样，是股市所不能及的。而且，您不用担心我和他的问题。我要养自己、养父母，我不能承担大的风险，我是非常彻底的厌恶风险的投资人。能规避的风险一定会规避。在这个项目里，我会把自己股票账户里所有的钱都投进去，包括我自己的餐馆和美甲店。"

煤老板笑了笑："你那些钱一共也不到 1000 万吧，我这可是 8000 万。"

苏之微淡定地微笑着说："您用 8000 万入股的当下，就可以股权占比 55%，价值 1.1 亿，真金白银已经赚了 3000 万，这 3000 万都是王旭诚心实意感谢您雪中送炭的礼物，也是您资金的风险溢价。明年，项目转让时，您的 8000 万可以为您带来近 8 亿的利润，这么高的收益，真的值得投资。而且，您的 8000 万不到你总资产的 10%，对不起，当然我并不太了解您，这也是猜的，实际比例可能更低。而我的 1000 万是我的全部身家性命。"

煤老板研究着苏之微的表情，问道："你为什么敢这么赌？"

苏之微平静地回答："我不是赌，我是用我的专业能力在投资。赌博的风险是不可控的，而投资的风险是可控的。我曾经给公司运作过比这个项目大 10 倍的项目，我的职位您也知道，您也可以问梅总，我有充足的经验。"

煤老板不说话，喝了口茶，直直地看着苏之微："万一亏了呢？"

苏之微反问："在您给我这笔钱炒股的时候，有没有想过，万一亏了呢？您给我钱是因为相信我的投资眼光，而且觉得能够承担全部亏损的风险。同样，我现在以专业理财的角度，推荐你投资这个项目。"

煤老板又笑了笑："这个和股票不一样，股票变现容易。"

苏之微也笑笑："如果各国为救经济不停地增大货币发行量，那么现金和股票都不是最好的投资品种，这个项目才是。"

煤老板看着苏之微："你这个姑娘真是了不得。不过，这个项目我不能轻易答应。"

苏之微礼貌地笑笑："没关系，您是投资人，如果您还是决定投资股票，我也没有问题。"

回到北京，苏之微想了想身边的朋友，有没有出得起这 8000 万的。打电话给师父，师父他老人家表示只投股票不投实业。打电话给尹从森也没有用，基本上他所有的现金都在公司里不停地运转，不会有这么多闲钱。这个时候苏之微才发现自己的圈子实在太小了，连在钱上面都帮不上王旭任何忙，更何况其他？王旭又是两天没有消息了，不知道事情处理得怎么样。万一处理不了，他会怎样？

苏之微想起王旭曾经那么愤怒地问自己，尊严重要吗？是啊，重要吗？如果知道很有可能再也见不到王旭，他再也不会出现在自己身边，再也不能像从前那么快乐，为什么还要为了自己那点儿尊严而结束那么快乐的时光？人生有很多时候，我们自认为做了很对很对的事，到最后才发现，原来所谓的正确都那么肤浅、不堪一击。想着王旭现在面临的事情，想着自己的无能为力，苏之微几乎绝望，眼泪哗哗地流下来。

王旭匆匆来匆匆去，看上去瘦了很多，和苏之微要走了另外 3000 万现金。另一方面，几乎放弃了的苏之微开始准备办理红树林项目清算的事情。

一星期过去，张总问苏之微："红树林处理得如何？"

苏之微答复："正在处理。"张总点点头，示意她可以走了。苏之微正要走，想了想，接着说："张总，如果有个机会，还给您这么多股份，您愿意试一下吗？"

张总抬起头："什么意思？"

苏之微下决心孤注一掷，最后努力一把："我有个投资人，他对项目感兴趣，也愿意接下来这个项目，但是我的级别太低，不足以让他信任，如果您愿意跟他见一面，我想可以帮您争取到一部分股份。"

张总想了几秒钟："风险不是钱的问题，风险是王旭他们家的问题。"

苏之微回答："张总，我明白您和董事长的担心。我有几点要说明。第一，以董事长的背景，这个项目到现在都没有被调查，就应该是没有问题的。而且三亚现在的整体局势很稳定。第二，董事长担心的是如果他继续参与这个项目，很可能被连累到调查北京的事业。北京毕竟是总部，这个风险太大了，他不能赌，所以他要退出。第三，您和董事长不一样，您的参与将变成个人行为，是您以您在市场上的经验和地位做的隐性担保，即使被调查，也没有问题。第四，没有人比您了解这个项目，您知道这个项目明年就会有收益。第五，这 5% 到 10% 股权所需要的，仅仅是您和我的投资人见个面。"

张总想了想说：“知道了，我考虑考虑。”

苏之微走出张总的办公室，重新考虑了一下自己刚才的说法，觉得煤老板如果知道张总愿意加入，他肯定会打消一些顾虑，至于愿不愿意给张总 5% 的股权却不一定，但是自己的 1000 万所占的 5% 的股权可以全部给张总。1000 万虽然是自己的全部身家，但是，为了王旭，一切都值得放弃。

苏之微回到自己的办公室不久，收到了张总的短信：约约吧。

苏之微笑了——张总的野心是危险的，但也是有价值的。

苏之微打电话给煤老板：“我们 CEO 会参与这个项目，如果有时间，您可以过来北京面谈一下吗？”

煤老板笑了：“小苏啊，前途无量啊。好的好的，明天找个地方喝茶吧。”

约齐了张总和煤老板。第二天下午，在苏之微选定的茶馆里，两个老板一开始都绷着劲儿，尽聊些天南地北的，迟迟不聊正事。苏之微在一旁等得着急，也只能咬紧牙关，静观其变。一直到聊起打高尔夫，聊到三亚的球场，方才切入正题。

张总有分寸地点到即止：“红树林项目 Stella 跟了很久了，合作方在三亚的背景很扎实，跟她也很熟。我没有时间细管，都听 Stella 的，她现在是我们公司的核心中层干部。”

煤老板也很是老谋深算，搭腔道：“我跟小苏认识也有一段时间了，是吧小苏？小苏的理财能力一流啊！呵呵，很省心。”

高手过招就是这么轻描淡写。苏之微在一旁察言观色地听着，心里知道这事情算是成了。大家又嘻嘻哈哈地闲扯了些七七八八的，大功告成。

煤老板跟苏之微说，要去三亚看看。苏之微直接跟张总打了招呼，就申请去了三亚出差——混到这份儿上，终于不用自己花钱买机票了。

煤老板在三亚转了转，看了看红树林项目的进展，又看了看苏之微之前运作的公司的三亚大项目，表示很满意很认可。之后他又给了苏之微一些材料、身份证信息和银行账号什么的。

苏之微笑了：“您就这么信任我，不怕我直接拿走啊？让您秘书或者谁给办一下吧。"

煤老板说："你这个姑娘不是这么点儿钱就能搞定的。不然，我就会追求追求你，哈哈！"

苏之微知道他开玩笑但还是很郑重很感激地说："谢谢您的信任，遇见您这样的投资人我真的很幸运。"

煤老板也认真地说："是你自己争取的，希望合作顺利。"煤老板很爽快地给了张总10%的股权，苏之微自己还是5%，王旭还是30%。

经此一役，苏之微从煤老板这里学到的是：投资之前要充分怀疑，投资之后要充分相信。其后的逻辑是如果成功了就不在乎这点儿股权，如果失败，连一分钱都保不住。所以，做事不如大气一点儿，这样以后大家才可以继续合作。还有，在投资的领域，核心问题就是笼络住真正的人才。

回到北京，苏之微把自己的股票账户、店铺、车都处理完。看着空空如也的账户，苏之微觉得自己一夜回到解放前，又是身无分文了。再转念一想，还有个属于自己的小窝，还有份体面的工作，同时还获得了别人对自己能力的首肯与尊重。这已经不仅仅是钱能带来的成就感了。突然之间，她有了一种金钱于我如浮云的洒脱劲儿，心情很是舒畅。

资金问题解决了，苏之微把方案准备完。董事长那边由张总去想办法解释，王旭这边苏之微自己处理搞定。各项事情都办妥了，红树林项目继续按计划进行。

王旭一直没消息。苏之微有时做噩梦，梦见他遭遇各种不测，醒来后又发现噩梦一样的现实——如果王旭再也不出现了，自己要怎么办？

左思右想，苏之微还是找到师父，托他打听一些王旭家的事情。

师父很是奇怪："你问他们家干吗？"

苏之微含糊其词地说："朋友。"

师父更奇怪了："你这个丫头有点儿故事啊。"

苏之微讪笑："没故事，普通人。"

师父也不再细问，真的托了人四处打听。终于找了个明白人把事情前后说了个清清楚楚。原来那边事情已经结束了，结果就是王家老太爷被强制退休，老太爷的左膀右臂以及下属通通被严办了。

苏之微一听，大松一口气："还好还好。"

师父被她说得吃了一惊："这就叫还好？这么大的事挨谁脑袋上都要哆嗦。"

经过这些日子，苏之微由衷地觉得权势、金钱都是浮云，能踏踏实实地保住人、保住稳定的生活就是万幸了。老爷子就算是不光彩地下台，也总算是得以安享天年了。她千恩万谢地告别了师父，回家就给王旭打电话。

你在哪里？

两个号码都没有人接，苏之微真的着急了。这么长时间以来，王旭一点儿消息都没有。如果师父打听来的消息是真实的，那整件事情就已经结束了啊，为什么还是没有消息？为什么没有消息？苏之微急得近乎发狂，却一点儿办法也没有。瞅着合适的时机，她小心地去问了张总一句，张总也表示对情况一无所知。

一天，两天，一个月，两个月……王旭真的不见了，就像从来不曾出现过。他曾经问苏之微："你真的觉得寂寞比纠缠更好吗？"他也曾经说："真正的寂寞是：当你有一天再也找不到你爱的那个人，她就像从这个世界上消失了，音信全无，你会觉得自己像在做梦，一直一直做梦，一直一直醒不了。没有人叫醒你，也完全没有痛，周围的一切都是虚无……"

和失去深爱的人相比较，尊严重要吗？苏之微再也不能承受这样的问题，深深的悔恨让她痛不欲生。

这一天，苏之微和某品牌谈完事情，坐在酒店的顶楼，写了下面这段话：

柏悦的 63 楼。

不知道为什么，北京的这天起雾了。

悬挂在长安街上空的，不只是心情。

在很多次容忍和妥协之后，还有什么可以打动灵魂。

那些悬而未决的事情，太久了，早淡漠了爱情。

很多人永远不会再见，过了几年，连悲伤都不曾留下。

还能怎样耗费生命。

我会记得这个寂寞的傍晚，时光在慢慢浮起的灯火中兀自漫长。

double espresso，越喝越温凉。

走到哪里都想到同一个人。

没人送我醉生梦死。

没什么比理智着不作为地死去更令人痛苦。

有你就有温暖。

enjoy my life，说起来容易做起来难。

不如，就这样，找个人结婚吧……

放弃自己也许比放弃你容易。

王旭，如果你能再出现，不管你是什么身份，我都不在乎；不管我的什么尊严，我都不在乎；不管谁家里的谁不同意，我都不在乎；不管我们以什么样的方式在一起，我都不在乎……我什么都不在乎了。

王旭，请你回来。

王旭，请你回来。

王旭，请你回来。

我们知道自己在活着，是因为我们想知道我们在意的人在怎样活着，也因为在意我们的人想知道我们在怎样活着。如果你在意的人不见了，在意你的人也不见了，你会发现自己孤独一人，在这个世上漂泊行走。醒着又何妨睡着，活着又何妨死了。

王旭，我为你，用尽了我全部的能力。我之前一生所积累的所有，都只为了能微弱地救你一把。我成功了，我马上就要成功了。

你在哪里？

我们爱的那个人，我们知道他的手机号码，知道他的家庭住址，我们知道他姓甚名谁，也知道他的身份证号码，我们知道他的职业、他的习惯、他的衣服、他的车、他的朋友，甚至见过他的家人。可是，我们忘记了，我们的城市那么大，足够让一个人消失一万次。

有一天，他的手机再也打不通，他的家庭住址换了新的住客，他的姓名再也没有人在意，他的朋友通通作鸟兽散，他带着他的习惯、他的衣服、他的车子就那么简单地从这个城市消失了。你知道这个人可能还会去的地方，你天天有意无意地在门口等着，日复一日，可他就是没有出现。

你以为自己相思成疾，你总看到一样的车子、一样的背影、一样的笑容、一样的眼神。你在电梯里搜寻上一拨人留下的香水味，你以为他还会像以前那样跟踪在你身边，默默地守候在你家附近的街角⋯⋯

可是，半年过去了，毫无消息。

红树林项目终于做完，尹从森帮助苏之微介绍了一个买家。2009年年中，海南旅游岛的故事已经人尽皆知，项目升值不少，苏之微本来预计的转让价是17亿，此时紧跟势头，也水涨船高地开出了30亿。对方公司委托尹从森跟苏之微砍价，苏之微知道尹从森在对方公司也会收取中介费，没再说什么，27亿成交。

扣完税费，王旭当初投的6000万变成了5亿多。苏之微投的1000万，变成了将近1亿。张总空手套白狼，只喝了一顿茶就搞定了2个亿。煤老板更是了不得，赚了10亿多。

苏之微把王旭的钱处理完，却不知道要跟谁分享这最终的喜悦。所谓的成功与成就感后面原来是满满的空虚与寂寞。这是苏之微之前没有想到的。

王旭不在，这笔钱被苏之微好好地打理着。数目很是可观，全投入股市肯定不行。苏之微看到二三线城市的房价还在低谷，于是在天津、重庆、武汉等地分别买了几套别墅、几栋公寓，又把其中几栋公寓以酒店的形式出租出去，找人打理。租金比普通租房要高出不少。

　　苏之微也为自己在公司旁边最好的公寓买了一套200多平方米的三居室，回老家给爸妈买了一栋三层的别墅，去奥迪4S店买回了当初王旭送自己的那种越野车。花完钱，却依然没有感觉到太多的快乐。

　　这一年的半年会，张总找到人力资源总监，亲自提名苏之微为最佳区域负责人，因为她负责的公司大项目盈利情况在公司的诸多项目里排名第一。苏之微的团队，像Cindy和小浩，都已经成长为非常优秀的项目经理。

　　不用想都知道这会是一个盆满钵满的半年会，苏之微的薪水翻番，Cindy和小浩等团队成员都会有不菲的年中奖。张总更加不会亏待为自己立下汗马功劳的苏之微。野心是个中性词，有的人为了野心不择手段，有的人可以把别人的野心为己所用。

　　奥迪新车到店的那天，苏之微去提车的时候，突然非常想念那辆淡蓝色的法拉利。说到底，她并不是奢侈的人，更对车毫无兴趣。但是，以现在的实力，苏之微想，也许看看还是够格的。

　　苏之微决定去法拉利专卖店看看。开着新车到了法拉利专卖店，旗舰店的气势还是让苏之微为之一震。走进店里，只有不多的几辆车。有面目端正可喜的小伙子迎上来接待苏之微，她笑了笑，表示看看而已。

　　小伙子一看苏之微手中的奥迪车钥匙，直觉苏之微是个想换车的金主，不由得多上了一点儿心，同时非常有素养地向她介绍车的基本情况。听了半天，苏之微觉得累了，到休息区休息，喝水的时候，又有人进来看车。

　　休息区正对着出口，苏之微正好看见另一个小伙子走出来迎向一位新客人，手中的杯子一抖，好熟悉的身影。苏之微本能地想，是王旭吗？有可能吗？那个小伙子引客人走向大厅，却一直背对着苏之微。

　　苏之微渐渐松弛下来，心想自己又犯毛病了，仿佛妄想症一般，总是看到相似的背影、相似的脸庞，甚至相似的眼神，也总会在不同场合听到同样的声音，闻到一模一样的香水味。

　　新客人慢慢地看车，偶尔提几个问题，小伙子有条不紊地介绍，即使声音那么小，苏之微依然听到了一样的声音。苏之微坐不住了。

　　她站起来，走向小伙子的对面，想看到他的正脸。没想到苏之微刚走过去，他又转过身。苏之微感觉有些不对劲儿，心口仿佛被一点点撕裂开，痛得她全身发抖。苏之微走上前，抓住他的手臂。没错的，是王旭，是王旭的手臂。小伙子甩开了她的手。

苏之微忍无可忍，大喊道："王旭！"

回不来了

本来就很安静的销售厅完全静谧下来，连一根针掉地的声音都能听见，所有的人都转过头来，不明就里地看着失态的苏之微。为苏之微服务的销售小伙子跑过来，碰了碰同事的胳膊。

知道躲不过去，那个小伙子不情愿地转过身来。王旭，真的是王旭，可是又不像是苏之微所熟悉的那个王旭。那种凌厉没有了，那种气势没有了，那种尖锐也没有了。王旭在苏之微面前低着头，垂着眼睛，脸上满是复杂的神情。

苏之微再也不能忍受，她使出全身的力气，拉着王旭走出专卖店。一直把王旭拉到车旁，命令道："上车！"

王旭看了看车，站着不动："别闹了，我要回去上班。"

苏之微狠狠地看着他，霸道的语气里快要藏不住哭声："我说上车！你不跟我说清楚，我是不会放过你的！我等了你这么久！我什么都不要了！只为了你！你凭什么安安稳稳地回去上班！上车！"

销售厅里的人都有意无意地往外面看，生怕错过了一场好戏。在无数双眼睛的注视下，王旭叹了口气，乖乖地上了车。一路上，谁都没有再说话。苏之微直接把王旭带到自己的新家，她要告诉王旭，他不是一无所有，他还有自己，还有一笔数字很大的金钱，他完全可以像以前一样快乐。

王旭跟着苏之微上楼进房间，苏之微看着王旭在门口换鞋，那么熟悉的动作，那么小的细节，却有恍如隔世之感。她再也忍不住，从背后抱住王旭，哽咽道："你说过你会一直在我身边的！你竟然不见了！我到处找你！我都不知道该怎么办！"

王旭看着宽敞的客厅，解开苏之微的手，用一种说不上来的陌生语调说道："看起来你过得很好啊。"

苏之微拉着王旭在沙发上坐下，迫不及待地把所有为他打理的银行户头和资产资料拿出来。苏之微擦着眼泪笑着说："我一直在等这一天，就是为了告诉你，你还拥有很多，你有5亿多，实际上快到6亿了。"

王旭不可置信地看着苏之微，彻底愣住了。

苏之微高兴地接着说："我知道你不信，可这是真的，我真的变聪明了！"她把事情的经过原原本本地说了一遍，又把王旭的每一分钱的投资和用途都仔细说了个清楚。在苏之微说到去求煤老板和张总入股并卖光自己全部家产的时候他紧紧皱着眉头，听到后来慢慢露出笑意。

终于讲完了，苏之微拉着王旭的手，认真地说："我想通了，我为了你什么都可以不要，你说得对，尊严重要吗？只要能跟你在一起，什么身份、什么形式都可以。"

王旭的目光落在窗外，他平静地说："谢谢你，这笔钱对我很重要。"

苏之微开心地说："你对我也很重要，你不许再从我面前消失了。"

王旭回过头看着苏之微，低声说："我不值得你这样对我。"

这是苏之微完全没有料想到的场景和对白，她呆住了。

为什么，一切都很好啊，我找到了你，你就活生生地站在我面前，平安、健康，可你现在究竟在说什么？苏之微不敢相信自己的耳朵。

"为什么不值得？你在说什么？"

王旭清晰而冷静地说："谢谢你给我赚的钱，没有这笔钱我不知道自己还有什么本事可以养家糊口，我连个普通男人应尽的本分都做不到。你是个优秀的女人，我不配你。"他拿起桌上的财产资料，走到门口。

苏之微大声说："站住！说走就走！你是个烂男人！你连跟我说清楚都不敢！你差点儿让我一无所有，你差点儿让我丧失活下去的勇气，你差点儿耽误了我一辈子！你要补偿我！"

王旭回过头看着苏之微："你觉得我能怎么补偿你？你要钱吗？你不是要钱的女人。我现在只有这点儿钱，其他的什么都没有。"

苏之微扑过去抱住王旭："你有我，你有我！你爱我！不然为什么不敢见我！为什么躲着我！"

那个总是嬉皮笑脸的王旭消失了，眼前的王旭低声说："因为我不想让你看到我这个样子，我不但躲着你，我也躲着别人。这是一种最基本的自我保护。"

苏之微几乎哭出来："为什么要自我保护，现在你有钱了，你不需要躲着了，也不要躲着我……"

王旭冷冷地笑了："6亿？多吗？你觉得够买几个法拉利？你觉得6亿能换回我爸和我以前的地位吗？"

苏之微说不出话。是的，看似很多的五六个亿，也许不及王旭以前物质生活的十分之一，地位更是望尘莫及。那是苏之微完全没有经历也无法想象的世界和生活。对她而言，摆脱贫困，能够自给自足，再然后竭尽全力地获得财务上的自由，就已经非常知足了。从没钱到有钱，从有钱到变卖家产、两手空空，再从两手空空到身价过亿，完整经历了这个过程的苏之微，本来认为自己已经洗尽铅华、看淡金钱了，可是，在王旭的面前，这些经历，这些富足，好像都失去了意义。

王旭妈妈的话又一次在苏之微耳边响起："钱能解决的都是小事，要钱有什么用。"

苏之微茫然了。

看着王旭走出家门，苏之微连拦的力气都没有。坐在空空荡荡的大房子里，仿佛灵魂已经随王旭的离开而离开，徒留一具孤独的躯体。

许久许久，不知道过了多久，天黑了。苏之微看着窗外渐次亮起的灯火，想起尹从森，想起王旭，想起这三年的人生与风波，更加坚定地对自己说，王旭，我爱你！走到今天这一步，其中有多艰难，只有我自己知道。我要幸福，我要的幸福不会容许任何人掠夺，包括你。

苏之微打开电脑，上网搜索起来。她找了私家律师，其实是私家侦探刘军。苏之微在心中默念，王旭，对不起，你也跟踪过我，我们扯平了。苏之微很是小心翼翼，用公用电话委托交代，然后用别人的户头把定金转给刘军。刘军很守规矩，把王旭所有的材料都发到了苏之微在网吧注册的临时邮箱里。

苏之微每三天去不同的网吧收一次刘军发来的邮件。王旭的生活渐渐露出水面。

王旭家已经搬到了西边的一个小区。不过这个小区里住的也不是一般居民，都是些像王旭爸爸那样退休的老人。小区环境还不错，王旭家住的是个普通的两室一厅。按照王旭爸爸正常的级别，应该有个更大的房子。只是时过境迁，现在还有的住就不错了。原来的大四合院已经有了新的主人。

王旭和父母住在一起，在刘军的连续盯梢观察中，没有发现其他人来过他们家，更别提什么优雅的女人。

苏之微回想起第一次也是唯一一次去王旭家的时候，两位老人虽然看上去很淡定平和，可是那高宅大院的侯门情景却太让人印象深刻了。曾经的踏破门槛，如今的门可罗雀，这就是所谓的人情冷暖，到了这个时候，两位老人连个来看望的人都没有。

苏之微特意让刘军查了王旭的婚姻状况，已经是离异。女方家里很有背景，在王旭家出事前已经知道，提前就办理了离婚手续。

根据刘军的邮件，王旭拿到钱以后，频繁地出入地产中介，看了几处豪宅，还没有成交。他已经不在法拉利上班，每天白天看房子，晚上在家里哪里也不去。王旭的父母就像普通的离退休老人，早晨和傍晚会出去散散步，遛个弯。

苏之微从刘军那里拿到了王旭家的地址和王旭的新电话。之后就跟刘军结款、解约。她用同样的方法找到第二家私家侦探，把刘军的情况调查了一遍，留下存档，以防小人敲诈。

做完这一切，苏之微觉得心里轻松了很多。毕竟王旭没有一味地自甘堕落，他只是消沉，他只是不适应正常人的生活。

这天晚上，苏之微穿得很淑女，买了点儿水果，开着车直奔王旭家。

来开门的是王旭的妈妈。

苏之微笑着说："阿姨好。"

王旭的妈妈一眼就认出了苏之微，也笑着说："小苏啊，好久不见了，快进来进来。"

小小的客厅，这个两居室着实不大，目测只有六七十平方米。王旭的爸爸戴着眼镜在看电视，看到苏之微，有点儿迷糊。王旭妈妈一边接过苏之微手里的水果，一边提醒道："这是小苏，旭旭的朋友，去过咱家大院的，还一起吃过饭。"

王旭爸爸"哦"了一声，笑着说："想起来了，年纪大了啊，小苏坐啊。"

王旭听到声音从里面屋子走出来，开门的时候，门吱呀吱呀地响。苏之微大大方方地和他打了个招呼："好久不见。"

王旭看上去没有很意外，只是神情很冷淡："你怎么来了？"

王旭妈妈拉着苏之微说道："坐啊，这么客气还带水果来，我去洗洗，旭旭你陪着聊会儿天。老头子你过来一下。"

苏之微看着王旭妈妈的笑容，心里五味杂陈。生活不单让王旭放下了骄傲，也让他的妈妈变得亲切。还好，当年苏之微没有顶撞过她，现在竟然还能落得她明里暗里的帮助，真是造化弄人。由此苏之微也更加坚信：无论什么时候，都要做一个知书达理的女人，良好的修养，一定会在未来的某天给你带来帮助。

爸妈走开后，王旭看着苏之微，微怒道："你怎么来的？你怎么知道我们住哪儿？"

苏之微早就知道王旭要这么问，早就准备好了回答，笑着说："我想知道你的消息很简单，可是我想不知道你的消息却做不到。我很想你。"听到这句自己曾经说过的话，王旭一时陷入沉默。

苏之微接着说："你别总站着，太高，我眼晕。坐吧坐吧。"

王旭的表情松弛了一些："你家还是我家啊？"

苏之微看着王旭的神情阴转多云，笑得更开心："你家还不就是我家？"

王旭不再理会她的打趣逗乐，闷闷地说："你走吧，我们真的不可能了。"

苏之微不急不怒："你懂不懂事啊，我来看阿姨，你轰我走。阿姨那么好一人，养你这么个白眼狼。"

王旭被她梗得一时说不出话来，半晌才说："你别闹了，我知道你的心意。可我现在什么也不会，你跟我在一起干什么？"

苏之微坏笑，小声说："你说呢？"

王旭彻底无语了，算是真正领教了什么叫作以其人之道还治其人之身。

苏之微自己偷乐了一会儿，正经起来："无论你需要多少时间，我都给你；无论你做什么，我都陪你；无论你需要什么帮助，我都支持你。我没法让你和你们家恢复以前的地位和尊严，但是我知道我们会在一起过上幸福的日子。更何况，尊严重要吗？"

苏之微冲着王旭眨了眨眼。

尊严重要吗？王旭听到这段话，内心微澜，目光平静，没有说话。

他的爸妈走了出来，端着洗好的水果，王旭妈妈热情地和苏之微问东问西，又张罗着大家吃水果，屋里顿时热闹起来。

苏之微假装已经不记得从前的尴尬与不快，平静地说了会儿工作上的事情。王旭妈妈知道王旭的钱是怎么来的，但也不知道详细的内情，听到苏之微曾经砸锅卖铁四处求人的事情，也不免唏嘘。

苏之微自责地说："我这些都没什么的，只要叔叔阿姨没事就好。只是当时，我确实没什么本事，帮不上什么大忙。"

王旭妈妈的眼圈红了："唉，当年逼他结婚是想让这些事情更牢靠一些，没想到啊……你这个丫头真是……"

苏之微认真地说："阿姨，我都知道的。我和王旭是好朋友，我帮他是应该的。"又聊了一会儿，她起身告辞。王旭妈妈拉着她的手说："小苏，以后要常来啊。我们都退休了，也没什么事情。"

苏之微明白她的意思，两位老人现在除了彼此，没有任何朋友，连个说话的人都没有。

苏之微笑着说:"阿姨,只怕你们迟早烦了我总来。能跟您和叔叔聊天,我也觉得很荣幸。"当着父母的面,苏之微大方地对王旭说:"明天晚上一起吃饭吧。"

王旭还在犹豫,那边他妈妈心领神会地接着说:"好啊,他现在成天闷在家里,能出去吃吃饭正好,谢谢你啊小苏。"

只要你能回来

第二天晚上,苏之微选了一间很普通的餐厅。开车到王旭家楼下等他,发了短信:"在你家楼下,别跟阿姨说,我不上楼了。"过了好半天才等到王旭慢吞吞地下楼。苏之微立刻下车,坐到了副驾驶的位置。

王旭问:"什么情况?"

苏之微甜甜地说:"跟你去吃饭,我什么时候开过车?你开。"

王旭板着脸上车,车发动了,提速提得很快。苏之微知道他想念自己的法拉利,汽车的速度和操控感会让以前的那个王旭慢慢活过来。

点菜的时候,苏之微说:"有钱人,你埋单啊!我是给你打工的,你没付我工钱就算了,饭还是要请的。"

王旭白了苏之微一眼,没说什么,自己接过菜单开始点菜。苏之微在对面看着他翻看菜单,觉得心里好温暖好踏实。他没有地位了,没有嚣张了,也没有霸气了,可他依然是王旭,是那个曾经在苏之微最艰难的时候坚定地守候在她身边的人。人生总有潮起潮落,爱人就是在潮起时陪你欢笑、潮落时陪你淡然的那个唯一的人。

苏之微在心中默念,王旭,我会一直在你身边,就像你曾经一直在我身边那样。

点完菜，王旭也不说什么，面色沉沉地摆弄着筷子。苏之微笑着说："半年不见，沉稳了很多嘛。你这个样子要迷倒多少女生，我要看住你！"

王旭抬起头："半年不见，你话多了很多。"

苏之微握着他的手："我想把车换成法拉利，你陪我选去。"

王旭一甩手，冷冷地说："你就作吧，你这点儿钱，买完法拉利也就不剩多少了。"

苏之微瞅着他，不骄不躁地微笑道："人生苦短，需及时行乐。我没钱，可你有啊，你总得意思意思吧。"

王旭叹口气："我知道你在想什么，开了法拉利我也回不到从前。"他还是那么聪明，一眼就能看穿苏之微的心思。在王旭面前，苏之微始终觉得自己是透明的。

苏之微收起笑容："从前好吗？你怀念吗？那么多笑里藏刀的人为了各种目的挤到你面前献媚，你就觉得开心吗？"

王旭低着头，没有说话。

苏之微接着说："现在的你，才是真实的你。你不需要你爸爸或者别的什么人的光环，你就是你，活得真实轻松。有什么不好？"

王旭嘴角滑过一丝冷笑："真实的我找不到工作，因为没有名校的学位，英文只会说不会写，也没有专业技能。除了那些再也不会理我的人脉关系，我什么都没有。我做汽车销售还是被收留的，因为以前买车跟销售经理混得熟……你能了解不被社会接纳的感觉吗？"

苏之微冷静地帮他分析："你没有不被社会接纳。人的一生不能重复，我们在选择的时候会被太多事物所左右。你没有学位，英文不好，没有专业技能，是因为你以前的身份不需要这些，你以前的身份需要你在人际交往方面游刃有余，你做到了，你被社会接纳了。但生活跟你开了个大玩笑，它把你的环境改变了。你不能因为外界环境的改变就痛恨自己做错了选择。真正的男人，能够在任何一种环境中找到最适合他的身份。"

王旭沉默了。

苏之微轻轻说："我是从普通人一点儿一点儿爬上来的。我小时候在一个你连名字都不知道的小城镇里和父母勤俭度日，我努力学习只为离开那个小城。我到北京后在学校里被人歧视，我工作了却穷困潦倒，我曾经被撞倒在马路上像条死狗没人救。因为这些，我才疯狂地拼搏、努力。因为我知道自己一旦不努力，就会粉身碎骨，我输不起。这是我的环境逼我选的，就像你当时选择快乐地跟随一个你爱的人周游列国一样。"

王旭看着苏之微，眼神里闪过一丝怜惜。苏之微紧接着说："在我最困难的时候，你在走廊尽头等着我。你没有嫌弃我。我们开心地去吃肯德基，你陪我去医院拆线，你给我过生日……没有你，我不知道自己会有多辛苦。我连想都不敢想。还好，人生不能重复。这段人生，就是有你了，不会有别的可能。你的人生里也有我了，你也根本忘不掉。"

一道一道的菜陆续上来，王旭动都没动，像是在想着苏之微说的话，又像是沉浸在一个苏之微无法企及的世界里。苏之微明白，毁掉一个人的信心总是那么快、那么狠、那么不可预料，但重新建立信心却是一个无比漫长的过程。说到这里，苏之微觉得气氛太沉重了，努力转移话题："吃饭吧，虽然没有我这个老板娘和你这个老板爷监工，但这个小馆子也不难吃的。"

又过了良久，王旭开口了，却是极力控制依然哽咽的声音："我不值得你这样。以你的条件，可以找到更好的。"听到这样的话，苏之微的眼泪唰地流了下来："我的条件？我没有条件。如果不是你……如果不是要救你，我怎么会这么不顾一切地去努力？你知道钱到账那天我是多么想告诉你，我可以救你了！可是我却找不到你了……"完全无法再控制自己，苏之微趴在饭桌上，泣不成声。

王旭的心在苏之微的哭泣中一点点地软化，眼泪也流了下来。这是苏之微第二次看到他流眼泪。苏之微知道他会回来，他心里的某个地方已经在慢慢地回暖。

苏之微收住哭声，给王旭擦眼泪："你傻啊，你被服务员看笑话。大男人的，我哭你就哭啊。"

王旭像个受了委屈的孩子，自暴自弃地说："我什么都不会做，我连买房子都不会。"

苏之微从他的委屈里看到了希望："你会的！你曾经享受过最好的服务，去过最好的地方。我想过了，我们现在投资的几栋公寓要改装成精品酒店。精品酒店需要你这样的人，去设计、去打理。管理的经验可以慢慢来。你那么会和人打交道，你比谁都清楚对酒店品质精益求精的人都需要些什么。你一定行的！"

王旭的眼里燃起了一丝热情与希望，却还是犹豫着没有说话。

苏之微接着说："我们还可以做其他的项目，有很多项目可以做。我们有投资人，你负责公关，我管项目，很合适啊。你总不能让我一个女人家天天在外面跟男人喝酒陪聊地公关吧？"

王旭郁郁地说："我已经不是以前的身份了，没人会理会我的公关。"

苏之微心里清楚，只要王旭愿意回答，愿意说话，就表示他还没有彻底放弃，他还想努力。苏之微鼓励他道："你丢掉的只是身份，可是你的品位、你的聪明，还有你骨子里的贵族气质都还在啊！没有你四处奔走，你爸的事情可能还会更麻烦。因为你爸爸的事情，本来围在你身边打转的人都走了，才能给你真正的朋友留出位置。你前妻走了，我留下了。这不是喜事嘛！"

王旭听了微微一笑："我是有多倒霉，竟然把你给留下了。"

苏之微乐了，那个嘴贱的王旭回来了："是啊，你是挺倒霉的，我来逼你工作了，准备准备吧，这几天去咱家各地的资产看一圈。"

王旭接茬儿道："我发现你就是个蹬鼻子上脸的主儿！你不用上班吗？"

苏之微神气地说："张大人对我照顾啊。我现在没人管。"

王旭瞪她一眼："你就是欠管。"

在欢乐的气氛中吃完饭，说好去苏之微家把这一趟出行的行程订好。到了苏之微家，打开电脑，先订机票，头等舱两张。订完机票订酒店，苏之微有些为难了，现在这个阶段，一间房恐怕会让王旭为难，两间房又好像太过生分。她揣度着王旭的心理，犹豫不决，在那儿哗哗地乱翻页面。

王旭在屋里溜达了一圈回来："还没订好？"

苏之微赶紧找借口开溜："是啊是啊，不知道大少爷你喜欢哪个酒店，麻烦你订一下，我要去厕所。"

王旭皱眉道："你怎么事儿这么多！"

苏之微嘿嘿地笑着，拿本书躲洗手间里不出来，活生生地挨了20分钟，书都看了三分之一，觉得时间差不多了，才慢悠悠地从洗手间出来。

王旭的声音远远地飘过来："以为你掉进去了，我不订完酒店你就不出来是吧？"

苏之微大大咧咧地走过去，拍了拍他的肩膀："怎么样啊，大兄弟，有合您意的酒店没？订好了？"

王旭看她一眼："订好了，我回家了。把你车给我，明天一早来接你。"

他前脚刚走，苏之微就急急忙忙地坐到电脑前看订酒店的情况，难道订了一间？是不是一间？急急地登上去一看，两间单人大床！苏之微顿时感觉说不出的郁闷和满满的无名之火。

第二天苏之微还没醒，门铃就响了。想想不可能是别人，只能是王旭，穿着睡衣打开门。王旭站在门外，上下一打量："你怎么穿着睡衣就开门？有坏人怎么办？"

苏之微揉着眼睛，迷迷糊糊地说："除了你，没坏人。"

王旭在客厅里看电视。苏之微慢腾腾地洗漱、化妆、收拾行李。半小时、一小时、一个半小时、两个小时……

客厅里的王旭实在按捺不住发飙了："你能快点儿吗！一辈子改不了的破毛病。"

苏之微慢悠悠地说："急什么啊，来得及，一辈子改不了的臭脾气，讨厌。"

王旭站起来，走过去，低声地说："你再说一遍。"

苏之微被他吓了一跳，心中一凛，该不是真发脾气了吧，该不是现在他的自尊心太脆弱了吧？她在心中哀号，不会之前自己所做的都白搭了吧，该不是功亏一篑了吧……赶紧换上最可爱的笑脸，抬起头来乖乖地说："开玩笑的啦！"只见王旭的脸上，也坏笑着。

苏之微心想，还好还好，没有真的生气，要自尊是很累的一件事，给人自尊更累人。

机场高速上洒满了明媚的阳光，和心爱的人一起开着车奔向机场，苏之微心里满满的都是快乐。到了头等舱休息室，苏之微注意到，他们俩一起走进休息室的时候，很多人忍不住偷偷地观察着他们。不得不承认，虽然王旭沉寂了很久，也低调了很多，但是他的气场和范儿都还在。

很久没和王旭一起候机，苏之微想起从前他就是这么惹眼的一个人，不禁对他说道："你还是那么招蜂引蝶哎！真不省心……"

王旭小得意的表情一闪而过，正色道："胡说什么，去给爷拿点儿水果来。"

听到了自己熟悉的语调，苏之微心情也为之一振。

很快从贵宾通道上了飞机，起飞完成后，苏之微习惯性地把座椅放平，想要睡觉。隔壁的王旭也把座椅放平，两人中间只剩一个置物的扶手，侧躺时就仿佛是脸贴脸。等苏之微意识到这一点的时候，发现王旭已经背过身去了。苏之微有点儿无奈，自顾自地睡了。

旅途的第一站是武汉。在机场打车去市区，王旭没有像在三亚时那样不情不愿地絮叨。当我们身上失去了一些不必要的光环，我们也停止了浮躁和傲慢。

入住酒店，安顿好的苏之微过来敲王旭的门，王旭好半天才拖拖拉拉地来开门，竟然在洗澡！有些人，你把他扔到煤堆里，他依然会挑那个看上去最干净的煤块坐。很多习惯是改变不了的，好的习惯攒多了，就成了贵族气质。

苏之微催促道："洗什么澡啊，先去吃小吃啊。"

王旭"哦"了一声就关上了门。门外的苏之微恨得牙疼，也只能回到房间等着。有时候，苏之微真的不知道怎么样才能回到从前，回到从前那种和王旭相濡以沫的生活中去。爱情让人变得失去自我却又自我保护。当我们在一起时，我们想要距离，当我们有距离时，我们又想要回亲密无间的彼此。

不知道过了多久，王旭终于来敲门，他换了衣服，整个人看上去清爽干净得像阳光一样。苏之微心里的郁闷暂时无法化解，也只能先自己收着，勉强露出一个笑脸。

王旭看了看苏之微，慎重地说："先看咱们的酒店式公寓吧，这会儿也不太饿。""咱们的"酒店式公寓？苏之微谨慎地推敲着思考王旭每句话里包含的每一个信息，渴盼着能从中得到一点点看似渺茫的希望。

只一瞬的工夫，苏之微笑着说："好的，欢迎王总莅临指教。"

武汉的酒店式公寓紧邻江岸，苏之微找了几个大学刚毕业的孩子在帮忙打理。王旭到了之后就开始不停地在苏之微耳边絮絮叨叨："这个公寓的硬件设施做不了精品酒店，你这些家具怎么买的，床单像抹布一样啊，地毯上为什么有污渍，这个房间内烟味太重，那个房间排水有问题……"

苏之微听着听着不耐烦起来，心想，不就是买个房子想法子租出去吗，哪来这么多可挑剔的地方，您老人家还真以为你家开酒店呢？但看着王旭兴头上的样子，又不敢造次，只能耐心地跟着孩子们一起听着。

终于看完房子，王旭找了间有沙发的套房让所有人都坐下，开始布置工作——列改造清单，做费用预算，调查目前客人来源，进行更广泛的宣传推介……苏之微看着王旭，竟然有点儿不敢认识的感觉。从来没有跟他共事过，他竟然是个这么细致认真、有条不紊、分秒必争的人？也许挫折会让人更加珍惜自己的价值。

把孩子们的工作安排完，王旭说："我会每半个月来一次，主要是看你们大家的工作情况。"孩子们和苏之微面面相觑，脸都发绿了。

苏之微心想，半个月来一次，大哥你要飞死我啊，好多个城市啊，还是你自己来比较好。当着那么多人的面也不敢说什么，好不容易散了会，很是如释重负。

出了门，苏之微笑嘻嘻地说："王总，吃小吃去吧，被你骂这么久，特别需要找点儿食物发泄一下。"

王旭笑了，是那种没有丝毫掩饰的笑："找食物发泄还不如找我发泄。"

苏之微被他说得脸一红，看着王旭特有的精气神渐渐恢复，很是喜悦，回道："好，找你发泄，拿你做人肉沙包。"

两人笑闹着，坐拥挤的公交车到万达广场吃小吃，鸭脖子、烤鸡翅、热干面、泡沫红茶……等回到酒店，苏之微撑得只能捧着肚子喘气。

回到自己的房间，洗澡，准备睡觉，王旭的样子总在苏之微眼前飘来飘去，心里又是渴望又是满满的烦躁。

电话响了，王旭问道："干吗呢？"

苏之微精神一下来了，甜甜地低声说："想你。"

那边顿了顿，过了几秒才说："晚了，睡吧。"

挂了电话，苏之微好生气恼，在肚里骂了王旭百来遍，还是睡不着，终于忍不住，穿了拖鞋偷偷地跑到王旭房间外面，趴在门上听声音。王旭好像在看电视，还走来走去的，不知道干吗。听了会儿，也没什么新动静，苏之微不耐烦了，回房。

还是睡不着，在房里自己捣鼓了会儿，心想，再去看看，如果他睡了，我也睡。苏之微赤着脚，小声地把自己的门卡住，趴到王旭的门上侧耳细听。这回没声音了，好像睡了，竟然睡了！苏之微觉得自己的行径很是无聊，自讨没趣地赤着脚往回走。

没走两步，王旭的房门开了，板着脸说："好玩吗？"

苏之微头也不回地赶紧往自己房间里冲。王旭一步跨出来，两下就拉住了苏之微。苏之微本能地尖叫一声，王旭被她诡异的尖叫声逗笑了，顾不上说什么，笑得前仰后合。苏之微就这么赤着脚，被王旭拉着，无比尴尬地傻子一样呆立在走廊上。半晌，只听见"哐当"一声，王旭的房门自己带上了。

苏之微终于反应过来，生气地说："不要笑啦！不要笑啦！"

王旭忍了半天，终于停下来，说："走吧，去你房间。"

苏之微故作正经地说："去我房间干吗啊？"

王旭无奈地说："我房门都关上了，我进不去了，到你房间叫服务员开门。"

苏之微哦了一声，进门，给服务员打电话。打完电话才发现王旭不见了。

到卧室一看，他已经平平地在床上躺下，躺得规规矩矩的。苏之微跳进卧室："喂！你怎么回事！服务员来开门了！"

王旭眯着眼说："要去你去，我困了，我在这里睡。"

苏之微气急败坏地说："凭什么是我过去啊，我东西都在这边！"

王旭转了个身："你要躺过来直说，找那么多理由干吗？"

这一刻，苏之微知道王旭彻底活过来了。有了钱，开了车，坐了头等舱，骂了人，管了酒店公司，他真的已经恢复了。可是，眼下这个场景也太怪了，苏之微总不能真的就自己往床上贴吧。

苏之微想了想，士可杀不可辱，恨恨地说："你狠！我去你屋里！"收拾好要用的零碎物品，去了王旭房间。发现他的床连动都没动过，不睡觉，难道在屋里溜达了一夜？苏之微有些纳闷，却也不去深究，那个熟悉的王旭已经回来了，这是多么值得开心的事情。其他的问题，也都是早晚会解决的。想到这里，苏之微的心安静下来，踏踏实实地睡觉了。

梦见王旭抱着自己，吻得柔软温存，苏之微在梦中闻到淡淡的古龙水味道，一切如昨。身体的感觉在热吻中慢慢地复苏，意识也渐渐地清醒起来，苏之微梦见自己抚摩着对方，那么火热坚实的身体。

苏之微彻底醒了过来，不是春梦，王旭真的在，就在自己的身边。苏之微赌气道："走开！"

王旭不说话，呼吸急促，连古龙水的味道都变得狂野。他的身体紧绷着，仿佛在等待一场积蓄已久的爆发。苏之微再也无力拒绝，身体是不会说谎的。

再次醒来的时候，已经是第二天的下午。苏之微觉得晕乎乎的，把身边的王旭推醒："你真讨厌！你昨天都干什么了啊！"

王旭没睁眼，伸手就把苏之微拉倒，直直地吻过来。热量与甜蜜同时浸透了苏之微的心。

王旭，我要幸福，我的幸福不会容许任何人掠夺，包括你。我的小心谨慎，我的隐忍压抑，我的步步为营，换回了一个我爱过的你、我爱着的你、爱着我的你。一切的一切都值得。

王旭赖床赖得像一个小孩子，几次三番地耍赖和腻歪，直到两个人都体力不支，直到两个人都觉得要饿死了。

跑到江滩旁边的餐厅里，两个人不管不顾地大点一通，大吃一顿。

苏之微瞪住王旭说："不给你吃！饿死你活该！昨天太折腾了你！"

王旭嘴贱的毛病又犯了："谁折腾谁啊！一趟一趟地跑过来。"

苏之微嘴硬："谁跑过来？"

王旭瞥眼看她："谁趴门上？"

苏之微依然撑着说："就一次！还被你发现了。"

王旭头都不抬："嗯，那另外一次是个小贱货。"

苏之微撇嘴："呸！那你还到人家房间呢！"

王旭："说清楚啊！是你到我房间，脱光了躺在我床上的！我一看，不做点什么吧太不像男人，做吧又没太大兴趣，只好勉强自己……"

苏之微张口结舌，这个重新活过来的王旭实在是太贫太难搞了。

这一趟旅程很是漫长，等看完所有的资产回到北京，苏之微也皮干肉瘦，憔悴不堪了。王旭开着车送到楼下："上楼吧，好好休息。"

苏之微怒道："你不知道帮我把行李提上去吗？"

王旭爱答不理地说："门口不是有接待生吗，交那么贵的物业费干吗使的！"

苏之微心想，你就装吧，继续装傻吧，人家是不想让你走啊！

放下行李后，王旭开着车一溜烟就走了。

回到家，实在太累了，苏之微懒得洗澡收拾，直接睡。刚躺下就听到外面咚咚的敲门声。刚准备开门，就听见王旭在门外喊："穿衣服！有外人！"

套上外衣，开了门。果然有外人，王旭和接待生，两个人拖着大包小包，气喘吁吁地走进来。

苏之微呆住了。

王旭不耐烦地说："看什么，懒婆娘，收拾东西。"

就这样，王旭搬进来了，在一个刚飞回北京的大半夜。

最平淡的幸福

幸福的日子总是平常又平淡。苏之微帮王家老太爷和老太太在后海附近物色了一个小四合院。老两口平常散散步，打打太极。老太太对苏之微非常好，苏之微对她也心存感激，两人对电话事件都自觉地没有向第三个人说起过，也算是不打不相识。

王旭就住在苏之微家，注册了酒店管理公司，每隔一星期到处飞一次看看酒店式公寓的整修进度，忙得团团转。说实话，苏之微并不太在乎酒店经营得如何。房价持续上涨，这些资产升值带来的收益比经营更多。只是，男人需要事业，就像女人需要男人。无论女人多么强大，也要让男人感觉自己有用武之地。

王旭快要过生日了。苏之微提前跑到法拉利店定制了一辆淡蓝色的车。生日当天苏之微下了班跑去法拉利店提车，没想到堵车堵得一塌糊涂。

王旭在餐厅等着她，一分钟一条短信，玩命催。堵在三环上的苏之微心急火燎，又被催得无比郁闷，心里拼命骂娘——催什么催啊，我不也着急得要命啊，不就是过个生日吗，等等会死吗。

整整迟到了40分钟，到了餐厅才发现竟然是个大包房！不是两个人过生日吗？门一打开，苏之微就傻了，王旭的爸妈在，自己的爸爸妈妈也来了！

苏之微没顾得上细想，欢欣雀跃地抱着妈妈问："你们怎么来了？"

王旭在旁边说："坐下坐下，吃饭吧，爸妈都饿了。"

蛋糕送上来，吹蜡烛，许愿。苏之微把车钥匙送给王旭："送你的生日礼物。"

王旭对家人说："微微小气啊，送礼物都送这么小的。我们家她管钱。"

苏之微的爸妈开心地笑着，露出幸福的神情。

王旭也掏出一个小盒子："叔叔阿姨，我没钱，但我也有个小东西送给微微，请您二位和我爸妈一起见证。"大家盯住他。打开盒子，是一枚闪闪的戒指。王旭郑重地说："微微，嫁给我吧。"

苏之微的眼眶一下子红了。

这个时刻，最美丽的时刻，最幸福的时刻，等得那么漫长，来得又那么突然。王旭牵着她的手，把戒指戴到她的左手无名指上。苏之微抱住王旭，笑着，任眼泪疯狂地流淌。

王旭尴尬地对爸妈说："她有点儿激动，她有点儿激动……"

幸福，曾经那么遥远，仿佛永远都不会来到。我们不停地追求，彷徨过，困苦过，挣扎过，懦弱过。当有一天，幸福席卷着人世间所有的快乐轰轰烈烈地来了，我们才知道，没有什么痛苦是深刻的。

幸福，哪怕只有一刻，也是永恒。

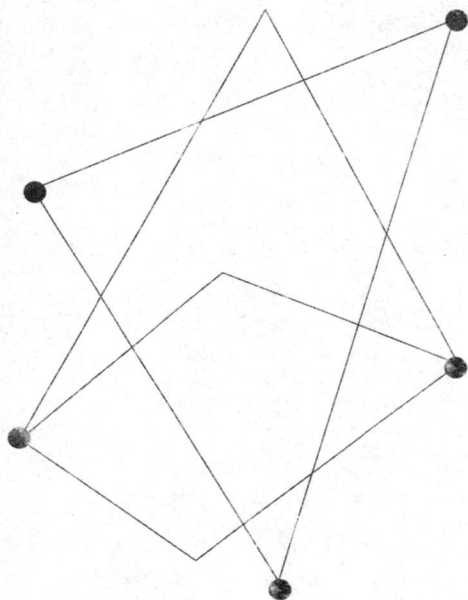

三年后的结局

如果没有你，我不会知道世界可以那么精彩，你给了我一个童话，一个丑小鸭变天鹅的不完美童话。一个女人的一生，能在那样的年纪，遇见那样的你，是最幸福的成长，即使这种成长只是为了离开。

　　不知从什么时候开始，北京的天气变得阴多晴少。苏之微在雾霾里发烧了三天以后，果断地决定辞掉工作。财富不是最重要的，但是财富带来的选择权很美好。苏之微递辞职信递了四次，次次都被张总打回，要她再仔细考虑考虑。离开也确实不容易，从一个不谙世事的小丫头，变成一个干练的职场人士，这家公司几乎是苏之微事业履历的全部。最难的永远不是钱，而是情感上的割舍。

　　苏之微正左右为难之际，是王旭帮她砍了一刀。王旭说："北京对你不过就是个皮囊，我是个老北京我都舍得了，你有什么难割舍的。"

　　苏之微被"老北京"一刺激，第五次递了辞呈，告诉张总要移民美国。张总很诧异地问："我和 Elson 从美国回来北京，你要从北京移去美国？真是一个颠倒的世界。"

　　苏之微笑了笑，回答："因为我要的是一个温暖的家，而你们要的只是一个自由的自己。"

　　张总愣住了，他看着苏之微，之前眼神里惯有的凌厉和世故不见了，只是那样空洞地愣在那里，看着苏之微，又像看着空气。旋即，他又恢复了平静的神态，打岔道："呵呵，你这是要跟 Elson 说的话吧，放心，我会转告他。"

　　苏之微淡淡地说："不用了，我会自己告诉他。感谢您多年来的提拔和帮助。"

　　Elson 知道苏之微请辞成功，第二天中午就从上海飞过来了。一整个早上，王旭都黑着脸坐在沙发上，一动不动。苏之微乐得也憋着不说话。穿上鞋要出门的时候，王旭嘀咕一句："都辞了职没工作关系了，还见面，算怎么回事！"

苏之微再也憋不住了，扑哧一声笑出来："你中午做醋熘土豆丝吧。"

王旭知道自己无趣，也嘿嘿地笑了，改嘴说："开我的法拉利去吧。"

苏之微明白这是王旭故意给 Elson 示威，觉得男人的心有时候真是比女人还小，也懒得再争，顺从地开着法拉利去赴约。

Elson 坐在餐厅的落地窗边，看着苏之微开着法拉利缓缓地停在窗外草坪旁边的空地上，再看着她磨磨蹭蹭地拿起东西下车走进餐厅，眼神从她下车的那刻起就再也没有离开过。

眼神是有温度的。

苏之微佯装不知。

Elson 沉重地打了个不明媚的招呼，然后让服务员开始上餐。Elson 怕自己的不明媚被发现，笑着说："现在敢明目张胆地穿着面包鞋到这样的餐厅来和我吃饭了啊，不是那个穿着面包鞋到处躲我的小丫头了。知道你不喜欢点餐，都点好了，等着开吃吧。有些改变了，有些还是没变吧。"说笑的语气，还是不明媚的心情。

苏之微何尝不知，她只是笑笑。很多话要说，却也觉得说出来其实并无必要。

Elson 只好接着说："你结婚以后不太想打扰你，所以大部分工作上的事都尽量让他们去和你们联系。也想过很久以后可能在哪个工作 party 里又见面，也想过我们见面的情形，但是没想过你会离开。嗯，你竟然选择离开，而且竟然是美国。"

苏之微说："应该料到是美国吧，在接到你那么多次半夜的国际长途电话骚扰后，我肯定对美国最感兴趣吧。你看过我的家乡了，我也要去看看你Elson 长大的地方。"

Elson 接着她的话："可是，不是我陪你。"

苏之微想了想，还是说了出来："我曾经那么深地爱过你，这一生，我还是会带着你给我的回忆一直活下去，直到我死的那天。或者，直到未知的来世，如果你也如我一样，相信来世。"

　　Elson 轻轻地说："我爱你。从你不知道的开始，到你不知道的将来，每一天，每一夜。我爱你。"心里仿佛有一丝疼痛蔓延开，面前的这个人曾经那么深地爱过自己。

　　看着对面憔悴神伤的 Elson，苏之微突然也有些心疼，拉着他的手说："我很感谢你，一直都是，是你为我打开了一扇门。如果没有你，我不会知道世界可以那么精彩，你给了我一个童话，一个丑小鸭变天鹅的完美童话。一个女人的一生，能在那样的年纪，遇见那样的你，是最幸福的成长，即使这种成长只是为了离开。"

　　Elson 眉毛一挑，反手握住苏之微的手："所以，我是你的白马王子吗？虽然没有修成正果。这样我心里还会舒服一点点。所以，你去美国真的是因为我？"

　　苏之微笑着答应着——男人的内心还是孩子，需要很多很多的玩具来筑造一个自认为牢不可破的城堡。人生是那么残酷，这样的答案可能会更善良。

　　苏之微抽回手，打趣地说饿了，边吃边聊起那个大洋彼岸的美国。

　　格兰特公园的狗尾巴草已经黄了，很自在地在风里摇摆着。苏之微坐在长椅上，望着一望无际的密歇根湖的蓝，想到当年王旭那辆淡蓝色的法拉利和他最喜欢的宝石蓝袖扣，恍如隔世。

　　王旭气喘吁吁地跑过来，一步一片细碎的落叶声。深秋的天气，他还是短袖短裤的标准跑步行头，要形象多过要命。

　　苏之微白他一眼，站起来朝湖边走过去。王旭急赤白脸地吆喝："哎！你等等！湖边风大！你小脑不发达，肚子一沉，就掉进去了！"

　　苏之微没好气地回道："你再这么气我，你儿子就大脑不发达了！"

　　王旭笑得跑不动，停在五米远的地方撑着腰深呼吸。

　　所谓爱人，大概就是当他变得越来越老，他说的笑话越来越冷，却依然能让你越听越爱笑吧。结婚三年了，王旭的赖皮和耍浑一点儿没变，但两个人早已谁也离不开谁了。

生活没有爱情那么轰轰烈烈，它需要做饭、需要洗衣服、需要照顾父母，更需要两个人都耐得住诱惑、守得住寂寞，需要与对方一起成长，也需要容许对方的懒惰。大概是因为经历过那么富有的生活和那么落寞的衰败，王旭把一切都看得很淡，只是固执地对苏之微好，现在，更是固执地对肚子里的孩子好。而苏之微从那么渺小的背景一步步爬到现在的生活，追回了王旭，有了孩子，也已经觉得人生完满，别无所求。

说是别无所求，其实，人活着，总是为了点儿什么——有的为了事业，有的为了地位，有的为了金钱，有的为了爱情，有的为了家庭。当你所求的一切都拥有的时候，大部分人选择的却是要求更多。儿时想要一盒水彩笔，中学想要一辆酷酷的自行车，大学想要一个体面的工作，工作后想要年薪 30 万，之后又想要年薪 100 万，再之后又想要财富过千万、过亿、过 10 亿……整个过程都非常辛苦，夹杂着零星的幸福。

人活着究竟是为了什么？苏之微一直没有想明白这个问题，直到有一天他们去参加自己所在的公寓的一位 90 多岁老太太的葬礼。老太太没有亲人，独自住在这个全世界最高的公寓里，但她的葬礼组织得非常正式，美好且隆重。来的人各种肤色都有，也都彬彬有礼。大家都是受过她资助的人，有的人甚至被资助超过 20 年，有的被资助创业然后失败然后再创业然后再失败，有的被资助后拉来更多需要资助的孩子，老太太从未说过不。直到今天，她的遗产设立的慈善基金还在不停地资助弱势人群。

那一天，苏之微和王旭都被深刻地教育了。

生与死的界限是我们最后要面对的一扇门，我们拿什么去面对那扇门后的阴暗或者美好？很多人说美国的富豪慈善是作秀，其实详细研究遗产税和慈善基金的规定就不难知道，想不捐赠，有一万种方法，但是他们还是选择了捐赠。

自那以后，苏之微和王旭对自己的资产管理都上了心，却不再是单单为了自己。

当你开始温暖地对待别人，世界也会温暖地对待你。我们所有要做的事，不过是为自己打开一扇门。这世上有无惧分离、无惧生死、无惧孤苦的快乐，只是你愿不愿意相信、愿不愿意寻找、愿不愿意体悟。

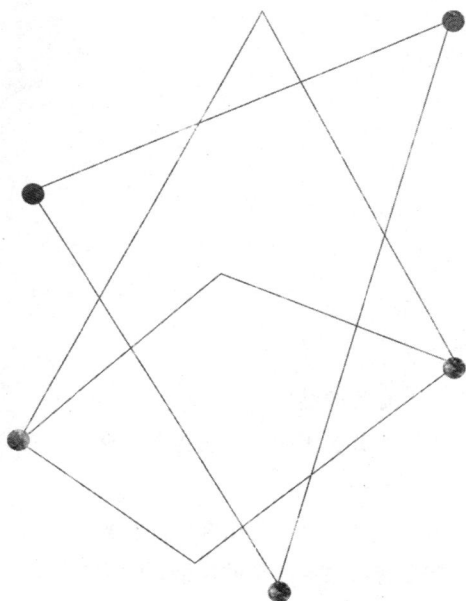

结语：朱沐给大家的信

我本就是个普通的人，过着普通的生活。

因为这个故事，因为你们，我才觉得我的人生可以更有意义。

子夜一点。在重庆。

终于给了苏之微一个仓促的结尾。

我自己心里亦是十二万分的不舍，不舍得苏之微，不舍得自己，更不舍得你们。

在写这篇故事之前，我是一个不怎么在网上乱晃的人。

前阵子跟一个好朋友聊起来写故事的事情，还取笑自己，在没学会玩转豆瓣之前就不小心小红了一把，推荐、留言、电梯通通不明白是什么意思，只有六个关注的人。现在我不单明白了这些，还学会了"LZ""神马""浮云""我轰了"……

谢谢大家。这个过程，我觉得很快乐。

每一个姐妹在帖子的留言，每一个，哪怕一下子水了四五页，我都一一地看了。我知道你们每一个人，就像知道我的家人。你们哭或者笑，抓狂或者急躁，谁在考研，谁在高考，谁在翘班，谁在坐公交车，我都知道。

所以我写帖子，总是很慢很慢，因为我享受这个过程，了解你们，并被你们的情绪牵引。

随着故事的发展，你们爱上尹从森，爱上苏之微，爱上王旭，为他们命运的曲折而叹气，为苏之微的坚韧而鼓舞，为王旭的回归而喜悦。

我的本意是闲来无事写一个言情故事，但这个故事因为你们，而有了生命。我那么开心，看到很多很多的回帖说你们在看书，你们学到了坚强，你们从过去的阴霾中走出来，开始清醒地考虑自己的将来。这是你们送给我的礼物，这么厚重的礼物。

我本就是个普通的人，过着普通的生活。因为这个故事，因为你们，我才觉得我的人生可以更有意义。

我的梦想是退休之后自费去偏远山区，做一名普通的乡村老师，不领薪水，自付机票。我想尽自己微薄的力量让那些无人关注的孩子看到更广阔的世界。

如果说，这个故事也告诉了你们不同的人生和世界，那么这个梦想，在你们身上已经出其不意地提前实现了。

你们想象不到，此时此刻，我对你们是多么感激。

到现在还没有时间去把自己写的故事的 word 版下载下来。白天上班，很多事情，晚上应酬，不胜其累。很晚写完，躺在床上，又久久不能入睡。写下来确实不易，我这一个月健身的时间屈指可数，身体已经撑不下来更漫长的故事和更美丽的结局。

但是，能一直跟到现在的你们，比我更加艰辛。这个故事完结，请你们一定要好好睡觉、好好读书、好好上班。我不会走，我一直在这里。我从没有想过可以有这样的一群人，这么无私地给彼此温暖。我们是姐妹，我们是一家人。

谢谢大家。

2010.10.13

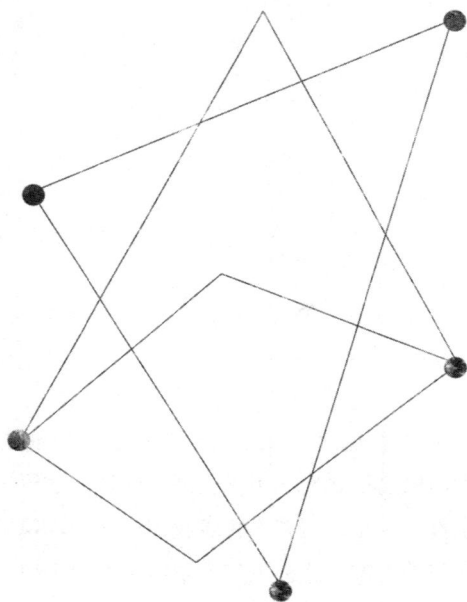

朱沐的金玉良言

　　我们要善待自己的人生。想想自己为什么活着，想想自己的梦想。物质是最不需要在意的东西，精神世界决定了人和人的差别。

关于学业

学习是人类最宝贵的技能之一，正是这个技能，推动了人类科技的不断发展。学校只是学习的场所之一，不是全部。同样，学历也只是你能力的证明书之一，不是全部。但是，这并不代表我们可以不重视学习，相反，在学校这样可以专注学习的地方，我们更应该珍惜学习的机会。工作以后再学习，各种压力扑面而来，时间和精力根本跟不上，会很辛苦。

我的建议是：在考各种试的小朋友们，一定要好好读书，这是最便捷的成功途径。不要自己执拗地去走那些弯路。实在考不好、没考好，或者已经工作的，要继续勉励自己，不停地读书和学习。知识是让人强大的基础。

关于事业

事业的本质是养家糊口的工作。我们在社会上立足，需要养家糊口，需要活得体面，所以很多人会被金钱和地位所累。为了获得更多的薪水，拼命地挤到有限的几个行业里去，这是中国的怪现象。我不否认，国内很多有钱人是从这少数几个行业出来的，但是大家忽略了的是，还有更多的人挤在这几个行业里，年纪轻轻的头发都掉光了，出头之日却非常渺茫。不要再问我，真实的我和苏之微是做什么行业的，这些都不重要。苏之微的成功是因为她够拼命。我还不算成功，但是我从事的是我喜欢的工作，我很快乐。

我的建议是：抛开金钱和光宗耀祖的影响，从事自己喜欢的工作，只有自己喜欢，才能努力去做，才能获得最快的进步。这个时候，金钱和地位就不知不觉地来了。千万不要舍本逐末。

关于金钱

金钱的问题其实是价值观的问题。有很多人会用身体或者尊严去换取金钱，而且这种方式往往是很快捷的。这种做法是对很多刻苦努力的朴实孩子的冲击。很多踏实的孩子，也被这种冲击给挫败了，从此也去走这条"捷径"。我们要想一想，这一辈子，是为了什么活着。如果是为了钱，现在，给你10亿现金。你会怎样？很多人说，我买房子！一个自己住一个养狗！买车！一个自己开一个给狗开！买奢侈品！把所有奢侈品都堆在家里养蜘蛛！周游世界！

上述这些都很容易实现。不用一年，这些就都实现了，然后呢？我们要活几十年，甚至近百年。每年有365天，每天有24小时，每小时有60分钟。你打算用剩下来的时间干吗呢？

空虚着，看着花不完的钱，空虚着。你会发现日子永远没有变化，每天都想得到自己死的时候的样子。最后你会连买奢侈品的欲望都没有，因为你知道，只要你想买，你都买得起。就算顶级奢侈品，也不过是个数字游戏。

你仔细想一想，你是为了什么活着？真的是钱吗？如果不是，那么何必为了钱去做一些会让自己父母蒙羞的事情？或者，你瞒得过父母，但是你瞒不过自己。当有一天，你遇到了自己爱的人，你会悔恨自己为什么不是那么完美无瑕，而这个瑕疵就算别人不知道，也会时时刻刻提醒你自己，在你年老时，在你临死之前，对自己的一生，深恶痛绝。

我的建议：我们是那么不善于忘记，所以，我们要善待自己的人生。想想自己为什么活着，想想自己的梦想。物质是最不需要在意的东西，精神世界决定了人和人的差别。有的人什么物质都有了，却得不到别人的尊重，更得不到内心的平静。有的人过着贫苦的生活，却依然被大家纪念，坦然面对人生。

关于理财和股票投资

很多姑娘在问股票投资的事情，我简单写几点心得，不一定对。

股票市场的第一点就是：永远是见仁见智的博弈，永远有买方，永远有卖方。没有永远的赢家。

第二，专业知识依然重要。即使是上述情况，你们还是要努力学习专业知识。专业知识是所有投资的基本要素。单凭漫天的消息炒股，是散户干的事情，而98%的散户是亏钱的，剩下的2%纯属命好。

第三，学习和努力非常重要。股票投资不是一个学了几年就能一劳永逸的工作，而是要不停地分析和学习，学习量大得史上难见。专业的基金经理，每天至少要看几十封长长的分析报告，每天至少要听两个小时的遍及国内外各行各业的新闻，组合配置多达五十几只股票（视基金的规模而定）。基金公司和证券公司的研究员则更辛苦，每天写报告到下半夜也不是什么稀奇事，中金的研究员年纪轻轻暴毙家中就是这行业的冰山一角。

此外，大的投资机遇比个人能力更重要。我曾经收益丰厚，但那是在非常特殊的时期，在大牛市的背景下。之后紧跟而来的世界金融危机，也是给了我抄底的机会。这是历史性的机遇，非个人力量可以左右，抓住了就抓住了，抓不住也没有办法。

有目的地搭建平台和人脉。我炒股有着职业优势，能够遇见很多非常好的朋友。平台和人脉是炒股非常重要的背景，也是做其他工作非常重要的背景。如果想做好，就要有目的地去搭建和经营。书里的苏之微曾经积极地去参加聚会还认过师父，现实中只怕是更难。我曾经为了一个顶级投资人，约他将近一年，才约到一个下午的时间喝茶，终于成为朋友。"巴结"是最劳心劳力的事情。

说了这么多，其实意思很明显。我不觉得一般老百姓能靠炒股致富。不过大家也不要灰心，推荐几个简便的方法。

1. 大家可以去查国内所有基金经理的排名，找连续三年都排在前三分之一，并且从业时间超过 10 年的基金经理所管理的基金。

2. 每天都去读《人民日报》《中国证券报》《证券时报》《上海证券报》《经济观察报》，搜狐和新浪的股票首页新闻和财经新闻。连续读一个月，就会对市场总体形势有感觉，也会对买什么股票卖什么股票有感觉。然后模拟操作一个月，看看是否能赚钱（把手续费和印花税加上）。

3. 学习 CFA 或者证券从业人员资格考试的书籍，那些是基本的分析原理。学完了以后去找几家自己感兴趣的公司，从财务报表开始试着做全面分析，然后对比同行业里该公司与其他公司的情况，判断该公司的基本情况。

4. 购买或者在网上查阅专业机构的分析报告，对比自己的分析情况。提高自己的分析水平，并加深对该公司的理解。

5. 积极与该公司的投资者关系专员（证券事务代表、董事会秘书）取得联系，和他们沟通在公开信息上看不到的公司内部细节情况。

6. 如果有能力，去该公司实地调研。看看他们说的是不是真的，公司管理层是否诚恳，该公司的主营业务是不是真的值得投资。

7. 关注国内外局势，包括货币、信贷、汇率、能源、军事、农业、期货、GDP、CPI、投资、就业、各行各业、反垄断等。

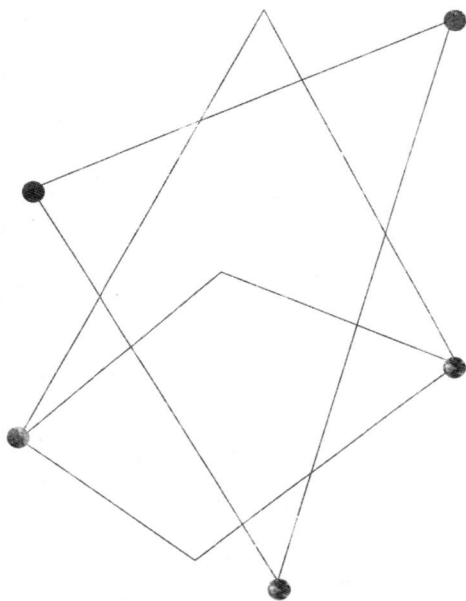

朱沐的女王语录

· 这就是工作——如果你爱的人在你身边，他会更尊重你；如果你爱的人不在你身边，你会更加尊重自己。

· 家庭背景的不同不仅仅表现在经济基础和社会地位上，更体现在无处不在的生活习惯上。当你搬入一个男人家的时候，就意味着你在他面前再没有隐藏的余地。

· 工作狂的标志之一就是视应酬为生活必需品，甚至将之视为生活中的享受。

· 生活不是不公平，只不过有的时候，公平会来得晚一些。

· 人生何尝不总是这样：你以为你遇见了对的人，他爱你珍惜你，你却任性地掉头就走，你以为总还有机会再去回报他的关切，甚至可以试着去爱他，结果，他再也没有出现。或者，那真的是酒醉后的一场梦而已。

· 钱确实不是最重要的，但对于女人而言，自己能赚钱却是非常非常重要的。

· 爱情的魅力正在于它的不可持久，太多的因素可以扼杀它，即使我们都很努力。

· 职场真是个奇怪的地方，没有永远的敌人，也没有永远的朋友。

· 钱不是用来奢侈的，钱是用来投资和充实自己的。

· 赌博的风险是不可控的，而投资的风险是可控的。

· 投资之前要充分怀疑，投资之后要充分相信。其后的逻辑是如果成功了就不在乎这点股权，如果失败，连一分钱都保不住。所以，做事不如大气一点，这样以后大家才可以继续合作。

· 野心是个中性词，有的人为了野心不择手段，有的人可以把别人的野心为己所用。

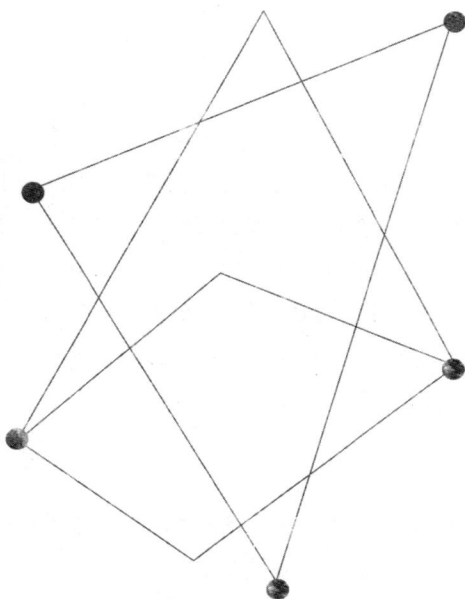

谢谢朱沐的故事，谢谢那些一起追文的日子

　　和所有追文的同学一样，一直等到幸福的结尾，可是心好像有点儿空了……从零点跟到现在，终于不用纠结了！和苏之微相比，我少了那份奋斗，少了那份勇气，少了那点儿气质……以后都会有的！谢谢朱沐让我知道了，故事就在自己的身边，不用刻意去寻找了！明天要好好地检视下自己生活的步调！

——Xwoman

　　忙里偷闲，跟了三天，终于完结了。这样的故事也许真的会改变一些人的想法、对生活的态度，甚至是现实的轨迹。我想我就是，不经历那么多的磨难，怎么会成熟呢？大家共勉。

——哆啦

谢谢你的故事，虽然只是故事，抑或不仅仅是个故事。

谢谢你的文字，淡淡的、令人心痛的、又想让人继续往下读的文字。

其实生活本来并没那么狗血，阅读起来实在畅快淋漓。不得不挥手的富二代尹从森，让我再度沦陷的官二代王旭。

嗯，我希望自己能够像苏之微一样，坚韧、勇敢、活出自己。生活本来就是剧本，你我都是独一无二的男主角和女主角。爱好自己，爱好该爱的人，优雅地，将人生填补完整。

——励志前冲猪小兔

熬夜看完。有太多感同身受，但也清楚意识到生活不是动人童话，最重要的是我从女主身上看到的是为了梦想而不懈努力。

——旧闻

确实，看完了之后有一种怅然若失的感觉，苏之微带给了我很多感触，她的很多想法虽然我也曾想到过，但从来没有去实践过。这个故事坚定了我的信念，让我知道很多事情都是必须要去坚持、要去行动的！

——Rabbit.E.B

这真不是普通的言情，感动又励志，苏之微这样的姑娘真是有魅力。

——夏啦夏

又想起这个故事，回来重看一遍，苏之微和王旭的爱情应该就是我喜欢的样子，一起从无到有，一起从有到无……无论境遇如何，心里总有彼此支持，也因为对方变成更好的人，从挫折里爬起来。每次看到苏之微说王旭在走廊尽头等她的那一段就眼泪决堤。Lydia 的文写得很用心、很真挚，也很激励人。

——豆茎要变 pilot

抛掉 LV、法拉利、豪宅、帅哥，这个故事告诉我们的其实是一个女人成长的历程。无论你多么不忿世俗，但终究是要一种安逸的。这种安全感不是来自于物质，也不是给你物质的那个男人，而是靠自己才能得到的。

联想到了自己的一些经历，于是回过头去看，那些自尊自立的倔强、敏感、忧愁的小情绪，还是记忆犹新，没有女主那样的才情，也没有她那么幸运，但还好自己也懂得了怎样才能得到幸福。

苏之微是个用心生活的女人，她比一般女人多了一份决断，对尹从森，对王旭都是。如果王旭的家庭最后没有这样的意外，她和王旭又是另一番结局了，一个要自尊又要爱的女人，终究只能如此。

——秤儿

我就是喜欢看着每一个活得不容易的姑娘最后能够品尝到生活的快乐！我就是喜欢！就这种 happy ending（完美结局）最有艺术情操！最好的就是这样，就是这样！

——球球

这个故事因为有你和这么多可爱的人而有了生命！如果真的有人会在几年后跟朋友聊天："我那时候就是因为看了一个故事，不然不会变成现在的自己……"那该多好啊！我多感谢你和这些日子。

——弯弯

在这个下着雨的早晨看到了追了一个月的结局，虽然也许不是真实的，但这个帖却给了我莫大的震撼！谢谢你朱沐，你教会了我生活的意义，教会了我困难的意义。你这样内心强大的女子值得拥有一切幸福和美好。祝幸福！

——友爱小姐

昨天看到这个帖子，一晚上看完前面的全部。今早看了结尾。有种沉浸在别人故事里的感觉，一晚上脑子里都是他们三人的故事。完满的结局让我感动之余又有欣喜。回到现实，自己的日子都要一点点去努力争取才是，苏之微不是无端幸福着的，她付出比他人多几十倍甚至几百倍的努力，也承受了太多太多。追求幸福的过程不一定那么美好，只是如果想象得到那美好的未来，我们似乎没有理由不去努力。希望看了这篇文章的姐妹们，都能感受到身边的幸福，也要继续幸福下去。

——水蓝

我想，每个看完苏之微故事的女孩子都是幸运的，这个世界很大，大到我们无法想象，她让我们看到了不一样的世界。所以不要在自己的小圈子里纠结。心有多大，舞台就有多大。希望大家都能找到属于自己的舞台。

——沉琪

人生永远比戏剧更复杂。我们改变不了别人，但至少可以强大自己。女主做到了，也留给我们无数希望，我也希望自己更强大，去做就好。

——温暖的小星星

谢谢朱沐，你的故事让我明白，想要遇见什么样的人，首先必须让自己成为那样的人。唯有自己变得优秀，才有资格遇见优秀的 Elson 和王旭。

——豆瓣网友

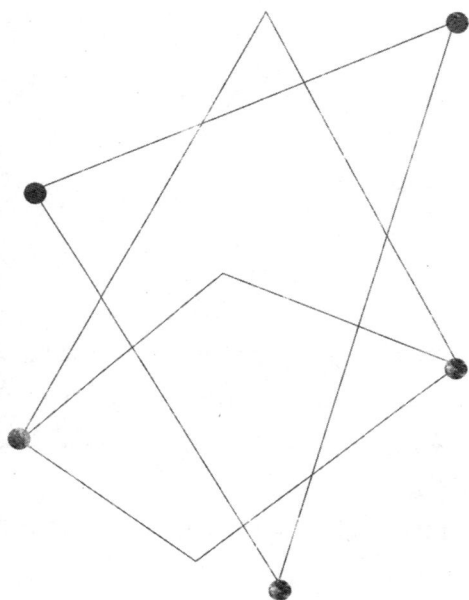

番外篇

2020 年春节前，苏之微、王旭、两个宝宝、苏之微的父母和贴身秘书、司机等人一起飞回了北京。在美国这段时间，大儿子 Bard 已经长成了一个快 6 岁的小帅哥，小女儿 Jasmine 也到了该学字的时候。他们住在硅谷周边的一个山冈上，周围有最好的学区。

但是，一切都不像苏之微和王旭预料的那样，他们的财富自由并没有给他们带来很多的幸福。

刚开始时，苏之微报了社区的学校学习油画和英文，因为她发现她在大学学的英文实在太不够用了。在秘书和司机休假的时候，物业、修车甚至叫个复杂一点儿的上门服务，都要靠王旭去交流。王旭在海外生活过很久，对这些很熟，但他的问题也来了——他太无聊。他也不打算去打工，创业又实在没有好的项目。如果学其他基金做风险投资的话，在华尔街这个地方，他们的钱显然又羊入"狼"口了。然而，他俩的问题都算不上问题。更大的问题是孩子。

苏之微还记得，她生 Bard 的时候，医院里全是白人医生。妈妈千里迢迢从中国赶到美国陪她，却不知道怎么和医生沟通。王旭在产房里面，秘书又听不懂那些医学术语，妈妈除了干着急，只能无助地在产房外哭着等待。孩子的保姆是华人，交流倒是没问题，但因为美国的好华人保姆太抢手，所以傲慢和懒散是常态，还经常和司机、秘书闹别扭，不胜其烦。大部分家事都是妈妈在做。苏之微苦笑自己到底是请个保姆还是请了个老佛爷，索性就辞退了她。之后的几年，都是爸爸妈妈在带着外孙、外孙女。辛苦自不必说。更大的问题还是他们的探亲签证，每半年要回国一次。眼看着爸妈年纪渐长，长途飞机即使头等舱也让人吃不消，苏之微渐生回国的念头。

王旭的想法更直接，他的父母因为身份限制，根本无法出境。这么长时间了，每次只能带孩子回国看爷爷奶奶，而带两个幼小的孩子飞越半个地球，其惨状不亚于一次战争。他最担心的还是父母年老，他无法陪在身边。每次回美国前，看见爸妈抱着孙子孙女哭的样子，他七尺男儿也觉得肝肠寸断。他很怕"子欲养而亲不待"的境况发生在自己身上，这个念头一旦出现，他就焦虑、崩溃、暴躁。这是钱无法解决的事啊！

苏之微和王旭还有一个共同的担心就是两个孩子的教育。虽说在最好的学区，然而看着两个孩子只会听汉语，却很少说汉语，他们不由得怕这两个孩子彻底长成外黄内白的"香蕉人"。如果在小学期间学不会汉字，就算彻底和中华五千年文明诀别了。想来想去，他们决定回国。于是，这次春节前夕，和孩子们沟通完毕，他们处理好一切，把需要海运的东西先运走，然后和美国的朋友一一告别，一家人坐上了回国的航班。

财富自由在这样的时候还是有帮助的，司机和秘书都全程陪着他们，帮他们把所有行李托运好。他们四个大人则轻松地带着两个孩子把头等舱的一整排给坐满了，聊着天、吃点东西、看看电视、睡会儿觉，时间过得也快。落地时，行李装满了两辆商务车，把秘书和司机累得呼哧大喘。无论怎样，"美漂"的生活结束了，连司机都如释重负地带着期待说："待会儿可以去簋街吃小龙虾了。"这句话让全家人都笑了。对祖国多么朴实的想念。苏之微也笑，这个她深爱的北京，她终于又回来了。

和王旭爸妈见过面吃过饭，他们回到各自已被打扫干净的房子。行李箱整齐地放在玄关。苏之微和孩子们拿出当天换洗的衣物，简单洗漱就睡下了。想到以后再也不用担心遇见说着英语俚语而且持枪的美国交警，苏之微这一觉睡得格外香甜。

第二天早晨，孩子们早早就醒了。这个房子本来就没有儿童房，虽然这些年每次回来也带一些或买一些玩具，但孩子们显然不买账，吵吵闹闹的不开心。王旭和苏之微被吵醒，二人你推我我推你谁都不想下床去安抚，索性任由他们在客厅吵闹。王旭商量道："孩子们住惯了别墅，习惯了有院子能玩儿。如果以后都挤在这屋里，可能我们就永远没懒觉睡了。"

苏之微并不想讨论任何问题，她还没睡够，翻了个身，从床头柜上拿了对耳塞，塞进耳朵，假装没醒。看到苏之微这么坚决地逃避，王旭吊着一副苦瓜脸，艰难地起床，走到客厅，赔着笑脸给熊孩子们做早饭。

苏之微一直睡到下午才起床。这也是她这么多年睡得最久的一次。睡醒了发现家里一个人都没有。她发信息给王旭，王旭没回。她问司机，司机说一大早就接了他们，现在在郊区。苏之微蒙了，去郊区玩儿竟然不带她？！这真是回国了，知道她一个人也不会有事。她把秘书叫来，俩人在家里把所有行李挨个儿打开，各寻其位。收拾东西最累人，单是四个人的衣服，就把她弄得筋疲力尽。她想着，无论如何，以后都别买衣服了，实在太多了。

转眼到了傍晚，王旭他们还没回来。苏之微打电话给王旭："哪儿吃饭？我直接过去。累死了，不想做饭。"王旭这次接了电话，听完了，语气很高亢地回答："懒婆娘，拿着行李过来吃吧。"苏之微一头雾水地补问："拿什么行李，去哪儿吃？"王旭："我们搬家了。一会儿车回去接你们。我和两家爸妈也都说了。"苏之微更蒙了："搬家？我们搬家？搬哪儿去？现在？"王旭恶作剧的笑和多年前并无二致："你拿上简单洗漱的，来了就知道了。"

苏之微不甘心被捉弄，给爸妈打电话过去："王旭搞什么呢？你们知道吗？"苏爸爸一边说去了就知道，一边向旁边的人提醒道："拿上我那盆花哟。"苏之微挂了电话，想了想，猜了个大概。但是，北京房子和他们在美国住的房子价格相近，她很担心王旭不理智地把所有钱都去买了一个和美国一样大的房子。这对他们刚回国、事业没有眉目的情况来说，还是有些冒险的。去美国之前在国内买的几栋公寓，本来收租还不错，但王旭实在无法跨国跨时差线上管理，就趁着房价涨的时候分别卖了出去。这些年用这些钱买了一些保险和理财产品，有赚有亏，总体小赚。事业和投资因为孩子接连出生和苏之微一贯的谨慎，统统没有进展。可以说，在美国是在吃老本。现在回国，还不知道未来会怎样，所以适当的谨慎是非常必要的。想到这里，苏之微不由得叹了口气，又要去劝王旭理智了，这个大孩子。

司机过了两个小时才来，苏之微快饿死了。从睡醒到现在，只吃了一点儿秘书带来的面包，还干了一下午活。她上了车，看到爸妈和公婆都在商务车上喜气洋洋地坐着聊天，倍感欣慰的同时又想起迷茫的未来和节省的必要，不由得眉头一皱。

她上车和秘书坐到最后一排，发现后备箱已经又像是从美国回来时那样挤挤操操，还多了好几盆花。苏爸爸和王爸爸都喜欢花。本来王爸爸自从家里出事之后潜心研究《易经》，足不出户。有一次过年，苏爸爸捧了一盆三角梅登门，顺便细细地跟王爸爸说了一下怎么修剪和浇水，还说植物和人一样，接地气、知阴阳、懂兴旺。苏之微知道，这只是苏爸爸随口胡编的客套，但王爸爸竟然当真了，除了看书，还精心地侍弄这盆花，竟然越开越茂。这期间两位爸爸自然互相聊天、讨教、攀比，最后结成花友。苏爸爸去美国照顾孩子的时候，就把家里钥匙给了王爸爸，王爸爸定期上门浇花，把苏爸爸的花侍弄得比他在家时还好。这几盆花是家里最高大的。

看来这是倾巢而出了。

大概半小时后，车驶进了一个被花草围绕的住宅区，保安问了几声便放行了。往里走，是新中式的庭院和别墅。虽是冬天，但整洁而又气韵的样子，还是很让人喜欢。车径直驶进一栋别墅的半地下车库。四位老人从进小区大门开始就把兴奋度提升了一个量级，苏之微不由得想这几年的平凡生活让王旭的父母从高高在上的态度转变得可以和她爸妈正常聊天了，实在是可喜可贺。这两位见惯了奢华的老人，如今也和普通老人一样，享受着孙子孙女承欢膝下的天伦之乐。

刚下车，苏之微就听见了楼上熊孩子们的声音，嬉笑着大叫着奔跑着如同在美国时一样。

司机带着他们穿过车库入户门，进入庭院。庭院貌似很久没有人管理了，枯干的杂草和室内辉煌的灯光形成鲜明的反差。可两位爸爸却不由得都喜上眉梢地比画着那几盆花的归宿。苏之微心情更差了，如果她当众表示反对买这个房子，王旭的脸往哪儿放，两位爸爸又该多难过。婆婆仍然是那个曾经养尊处优的婆婆，不满地说："下车还要在户外走，这多冷。"司机马上解释道："不是的阿姨，车库还有一个门直接通屋里，王哥交代说要带着叔叔们看看院子，所以才走这条道。"北京冬天确实冷，院子里这几步冻得苏之微直哆嗦。司机很快推开了客厅门，一进门苏之微发现这是个半地下的活动室，有各种运动器材，还有一个小影院。苏妈妈马上脱口而出："这得多少钱啊！"每当这个时候，苏之微还是能从婆婆的眼神里看出一丝鄙视和得意。只不过，这位经历过太多坎坷的老人，也有了足够的情商能够迅速调整好心态，从未把这种内心深处的复杂情绪用任何语气、语言、行动表现出来。苏之微想，婆婆这些像流云一样瞬息万变的心情，大概除了她自己，可能连王旭都意识不到。

王旭和孩子们听见声音，都咚咚咚地跑了下来。Bard 很骄傲地说："我和爸爸一起做饭了！"Jasmine 不甘示弱："我也一起了！"Bard 马上回嘴："你没有！"Jasmine 马上和哥哥火热开打，为争宠不择手段，最后以姥姥姥爷的抱抱告终。司机开始搬行李，王旭带着众人上楼："爸的腿不好，你们坐电梯，我们走楼梯。一楼，咱们今天吃火锅。我爸妈住一楼卧室吧，不用爬楼梯方便一点，其他房间随便选。"苏之微没心情选房间，饿得先到厨房拿了点熟食垫垫肚子。姥姥姥爷溜达完一圈，选了二楼卧室，和孩子们的卧室挨着，说把三楼单独留给苏之微和王旭。王旭一边往火锅里加肉，一边冲苏之微挤眉弄眼："我就这么想的，哈哈。"苏之微不知怎么开口，尴尬地笑了笑。很快，一家人坐定。Bard 和 Jasmine 也乖乖坐着。王旭简单开场："为我们回国之后的幸福生活干杯！"全家欢天喜地的样子像是提前过年了。苏妈妈一边吃一边说："在美国，吃个火锅，好贵啊！还要开车那么久。现在都可以送到家里来了，还是回国好。"两对老人互相敬了敬酒，一边感谢另一边帮忙带孩子辛苦，一边感谢另一边帮忙浇花料理国内的事。王旭和苏之微碰了碰杯："老婆，日子会越来越好的。"苏之微苦笑，心想："照这种造法，金山银山也会很快花光。"王旭看看苏之微的表情，笑道："你看你那小心思，都写脸上了！我有那么笨吗？！爸妈，那个，我说一下，我们短期内不买房子了，咱们就一直租这个。我要是不现在说，苏之微恐怕连饭也吃不进去了。"

苏之微一听，猛地反应过来——这房子是租的？租别墅？王旭拉着苏之微的手，接着说："我算过了，北京别墅租金回报率在 1%–2% 之间，而且二手房成交量极低。也就是说，咱这房，租个四十年，也才是个首付的钱。咱们理财现在回报不高，去年有个项目亏了，我想最差也有 8%。咱们美国卖房的钱足够付租金，还每年净赚 6%。而且房东说这房子不好卖，空着干亏钱，希望我们住得久。所以，咱们就算一辈子什么也不干，也不会没饭吃没地方住。但是，我想的是，回来还是要找个事，重新把事业做起来。房地产项目我不想碰了。大方向是教育和知识付费。也算是为了 Bard 和 Jasmine 吧。Bard 如果能够适应公立学校，那就去派出所落一下户口，咱原来的房子学区还不错，平时住那边，周末住这边。如果他不能适应公立学校，这房子周围有很好的私立学校，我们就把原来的房子租出去。"

说完，王旭转头看了看苏之微："还不表扬我？我一天之内带着孩子找到这么好的房子，马上付租金、马上打扫干净、马上搬进来，现在吃着热乎乎的火锅，你难道没什么要说的？"苏之微顺势挽住王旭的胳膊："好了好了，你最厉害。确实，我想的没你多。你这些决定都又快又好，非常完美。"

公公很少说话，这次也举起酒杯："你们都有自己的想法，去美国的时候，我和你妈的很多事情还没有处理完，不方便给意见。但是，这次你们能决定回国，我们非常开心。国家养了你们，给了你们教育，提供了你们事业的平台，不能忘本。回来挺好，做点儿对国家和人民有意义的事，钱赚多赚少都可以。我们再好的房子也住过，再差的房子也住过，最快乐的还是现在你们孝顺、孙子孙女健康可爱。其他的，我们不求什么。你们老的时候，心态和我们也不会相差太大。"苏爸爸应和："是的是的。"

苏之微和王旭对视一眼——这仍然是那个她最爱的男人，这也仍然是那个他最爱的女人。这么多年过去，很多东西都变了，爱情从最初的激情、迷恋、进退挣扎，到现在相知、相守、相濡以沫。所谓幸福的模样，不就是现在这样吗？但他们没想到的是，他们的决定是多么正确。在随后不久准备完年货即将过年的时候，全国进入紧急状态，新冠肺炎爆发。但国家采取各种措施，在短时间内将疫情控制在了可控范围内。旋即，新冠肺炎变成全球流行病，美国尤为严重。

王旭把这种幸运变成了动力，在疫情最严重的时候，他组建了一支线上教育明星团队，把美国先进的人工智能技术和儿童教育结合起来，做出了低成本的线上课程。这是一个爸爸对孩子教育的坚持，他不单要给自己孩子最好的教育，他还希望给所有孩子最好的教育。教育的权利应该是均等的，所以他力主价格低廉。苏之微则开始学习断舍离等收纳，搬家让她意识到自己之前的"买买买"综合病，也希望极简主义的环保理念能够让地球好起来，不再有各种各样稀奇古怪的天气和病毒。她配合王旭做了捐赠闲置 iPad 和手机的慈善活动，让朋友们把这些闲置品都捐给那些没有智能设备上课的贫困家庭的孩子们。

一切都刚刚开始，万事开头难，中间难，可能结果也不易。但是，一起走了这么久，苏之微想，没有什么比和家人在一起更幸福的了。其他的，尽人事听天命。来日方长。

2020.6.1